巷战

成都1932

田闻一 ◎著

中国文史出版社

图书在版编目（CIP）数据

巷战：成都1932 / 田闻一著. —北京：中国文史出版社，2019.1

ISBN 978-7-5205-0619-9

Ⅰ. ①巷… Ⅱ. ①田… Ⅲ. ①长篇小说—中国—当代 Ⅳ. ①I247.5

中国版本图书馆CIP数据核字（2018）第233996号

责任编辑：张春霞

出版发行：中国文史出版社

社　　址：北京市海淀区西八里庄69号院　邮编：100142

电　　话：010-81136606　81136602　81136603（发行部）

传　　真：010-81136655

印　　装：北京温林源印刷有限公司

经　　销：全国新华书店

开　　本：787mm × 1092mm　1/16

印　　张：21

字　　数：310千字

版　　次：2019年3月北京第1版

印　　次：2019年3月北京第1次印刷

定　　价：59.80元

目录

CONTENTS

- 第一章 -

夜梦不祥

冬夜，刘文辉心事沉沉

这是一个初冬的深夜。四川省政府主席兼国民革命军第二十四军军长、川康边防军总指挥刘文辉从梦中悚然惊醒，拥被坐起。这时，高墙外，正在敲打三更——

“嘡——嘡——嘡！各家各户，小心火烛！”更夫苍老的声音和着铜更水波纹一样的金属颤音，越过高墙袅袅传来，再渐渐远去。更声落尽，万籁俱寂。窗外，寒风呼啸，落叶沙沙，平添了一分萧索和孤寂。刘文辉靠在床档头上，在黑暗中睁大了眼睛，想竭力看清温暖如春的卧室里的一切。可是，什么也看不清，只能感觉到现实美好的一切尚在，这与他好不容易才从噩梦中挣脱出来的情景相差十万八千里。这让他惊悸不安的心在这会儿感到了踏实，浑身上下觉出了慰藉和温馨。

他宠爱的三姨太杨蕴光，就睡在身边，伸手可及。夜阑更深中，三姨太睡得很熟很甜很沉，发出阵阵轻微均匀的鼾声，热烘烘地散发着只有成熟漂亮女人身上才有的绵软丰腴的可人气息。庭院深处，不时隐隐约约传来一声两声轻微的金属磕碰声，这是夜巡的卫兵们手中的枪械不小心磕碰到哪里发出的，之后一切又归于沉寂。这种声响，这种气氛，是他熟悉的，让他感到特别的安全舒适；这不是一般人可以享受到的。但这会儿，他却觉得，他这座占了半条街的偌大的玉沙街公馆，似乎在朝一个不可知处潜沉。

他再也睡不着了，心中喟然一声长叹，伸手将身后雪白蓬松的大枕头再往上提提，闭上眼睛假寐，竭力让思维同刚才的梦境对接。日有所思，夜有所梦，这话说得很对，他是一个心细如发的人，他开始细细搜索让他深陷噩梦的原因。

时年 37 岁，却已贵为四川省政府主席兼国民革命军第二十四军军长，兼川康边防军总指挥的他，是陆军三星上将，手握川省军政大权，不要说在四川，就是在全国，他也绝对算得上是一个不可多得的人物。从保定陆军军官学校毕业后的他，本系一介布衣，却在一余年间靠自己的拼打，而今已是身居高位，拥甲十多万，有占全川三分之二,七十多县的地盘，而且很大一部分还是川西南富庶之区。此外，尚未建省，位于川省和西藏之间地域广大，矿藏丰富，战略地位极为独特重要的西康全境也在他控制之中。细细数来，在四川大大小小、林林总总的军阀中，无论军队数量，所占地盘，财赋收入，他都要数第一。其次，就要数他的侄儿，四川省军务善后督办兼二十一军军长刘湘了。刘湘虽说是他侄儿，年龄上却要比他大四岁，出道也远比他早，于今占据重庆川东三十多县，扼川江咽喉之道；兵虽然比他少一些，却比他精，刘湘手中还握有一支海空军。当然，这些海空军的力量相当有限，但毕竟是川内独有，听起来都吓人。他们叔侄俩于今可说是平分秋色，各据巴、蜀。另外，游动于巴蜀大地上的军阀还有不少。有曾经红极一时，如今却已成残兵败将，只能龟缩在老家广安一隅的第二十军军长杨森以及更提不上台盘的刘存厚、李家钰、罗泽洲等。在他们叔侄之外，川内实力排第三、第四的是他的保定军校同学，目前同他三兲共管成都的国民政府二十九军军长田颂尧，二十八军军长邓锡侯，他们三人号称“保定系”。在不明就里的外人眼中，他们三人是一个“铁三角”。而今天，他心中最清楚，这个“铁三角”已经出现了严重的缝隙，最近很可能就会化犁为剑，变友为敌了。

刘文辉不是个简单人物。他擅长政治权术，精通合纵连横之道，世称

“多宝道人”，他同手握中华民国权柄的蒋介石蒋委员长关系向来不好。年前，在决定蒋介石命运的蒋（介石）、冯（玉祥）、阎（锡山）中原大战中，他曾两次通电反蒋。“外战外行，内战内行”的蒋委员长，尽管当时乃至以后在取得了中原大战胜利后相当长的时间内，都对他恨得牙痒痒，一直想收拾他，但缓急之间，鞭长莫及，也拿他没法；不得不从现实考虑，不得不让他三分，不得不委他以重任。

刘文辉、刘湘叔侄都是四川省大邑县安仁镇人。那是一个小镇，处于富饶的，一望无边，二望无际，一派绿色，汪洋大海般的川西平原上；同平原别的地方比较起来，小桥流水，烟村人家，也看不出有什么特别处。但是，奇怪的是，却在同一个时期，先后出了三军（长）九师（长）十八旅（长），大邑县一时将星云集。这就不能不引起一些专门研究人才学类的专家们的高度注意。

他们首先从地缘学上去分析。

有如此一说：山东是一山（沂山）一水（沂水）一圣人（孔子），蜀中是多山多水多才子。这话概括得虽不一定准确，却将山水人文与人才的出现作了必然的联系，强调了意识对物质的依赖关系。江南那样的好山好水，富庶膏腴之地，决定了必然出秀士、出文才；反过来，像陕北那样物质相对贫瘠，天高地阔好跑马的茫茫塞外地，也就必然出李自成、张献忠那样揭竿而起，反叛朝廷的农民起义闯将。

细研起来，大邑县的地缘地貌走向很有些奇特之处。它位于川西平原边陲。境内，大部分是富庶的川西平原，而西部却是连绵起伏的清秀山峦，而且越往西，山势越发峭拔奇峻。出了大邑县城往西，过十来里地就到了灌口镇。这个镇不大，却是平原与山地的分水岭。一条由西向东的河流绕镇而去，过了灌口镇，山势陡然抬高，有如一条青龙在碧波荡漾的海洋中猛然抬起头来。一条飘带般的山路，一直向西，蜿蜒起伏于连绵葱翠的山峦间；如丝如缕的白色烟雾在路边升起、蒸腾；路边小溪，流水淙淙声不断。过灌口不到十里，到了鹤鸣山，这山不高，却是涧锁林深，绿得墨染似的山中，有临崖而建的老君殿，终日云遮雾锁，一群群精灵似的白鹤盘旋舞蹈其上。暮鼓晨钟，清韵悠然，这就是道教祖师张天师最初的得道发轫地了。再一直往西朝里走，就到了大飞水，那是山的深处；高山上覆盖着茫茫的原始森林，也覆盖着一个久远的传奇。里面有个唐王坝。这名字的得来是，唐朝，“安（禄山）史（思明）之乱”时，当那个因为一心宠爱杨贵妃，“从此君王不早朝”，引得渔阳鼙鼓动地来的唐玄宗李隆基，于仓皇中带着杨玉环、杨国忠兄妹及一大群嫔妃，在六军簇拥下刚出长安之时，远在千里之外，在李白诗中“蜀道难，难于上青天”大后方的蜀地大邑县大飞水原始森林里，就已经预先为逃难的唐玄宗李隆基准备了一处行宫。

唐玄宗带着杨玉环、杨国忠兄妹及一大群嫔妃出长安到了马嵬坡，六军鼓噪不前，要求诛杀杨玉环、杨国忠兄妹以谢天下。没有办法，“君王掩面救不得”，杨国忠当然只有死了。而唐玄宗最为钟爱，古代四大美女之一的杨贵妃在将士们愤怒的鼓噪声中，款款而出，上吊自尽时，唐玄宗心痛欲裂，转身掩面不忍卒看。杨贵妃死后，心痛欲裂，梦里寻她千百度的唐玄宗，忍悲饮泣好容易过了“难于上青天”的蜀道，到达成都附近的一个小镇时，忽接长安捷报，大将郭子仪已率军平息了“安史之乱”，唐玄宗闻讯立刻就打道回京了，连成都都没有进，更不要说去大飞水为他准备的行宫了。从此，与成都近在咫尺的小镇以“天回镇”，同深处大邑大飞水中的那座行宫“唐王坝”一起，作为历史的刻痕，穿越了时空，一直沿用下来。

也许，就是这有别于川西平原的景致，造成了大邑县一时间将星云集。对此，刘湘手下有个叫刘从云，绰号“刘神仙”的师长，不知是从哪里听来的高论，经过糅合后化为己有，表述得相当完整清晰，听起来好像也更有说服力。“刘神仙”说：大邑地处川西平原边缘地带，这里，既有川西平原的清润，又有大飞水峭拔的神韵；这中间有一个相互间的浸润、积淀和转换。从唐玄宗入川留下的“唐王坝”起，经过了这么多代这么多年，如同一缸好酒，已经酿成，必然出奇才奇人……刘从云长得身材高大，驴头马脸，虽是军人却身着道袍，侃侃而谈，手拿罗盘东指西画，那些陌生而又似乎耳熟能详的专业术语，像蜀中乡下春来串门的春官，话说得一泼一泼的，很神秘，也很能迷惑人。刘从云是蜀中大小军阀无不拱服的“神仙”，阴阳八卦，观山望水，察人面相等无不精通。这是一个本质上来路不正的游方术士，原是川省威远县乡下的一个穷小子，清末年间，已经长大成人的他，对该县的一贯道掌门人刘永宽呼风唤雨般的号召力，特别是采取替人卜相、算命、禳灾、超度亡灵等封建迷信手段骗得钱财，不劳而获艳羡不已。这就拜师入门，在一贯道中慢慢爬上去，爬到一定地位，远比师傅刘永宽厉害阴毒得多的他，打了师傅的翻天印，刘永宽被他逼死。顺理成章当了本县一贯道掌门人的刘从云，更是花样翻新，耸人听闻地对道众们宣布：现在大难将至，唯有将儒、道、释三家融于一贯道中，统由他掌门，才能趋利避害，普度众生、普利众生！他的伎俩在当时民智不开的威远，很是麻倒一批人。从此，他开始广招门徒，大肆传道，那是民国元年（1912）。刘从云的一贯道滚雪球似的越滚越大，很快波及附近的荣县、自贡、富顺、内江、资阳、资中，甚至更远。信徒入道，他是要收费的，富者多交，贫者少交。但声明，多交或是少交，可见信徒入道感情的深浅，也直接决定了道徒以后的发展，因此，每个信徒入道时都是拼了命地尽量多交。之后，这就要信徒们在他面前焚香跪拜，对着一张贴在墙上不知究竟是谁，道袍鹤发，像人像神更像鬼的人，据说是一贯道祖师爷的画像赌咒发誓，决不泄露道义，严格遵守道义，听从师傅教诲云云；否则，将受到天打五雷轰，万马分尸类的天报应和多种人为酷刑。

民国以来，四川各地军阀众多，他们各自为政，随意拉夫、增税、派款派粮，扩充军队；加上连年混战，将个天府之国蹂躏得城乡萧瑟，百业凋零，伤痕累累，饿殍遍地；尤其是威远所在的川中一带创伤最重。生活在痛苦无望中的百姓，往往是最需要精神鸦片麻醉的。刘从云顺势发挥，十年后，他的势力扩大得惊人，在全省各地设坛开馆达 108 个，门徒近万人。刘从云是个相当有眼光的人，也是一个有政治野心的人。他当然明白，他的宗教势力如果仅仅植根于小乡僻野，那就像一株怎么也长不大的树；大风一吹，就有连根拔起的可能。于是，他将目光投向了军界。从 1926 年开始，他先到省会成都，把二十八军的团长黄石子拉来入门，再由黄团长不断引荐中层军官入门。很快，他的手上就有了七八十个入道军官，他又专门在成都开坛设了个德静馆，供军官们活动。接着，他把眼光转向了重庆。他先是攀上了刘湘的亲信将领，二十一军机关枪司令刘佛澄，再经刘佛澄介绍，终于攀上了刘湘这棵大树，刘湘也入了他的门。很快，连锁反应，四川几乎所有有影响的军阀都陆陆续续入了他的门；他也摇身一变，带着他的几千信徒从了军，被刘湘编为二十一军模范师，顺理成章，刘从云当上了模范师师长。不过，当上师长的他仍然是过去惯常的着装，总是身着道袍，手中摇着一柄鹅毛扇，像是从戏台上走来的军师，抑或妖道类。

刘湘等川中军阀，分别被刘从云赐予了法号。如：刘湘——玉宪，刘文辉——玉猷，邓锡侯——玉斋，杨森——玉勇，潘文华——玉羽，王陵基——玉道……但是，这些蜀中大小军阀，好些心中都明镜似的。比如刘湘，其实清楚得很，他手下的“模范师”师长刘从云，是一个假神仙。刘湘之所以表面上拱服他，并接受他赐予的法号，是因为当时蜀中民智不开，封建迷信盛行，他这是要借力发力，利用刘从云来达到他的目的；所谓“千万人的习惯势力，是一种不可抗拒的力量”是也！当然，刘从云更知道利用他的顶头上司刘湘，利用一切可以利用的大小军阀，他一路上就是这样走过来的，刘从云像一只附缘于千里马尾巴上的蚂蚁。

“刘神仙”善于揣摩各类人物的心理活动，并从中讨好。对于刘文辉经常私下对镜吁叹，惜乎自己的相貌与显赫的地位声威极不相称，刘从云在刘文辉面前表现得很不以为然。

刘文辉长得身材矮小瘦弱，一颗橄榄形的头，窄脸、短发；在穿着上，他是一个守成不变的传统军人，素常一袭长袍，天冷时上套一领黑马褂，脚蹬一双白底黑直贡呢朝元布鞋。而且，他穿的长袍马褂只能定做，因为街上卖的长袍马褂穿在他身上都显大。他的脸色发黄，双颊松弛，颏下无须，一副标准的老太婆相，唯有一双眼睛亮得射人。在长相上，他与他的侄儿，现在最大的潜在对手刘湘迥然有别。刘湘南人北相，长得身材高大魁梧相貌英武，一举一动都有大将风度。

刘从云站在相当的高度阐释过刘文辉的相貌特征。他说：刘主席刘军长，你这样的身板骨相，历史上五百年才能出一个，比如历史上的齐国名相晏子，就是你这样的。刘从云并且引经据典，说这样的相貌骨骼绝非等闲之辈；这样的人擅长纵横捭阖合纵连横之道，翻手为云覆手为雨，挽狂澜于既倒，定乾坤于转瞬。刘从云这样的解释，让刘文辉在释怀之后的私心窃喜中，联系上自己一路走来的成就，提高了对自己相貌的自信，对自己老太婆似的相貌不仅不再自卑而是信心百倍。想想难道不是吗？当他从保定军校毕业出来，四顾茫然时，是刘湘收留了他，当时川中只有两个军，刘湘就是屈指可数的第二军军长。刘湘是个很有亲情观念的人，不仅收留了他，还给予他很大的照顾。但这对他以后的飞跃，不过是一个方面，在他看来，关键还是靠他自己的本事。他真的是很会来事，特别是善于处理各种人际关系。在他看来，在中国，能不能爬上去，一个人有没有真本事倒还在其次，主要是会处理、调动各种关系，这才是最大的本事。比如，历史上的刘邦和项羽，就是这方面最为生动的范例。表面上，刘邦同项羽根本就没有可比性，两人完全不在一个档次。刘邦出身社会底层，本身是个流氓无赖，只会干些将儒生的帽子拿来接尿这样的恶作剧。而西楚霸王项羽呢，出身名门，本身又是力拔山兮气盖世，有一身惊人的武艺，打仗百战百胜的王公贵族。而在动乱年间混进起义队伍中成了一个人物的刘邦，干什么都不行。打仗，他要靠韩信；内政外交，他要靠萧何、张良。但就是刘邦这样一个流氓无赖，却最终在垓下一仗，将百战百胜的西楚霸王项羽逼得乌江自刎，刘邦最终得了天下，当了皇帝，他靠的什么？靠的是心计，靠的是会调动各种关系为我所用。从古至今，这样的例子多得是。又比如《三国演义》中的刘备，江山就是哭出来的。这之间微妙之处多多，他独能体会并烂熟于心，用得总是恰到火候。居下僚，他能体察上司细微心理，说话做事多得上司欢心，屡获升迁。当他的势力到了一定程度，又能审时度势，操纵各派力量，以四两拨千斤的妙手连连得势，让自己的事业不断发展壮大，最终与刘湘并列为川中双雄，形成东西对立之势。

然而，既然如此，如日中天的他，为什么会在这样好睡的冬夜，拥被而坐，心事重重，不能入眠呢？

啊！陡地，他在黑暗中睁大了眼睛，一下坐直了身体，他找到了噩梦的起因。白天在四川兵工厂的所见所闻，所有的一切，特别是，那个不远万里漂洋过海，来到四川兵工厂推销军火的日本军火商岩崎，这时恍然就在眼前，白天的每一个场景都栩栩如生，非常清晰。日本军火商岩崎，是个矮个子的中年人，身材敦实，西装革履，戴副宽边黑色玳瑁眼镜，头上没有了几根头发，一双小眼睛躲在眼镜片后看人，不时闪出一丝贼亮贼亮的光，显得非常机敏。岩崎是日本著名的三菱兵工厂派驻中国的负责人，是一个中国通，也是一个四川通。当岩崎在他面前竭力兜售军火时，他其实是很中意这批日本军火的，认为价廉物美，存心要购买一大批日本军火来武装自己的部队，只是因为有田颂尧的人在面前，他不好同日本军火商深谈下去；让他抽身而去另一个原因是，他想抠一下，再压一压这批日本军火的价钱。但刚才梦中出现的一场打得无比惨烈的战争场景，潜意识地提醒了他事情的紧急。不行！他想，我不能再等了，必须马上同这个日本军火商签订合同，尽快将这批日本军火买回来武装部队。形势已经间不容发，他同刘湘之间的大战决战，早晚就可能全面打响。而且，说不定就这个时候，作为刘湘同盟军的田颂尧、邓锡侯已经捷足先登，正在同日本军火商私下秘密签订军火合同呢！想到这里，他有种无端的着急。愣愣地望着黑夜，似乎想让目光竭力穿透沉沉夜幕，看到这会儿日本军火商在干什么，看到田颂尧、邓锡侯以及远在千里之外重庆的刘湘这会儿在干什么。黑夜有多面性，它既可以带给人温馨舒适，又有鬼祟的一面，好些阴谋诡计都是在黑夜的遮掩下完成的。稍不注意，往往就会给人带来意想不到的灾难。他觉得，他这会儿就骑在这个当口上。

“每临大事有静气！”刘文辉竭力沉住气，他又将身子靠在床档头上，闭上眼睛，将白天的经过，在思想上再过滤一遍，对接下来将要发生的大事小事都在思想上推演了一遍。多想想，多想想！他反复叮嘱自己：要多想，想细一些，多想出智慧。一时半会，天不会塌下来的。于是，白天的一切，这时又走马灯似的在他脑海中回旋开来。

秘密：左手做的事也不能让右手知道

四川兵工厂，位于成都九眼桥附近，占地广宏。这是民国以来，任何一个四川军阀都垂涎，一心想摘到手的红果子，而这个红果子现在被二十九军军长田颂尧掌握在手中。1925年，一心想当“四川王”，发动了统一全川之战的国民政府二十军军长杨森，被“保定系”三巨头——二十四军、二十八军、二十九军的军长刘文辉、邓锡侯、田颂尧联合二十一军军长刘湘，四方合力打败，赶出成都，赶回了他的老家广安一带，占很小一块地盘苟且偷生。四家同时挥师进入成都，好在这时，刘湘接到了“中央政府”委他为四川军务善后督办的任命，独自去重庆经营他的川东地盘去了。在成都，刘文辉、邓锡侯、田颂尧三家成立了一个“三军联合办事处”，三方依进城时的实际控制线划分了防区。四川兵工厂虽在田颂尧手上，但这并不等于田颂尧就有了对这家全川最大、历史最早、设备最好，基本上可以配套生产枪支子弹的兵工厂有任意开工生产的权力。四家约定，厂里所有原先生产的武器弹药一律就地封存，兵工厂要开工生产，也得四家一致同意。但谁都明白，如四川一句俗话所说：常在河边走，哪有不湿鞋的？四川兵工厂既然在田颂尧手上，他能不偷偷揩油的？当然，田颂尧也只能偷偷揩油而已。刘文辉、邓锡侯有事无事都爱去那里转转，看看。倒不是他们对田颂尧有多么的不放心，因为他们在厂里都安有内线，兵工厂一有响动，绝不可能瞒过他们。只是，带兵的将军，没有一个不爱武器的。这是一种类似母亲与儿女脐带般关联的一种天然的感情。

四川兵工厂，最先是清光绪初年，由四川总督丁宝桢建起来的，后来到川督锡良手中，有些扩增。一条生产线购自德国著名的克虏伯兵工厂。时下看来，虽落后了些，但设备尚完好，能造七九式步枪及子弹，还可以造一般的小型山炮。如开足马力生产，一月可造三五万支步枪，子弹三四十万发，用这些武器装备一个团不成问题。

就在这天上午，他去四川兵工厂转时，恰好遇上去兵工厂找总办王子重兜售武器的日本军火商岩崎。几乎同所有重量级的日本商人一样，岩崎身材矮胖敦实，穿西装打领带，腮上胡子刮得发青，戴一副宽边黑色玳瑁眼镜，能说一口流利的北平官话，还能说一口椒盐的有成都味的川话。

岩崎先是在他们面前竭力鼓吹、兜售他们兵工厂刚刚研制出来的，并且业已装备到日本陆军的一种据说不同凡响、威力巨大的三八大盖步枪。听矮胖子岩崎一说步枪，他当即就笑了，指了指岩崎的鼻子，再指指自己的鼻子，不无讽刺地说："远道而来的岩崎先生，你可能不知道吧？我，还有王总办，都是军人出身。别的不敢说，对步枪，我们可说是太熟悉不过了。俄国的趴耳朵枪（俄国步枪的枪栓是往下趴的，当时被好些人称为趴耳朵枪）、英国的毛瑟枪……我们就是闭上眼睛，都可以随意拆卸下来再安装上去的。你这个是，这个是……哈哈！"他这个"哈哈"没有说出来，耐人寻味。潜台词是，你这个日本军火商在我们面前谈步枪，简直就是在木匠的祖师爷鲁班门前要斧头一样的小儿科。

当日本军火商，矮胖子岩崎听王子重介绍，原来这个当面嘲笑他的小个子男人，就是二十四军军长兼四川省政府主席刘文辉时，觉得找到了大买主，立刻肃然起敬，眼睛顿时就亮了，贼亮贼亮的目光透过镜片，将嘲笑他的刘文辉看了好一阵。马上表现出了明显的尊重和尊敬，赶紧对他鞠躬，上前，掏出名片双手奉上等等，日本人的虚礼是很多的。当这一切过场做完后，自认为对中国将军心态有一定掌握的日本军火商，试探着对刘文辉展了几句四川言子——

"没有金刚钻，岂敢来揽瓷器活！舍得宝来宝调宝，舍得珍珠换玛瑙！"

"好好好。"刘文辉爱听四川言子，当即就笑了："不谙你这个日本人，还会展几句我们四川言子。耳听为虚，眼见为实。你说的啥子凶得了不起的三八大盖枪带来没有嘛？带来了就当场演示一下给我看。"

"那是，那是。"岩崎点头如捣蒜，随即叫他的助手拿来一个箱子，打开，取出枪械，现场组装好了，递到刘文辉手上接受评论。刘文辉接枪细看。这种步枪外观上比一般步枪要长大一些，锃亮发蓝的枪管上，上了一把雪亮的刺刀，显得特别有杀气。枪栓上包有一个大大的防灰盖。草草一看，与一般步枪相比，也没有多大的差别。

接下来到靶场试枪。一试，刘文辉服了，也惊了。

这种步枪，有效射程达四至五公里，而且后坐力小，稳定性也好。刘文辉端起枪来，眼睛一眯，三点一线对准靶标，屏住呼吸，用右手食指，将枪机轻轻一勾——

“咔——嘣！”枪声响起，是清脆的两声，前抑后扬，一声短一声长。他打了三枪，枪枪都中目标。

他看上了这种枪，问了价钱也划算，决心大量购买来装备他的二十四军。四川兵工厂总办王子重看出他对这批日本军火有兴趣，这就延请到客厅座谈。岩崎从助手手中接过一个厚厚的三倒拐大黑皮包，哗地一声拉开拉链，将一叠资料摊在桌上，不厌其烦向他做了介绍，除了三八大盖枪，还有飞机、各种门类的大炮……刘文辉首先看上了飞机。川军中只有刘甫澄（刘湘字甫澄）有12架从德国采买回来的黄翅膀的飞机，岩崎兜售的飞机，性能比刘湘的好，价钱也要低，他决定买20架日本战斗机，还有大宗的三八大盖枪及子弹。岩崎又介绍说，他们厂生产的子弹都是七九式的，步枪机枪通用，而且出厂五年的子弹一律半价。岩崎还说，刘军长你刚才试枪用的子弹，就是这种出厂五年的子弹，很划算的。我们厂生产的子弹，填的炸药绝对十成，成色包足，不像你们中国的一些兵工厂，哪怕就是你们中国最好的汉阳兵工厂造的子弹，里面填的炸药也只有七成。日本军火商一口一个“你们中国”如何如何，没有一句好话，很伤他的自尊心，不由心中火起。不过仔细想想，人家说的也是事实，火就没有发出来，一口气吞了。刘文辉偏起头，看着日本军火商顶了一句：“无商不奸，你把你们这种子弹说得那么好，我肯信，都有这么好吗？”不意日本军火商并不动气，看出他对这种子弹有兴趣，拍着胸脯说：“如果质量有问题，我包退包赔！”并指着有关条款给他看，说明条款中有规定，如果他们兵工厂的产品质量有问题，不仅包退，而且包赔，赔得还多。三菱兵工厂在世界上有相当的信誉。这点，刘文辉是知道的，也是放心的。日本军火商这话，他相信。

他当即在心中盘算了一下财力，决定倾其所有，向岩崎购买20架飞机，至于步枪及子弹，那就以数十万支、发来计算了！但当着田颂尧的人，四川兵工厂总办王子重，他当然不会明确表态。他知道，不要说买，等一会儿，他前脚一走，他到四川兵工厂的点点滴滴，一言一行，田颂尧、邓锡侯就会知道得清清楚楚。向日本军火商购买武器，这是一个秘密，既然是秘密就不能让任何人知晓。他记得，蒋介石说过一句话：“秘密，就是左手做的事也不能让右手知道。"诚以为然，老蒋这些地方着实高明。

如此价廉物美的日本军火，肯定邓晋康（邓锡侯字晋康）、田光祥（田颂尧字光祥）也是要买的，肯定他们都在背后找了岩崎，这是必然的。任何一个手握兵权的将军，对武器都有一种天然的爱好、追求、向往。况且在这鹿死谁手，都急需好武器之时。但邓晋康拿不出多少钱来买，邓晋康的地盘就只有那么大，只管辖了郫县、灌县及周围团转几个县，部队也只有四万人左右；田颂尧要好一些，成都是他的行辕，军部设在三台，辖绵阳、中江、阆中、德阳、广元、南部、苍溪等川北22县，部队约六万人。但无论田光祥、邓晋康，抑或是刘甫澄的财力，都无法同他刘自乾匹敌。

"贵了，贵了！"在四川兵工厂，在日本军火商面前，他不说买，也不说不买，只是一味喊贵。

"我们厂生产的军火，敢说是全世界同类产品中最为价廉物美的！"又矮又胖的日本军火商岩崎听他喊贵，有些着急，又不厌其烦地将他们厂生产的诸如三八大盖枪，各类大炮、飞机等，逐一同世界著名的兵工厂，如德国克虏伯兵工厂生产销售的同类产品，在性能上价格上进行了比较。尽管在现场他百般掩饰，四川兵工厂总办王子重还是看出了他的心思。

不知是试探，还是受了日本军火商的贿赂？王子重在一边相劝："这批日本军火确实是相当不错的，价廉物美，刘主席，你家大业大，就买点嘛！"

"你咋不劝你们田军长买呢？"

"我是要给军长说的。"

看他拿着彩色照片飞机的报价单紧看，王子重又劝："刘军长你就买它二三十架飞机回来嘛！人家刘（甫澄）督办买了12架德国黄翅膀飞机停在重庆菜园坝机场，好洋盘啊！硬是在人面前走路都像螃蟹一样——横起走！刘主席你买它二三十架性能比他好得多的日本飞机回来，不说打仗，就是让人眼气（羡慕）都眼气死了！"

他笑了笑，但是始终没有开口向日本军火商承购一枪一弹，看得出来，日本军火商很失望。

梦中的潜意识，将白天的思绪延长、演绎。刚才他在梦中，梦见了两军激烈交战，血流成河，尸积如山。他记不清他是在同谁交战了，这点相当模糊，想来应当是刘甫澄吧？当今四川，有实力同他刘自乾打大仗，争夺霸主地位的，舍此没有第二。虽说当今他两叔侄，一个占东一个踞西，表面上看来，平安无事，井水不犯河水，其实，这是一个假象：早晚间要大打一场来决定四川命运，决定谁是真正的“四川王”。人为财死，鸟为食亡。不要说是两叔侄，即便是两父子、亲兄弟，往往在利益攸关之际，也会六亲不认，大打出手，打得头破血流，不分出个胜负输赢不会罢手的。况且，现在在成都，还有田颂尧、邓锡侯在做刘湘的内祟。

记得梦中两军交战地是在丘陵，看来是在川中一带；漫长的战线上，双方投入了好几万兵力，两军犬牙交错，相互楔入，你中有我，我中有你。碉堡林立，战壕纵横交错。硝烟弥漫，炮声隆隆，双方都不时作集团冲锋，枪声嗒嗒，杀声震天，为争夺制高点进行肉搏……正打得伏尸盈野，难解难分时，刘甫澄从德国购买的12架黄翅膀飞机先飞来了，接着，他从日本买回的20架新式战机前去迎战。空中，32架飞机，如同一群好战的雄鸡扑腾腾撕咬抓扯在一起。鸡毛乱飞，鸡血喷溅，打得非常惨烈。刘甫澄的12架黄翅飞机纷纷被击中，燃起大火下坠。正在高兴时，地面上的战斗却让他心都抓紧了！

刘甫澄的部队训练有素，很是精锐，经打，这在全国都是出名的。就在他的部队快要抵不住，就要往下溃败，他心中万分着急时，“咔——嘣！咔——嘣”他从日本买回来，大量配备到部队上的三八大盖枪响了。密集的枪声，显得既特别又怪异，像过年放鞭炮似的。枪声爆响处，一片血花一片灿烂。素称能战的刘甫澄的部队被他的二十四军用三八枪打得屁滚尿流，弱弱而败。

而就在他得意忘形时，身高力大、方面大耳的刘甫澄出现在他面前，手上拿把寒光闪闪的大刀，用一双大廓廓的很有力度的眼睛看着他，怒气冲冲责问：“幺爸，你怎么是这样一个人？”

“我是啥子样一个人？”

“喂不饱的狗！你从保定军校毕业出来，没人要你，是我收留了你。以后，我又是如何栽培你？你说。如今你翅膀硬了，就这样打我的翻天印吗？”

“话不能这么说，甫澄。你帮过我，我也帮过你……”

“算了，我说不过你，搞阴谋也搞不过你。”刘湘愤然打断他的话，“我们两叔侄今天就来个一刀两断！”说着，提刀而上……

他就是这个时候从噩梦中吓醒的。

是的，在这个深夜时分，他分明听到了远在重庆的刘湘的霍霍磨刀声，闻到了浓浓的火药味。于是，他再也睡不下，也坐不住了，轻轻下了床，趿上一双看起来难看，穿起来却很舒服的抱鸡婆棉鞋，披上一领海虎绒长袍，一边扣着搭扣，一边踱到窗前，随手撩开窗帘，将一扇窗户掀开了一些，朝院内看去。一股冷风吹来，让他感到清醒而舒适。

刘文辉有个嗜好，喜欢房子。虽然现在是黑夜，他看不出他这座公馆的阔大、清幽、舒适，但在窗前一站，往外一看，仍然有种成就感，感到踏实。他在成都的公馆不止一处，这些公馆大都是传统的中国式，也有一些是按著名建筑师——梁启超之子梁思成提倡的那种被人们形象地叫作穿西装戴瓜皮帽的中西合璧式。其中，尤以这座占了半条街的玉沙公馆建得最大最好，这座玉沙公馆就是中西合璧式，是他的最爱。五进的大院，刘文辉带着太太住在最里面一进院子。外面的几进院子里，分别住的是副官、师爷、传达、丫鬟、厨师、花工、卫队等等。

确切地说，他住的是里院中一幢建造得很精巧的法式灰色小楼，两楼一底。重檐大屋顶，西式阔窗。室内沙发、电话、电灯、坐式马桶等一应俱全，现代文明提供了足够的舒适。一条由红红绿绿的三峡小石子镶嵌有致，过一辆轿车绰绰有余的甬道端端通向主楼。甬道两边，栽种的不是那种司空见惯的油绿冬青，而是一排排等距离对应，被花工修剪成宝塔状的油绿发亮的外国雪松。雪松两边是镶嵌有致的花园，花园中栽种的花，不仅有本地的，还有不惜重金，从外地甚至是从外国引进栽种的花草树木；那些叫得出名和叫不出名的花，一年四季都开得姹紫嫣红。其间又巧妙地点缀着假山、鱼池，墙上爬满了一簇簇瀑布般的绿藤。真是一个鸟语花香，天人合一的洞天福地。在穿着上，在生活习惯上，刘文辉是个守成不变的中国人，而在住房上，他却又有所通融。表面看起来这很矛盾，其实仔细想想，也不奇怪，他本质上就是一个很矛盾很实用也很功利的人。

看着夜幕中这座让他感到骄傲的玉沙公馆，他不由得想起五哥刘文彩在老家给他建造的新公馆。年前，他回过一次安仁老家，在老家住了两天，确切地说，是在五哥家住了两天。真正的老家，被五哥刘文彩那庞大杂乱迷宫似的建筑群掩映在了身后一条不起眼的深巷后面。

五哥同他一样爱房子。五哥在不断侵占、吞噬了人家的田地后，不断建成一幢幢华丽的小院，像打补丁似的胡乱与他改建了的原来的老房子添补在一起。“补丁”越补越多，最后五哥的公馆庞大而杂乱，虽然单独来看，什么小姐楼、贵宾院、收租院等等，都可以称为广厦华屋，但连起来看，就形不成个体系，不成个样子。没有办法，这是因为五哥贪心又没有文化品位，而且，五哥那庞大杂乱的建筑群，根本就没有经过建筑师的设计。

记得在五哥面前，他开玩笑似的随意说了句，“我回什么家？我在老家已经没有家了。”不料他说者无意，五哥听者有心。就在他走后，五哥不惜大动干戈不惜重金，买了好大一片离老家不远的风水宝地，找最好的设计师设计，又找最好的能工巧匠费时经年，打造了两幢一模一样，占地广宏，三进大院的公馆，美轮美奂，让哪怕对住房最挑剔的人看后，也啧啧点头称是，艳羡不已。新公馆，这是五哥送给他的礼物。五哥有心，知道他有两个儿子，怕他的两个儿子以后为争房子斗气，这就打造了两幢一模一样的公馆送他。这是五哥刘文彩对他显示的兄弟情谊，也表示了对他的感激之情。

从窗内看去，院子里，天上有轮昏昏月亮。时隐时现的月光洒在庭院中那株虬枝盘杂的大黄桷树上，像是泼下的一团浓墨，显出阴森。整体看，那株虬枝盘杂的大黄桷树，很像是阿拉伯童话中的那个被主人不慎打开了瓶盖袅袅升起的一股黑云，黑云又变成了一个张牙舞爪，魔力无边的魔鬼。魔鬼在对着他笑，风过处，摇头晃脑。而间或穿过繁密的枝丫洒在地上的月光，一团团一簇簇，又像是一只只对他举起的愤怒的拳头。

他产生了幻觉。影影绰绰的树下，觉得那个矮子日本军火商就站在那里，对他招手，说：“你们中国人做事谨慎，喜欢当面一套背后一套的，现在没有人了，过来谈呀！”

冷风一吹，他打了一个寒噤，幻象消失了。他放下窗帘，关上窗户，踱到隔壁书房，随手开了桌上的台灯，再关上通向卧室的门。台灯，在硕大锃亮的办公桌上，划出了一小方牛乳色的光明。坐在硕大的办公桌后的皮转椅上，他再一次细细看了他带回来的那一叠日本军火商的有关报单，算了算他的财力。他决定，向日本三菱兵工厂订购20架飞机，5万支三八大盖步枪，30万发出厂五年的子弹。这可是一揽子达八位天文数目的大宗买卖啊！这一大笔钱出自哪里呢？他仰起头来，望着虚空，默默思索。最终决定，羊毛出在羊身上，唯有在他七十多县的防区内增加赋税；另外，再向五哥刘文彩要些。五哥可是一个搞钱的高手，他们兄弟间感情也深。不说其他，五哥在叙府时兼任的税捐处长一职就是一个肥缺，一年饷银40万大洋，且五哥身兼十数职；还相当会刮地皮。五哥刘文彩大他两岁，对他的事业可谓殚精竭虑，为了给他搞钱，给二十四军输“血”，五哥曾经累得吐血。他的势力能发展到今天，五哥功不可没。

一时，他不禁心驰神往，想起了他的家庭和他的五哥刘文彩。

他在大邑县安仁镇乡下的家，原先是个一年四季靠全家人勤扒苦做，仅仅能吃得起饭的耕读世家，茅竹芦舍，泥墙护院。进门院子对面，阶沿上是呈品字形排开的六间青砖黑瓦房。院子也大，院中有一棵树干粗大枝叶茂密的核桃树，泥墙边有一株香椿树，一株花椒树。花椒树开花时，一树的花像小小的红宝石，一簇簇一串串，非常好看惹眼。母亲能干，手上拿两个鸡蛋，喊一声老幺或是老五，你们上树给我摘几枝嫩香椿下来。两兄弟得令，就像小猴子似的唰唰两下上了树，摘下几枝鹅黄的香椿嫩芽交给母亲，当天的饭桌上，就会多一样摊炒得焦黄喷香的香椿炒鸡蛋。对于农家，这就是美味佳肴了。最美的季节是油菜花开的时候，一望无际的川西平原上，简直就是铺的一地黄金。金阳里，一群群小蜜蜂嗡嗡带着倦意，穿梭在吊在屋檐下的蜂桶和墙外一坝坝金子般的油菜花田里，往来翻飞采花酿蜜。农家的生活虽然艰辛，但他们两个因为是家中最小的孩子，从小也没有少年儿童的欢乐。特别是在明月皎皎的夏夜，清凉的夜风拂去了白天的燥热，晚饭后，他同五哥躺在小院里的凉席上息凉。凉席是大哥二哥砍下自家竹林里的楠竹，用弯刀剖开，让那一根根清凉柔韧的青竹篾丝篾片，水一般顺着刀口，顺着坐在小凳上的哥哥们的膝盖上汩汩流淌出来，再巧手编织而成的。纯净的呈钢蓝色的天幕上，满天金色的星斗，从天穹的这一端朝那一端流去。还有那银盘似的月亮上美丽的嫦娥，孤寂得只能同一只浑身雪白红眼睛的玉兔相伴，而吴刚总是傻傻地抡起一只金斧，砍那株永远也砍不断的桂花树……

这样美好的夏夜，他们哥俩还有点心享受：母亲将自家地里生产的，晾干了的胡豆、花生、红苕片、红苕干在铁锅里炒熟，炒得香喷喷的，然后，用每顿量米做饭的四棱四角升子给他们盛上送到身边。农家小院里，这时，除了他们两个幸福的小兄弟，父母，还有他们的四个哥哥却都还在忙碌。一院子的猪叫、羊叫、牛叫声中，大哥站在院子里，单薄的身子一弯一弯的，吭哧吭哧地在用大铡刀铡着猪食，三哥站在一边，往大铡刀一下一下地喂送猪草。二哥提着大桶来到毛边大锅前，将母亲煮好了的猪食舀到大桶里，脚步匆匆地提去圈里喂猪……而这时，小院一角的牛圈里，漾出一线晕黄的灯光，那是老实巴交，因为劳累过度腰身都有些佝偻了的父亲在经佑他的大水牛。大水牛卧在地上静静反刍，父亲坐在他那张绷着家织粗麻布蚊帐的小床上，一边吧嗒着叶子烟，一边眼巴巴地看着地上反刍的牛。那副眼巴巴的样子，像一尊苦难中混合着憧憬的雕塑。父亲的这个印象，这些画面，一直留在他心里。

到了他该上学的年龄时，家中境况好了许多。他最先被送到附近村子一所私塾念书，五哥当他的陪读，一直没有正式读过书的五哥，这也就顺带认识了一些字，读了点书，长大后算个半文盲。而半文盲的五哥很快就显示出过人的经商整钱才能，当他到保定军校读书后，父亲每每给他汇钱来时，总要在信中夸赞五哥对家中贡献不小，夸五哥会整钱；而五哥，当时不过是一个在家乡走街串巷，做贩酒生意的小商人。

长袖善舞。他很早就认识到了这一点，他的部队要扩大，势力要迅速看涨，这就需要大量钱财浇灌滋润。1922 年，他已经在刘湘手上发迹，当了独立师师长。刘湘看好他，网开一面，将商贸发达、堪称富庶的长江上游第一镇的叙府（现宜宾）划给他单独经营。打虎要靠亲兄弟，上阵要靠父子兵。上任伊始，他立刻想到了五哥，写信回家，让在家做酒生意、小打小闹的五哥出来帮他掌管财政大权。1922 年秋天，熙来攘往的叙府码头上，一只船帆高张，从嘉定（乐山）驶来的大船轻轻靠上了码头。在下船来的众人中有一位青年，他的面貌与当地驻军最高首长，二十一军独立师师长刘文辉很是相像，一张青白脸，一颗橄榄头，个子稍高些。这青年人一副川西农村男子的习惯打扮：头上缠了张旋了几转，顶得小山一样高的青布帕子，肩上斜挎着一个布包袱；包袱中只装了几件换洗衣服，身着一件家织黑布长衫，腋下挟一把红油纸雨伞，这就是五哥刘文彩。不管从哪方面看，当时的五哥刘文彩都乏善可陈，是一个话都说不清几句、土得掉渣的农村青年。然而，仅仅过了十年，当初毫不起眼的五哥刘文彩就名闻四方，富可敌国。五哥的才能，不仅表现在搞钱是一把好手上，政治上军事上也相当懂行。在叙府，五哥还兼任了川南清乡司令，五哥动起真来，那可真是雷霆霹雳，让人闻之丧胆。年前，五哥不想做官了，荣归故里时．不说其他，光白花花的大洋就装了 20 只大船。五哥是个有心的人，也是一个记情的人。这么些年来，五哥刘文彩往他逐渐庞大的战争机器里究竟加了多少油，打了多少气，他怎么算也算不清，绝对是个天文数字。

他想，为了支付这笔庞大的军械开支，还有一招，就是要特别增加对自流盐井的赋税。自流盐井是一个人见人爱、取之不尽用之不竭的金盆银钵，简直就是一只会下金蛋的母鸡。

这么些年来，川内多少军阀，甚至民国初年借反袁（世凯）入川的滇军、黔军，也都为争这个金盆银钵红了眼睛，杀得天翻地覆，冤冤不解。现在，远在重庆的刘甫澄也两眼紧盯着自流盐井！而自流盐井这个金盆银钵现在就在他手上。为此，他深感骄傲、庆幸、得意。

总之，无论如何，说他敲骨吸髓也罢，说他搜刮民脂民膏也罢，对这批送上门来的，价廉物美的大宗日本军火，他必须得买、赶快买、大买，而且明天就得敲定。主意已定，他从笔架上提起一支狼毫小楷毛笔，伸进端砚，饱蘸墨汁，铺开一张标有四川省政府字样的夹江宣纸十行公函，一阵笔走龙蛇，下达了对防区内即日增加税负的命令。放下笔来，抬头一看，不知不觉间，对面，那面镶嵌着红绿玻璃，雕龙刻凤的窗棂上，已经透出了黎明的第一线晨曦。

这时，他伸出一根瘦指，按了一下桌边的暗铃。

来川兜售武器的日本军火商不见了

铃声尚未落尽，他的贴身副官李金安已跑步而来，隔帘喊了声报告，真是做到了随叫随到，如影随形。

“进来。”一夜没睡的刘文辉声音有些低沉。

珠帘一掀，李金安进来了，站在军长面前，一边举手敬礼，一边细细观察着军长疲惫的样子。

“军长，你这样没日没夜地办公，要不得哟！”李金安显出相当的关切和惊诧，讶然有声地说：“太太给部下交代过的，要我好生经佑军长。军长这个样子熬夜，太太晓得了，还不剥了我的皮！”李金安深得刘文辉和他最宠爱的三姨太杨蕴光信任，人长得矮小精干；虽然没有多少文化，但对长官体贴，忠心耿耿，思维敏捷，手脚麻利，办事能干。

“我这又不是经常的，事出有因。”刘文辉挥了一下手，意思是不要副官再说这事，随即拿出一张名片吩咐道：“天已经亮了，你赶紧持我的名片到陕西街大川饭店去，一定要找到住在那里的岩崎先生，嗯？就说我已经决定购买他们三菱兵工厂的军火，一大笔！请他来签合同，嗯？”成都陕西街大川饭店是日本人办的，日本人来都住在那里。

“是。”李金安上前接过名片，二指宽的脸上，一双猴子眼眨巴眨巴，他看出了军长的急。

李金安刚去，通往卧室的门轻轻开了。

“自乾，你今天怎么起来得这么早？起来也不喊我一声？”声到人到，款步而上的三姨太杨蕴光，手上小心翼翼地端着一碗银耳羹。其实，上银耳羹这类琐事，都该是小丫鬟冬妹做的。三姨太向来睡眠很好，可这天她一觉醒来发现丈夫不在身边，而是在隔壁书房熬夜，很是心疼，这就亲自下厨房做了些安排，并亲自给丈夫端来一碗银耳羹，表示一分情意。

看得分明，杨蕴光20来岁，身姿颀长丰腴，刚起床，还来不及梳妆打扮的她，半拢乌黑的云鬓；一张好看的瓜子脸上眉似远山，鼻子很棱，眼睛很亮，身上该凸的凸，该凹的凹，女性的味道很够很浓。夜里睡得又好，一张白里透红的脸，经身上的鹦鹉绿丝绵旗袍一映衬，越发显得年轻漂亮，生机勃勃。

“自乾，你起来该喊我的。”杨蕴光说时，已将银耳羹放在了桌上，看着丈夫，那神情半是心疼半是娇嗔。盛在一只白底薄胎红花金边碗里的银耳羹，在早晨的寒气中蒸腾着甜香味。刘文辉刚想说什么，珠帘一掀，小丫鬟冬妹进来了，手上端着一只锃亮的银盘，盘中叠着一张热帕子，一杯热茶。冬妹上前，将银盘放在桌上，双手捧起四川盖碗茶，小心翼翼地放在了桌上。再给刘文辉递上热帕子，刘文辉接过来，抖开，呼呼地擦了擦脸，再擦擦手，将帕子还给冬妹。小丫鬟冬妹看太太和军长都没有什么吩咐，这就按部就班地端着银盘下去了。

刘文辉这就从桌上端起那只相当精致的茶碗，揭开盖子，立刻氤氲着起一股热气腾腾的茶香。刘文辉低下头去，长鲸吸水般地很舒服喝了一口热气腾腾的茶水。三姨太用她那双绒绒睫毛下，一双又大又黑扑闪闪的大眼睛，看着丈夫说：“这是我特意要冬妹给你泡的蒙山顶上的贡茶。”

“难怪，难怪！我连茶叶都想咽下去了。”刘文辉说时，为强调茶好，又喝了一口热茶。川茶从古至今，在全国首屈一指，最为有名的是蒙山顶上石花茶，渠江薄片茶，平武骑火茶，泸州纳溪的梅岭茶等。而其中，蒙山顶上茶更为茶中极品。它们产于名山县蒙山顶上之最高峰上清峰。峰顶仅有茶树数株，每年开春前后雷声响动时才能开摘，仅采三天。所以，此茶有“请雷而摘”之称，一年收茶也不过区区几两半斤，作为朝贡皇帝的专用茶，万金难买，珍贵至极。在巴蜀大地上，一般成都人喜用的花茶，重庆人喜用的沱茶，也相当不错，亦早已闻名遐迩，蜚声海外。

看丈夫用过了茶，三姨太这就用葱手端起银耳羹来，却又并不送到丈夫手上，着意说：“这是青川银耳，是我一早到厨房亲自守着黄师傅给你煨的。”说时，一手端碗，另一只手翘起兰花指，用两指执勺，亲自喂他吃。

刘文辉连声说好吃、好吃。可是因为心上有事，只吃了两勺就不吃了，摇了摇头。

“哎呀，这是人家亲自下厨给你煨的，这么不领情！”三姨太撒起娇来，“我就要你吃嘛！”说着执勺又喂。刘文辉为了不扫她的兴，吃完了银耳羹。因为有事要办，不想她在身边缠，看天色还早，说：“天还这么早，你去睡个回笼觉吧，冬天睡回笼觉舒服！不是说嘛，睡个回笼觉，等于打牙祭！”

“那你要答应我一个条件！”三姨太说时嘴一噘腿一跷，坐到了他的办公桌上。因为是斜起坐的，一只修长的玉腿踮在了地板上，一只玉腿斜依在桌上，这就将她的身姿美妙处于有意无意间，从一个恰好的角度尽情地展现了出来。她细腰丰乳肥臀，整体看，像是一尊没有摆端的金瓶。旗袍开衩处，绽露出一截雪白浑圆的大腿。刘文辉一看，顿时像被枪弹打中了似的，不禁一愣，心旌摇曳起来。他是个事业型的男人，兴趣不在女色上，而且本身也不是雄性荷尔蒙四射；三姨太虽然年轻漂亮，但他早已熟悉了她身上一切，但这会儿一见她绽露出来的这一截肥白的玉腿，忽觉刺激，不禁伸手去摸了一把。

“哎哟，讨厌！”三姨太一把死死按住他的手，就像痒到了心尖子上似的，笑得咯咯地，弯下腰，噘起嘴：“摸得人家周身都痒，痒酥了！”对于三姨太的这种些微的“忤逆”“不驯”，刘文辉一点也不恼，反而像吃了开心果似的乐得哈哈大笑起来。

一般而言，大人物钟爱的女人，都要比大人物年轻许多；漂亮，那更是不用说了。大人物往往都是妻妾成群，而在莺莺燕燕，燕瘦环肥，秀色可餐的妻妾中，真正能长期得到大人物丈夫宠爱的妻或妾，肯定绝顶聪明。而她们能否长期受宠，关键是能否长期掌握住丈夫的心理和生理，这中间是有技巧的。除了年轻、美貌等本身条件对丈夫的心理生理吸引之外，还有一个度要拿捏掌握好。这就是，在大人物丈夫面前，女人不能一味地当小乖乖；因为小乖乖当久了，他也是要腻的。反之，应该适可而止地，可以有些微的

“忤逆”，撒野……事物往往就是这样的相辅相成。不然为什么说，甜的吃多了，就要吃点咸的；口中无味了，得吃点辣的，要不断变换口味。不然，又为什么说家花不如野花香呢？野花香是因为她新鲜、有刺；新鲜和有刺加起来就是刺激。男人是喜欢刺激的，当然，这刺激也有个度。决不能像荨麻一样，一刺就刺得让人跳起来，受不了。如果那样，非被铲除不可。刺激应该是轻微的、新鲜的、甜蜜的，让人回味无穷的。就像这个早晨三姨太对刘文辉这样，就做得恰好。其间的这个度，三姨太拿捏掌握得很准很好。她是一个有一定文化的很精明的女人，知道在什么样的情况下，自己该以怎样的姿态出现，才能讨得丈夫欢心。况且，平心而论，刘文辉也才30多岁，又贵为省主席、军长，却不花心，从不在外面寻花问柳。从这一点上，她不仅私心窃喜，庆幸。而且，对刘文辉，也有一分投桃报李的真情真爱在里面。

在四川，甚至可能在全国众多的军阀中，在生活上，除刘湘是个绝对的例外，比较而言，可能就要数刘文辉了。刘湘对他年龄尚轻时，父母隔口袋买猫，在乡下为他娶的糟糠之妻刘周书不离不弃，厮守终生。刘文辉呢，虽说也是有妻有妾，但适可而止。不像杨森，家中妻妾成群，自己有多少个孩子都不清楚，妻妾一多，钩心斗角的事也多，红杏出墙的事有之，后院会不断起火。刘文辉从不后院起火，妻妾之间也能和平共处。刘文辉之所以特别喜欢三姨太，不仅是喜欢她年轻貌美，因为她聪明懂事，还能像他一样，善于处理各种关系。杨蕴光是个中学生，年轻漂亮丰满，年龄上比刘文辉小得多，生理上满够他享用的了；而心理年龄却也相当成熟，有相当的见识胆识和眼光，不仅可以同他对话，还不时可以给他出些好主意为他分忧。这点，在以后的日子里，在三姨太身上越发显现出来。1949年，国共在成都进行大陆最后决战的关键时刻，也是决定刘文辉和他的事业最后命运的转折关头，三姨太杨蕴光在这方面更是显示了相当的才能，给了他不少帮助，这是后话。

不言而喻，刘文辉对三姨太杨蕴光的宠爱可想而知。

“我咋个讨厌了？”刘文辉忽然老夫聊发少年狂，一边伸手坚持抚摸着她从旗袍一角绽露出来的雪白丰腴的大腿，一边笑着打趣。一时，他绷得紧紧的神经得到了缓和宽解。

“你还不晓得吗？！”三姨太咯咯笑着，因为被他摸得一身都酥软了，不由得将丰腴的身子往他的身上靠了靠，高耸的胸脯起伏，吹气若兰地在他耳边重复刚才那句话：“你要让我回屋去睡回笼觉，你就得答应我一个条件！”

“啥子条件？”他明知故问，伸出一双瘦手，突然间抱紧了三姨太的细腰，把三姨太已经靠在他身上的绵软丰腴的身姿往怀里抱，呼吸也开始急促起来。

“我要你陪我睡。”三姨太撒起娇来，几乎是咬住他的耳朵小声说。

三姨太这一声叩在他心上，如大潮猛击，火上加油。“那就快点，我今天的事多。”他说时，心急火燎地站起来，牵着三姨太的手，过隔壁卧室去了。过去时，细心的三姨太没有忘记关上门。

听隔壁地板上有轻轻的脚步声响起，三姨太知道，这是小丫鬟冬妹进隔壁收拾屋子来了。“冬妹！”三姨太因为意犹未尽，迁怒于小丫鬟：“你收拾东西要把细点哈，主席桌上的东西不要乱动！嗳！”她这会儿显得啰啰唆唆，恶声恶气的。而一般的情况下，她不是这样的，对下人很有亲和力。

“是，太太。”隔壁小丫鬟冬妹应道，声音怯怯的。

刘文辉一边穿衣服，一边喃喃地说：“这李金安是咋搞的呢，还不回来？该是回来的时候了嘛？”

“总是还没有办妥嘛！”杨蕴光当然不敢对丈夫发脾气。不明丈夫话中就里的她，这时一边帮丈夫穿衣服扣扣子，一边小声小气地宽慰：“李金安办事向来稳当，总是快回来了。”一边又扬起声，对在隔壁打扫房间的小丫鬟吩咐：“冬妹，你去厨房看看，给先生煨的子母鸡煨好没有？煨好了就端到小餐厅去，准备服侍先生吃饭。另外，看给先生的洗脸水、漱口水都准备好没有！”冬妹答应后下去了。

刘文辉刚刚穿好衣服，就听隔壁一声“军长”，是副官李金安的声音。

“来了，来了！”刘文辉急忙过到书房。

“我先是找到大川饭馆的大堂问岩崎，大堂说，岩崎昨晚根本就没有回去。”李金安站在刘文辉面前报告，“我问他们，岩崎究竟去了哪里，他们先说不晓得。我最后好不容易找到他们总经理问，才得知岩崎走了。”

“走了？”刘文辉不禁大惊失色，一双不大的眼睛鼓得灯笼大：“到哪里去了？”

“昨晚就被田颂尧接去了……今天一早田颂尧又派人派车将岩崎和他的助手送到牛市口的长途汽车站，让他赶第一趟去重庆的早班车走了，这会儿怕是已经是在路上了。”

“消息确实？”

“千真万确！”

刘文辉“哦！”了一声，旋即一拍大腿，“糟了！”他火冒三丈地说：“田颂尧这是在故意同我作对藏猫猫，故意送走了这个日本人，让我买不到日本军火。你们这些人经常说田冬瓜、田冬瓜！他哪里是冬瓜，精灵得很嘛！幸好，我发现得早，要不，还真要坏了大事。”旋即醒悟，自己把火朝李金安身上发，除了耽误时间，毫无意义。

刘文辉旋即从宽大的袖笼中伸出一只瘦手，拍了一下头。这时，他脑海中电光火石似的一闪，已有了主意，骂了一句：“龟儿子田冬瓜给我来这一手，同我扯怪叫？哼！古有萧何月下追韩信，未必今天我就不可以给他来个一大清早追岩崎，快走快走！”说着一边站起身来，吩咐着副官马上要办的事，一边急急朝外走去。

刘文辉来在院子里，上了一辆已停在那里的进口的最新产漆黑锃亮的“福特”牌轿车。军参谋长田北诗和李金安也赶紧上了车。上了车的刘文辉，忙不迭地吩咐司机将车朝牛市口方向开，一边问坐在他身边的军参谋长田北诗，这个时候是什么时间。

“差一刻 7 点。”田北诗看了看戴在腕上的瓦时针夜光手表，报了时间。两扇红漆大门洞开，司机将车徐徐朝大门外开去，上了大街。刘文辉又问坐在前面副驾驶座上的副官李金安：“去重庆的早班车啥时间开的？你问过没有？”

“报告军长，问了，去重庆的早班车是早晨 6 点开的。”

“除了这辆早班车，去重庆还有没有别的车？”刘文辉心很细，生怕漏掉一点有关的细枝末节。

“还有一班是上等车，开得更早些，那个日本人肯定是坐的这班上等车，5 点开的。”

“你都问清楚了？”

“问清楚了。”

“那好。我们就先开车去牛市口汽车站找这个日本人，一路追上去，一路朝龙泉驿开，大不了开过龙泉山，到石经寺，总该找得到人了吧？现在，已经过了差不多两个小时，北诗，你算算看，这个日本人这时到了哪里？”

田北诗算了时间，肯定地说：“这个时候，岩崎坐的车，最多也就是到了龙泉驿镇，大不了在开始翻龙泉山。我们最多追到石经寺，肯定能追上！军长的这部轿车，比他坐的公共汽车跑得快多了……”田北诗毕竟是军参谋长，他的计算是相当精确的。

刘文辉赞同地点点头，想了想：“反正，到重庆就这一条东大路。如果到了石经寺还没有追上，我们就一直追下去，我不信追不到这个日本人！”想想，又不放心了，问坐在身边的参谋长：“北诗，你看，这个田颂尧还会不会搞出个什么猫腻来，让我们追不上这个日本人？”

“不会。”军参谋长很肯定地说，“只要他还在我们二十四军的地盘上，这个日本人这会儿哪怕就是上了天入了地，都不怕，他逃不过我们的手板心。”想了想，又适时给刘文辉戴上一顶高帽子：“幸好军长发现得及时。要不然，让这个日本人真走了，还真是坏了我们的大事。”

“那是，那是。”刘文辉庆幸地点点头。听了参谋长这席话，他这才放了心。这时，他们的小车，已经上了往牛市口方向的大街，街上没有几个人，司机将车开得快要飞起来。

- 第二章 -

幕后交易

日本军火商眼中的成都龙泉驿

龙泉山脉像是一座色彩浓郁的绿色画屏，又像是一匹青葱的骏马，在离成都不到20里的平洋大坝上，忽然扬鬃奋蹄向东疾驰而去；上山15里，下山15里，最后住脚于简阳地界的石经寺。

越渐清亮起来的晨光中，一辆去重庆的上等长途公共汽车，过了龙泉镇，上了龙泉山；上了龙泉山汽车就加大了油门。在庞大的绿色山峦上，这辆去重庆的长途公共汽车，像只小小的甲壳虫在缓缓爬行，沿着一条忽上忽下，飘带般蜿蜒盘绕的山路，吃力地不断往上拱。牛吼般的马达声，一路轰响于山间。其实，龙泉山脉并不太高，一般也就是几百米，弯道虽多些，路也不尽难走，但公共汽车竟然难过得成了这个样子？这是靠窗而坐的日本军火商岩崎没有想到的。而且，他乘的这班去重庆的公共汽车，就是最好的汽车了。当然，这车比起那些靠烧木柴或烧煤驱动，一走三四里就得停下来修理，像害了病的老黄牛似的汽车，不知又要好到哪里去了。管中窥豹，可见一斑。由此可见四川的贫穷落后，中国的贫穷落后。这就是现时的中国！作为日本三菱军工厂新近派驻中国（上海）的总代表，岩崎这是第一次乘船由夔门进四川，他是先到的重庆，再到的成都。李白诗中“蜀道难，难于上青天”，这次，他是真正领略到了。船进三峡时，江两边危乎高哉的千仞绝壁，峡中奔若惊雷的江水，都给了他惊心动魄的强烈印象。

半个月前，他从重庆到成都，不是这样乘公共汽车沿东大路来的，而是带着他的助手，沿隆昌、荣昌、内江……那一线费时一周慢慢考察过来的。一路上都是坐的“老黄牛”车，甚至有的路段连“老黄牛”都没有坐的，他们就走路或是坐四川乡间的鸡公车——独轮车，由乡下汉子推着，一路吱吱嘎嘎地响着而来。他对博大精深的中国文化，悠久的中国历史非常喜爱，中国古典四大名著：《红楼梦》《水浒传》《三国演义》《西游记》都是熟读了的，说起里面的人物故事，如数家珍。《三国演义》中诸葛亮发明的木牛流马，据说就是那种他乘坐过的鸡公车。“未晚先投宿，鸡鸣早看天”，一路上，他宿过不少鸡毛小店。这些城乡间鸡毛小店两边的门楣上，都用红纸张贴着这样的墨写对联，他觉得非常形象有趣。中国文字就是这样，一字一句都能尽传精神。重庆与成都直线距离不过千里，他们竟走了一个星期，吃了不少苦，也大开了眼界。一路之上，他领略了川东川西不同的风貌。川东的雄峻，川西的灵秀，特别是成都平原上的小桥流水、烟村人家，星罗棋布的田原……那一份自给自足的富庶、清新，简直就像是一幅幅水墨画，有种陶渊明诗中的韵味。但一路上惊人的贫富悬殊，也给他留下了深刻印象。特别是，出没于深山老林中的土匪，估吃霸赊的地痞，城乡间作威作福的恶霸，还有袍哥、娼妓，拥兵自重的各地军阀的横征暴敛……这些都是他原先没有想到的。来中国前，他曾经作了不少准备，看过不少有关介绍中国方面的书报。但从书本上得到的印象，与他考察后得出的印象，是有差别的。

岩崎是个博学的人，他毕业于日本明治大学，到过世界上许多国家，见多识广。他还记得法国著名游历家马尼爱游览成都后，在其著述中对这座城市有一段生动记叙：“唯于晓色朦胧之际，遥望其间，尚有巍峨气象……其时城堙暗淡，景色清幽，若隐若见，如龙盘，如虎踞，扼峙于旷土平原；而河道纵横，亦复绮交脉注；诸河上流迤西八十法里，有瀑布自悬崖出，凡菜畦稻田及罂粟花地，俱借以灌输畅茂；但觉连陌如云，鼓风成浪……宽衢华厦，绸轿锦舆，金碧辉煌，陆离光怪……”

英国学者肯德也曾经在报上撰文称：“这个省份(四川省)的财富和资源，是世界上任何地方都无法和它比拟的。”

是的，他想，这些话对，但也不对。所谓天府之国，其实也就是川西坝子、都江堰一线。书上说，这里岁无饥馑，物华天宝。成都自古繁荣，早在唐宋时期就有“扬（州）一益（成都）二”之说。晋代左思在《蜀都赋》中的名句“既丽且崇，实号成都”言简意赅，他印象很深。但今日的成都，也不是想象中的好。由此，他的思绪突然宕开去，想得很深很远。就在中国的戊戌变法之前，当时日本与现时的中国很是相像：各地军阀盘踞，一盘散沙，各方面都很落后，国力衰微。然而就在那时，日本一批有识之士，抛开了中国这个数千年来显得已经相当陈旧的老师，转而向西方学习，开始了明治维新。而在这之前，古老的中华却还久久地沉醉在一个虚幻的梦中，认为中国是天朝，最大最了不起；世界各国各民族都是得向天朝俯首称臣进贡的蛮夷、蛮夷之邦。即在所谓的清朝康、乾盛世期间，当自以为是的康熙、乾隆皇帝宣布闭关锁国之际，实际上就将古老的中国排斥在了世界之外。也就在这时，曾经在各方面都在很长一段时间内走在世界前列的中国，已经是大大落伍了。而也就在那个时候，整个世界都在大步前进，特别是一些西方国家依仗日新月异的先进的科学技术，来武装、壮大自己；用先进的民主制度来完善国民灵魂，因而突飞猛进，一日千里。

当西方帝国主义依仗其船坚炮利，一头撞开了古老的自以为是的中国森严的壁垒，撞醒了古老中华的梦，让中国在吃了大亏之时，这就有不少有识之士趁机发出了改革的呼声。首先是，人称南海先生的康有为联合了一批有志有识之士，趁在北京应试之际，上书光绪皇帝，要求变法维新，得到了年轻有为的光绪皇帝的首肯和支持，这就是中国历史上有名的“公车上书”和接下来的戊戌变法。然而，中国的戊戌变法不像日本的明治维新那样单纯，中国的戊戌变法最终失败了。结果很惨，光绪皇帝就此被慈禧太后剥夺了一切权力，关在北海瀛台那个四面环水的孤台上，孤零零地了此残生。湖南的谭嗣同，四川的刘光锐等六君子，被逮捕被五花大绑，游街示众后斩首于北京菜市口。康有为康圣人等，就此流落海外……细细追究起来，中国的戊戌变法，之所以最终被打入一派血泊之中，还是因为落入了一个人际关系的黑网。最典型的事例是，当坐在龙廷上的光绪皇帝感到形势危急，带信给康有为，要他们速拿出一个办法来。关键时刻，敢于我以我血荐轩辕的谭嗣同，自告奋勇去找到也是维新派人士，掌握着清军精锐新军的袁世凯，直说了光绪皇帝的危急，要求袁世凯在光绪皇帝陪着老佛爷慈禧太后去天津小站检阅新军时，进行兵变，将慈禧太后逮捕软禁，将慈禧太后手下第一干将荣禄当场诛杀。完了，血气方刚的谭嗣同直问袁世凯敢不敢接皇帝的血书？还说，如果不敢，你现在就可以将我谭嗣同缚了献给慈禧太后，以我的命、我的鲜血染红你的顶子。袁世凯当时表现得相当忠勇义气，愤然说，我杀荣禄等人，如杀几条狗耳。殊不知，谭嗣同前脚一走，袁世凯后脚就去向荣禄告了密……结果，从上至下的维新人士，就像是误撞进了一张黑网的几只蜻蜓，被粘在了黑网上不能动弹，让滑过来的黑蜘蛛慢慢吞食、享用。看看，世界上有哪个国家哪个时代，有中国这样复杂的人际关系？

日本经过明治维新后，很快励精图治，走在了世界的先进行列，而中国却越渐积贫积弱下去。四川之行，他没有看到多少亮色，看到的却是与袁世凯大同小异的阴谋家，他们是多么的一脉相承啊，多么的相像啊，都是两面三刀，口是心非。难道刘湘、刘文辉、田颂尧这些人不是这样的人吗？尽管他与刘湘、刘文辉、田颂尧这些人只是草草接触了一下，但还是明显地感到，这些人的道行很深，做事总是藏头露尾，说话也总是言不由衷的。借中国一句古诗：“横看成岭侧成峰，远近高低各不同”，要看清这些人的庐山真面目，还真不容易。

记得拿破仑说过，遥远而庞大的中国，就好比是一只睡狮，迟早要醒的。但是，作为与庞大的中国比邻的日本人，作为一个日本的军火商，他是不愿意看到这只睡狮醒过来的。中国，四川就这样军阀割据下去才好。他想起了四川一句俗话：趁浑水好搭虾扒。虾扒搭起了，不仅可以捞虾，也可以捞鱼。中国，四川越是军阀割据，日本的军火才越是可以进入四川，进入中国，大赚四川人的钱，中国人的钱。记得小时候，童稚初开时，老师总爱在课堂上发一些很精美很好吃的糖果给他们吃。吃完后，老师问：好吃吗？小朋友们众口一词：好吃。老师这就适时将一张硕大的大洋彼岸的雄鸡鸡冠状的中国地图挂在黑板上，引导性地说，这就是支那。你们吃的糖果就是支那的，支那还有好多好多的好东西，等你们长大后去拿好吗？小朋友们又是众口一词：好！

从小的军国主义培养，让他此行看到中国的什么都要拿来同日本比一比；看到中国的什么东西，都想要攫取，这是一种自觉不自觉的潜意识。

汽车爬一个大坡时发出牛吼，费了好大劲才爬了上去。为此，转移了他的思绪，而且让他一直担着心，直到汽车上了坡，他才放了心，无端地叹了口气。朝外看去，他发现了龙泉山的另一面，它不光是一味的绿，而且还是一座花果山。不时闪现于眼前的山上人家的茅竹芦舍，无不掩映于花树果丛中，梨树、桃树……其中，枇杷树最多。想来每年枇杷成熟下树时金黄一片，该是一幅什么样的丰收景致呢？颇有兴致地打量着窗外景致的他，一时有些恍惚，觉得眼前的景致，与他的家乡日本伊豆很像。日本是个多山的国家，绿化很好，尤其是伊豆，人在其中，简直就是穿行在森林中。日本不仅多山而且多水，四面都是大海。家乡伊豆多温泉，但家乡伊豆的山脉却没有这样连绵起伏，一鼓作气的气势。

岩崎毕竟是个军火商人。他没有诗人的情怀，在某种意义上却有种军人的眼光，他觉出这座龙泉山脉，实在就是成都东面一处重要的军事要隘，具有重要战略地位。他听说，出成都往西，沿川藏线去也就是一二十里地，平地上突地矗立起一座清秀山峦——牧马山。那山没有龙泉山脉雄峻，却是起伏连绵，像一条青龙腾游于一望无边、二望无际的川西平原上，同川藏线一起肩并肩地往西往西，一直走到古诗中“烽烟望五津”“走遍天下渡，难过五津渡”的新津县境内的那个濒临岷江，与县城隔三江相望的旧县五津镇为止。据说，牧马山这个名字还是三国时期及以后大名垂宇宙的蜀相诸葛亮取的。蜀国初期，藏军势力很大，不仅一直延伸到临邛（邛崃）桥西，而且连成都附近那座连绵起伏的清秀山峦也是藏军所在地。卧榻之旁，岂容他人酣睡？连强大的魏国、吴国都要在荡平之列的诸葛亮，怎么能容忍这种现状存在？

但诸葛亮没有向近在咫尺的藏军动手，因为这个存在是历史造成的。凭借自己的威望，诸葛亮要藏军退一箭之地，逼近成都的藏军岂有不从的？这就约期射箭。射箭之前，诸葛亮派人快马给远在二郎山下，大渡河以西的打箭炉城（现康定）守将郭达送信，交代了他需如此如此。届时，赵云奋臂拈弓搭箭一射，神箭破云而去。双方寻箭，一直寻过二郎山，寻过大渡河，一直寻到打箭炉城的前山上，只见赵云射出的神箭插到前山绝顶一巉崖上，箭瓴直指蓝天，威风凛凛。藏军不知是计：是诸葛亮让打箭炉守将郭达预先将箭安插上去的，这就如约退兵，一直退过打箭炉城，退到炉城之后的折多山以西。那山，以后改名为郭达山，同折多山一起将打箭炉城前拥后抱。

成都西面那座连绵起伏的清秀山峦很是奇特，从平地上看，它是山，但上得山去，好些地方都是一趟平。山上古木参天，青草没膝，实在就是一片绝好绝大的天上草原。这天上的高原以后成了蜀国最好的军马场、练兵地兼刘备们休闲跑马的打猎地。牧马山，诸葛亮给这山取了一个很好的名字。

日本军火商岩崎的思绪没有在这些人文掌故上停留太久，作为世界闻名的日本三菱兵工厂的总代表，他更关注的是此行的收获。他省视着自己此次的入川行，检点行囊，觉得很不满意。

在重庆，他没有少费唇舌，刘湘才多少订了一些军火，到成都，田颂尧也订了一些，但都不令他满意。他本来是抱着很大的希望来成都的，是奔四川省政府主席兼二十四军军长兼川康边防军总指挥刘文辉来的。刘文辉是四川最富的军阀，肥得流油。可惜，借中国一句话讲：叶公好龙。昨天去四川兵工厂巧遇刘文辉，看起来，刘文辉对他兜售的军火，诸如飞机、大炮，还有三八大盖步枪乃至出厂五年价格减半的子弹，都极感兴趣，问了又问，也显得很在行。可是，这个最大的买家却没有买他一枪一弹。难道这个刘文辉是要舍近求远，去买德国或是美国、英国、法国等西方列强的武器？但这些西方列强的军火，价格上远比三菱兵工厂的贵呀！真是不明白这些四川军阀是咋想的？他只是直观地觉得，这些四川军阀心机很深，用一句四川话说就是“总是踩假水”。于是，他不由得想起昨天下午从四川兵工厂回到大川饭店以后的情景。

田颂尧才不是“田冬瓜”，机敏得很

他刚回到大川饭店，饭店经理就陪着一个50来岁，身着长衫，身材干瘦，二指宽的脸上戴副鸽蛋般铜边眼镜，下巴长了几根虾猫胡子，像只河虾的中年男人拿着二十九军军长田颂尧的名片来请。那“河虾”是田颂尧身边的一个师爷。

这就出门上轿车，去了西二巷田颂尧的公馆。高墙深院的田公馆是四进大院，大院相对独立又相互连接有序。见到河虾状的师爷陪着客人近前，门口站岗的卫兵，立即将胸脯一挺，行持枪礼。跨过门槛，迎面的屏风是熊猫戏竹，过屏风眼前一亮，豁然开朗，花园、游廊、假山、荷池、翠竹、亭台楼阁……层层叠叠，极有沟壑。一路而去，移步换景，像是一幅幅不断变幻色彩丰富的万花筒、多棱镜。从那一根根需双人才能合抱的红柱、穿斗结构的房屋结构、飞檐绿瓦，牛角般冲天而去的屋檐及挂在屋檐上，在风中鸣响的铜铃等传统中式建筑结构上，他看到了日本建筑脱胎于中国建筑的影子。心中不禁感叹时，师爷已将他带进一处别有天地，鸟语花香的轩敞小院里。师爷像唱戏似的，一手提起袍裙，沿着花径一溜小跑，上了阶沿，来到对面一字儿间排开的青堂瓦舍中间那间厢房，隔着珠帘弯下腰去，轻轻一声：“军长，他来了。”

里面应了一声，师爷转身，很客气地比比手说，“请！”并随手撩起珠帘。

二十九军军长田颂尧和副军长孙德操（孙震字德操）已经坐在里面等他了。

这是一间中西合璧的客厅，四四方方的，进门就一目了然。锃亮的红木地板上，铺着厚重的粗条花纹的波斯地毯，轩窗敞亮。进门左边顺一排沙发，右边顺一排中式红木几椅，完全是中西对立。正面，靠着后窗，摆有两张镶金嵌玉带有宫廷特色的太师椅，椅上垫到软垫蜀绣图案，军长田颂尧和副军长孙德操一左一右坐在椅上，隔一张玉石镶面的高脚茶几，他们正头碰头地小声说着什么。在他们头上，墙壁上挂一幅成都早先年间名画家古中古画的青羊宫里打金章。画面上，紫烟缭绕的青羊宫打擂台上，两个武林高手正在交手。

师爷将他做了介绍。

“坐坐坐。”田颂尧显得很和气，笑得弥勒佛似的，也没有起来握手什么的，也许是胖，懒得起身，手一比，示意他坐在近前的沙发上。他坐了，是正襟危坐，目不转睛注意着这两个人。田颂尧穿一身军便服，也就是 40 来岁，中年发福，又白又胖，显得绵扯扯的，难怪被人称为“冬瓜”。一双眼睛有些眍，因为胖，又爱笑，总是半睁半眯的，但偶尔定睛注意什么时，眼睛一下睁大，目光还是很有威棱的。“笑官打死人！”他想，这种人其实是很厉害的。与田颂尧隔几而坐的副军长孙震，是个标准军人，略高的身量，四肢匀称，戎装笔挺，坐姿也始终保持着标准的军人姿势，有棱有角的四方脸上，一副大刀眉，皮肤黝黑，双目有神。他发现，从他一坐下起，孙震就研究似的注意着他的一言一行。他看出来了，二十九军副军长孙震是个很能干很精明的将军，不是个久居人下之人。田颂尧有种见面熟的本事，哪怕对他这个日本军火商。田颂尧一开始就谈茶，指着摆在他面前茶几上的一碗四川盖碗茶说：“茶，早就给你泡好了，是我们这里的蒙山顶上茶。听说你对我们中国很有研究，有一句‘扬子江中水，蒙山顶上茶’不知你知不知道？给你泡的是我们的四川盖碗茶，不晓得你吃不吃得习惯。”也不等他回答，率先示范，用一只胖手端起黄澄澄的茶船，右手揭开茶盖，用茶盖轻刮几下茶汤，举了举，轻轻抿了一口。他知道，这是请茶。

这就入乡随俗，端起茶船，学着四川盖碗茶的喝法喝了茶。

放下茶碗，田颂尧说：“我们是军人，喜欢直来直去。我同孙副军长商量过了，你这趟来成都不容易，我们也不能让你甩着空手回去！”说着看了看一直没有说话的孙震：“我们决定向你订 20 万发出厂五年的子弹，1 万支三八式大盖枪。”孙震点点头，补充：“价钱就是今天上午你在我们的四川兵工厂同刘文辉刘主席谈定的价格。如果你那里没有什么变化，我们等一会儿就同你签合同。钱，立刻给你打到你们上海办事处的账上去。等你回到上海，钱也肯定到了。但你的货，也要按时给我们发来啊！”

“太好了！”他说，“我这里没有什么变的！”说时站起来向田颂尧、孙震鞠了一躬。连连说，“军长你们就放心，钱到货到，肯定肯定！”他在作保证时心想，上午我在兵工厂的一举一动，连各种军火的价格，他们都掌握得一清二楚。暗处，还不知有多少双眼睛在盯着我呢！

坐下后，他想了想，问了田颂尧一个很不应该问的问题。

“田军长！”他说，“我有一个问题不知该不该问？”

“问问问，随便问。”

“你们四川天府之国，四塞沃野。从外面购买进来的武器，都要过夔门，走水路；得经刘湘的防区才能到成都？”田颂尧也不说话，只是连连点头，一双眼睛猛地睁开放光，看着他，似乎在说，你问得好，接着问。

“田军长你这批货，就不怕过刘湘防区时，他给你扣了过不来？”

田颂尧和孙震先是相视微微一笑，继则哄的一声仰头大笑起来。他不明白他们为什么这样笑，笑得似乎既开心，又有几分诡异。他有些迷茫地注视着这两个将军。

笑够了，田颂尧说：“岩崎先生，看来你不简单，把我们四川的情况吃透了。你这个问题可说是问到了关键，问到了一个军事机密。不过，我可以坦率地告诉你，我们在你们那里买的军火，经过刘甫澄将军的地盘，是决不会被扣押的。因为我们之间是同盟军，而有些人的军火是过不来的。”他发现，田颂尧这样说时，孙震那张总是显得严肃的脸上，绽露出一丝笑。这笑，似乎很有深意。那么，他想，谁的军火不能过刘湘的防区呢？刘文辉、邓锡侯的军火不能过吗？不然他们为什么不买我送上门来的价廉物美的日本军火呢？当然，这仅是他心中的疑问，他不会当面问这两个将军。

在签了合同后，田颂尧请他吃了一顿饭。这顿饭让他大开眼界，大吃一惊，让他领略到了闻名世界的川菜的品种之多、味道之美，还有蕴含其中的巴蜀文化之博大精深。

是一桌名厨主理的川菜。

他随同主人田颂尧和陪客孙震走进餐厅时，一下子就感到了对食物的迫切需求。这是一间中式小餐厅，不大，却极精致。锃亮的红木地板上铺着波斯地毯，当中放一张通红锃亮的椭圆形大桌子，这种桌子的四条腿就像四条曲身飞翔的龙，龙头在地板上翘起。在龙尾与桌面交接处宽宽的，像是古代士大夫拴在腰上的玉佩，“玉佩”上镌刻着精美的图案。不要说吃，光是看这样的桌子就是一种艺术上的享受。墙上有几幅画。有装在提篮里光亮得发黑的葡萄、黄金色的枇杷……还有装在雪白瓷盘里煮得黄澄澄的玉米，这玉米似乎能让人闻到刚刚煮熟时散发出来的新鲜的甜味，他找到了为什么一进这餐厅就有饿的感觉的原因了。主客分三方落座后，主人做了个手势，穿红着绿的几个女佣立刻鱼贯而入，上菜的上菜，斟酒的斟酒。顷刻间，极富特色的美味佳肴将那张古色古香，整体呈鼓状的桌子摆满了。然而，这才是刚刚揭开了序幕，这些美味佳肴是用作佐酒的凉菜，酒上的是唐时宫廷酒：绵州大曲。川酒名闻天下，没有孬的；最好的酒还有五粮液、泸州老窖等等。他知道，在川、鲁、京、粤中国四大菜系中，影响最大的，还是要数川菜。他这是第一次感受川酒川菜。

据他所知，世界上没有哪个国家有中国人会吃，光是吃饭时间，有时就要长达几个小时，川菜尤其如此，程序也多：先是喝酒吃凉菜，然后才进入正轨，上热菜，完了还要上汤。俗话说：川戏的锣鼓，川菜的汤，川汤非常讲究，有吊汤、清汤、红汤……据说，田、孙两位将军还不是最会吃的，但他们在席间表现出的对川菜饮食文化知识的渊博，让他震惊佩服。川菜讲究多，用人上茶只能上七分，斟酒只能满八分，所谓茶七酒八……上鱼，盘子中的鱼头鱼尾的摆放的方向，也是不能错的。

川菜讲究一菜一格，琳琅满目，一听菜名就很有趣，很有文化很有历史，让人心向往之。什么二姐兔丁、王胖鸭子、夫妻肺片、陈麻婆豆腐、龙抄手、赖汤圆、古月胡、矮子斋……都上了。而且，这一顿饭还不算是正式宴请，是家宴，如田颂尧所说，是便饭。那么，正式的隆重的宴请呢，又该是个什么样子呢？

席间，他虚心求教。主人田颂尧和陪客孙震也都不吝赐教，滔滔不绝，如数家珍。让他眼界大开，不时惊讶得目瞪口呆。

“人说吃在四川，此话不假。”田颂尧一边说时，一边伸出包金乌木筷子指指一桌子琳琅满目的菜肴，让他多吃一些——

“四川自古号称天府之国。土地丰饶，气候温和，雨量充沛，瓜果蔬菜，四季常青；牛羊猎狗、鸡鸭鱼兔，应有尽有。加之四川历史文化悠久，人文荟萃，早在西汉时期，川菜就已脍炙人口。成都出生的大文人扬雄在《蜀都赋》中对川菜就有相当精彩的描述。西晋左思在《蜀都赋》中，也有‘金垒中坐，鲜以紫鳞’的赞叹。唐代大诗人杜甫流寓成都时，也为川菜的魅力所吸引，说是‘蜀酒浓无敌，江鱼美可求’。南宋著名诗人陆游自蜀返浙后，多年也不忘川菜，他在《思蜀》中写道：‘老子馋堪笑，珍盘忆少城。流匙抄薏饭，加糁啜巢羹。’明清以后，随着从清初开始的，长达一百多年，从全国十多个省移民到四川的‘湖广填四川’，和以后的大量外籍官员入川，厨师随行，这就更是把全国各地的名馔佳肴带进了四川，川菜更加发扬光大。”

如果说，田颂尧这番对川菜着重在沿革上的介绍，是战略上的概括，那么，孙震对桌上某道菜品的细说，就是战术上的分析了。

“这道菜虽不是最为有名，但雅俗共赏，最有川菜特色，老少咸宜。”上热菜时，孙震指着一个大品碗中的陈麻婆豆腐说：“你先尝尝。”

这是一个造型考究的景德镇大品碗，雪白的碗面上，用传统的具有唐代风韵的笔法画有一幅中国二十四孝中“卧冰求鲤”故事。碗上浮一层红油，他试着伸出筷子探进红油，颤巍巍夹起一块雪白的豆腐，刚刚放进嘴中眼就大了，连说好香好香。豆腐，日本人也会做，是唐时从中国传到日本的，但他从来没有想到豆腐会做得这样好吃，问这豆腐是如何做的，又为何叫陈麻婆豆腐？

孙震告诉他，清末年间，成都罗家碾附近有家豆花店。开豆花店的是一个陈姓中年妇女，脸上有几颗浅麻子，人称陈麻婆，陈麻婆手脚麻利心肠好。每天有许多在罗家碾榨油卖苦力的干人，和一些推车抬轿者到她的豆花小店吃饭。她对这些干人多有照顾。陈麻婆的豆花做得非常好，她对这些干人提供价廉物美的豆腐和干白饭，久而久之，让去她处吃饭的干人心存感激心生报答。《诗经》有言：投我之木桃，报之以琼瑶。这些在罗家碾干活的干人，都是榨油的，打大锤的，推车的……总之不离一个油字。他们钱没有几个，可有的是油，顺便就将碾坊中主人的油顺手揩来，以最低的价格半卖半送给了陈麻婆，而且涓涓细流，源源不断。

心灵手巧的陈麻婆有了这些油，将豆腐不断改进，锦上添花，做出了如今这样色香味俱佳的“陈麻婆豆腐”，从民国初年就成了一道进入上等社会的名菜。它的特点是麻、辣、烫、鲜、酥、嫩；豆腐不烂，壅在红油中的颗颗酥花生米、牛肉粒味香鲜美。

又比如这宫保鸡丁，是清朝年间四川总督丁宝桢发明的。这丁宝桢也是四川军工厂的创始人。丁宝桢，也是一个美食家。宫保鸡丁这道菜，做法也大有讲究，将净猪肉洗净切成肉丁。川菜讲究刀工，分直刀法、平刀法、斜刀法……肉丁切好后，码上少量酱油、盐。一般盐不行，你们日本的海盐更不行，要用我们四川自流井的井盐才行；还有水豆粉、醋、料酒、胡椒粉……勾兑成汁。炒时讲究火工。火分旺火、中火、小火、微火。讲了宫保鸡丁，孙德操看他简直被博大精深的川菜震了，这又随便指着桌上的诸如东坡肉、贵妃鱼等等，讲了出处；这又转到了热菜制作的炒、滑、熘、爆、煸、炝、炸、煮、烫、煎诸般工艺。

他不禁从心里发出真诚的赞叹，伸出大拇指比了比，“你们四川了不起，川菜了不起！”说时，脑海中忽然闪过从重庆一路过来看到的情景：荒芜的山乡，惊人的贫困，就是素称富庶的成都大街上，白天也随处可见的乞丐……是杜甫的诗吧？“朱门酒肉臭，路有冻死骨。”贫富就是如此悬殊，对比就是这样分明。这是他偶然闯进一个军阀家中领略到的富贵，而且，听说，田颂尧在四川众多的军阀中，生活上还只能算一般的。那么，更豪奢的又该是什么样子呢？他简直想象不出了。

酒喝得多了些，头有些已经二麻二麻的了。猛听得熟悉的家乡《拉网小调》幽幽响起。不禁睁大眼睛，惊问，“这里还能听到我们日本的歌？”

“这是专为你放的留声机。”

他这才注意到，旁边一张小桌上架起了一架留声机。一张张黑色圆盘在留声机上旋转，留声机不仅放了他耳熟能详的《拉网小调》，还放了《北国之春》《樱花飘零》……

“我能不能跳个舞？”吃得二麻二麻的他，用一双贼亮贼亮的眼睛，从镜片后也着主人。记不得当时田颂尧说什么话了，他只记得自己脱了西服，站起身来，伸过手就将那个站在桌边放留声机的穿红旗袍的川妹子兜在怀里转起了圈子。闹得实在不像个样子了，主人这就随手端起茶碗。他知道，这是主人准备送客了。

去哪里是先就说好了的。自知成都一行收获就是这个样子了，他说过他准备先回重庆，然后辗转回上海，那边还有许多事等着他回去处理，田颂尧问他准备什么时候走？

他说越早越好。

“那好。”田颂尧说时看了看孙震。

“你们日本人时间观念强，时间宝贵。”孙震看来早有准备，他说：“你是我们军长的客人，我们军长请你吃一顿家宴，在略尽地主之谊时，我已经派人去牛市口长途汽车站为你和你的助手买了明天一早去重庆的早班车票，当然是最好的车最好的位置。”说着看表，“现在时间已不早，估计我们吃完这顿饭，再说说话，天也就快亮了，时间正合适。饭后，我们先送你回大川饭店。你现在打电话回去，让你的助手收拾收拾东西，一会儿，我们送你们去牛市口公共汽车站上车，你看如何？”

“亚西！”三菱兵工厂中国（上海）地区负责人说了一句日语，说时站起身来，礼数很多地向两位将军鞠躬；随后借用了田颂尧的电话，把电话打回大川饭店，叫来助手作了吩咐……

汽车开始下山了。蜿蜒连绵的龙泉山脉已经走完，随着汽车的下降，眼前豁然开阔起来，山下亮出了一片一望无边翠绿的平原，而就在平原与龙泉山的交界处，有座巍峨的古庙矗立在茂林修竹中。有丝丝缕缕，带有最初寒意的白雾从身后袅袅升腾，与田原上游荡的白雾相互交织在一起。这时，一阵阵嗡嗡嘤嘤洪大而又含混不清的和尚诵经声，从巍峨的古庙中传来，其间点缀着清越的磬、鼓声，让他不禁精神一振。觉得这个情景是很熟悉的，家乡伊豆的寺庙也都是这样的。

“各位客人！”副驾驶座上站起一位负责沿途招呼客人上车下车，卖票收票的中年男人，身着一件蓝布长衫，脸色灰扑扑的。中年男人面向大家说：

“已经下山了。”说时指着前面的古寺，“大家在这里休息一会儿，吃早饭。这是有名的石经寺，附近饭馆很多，进庙子里去吃斋饭也可以，石经寺里的锅巴是很有名的，又香又酥，可以当点心吃。这一带产鱼，饭馆里做的鱼，也巴式（好吃）得很。”

车停在了寺前一处敞坝里，大家纷纷下了车。

入乡随俗。日本军火商岩崎同他的助手，同十天前他们由重庆来成都时一样，岩崎身着长袍，头戴一顶博士帽。他的助手身着中国粗布开襟短衫，手中提一口小黑皮箱。这时戴着眼镜的岩崎，恍然一看，俨然就是一个在中国随处可见的，从沿海一带大城市来的商人，有点洋气。他助手就是他带的跟班。他们随着大家下了车。岩崎觉得眼前的景象一点也不陌生。他当然不饿，助手说他去吃碗面，马上就回来。他让助手去了。当他转到一个四下无人的背静处时，刘文辉的副官李金安这时出现在了他身边。

刘文辉后来居上，让岩崎喜出望外

“这位客官是岩崎先生吧？”李金安走上前来，附在日本军火商耳边悄声问了一句。

这一声声音不大，但对岩崎来说，不啻平地响起一声惊雷。他吃惊地转过身来，看着这突然出现在他身边，笑扯扯的小个子男人，瞪大了镜片后贼光闪亮的眼睛。他有些紧张，这素昧平生的小个子是谁？长得獐头鼠目的李金安穿上军服要好些，这时穿一件宽袖对门襟蓝布短衫，里面的粗白布衬衫又露出一截，简直就是一个标准的土匪。怎么！日本军火商想，这个家伙是要拉我的肥猪吗？这个家伙怎么知道我是日本人……一连串的问号在岩崎脑海中闪过。他紧盯着来人，在思索，在判断，在想象着应对措施。

“先生不必过惊。”好在岩崎神经高度绷紧的时间很短，獐头鼠目的小个子轻言细语地解释：“我不是棒客（土匪），我是刘军长的贴身副官李金安，我是奉我们军长的命令来请你去说话谈事的，我们军长决定同你签订一大批军火。”

“刘军长，哪个刘军长？”日本军火商不由退后一步，盯住来人。这时，他怎么也想不到把面前这个素昧平生，令他生疑的小个子男人口中所说的“刘军长”，拉到刘文辉身上去。他警惕地看着这个靠近身来的不速之客，不禁掉头向附近看了看。附近不远处就有人，他不相信这个来路不正的家伙会在这样的情况下敢对他动手，况且，他本身也进过武馆，学过短时间的日本拳道，假如与这个小个子男人动起手来，再怎么也吃亏不到哪里去。他想，这相貌不端的家伙是不是在我离开成都时，就一直在打我的吊线，跟到这里，这会儿想把我骗到哪里去诈我的钱财，甚至是图财害命呢？专以大话哄人，以欺骗手段得人钱财，甚至不惜谋财害命的小流氓、群团组织，在中国遍地都是。在上海，有折白党。在四川叫什么呢？他不知道，但肯定有，说不定这家伙就是这样的。

“咦，你连刘军长都不晓得了吗！”李金安对日本军火商既是提醒，又是责怪：“就是我们四川省政府主席兼二十四军军长刘自乾将军，昨天你见过的嘛！”李金安的声音、表情，简直就像是法国人不知道拿破仑、日本人不知道伊藤博文。

提到“昨天你见过”的这一句，日本军火商更是笑了，他用椒盐成都话对眼前这个长相不端，像土匪的小个子男人说：“你是说刘文辉刘军长，刘文辉刘主席么？我可是见过的，请问，他在哪里？”随即，展了一句四川言子：“你可不要坟地里撒花椒——麻鬼。”

“岩崎先生何必走得这样急，心急吃不下热稀饭哟！”循声望去，只见走来的那个个子矮小，却是仪态矜持威严，身着长衫马褂的中年男人不是刘自乾将军是谁？日本军火商大大吃惊了。他不明白刘文辉将军怎么会追来此？如果果真是追来同他签订军火，那昨天刘文辉是干什么的，何必舍近求远，多此一举？陪同在刘自乾身边的中年男人个子高些，也着便装，头戴博士帽，从神态举止上一看就知道，其人是刘自乾的高级幕僚。一辆锃亮的黑色小轿车停在空坝一边，在初升的霞光中闪光。这一切似乎都在无言地证明，相貌不端的小个子男人言之不虚，人证物证都在。不说其他，光这辆停在敞坝中的小轿车，在成都就是稀罕物，是达官贵人的标志。刘文辉究竟追来何为？

他把握不准，因为这些中国将军的“水”都很深。日本军火商用他那贼亮贼亮的目光，透过眼镜打量着走近前来的刘文辉，带着审视、询问和警惕。

这时，岩崎的助手吃完面来了，看着几个陌生人不无诧异，岩崎小声告诉了助手原委。

“请借一步说话吧，我们再这样站在这里说话，可就要扯敞子了！”刘文辉身边的高个男子将手一比，示意让日本军火商跟他去。李金安适时走上来轻声告诉他：“这是我们的军参谋长田北诗，请吧。”

“公共汽车走了怎么办？”日本军火商有些嗫嚅的。

“哼，我们是打了招呼的，我们不说走，他敢走吗？”李金安说话很横，这也就坚定了日本军火商跟他们去的决心。这时，刘文辉已经由田北诗陪着，径自朝石经寺的后门走去。略一沉吟，日本军火商带着他的助手，像是一对提线木偶，跟在刘文辉身后，从后门进了石经寺。

进了石经寺后院，一下子恍若进入了深山老林。后院很大，里面遍生虬枝盘杂，直冲云霄的百年古柏、楠木……黑森森一大片，遮天蔽日，散发着一种苍然和森然的恐怖气息，其间又藤萝纠结，光线也骤然暗淡下来。“呱、呱！”满耳都回荡着林中老鹰类枭鸟的鸣叫。沿着一条两边草深没膝，粗石板铺就的甬道朝前走，也不知道要到哪里去。一行人前后相跟，鱼贯走在路上，都没有说话，完全无声无息。这种气氛显得非常的神秘、诡异。让日本军火商心中不由有些发虚，不禁看了看走在旁边的助手壮胆，心中暗想，真要是发生什么事，那就惨了，死在这里都没有人知道。这样一想，渐渐有了一种月黑风高夜，野外好杀人的悚然感，浑身发凉，鸡皮子颤。但日本军火商毕竟是个见过世面的中年人，相当老练，也会思考；转念一想，既然认定走在前边的刘文辉是真的，就断然不会有生命危险。这样一想，一颗七上八下的心也就安定下来了。又想，就算刘文辉追上来是谈订购军火的事，但一个堂堂的省主席，二十四军军长，怎么会搞得这样神神秘秘，像搞秘密工作一样？真是搞不懂。但事到如此，也只能走着看了。

“咿呀——！”一声，日本军火商抬起头来，只见已走到尽头。前面是一道厚重无比，油漆斑驳，稀开一条缝的木门。李金安用力推开了木门，一行人过了高门槛，下几步台阶进了内院。李金安等在后面，等人过完，这才又关上厚重的木门，生怕有人跟进来似的。进了内院，一下就漂亮了，舒坦了。眼前出现了一个整洁的小院，小院中有花草树木，方砖铺地。几间精舍，呈品字形排开，井然有序，用四川雪白夹江宣纸糊就的窗棂上，疏枝横斜。想来这靠着荒芜后院的小院，定是法师们闭关修行之处了。身披袈裟，童颜鹤发的住持大法师已等在那里。见了刘文辉，迎上前来，一手端起，低首垂眉，“主席今日光临寒寺，实我山门有幸！”说完，捻着手中的一串通红的玛瑙佛珠，口称阿弥陀佛。

刘文辉双手作揖还礼，“借大法师宝地一用，多有劳烦。”

整个过程，就像是事先预演过似的。石经寺住持大法师对刘文辉表示了欢迎后，就做他的法事去了，寺中负责外交事务的知客僧带一年轻精干的小沙弥，将刘文辉一行迎入一间静室，分别坐了。这是岩崎第一次进入中国佛门，不由静下心来，仔细看了看这间窗明几净的精舍内的布置。

大方砖镶嵌铺就的地面上纤尘不染。进门对面壁上摆一尊佛龛，供的是如来佛。一张供桌上列果盘。前面，一鼎状香炉钵里燃有一束檀香，青烟袅袅散发着幽香。

室内光线很好，亮亮堂堂的。迎门，左右两边各摆五把黑漆太师椅，茶点早就准备好了，知客僧带着小沙弥将刘文辉等一行迎坐入位后，知客僧留下小沙弥在外随时听从呼唤，嘱咐小心侍候，自己告了得罪去了。果然，一坐下来，谈判的架势就摆起了。刘文辉和他的参谋长田北诗在进门右边的两张黑漆太师椅上隔几而坐，让日本军火商带着他的助手坐在对面。李金安在外游动警卫。

刘文辉一手端起茶碗，一手揭开茶盖，轻刮几下茶汤，抿了一口茶，示意开始。田北诗用他那一双见微知著的细长眼睛看了看日本军火商，很郑重地说：“我们军长考虑再三，决定向你们兵工厂订购20架战斗机，另外，还有5万支三八式步枪，30万发出厂五年的子弹……”日本军火商在欣喜之余，头脑中涌起这样的问题：这样的话，为什么昨天不说，军火昨天不订？非要今天追到这古庙里来说，来订呢？不过，田北诗没有说，他当然也不会问。

这，简直就是个谜，而这个谜，只能留在日本军火商的脑海里，由他去细细思索、品味、解答了。

田北诗宣布了这个决定后，刘文辉点点头，口气很大地说："先试一试，好，就以后再买。"

喜不自禁的日本军火商岩崎，立刻条件反射似的弹起来，向刘文辉连连弯腰鞠躬，说些感谢关照之类的话。刘文辉示意日本军火商坐下，接下来的程序就该是签合同了。日本军火商笑笑，看着田北诗，很直白地问了一句："钱，是不是就在我们签了合同后，请立刻给打到上海我的账上去？"

个子瘦高的田北诗掉头看了看他的主公，一笑，笑得很有点讽刺：生怕哪个不给他钱似的，真是个标准的见钱眼开的商人。

"你就把你的心揣回你的胸腔子里吧！"刘文辉显得有些调侃，"我刘自乾不得赊你的账，我说话算话，订单一签，立刻把钱打到你上海的账上，估计你回上海时，钱也就到了。不过，"刘文辉显得有点不放心，"我的钱到，你的货也得到啊，我这批货，你什么时候可以发过来？"

日本军火商信誓旦旦保证：收到款后，所有的货在一个月内入川。

"尽快，尽快！"刘文辉催促："早点吧，早一天总要好些。我等着用！"显出急切。刘文辉这一句话，一个动作，日本军火商马上就将思想上的一些印象连在一起了，得出了相关的结论：看来，这刘文辉是急着要用我们这批日本军火打仗！他想到昨晚田颂尧说的，"我们的军火肯定能过来，因为我们同刘湘是同盟军，而有些人的军火过不过得来，就是问题了。"又联系到在重庆时，从刘湘那里得来的印象，他判断出，面前这个四川最有钱、势力最大的刘文辉，现在是川中军阀联合打击的对象。又想，刘文辉这一大批日本军火过刘湘防区，能过得来吗？回答是否定的。但这话，他提都不能提。他知道，以刘文辉的警觉敏锐，如果这时他说话、神情表现得稍有异样疏忽，刘文辉马上就会醒悟收手，不买他的军火了。

如果那样，那就糟透了！看着银子化成水的事，作为商人，谁会干这样的傻事呢？再说，能看到四川两个最大的军阀，而且还是一对叔侄同室操戈，岂不是一件非常有趣的事吗？他觉得，他就像是一个早有图谋的渔翁，之所以来成都，就是一心想钓刘文辉这条大鱼。昨天，就是昨天，他好不容易将鱼饵下够手段使尽，这条大鱼看来就要上钩了，却又游了开去，让他好生失望。今天，就在他带着满心的遗憾和失望离开成都时，这条大鱼却又自己追了上来，他能让这条自己跳进笆篼里的大鱼再次逃掉吗？不能，断断不能。如果这样，那简直就是天字第一号的大傻瓜、大白痴。

“刘军长，刘主席，你尽管放心。”日本军火商这就拍着胸脯保证，“我一定亲自抓这事，尽快将你的这一大批军火发过来。因为，我以后还要请军长，主席多多关照呢！”刘文辉听了这话十分高兴，吩咐自己的参谋长田北诗：“北诗，你就同岩崎先生签合同吧！”

二十四军参谋长田北诗这就“唰”的一声将拿在手中一个三倒拐大黑公文皮包拉开，拿出一张已经打印好、并且已由刘文辉签好了字的军火订单，交到岩崎手中；订单是一式两份。日本军火商接过来，细细地看了看订单上所订军火种类，各类价格、总价等等，全对。心中又惊又喜，拔出钢笔，签上自己的名字，站起来，双手捧起，像捧起一块金砖似的递给了田北诗。田北诗留下一份，还了一份给岩崎。岩崎看了看订单，顺手递给助手，要助手收好。这一切做完之后，又是照例地弯下腰，向自己最大的主顾刘文辉鞠躬；他的助手在他之后一步的距离，也向刘文辉、田北诗鞠了三个大躬。

日本军火商带着他的助手，这就要上车走了。在一起从古庙后门走去时，路上，当着刘文辉，思维严密的军参谋长问了日本军火商岩崎四个问题：你昨夜是不是在田颂尧公馆里一夜未回？田颂尧向你订了多少军火？邓锡侯订没有订？重庆刘湘又订了多少？田北诗知道，他问的这四个问题，都是他的主公，刘文辉也很希望知道的，但估计日本军火商不会回答，因为这是人家的商业机密。

不意日本军火商如实说了，可能是对他们签了大单的回报吧。

岩崎说：田颂尧和刘湘向他订的军火数额，加起来比刘文辉一家订的少得多，说着举起一根幺拇指，表示了不屑。至于田颂尧和刘湘两家具体各订多少，日本军火商没有说，田北诗也就没有问，这已经够了。至于邓锡侯，日本军火商说，邓锡侯可能没有钱，根本就没有见订，连邓锡侯这个人他都没有见到。他昨夜是在田公馆吃饭，吃了很长时间，吃完也就天亮了。天亮了田军长就派车派人，将他和他的助手送到牛市口，直接上了这班去重庆的公共汽车。

刘文辉假装不经意地插了一句：“在重庆，你在同刘甫澄接触时，他谈没有谈到过我？哈哈，我还是他幺爸呢！”

“没有，没有。”日本军火商知道刘文辉的意思，这是想趁机摸摸重庆刘湘的底。看来，这些四川军阀在斗心机上，不动声色，颇有手段，世界第一。由此，日本军火商思想上突然闪过一则他不知在哪里看过的谈国民性的小文章。那篇小文章着重谈日本、中国和美国不同的国民性。说是这三国的国民性，从他们各自爱下的棋和三种完全不同的棋风上就可以看出来。日本人爱下围棋。下这种棋，需要棋手有全局观念，为了整体利益和最终胜利，不惜做出局部的牺牲。中国人喜欢打麻将。这是孤军作战，往往要看住下家，防止上家，自己和不了，也不让别人和。美国人喜欢打桥牌。打这种牌，得和对方紧密合作，针对另外的联盟进行激烈竞争。日本人，中国人，美国人都是玩这三种不同游戏的高手。想想也真是。就拿刘湘和田颂尧来说，他们两人是同盟军，但相互间也是各有打算，各有防备的。确实是这样，单打独斗，日本人绝不是中国人的对手。可是，联合起来斗争，中国人就不如日本人了。远的不说，就说 1894 年甲午之战后的历次战争，中国为什么总是打不过日本？是中国的国力军力不如日本？是，但也不尽然。就拿甲午中日海战来说，当时，中国海军的战舰总吨位，战斗性能都不比日本差。军舰全是从德国进口的最新产品，比日本的军舰在性能上还要好一些。却有好些中国将军在战斗中临难而退，见死不救。比如方伯谦吧，见战斗激烈，马上就开了小差，下令让自己的战舰往后缩，眼睁睁地看着邓世昌等将领的战舰被日本海军层层包围，进而歼灭。

日本军火商在心中感叹时，一行人已走出石经寺后门。刘文辉就停下了，让自己的参谋长田北诗送日本军火商和他的助手上车。去重庆的公共汽车，所有的人都在车上了，等在那里。日本军火商坚持请二十四军参谋长留步、留步，可田北诗坚持要送他们上车，似乎不亲眼看到他们上车离去，不放心似的。

结果，二十四军参谋长田北诗硬是坚持将日本军火商同他的助手送上了车。刘文辉由副官李金安在一边陪着，站在一边，直看到日本军火商和他的助手上了那辆已经耽误了一些时间的上等公共汽车驶离了石经寺，沿着东大路朝重庆方向而去，一直远了，看不见了，这才上了他们那辆小轿车。回去的路上，刘文辉一句话不说，拧着眉头，神态严肃地思索着什么。直到车下龙泉山，这才掉过头来，看着自己的参谋长，咬着牙，抿着嘴恨声说了一句，“田颂尧可恶！”说得咬牙切齿，田北诗会意地点了点头。他们在车上小声说了一会儿什么，这时，在清亮的晨光中，一片翠绿的大平原上，突然现出成都东门那又厚又高的城墙；还有城墙上那幢红柱绿瓦，六角六檐，很中式的魁星楼……成都已经遥遥在望了。

– 第三章 –

清明时节

“天变不足畏，祖宗不足法，人言不足恤”

清明前三天，刘文辉收到了大邑县安仁镇老家大哥刘升廷的来信。想到大哥，他心中好一番感叹。大哥刘升廷可以说是他们家的“异类”，在家境好起来后，年龄已经不小，过了学习最佳期的大哥奋起直追，认真做学问，真正是三更灯火五更鸡，食不甘味，品德自律也严。最后大哥成了一介真正的文人，满肚子的学问，诗词歌赋都是上乘，品性也端正清廉，在地方上素有声名；是安仁刘氏一族族长。接到大哥的信，他先没有忙着拆，而是将信拿在手上，反复玩味了一番。大哥不愧是秀才出身，很雅，用的信封都是特意在成都春熙路上那家有名的“诗婢家”定做的。信封是方形，比一般信封大，用纸也好，中间印套一个瘦长的红方格；几乎顶天立地，左右两边留的空白多些。

“成都督院街四川省政府　　刘主席　自乾先生收　　大邑安仁　刘升廷缄”是从右至左竖排的三行毛笔字，最后一排用的是小楷字，前两排用的是中楷。

大哥刘升廷的字写得很好。大哥学的是赵体，却又有自己的发挥，这些字写得胖胖的显得敦厚，却又内含风骨，墨饱字酣。大哥明明知晓他大多数的时间都在玉沙街家中，却把信写到省府去转了一圈，明知这样要耽误时间。原因不是别的，大哥这是冲着省政府和省政府主席这个头衔来的。大哥这样，感到光彩！大哥常说：“我们大邑县出了三个军长，其中两个就出在我们安仁镇，一个是我的亲兄弟刘自乾，一个是我的侄儿刘甫澄……”其得意之情、欣慰之意溢于言表。这也难怪，大哥是个功名心很重的人，在国学上下足了功夫。如果不是清廷崩塌，旧学中断，赶上最末一班“车”，只中了个秀才的大哥，焉知不会通过学而优则仕这条道路攀登上去。一辈子想当官的大哥，纵然现在只是在地方上区区一个族长，但他也是把族长当成官来当的；有没有俸禄倒还在其次。就像现在有些乡下的绅粮，城里的有钱人，宁肯花一大把钱来买个少将虚名，再给自己置身少将行头不时穿在身上，再花钱设法买来两支手枪，花钱雇一个弁兵，一支枪别在自己的武装带上；一支交弁兵背上，跟在后面招摇是一样的。他们不图别的，就是为了满足一份虚荣，拿拿排场。

年前老五刘文彩荣归故里后，新公馆落成之时，他回去住过两天。在同大哥、老五一起喝茶闲聊时，他曾经问过大哥还想不想到外面做事当官？大哥显得很旷达很清高地说：“我才不想到外面去做什么官呢？家乡太好。陶渊明当年向往的那种‘种菊东篱下，悠然见南山’，不为五斗米折腰的生活，我是过上了，过上了还有余。离我们大邑县不远的眉山苏东坡苏大诗人，他一生诗书画三绝，是古往今来、独一无二的天才全才。最后又怎么样呢，苏东坡在官场中屡屡败北，最终穷愁潦倒，客死他乡。苏老夫子一生向往的‘宁可食无肉，不可居无竹’的生活，在我们四川乡间可算是最基本的生活，他都没有过上，一生也真是可惜可怜！”说时，唏嘘长叹，以手抚髯，又即兴背诵了苏东坡两首词。一首是苏东坡缠绵婉约的代表作《水调歌头》：“明月几时有，把酒问青天……人有悲欢离合，月有阴晴圆缺，此事古难全。但愿人长久，千里共婵娟。”另一首是苏东坡雄劲豪放的代表作《赤壁赋》：“大江东去，浪淘尽，千古风流人物……”背完，大哥又很满足地说，“我现在青堂瓦舍住着，生活无忧无虑，悠哉游哉，简直就是神仙过的日子，此乐何极？哈哈，自乾六弟，大哥不怕你多心，你现在就是拿你的省主席兼二十四军军长这两顶乌纱帽来同我换，我还不肯换哩！不然，咋个老五，”大哥指了指坐在旁边的刘文彩，“连那么多顶官帽子都不想戴了，要解甲归田！”当时大家也就哈哈一笑了之。他知道大哥的心，大哥是个很矛盾的人，也是一个虚荣心很重的人。大哥这话半真半假。官，大哥是想当的。不过，大哥想当的官，不是现在的官，他是想当戏台上演的那种古时候的官。当那种官威风。哪怕就是七品芝麻小县官，击鼓升堂，“明镜高悬”的大堂上一坐，有模有样的官服一穿，衙役两边一站；上下班，官轿上一坐，衙役手拿“回避”大牌走在前面吆喝开路，平民百姓见之，要不低头让路，要不就是赶紧回避。纵然是有小民百姓拦路喊冤，或是到衙门前去击鼓鸣冤……那是多么威风啊！

那时当官，必然是锦衣玉食，妻贤子孝。到夜晚，要不是院中赏月品酒赋诗，要不在书房看书写文章，红袖添香……这样的生活这样的官，才是大哥心中追求向往的生活和官。而现在的官，纵如他当上了省主席，也是大哥心中不屑的。当然，大哥也当不了现在的官，这一点，他和大哥都心知肚明。现在当官最大的学问就是要学会并善于处理、调动各种各样复杂的人际关系；官当得越大，就越要会处理各种人际关系，如他刘自乾，就是这方面的高手。而说到过于复杂的人际关系，大哥就烦。就从这一点看，大哥的文人特色非常明显，文人总是清高、孤傲。所以，当他同老五在私下谈到大哥时，他们在表现出对大哥的尊敬之外，也都认为，大哥是家中的“异类”。

大哥现在虽说是一介布衣，区区一个安仁镇的刘氏族长，但因为地位、关系特殊，却连县长也得随时去问候巴结的。想到这里，心中一笑，这就拆了信，将信纸抖开来看，大哥的信写得很简洁，也很亲切，只有寥寥几行——

自乾贤弟如晤：

后日即是清明。目今乡下杨柳青青，景色宜人。菜花金黄，春风轻拂，牧童歌起，纸鸢飘飞。弟为川政之夙夜操劳实可想象，兄时常挂念于心，望弟注意劳逸结合，保重身体。清明时节望弟拨冗回乡祭祖，既洒扫父母坟茔，顺道也可略做消遣。甫澄电来，即日也归。你叔侄联袂而归，是我刘氏族脉荣光，也是我长眠地宫之祖宗期盼。

我已扫榻以待。不尽之意，见面详叙。

愚兄刘升廷

刘文辉是个很看重乡情、手足之情的人，看了大哥这封纸短情长的信，很有些感动。坐在书房中的他，不禁抬起头来，目光透过窗棂，朝外看去，不由心驰神往。

天气很好。一早就出了太阳，湛蓝湛蓝的天上，有一缕透明的白羽，在轻轻翻腾。

触景生情。“小时不识月，呼作白玉盘……”他不由得又想起了小时的一些情景。而今却已是人去物非，父母亲都已经相继去世了，而父母养育之恩尚未好好报答。父母亲养育了他们兄弟六人，辛苦了一辈子，因积劳成疾，都过早地去世了。父母的音容笑貌宛若眼前，父母的坟茔就在老家刘氏墓地。清明扫墓是中国人的传统节日，他，当然要回去，无论如何他都要回老家祭祠父母坟茔，洒扫双亲墓地。今年更要回去！因为大哥信中特别提到，刘甫澄也要回去。正好！他买的那一大批军火，已经由日本运抵了上海，马上就要装船入川。为此，他一直担着心。虽说现在川局走势，任何人都看得出来，他同刘湘迟早要决一雌雄，有我无他，有他无我，争个高低。这不是想不想的问题，而是想绕都绕不过去的事。不是说嘛，一山难容二虎，卧榻之旁，岂容他人酣睡！同刘甫澄之战，是早晚的事。就连时下同他“三军共管”成都的原保定军校同学，先前好得要命的田颂尧、邓锡侯这两个人，最近同他扯怪叫，尤其是田颂尧同刘甫澄勾扯得紧，他马上就要动手收拾他们。

刘甫澄会让我这批日本军火过来吗？让我的军火过来，岂不是让我如虎添翼？但于今幸好大家还没有摆明叫阵，这样，刘甫澄又有什么理由，怎么好意思把我的军火打来吃起？再说，据他多年的观察，刘甫澄是个有相当胸襟的职业军人，不会做这些偷鸡摸狗的事吧？况且，我还是他幺爸嘛，历史上，我也没有做过什么大的对不起他的事。再有，刘甫澄特别尊敬大哥刘升廷，这绝不是表面上的敷衍，而是真正的尊敬。他们两叔侄的关系，不自今天始，刘湘从小就得大哥的赏识，反之，刘湘对大哥也相当尊敬，从来是说一不二。如果真的在这个事上遇到麻烦，请大哥出面调停，总该捡得顺吧？不是说嘛，打狗还得看主人。虽然从情理上推论，刘湘不至于扣下自己从日本购买的这批军火，但自己这一大批军火，毕竟要经过人家刘甫澄的地盘，这就是下的一步险得不能再险的险棋。虽然私下他在同军参谋长田北诗谈到他的这个担心时，田北诗也说不会，但这批军火一天不过来，他就一天担着心。

他真想现在就立刻见到刘甫澄，探明刘甫澄在这事上的态度，能放心就收下心来。发现有什么地方不对，也好早打主意，这样整天悬吊吊的，简直就不是人过的日子。

想到这里，他伸手按了一下桌上的暗铃，副官李金安随即出现在面前。

“金安。”刘文辉吩咐：“后天就是清明节了，我要回老家扫墓，你准备一下。”说着指了指自己：“我，你再通知田参谋长，”又指了指李金安：“还有你，你们一起跟我回安仁镇。”

副官心眼很活，眨了眨猴子眼请示：“军长！我想带几个侍卫陪军长回去。虽说军长是回的老家，安全上不会有啥问题，老家还有五爸的团丁保卫。但，这样打双保险，万无一失，总要好些。”

“好吧。”对李金安这些地方的把细，他是欣赏的，不过又嘱咐，“你最多带两三个侍卫去就够了，人多了打紧打张的，而且也不必。就去两部小车。”

“是。”看贴身副官要走，刘文辉又叫着他，让他把下面的柜子打开，把夹江宣纸拿出来，说：“我要写一幅字。”他要宣泄心中的块垒。

李金安俯下身去，从红木书柜里取出了一叠四川夹江宣纸，放在一边，从中抽出一张，铺在桌上。并在桌子与宣纸间垫了一张比宣纸还大的吸墨纸，事情做得很细。这就开始研墨。闲暇时，刘文辉爱写几笔毛笔字，他的字写得也还不错。在四川，不仅是刘文辉，还有诸多军阀，他们大都出身于清末年间，除少量绿林出身者而外，都是读过书的。他们大都从小念私塾，以后上新式学堂，初级中学，再以后上军校，有相当的国学根基。字，更是从小在私塾里受过先生夹磨，大都能写一手好字。刘文辉人长得瘦小，一手字却写得相当雄浑有力。他写的是“我体隶书”。年轻时，他佩服康有为，康有为当时被人称为“康圣人”。博学多识，在戊戌变法中差点成功，以后又差点被慈禧太后杀头，不得长时间流亡海外的“康圣人”，对写字也有一套独到的看法，他最为推崇隶书，认为隶书最为雄浑有力、大气磅礴，最有男人气。刘文辉受此影响，曾经长时间练隶书。其实，不管练任何一家书法，只要练到了一定程度，大都会在原先的基础上或多或少显示自己，张扬个性。因为人不是机器，不可能完全照搬、复制。刘文辉就是这样，他练出了一手“我体隶书”，尽传其个人的精神气质。

刘文辉觉得，练字写字有多功能的作用：写字时凝神、静气、悬肘，将心中所念在纸上笔走龙蛇定格完成。其间的过程，就是心灵升华的过程，还可以健身。

刘文辉是个地方观念很强的人。宣纸虽然出名，世所公认，可他用的纸却指定用川省夹江县出的宣纸，他认为夹江宣纸的纸质并不比宣纸差，之所以不够出名，是因为“藏在深闺人未识”。又比如端砚，也是有名的，他却要用苴却砚，他认为苴却砚比端砚要好得多。苴却砚产于川滇交界处金沙江畔四川一侧大凉山的一处不毛之地，即《三国演义》中诸葛亮南征七擒孟获前，率军五渡泸水之地（今工业重镇四川攀枝花市）。苴却砚产量不多，很为珍贵，夏天盛墨，无论几多时日，都不干不馊，殊为难得。名贵的苴却砚的砚面上，嵌有多颗绿色的天然“猫眼”：一颗颗晶莹剔透，像是在暗夜中闪烁，“猫眼”越多的苴却砚越是珍贵。民国初年，苴却砚被送巴拿马博览会参展，很是轰动。不过，因为产量少，终是未能流行。

副官李金安将香墨在苴却砚中研磨好了，摆在桌上，站在一边伺候。只见刘文辉走上前去，袖子两挽，站在桌后，顺手从山字形的笔架上提起一支中楷狼毫，伸进苴却砚中发笔、蘸墨。香墨又黑又亮，闻起来很香。蘸足墨，他提起笔来，左手按纸，提笔的右手悬肘；略为思索，唰唰唰，一鼓作气在纸上落下这样一行大字：“天变不足畏，祖宗不足法，人言不足恤。”

写完后，刘文辉轻轻放下笔，偏起头，东看看，西看看，颇为自得；他不仅是得意他写下的这笔字，更主要的是得意他书写的内容：“天变不足畏，祖宗不足法，人言不足恤。”这三句话十五个字，字字珠玑，是他半生人生经验的体会总结，是他全部的世界观和人生观的体现，也是他处世为人奋斗的座右铭。任何一个能办成些大事的人物，必然都有他们独到而又精到的思想。他们的思想远比一般人深刻精髓，且富有相当的哲理。比如中国历史上最早一批农民起义领袖人物，秦末动乱年间的陈胜。当他还在家乡当农民挖地时，荷锄看天上飞过的鸿雁，他就能发出“燕雀安知鸿鹄之志”的感叹，表达了他的豪气；陈胜甚至还能穷极到“王侯将相宁有种乎？”这样的深度思索和考问……刘文辉也是这样。从他的这幅座右铭中可以看出，他不信天不信地，不囿于前人设下的任何框框套套的约束。刘文辉是个传统的中国军人，他是在历史厚重的程朱理学的乳汁喂养下成长起来的一个人物。他的思想行为方式，都浸润了传统的儒家精神，程朱理学。可是，他又能在这个基础上脱颖而出，将传统的孔孟之道、程朱理学拿来为我所用，并有所发挥。由此，充分表现了他的才华、他的见识、他的抱负；表现了他的过人之处，确实难得！

刘文辉问站在一边看他写字的副官李金安，他这一笔字写得如何？

“军长的字写得实在太好了。”李金安认不了几个字，让他评论字，实在是难为他了。李金安说不来别的，只能说：“军长的这些字，一个个写得又黑又亮，就像军长一样，很有精神。”刘文辉听后哈哈一笑。

“金安！”刘文辉高兴地说，“你现在就把我的这幅字拿到春熙路‘诗婢家’去精裱，然后给我挂在书房里。”

“是。”李金安走上来，小心翼翼揭下这幅字，按刘文辉的吩咐办去了。

在回安仁老家的路上

刘文辉是清明节前一天，回大邑县安仁老家的。

“清明时节雨纷纷，路上行人欲断魂。借问酒家何处有，牧童遥指杏花村。”这首古诗之所以能流传下来，而且还要继续流传下去，除了诗中刻画出古代这个时节令人神往的带有空灵色彩的人物景致外，更多的是定格了这个时节的自然现象“清明时节雨纷纷”。然而，在刘文辉回老家扫墓的这个早晨，成都的天气却一反以往地好。随着黎明的到来，最后一丝黑绒似的夜幕匆匆卷起之时，东边天际，最初现出了一线鱼肚白。接着，漾起一方红晕，这一方红晕紧跟着迅速扩大，弥漫了半个天际，很像战场上伤亡将士们身上泅出的血、鲜血。这就让回家早起看天的刘文辉感到无上的高兴、宽慰。这个时节，成都有这样好的天气，难找。心想，老天也来凑趣，这真是一个吉兆！从来不相信命运的他，这些天担心军火的事，心中一直梗起，又无他法排遣，似乎也变得有点宿命起来、信天信地了。可见，宿命、信天信地，有时也是一种精神上的祈求和寄托。

三姨太杨蕴光见他久站在院子里看天，怕他着凉，亲自去请。回屋后，杨蕴光又亲自带着丫鬟冬妹精心服侍了他的穿、洗、吃，这一切收拾停当后，时间仍早。可刘文辉已等不及了，带着军参谋长田北诗、副官李金安并三个精干弁兵，出了门，分乘两辆“福特”牌轿车上路了。

出门时其实也不早了，这已是上午8点钟左右。但所过之处，大街上都关门闭户，只有那些分布在大街小巷内数不清的茶铺在开张营业，习惯于晚睡晚起的成都人，还陶醉在玫瑰色慵懒的梦中没有醒来。

真是莫道君行早，更有早行人。就在刘文辉的车出了成都，到红牌楼时，由重庆归乡扫墓的四川省军务善后督办兼二十一军军长刘湘已先他一大步，这时，已车出双流县境，进入新津地界，很快就要进入大邑县了。

刘湘此行相当秘密。他只带了手下两个师长：张斯可、刘从云；也是两辆轿车前后相跟，他的贴身副官张波挑选了三个精干弁兵，一行人是昨天上路的。他们昨天一早从山城重庆动身，一路上紧赶慢赶，当晚借宿在成都近郊，北大路旁的昭觉寺，连城都没有进。昭觉寺是川西名寺，坐落在驷马桥以北几里地远，位于川陕公路一侧。刘湘之所以住昭觉寺，一是此次过成都，他谁也不想惊动。二是寺中住持清云大法师是军人出身，原是中央军的一个少将，蒋介石蒋委员长身边红人，身居要职，而且正一路顺风顺水时却忽然隐退，这让他顿生好奇之心，希望结识。还有一个原因是，护法战争中，时为滇军将领的四川仪陇人、素称能战的朱德有次遇险，被北洋军紧追不舍而躲进昭觉寺，被寺中众僧巧妙地保护了起来，让朱德化险为夷。事后，该寺僧众将朱德住过的房间以及请朱德提写的牌匾等，一应做了很好的保存。这又让刘湘对昭觉寺平添了一种感情，心向往之。

昨晚，清云大法师安排刘湘住在朱德曾经住过的小屋里，虽然他同清云大师没有能谈上几句话，但也觉得不虚此行了。其实，他之所以不进成都，主要原因还在于，他现在最不愿意见到幺爸刘文辉。如果他当晚住在成都，幺爸肯定会知道，肯定要来找他。一见面，幺爸就要没完没了地同他谈那批从日本购买的军火过境事！而对此事，他心中已有了打米碗，他已经私下同他手下的第一师师长，心腹大将，时驻万县的王陵基商量好了：幺爸的军火一过万县，就由王陵基出面，将那批军火打来吃起！

这趟回老家扫墓，对他，是一件很难的事。他不想回去，但又不能不回去。父亲的坟茔安置在安仁老家刘氏墓地，清明时节，能不回去为父亲扫墓？不能，万万不能。但一回去，幺爸就要来找他，他现在最怕见到幺爸，是在千方百计躲幺爸，而幺爸却在千方百计逮他。所以，今天一早天还没有亮明，他们就动身了；躲是躲不过去的，但能躲几时算几时。

车进新津，天才大明。展现在眼前的是一幅只有川西平原这个时候才有的色彩特别绚丽的图景：一轮金色的太阳正从地平线上冉冉升起，迅即光芒万道。放眼望去，令他心中一喜，精神一振。车窗外一坝坝向后滚去的金黄色的油菜花，经过夜雾的滋润好像上了油，在阳光照射下，简直就是闪过的一坝坝质地厚重的金子。那些一个个分布在田野深处的林盘，都被浓荫翠竹严严实实地遮盖着。林盘里的农舍，间或透出川西民居独特的白壁黑瓦。这些林盘都绿得发黑，像是画家用彩笔点染出来的；林盘里炊烟袅袅，清新微甜空气中荡漾着熟悉好闻的柴草味。田野上小桥流水，田塍上有三三两两骑在水牯牛上的牧童，挑声夭夭地唱着儿歌。一些鸟儿扇着翅膀在天地间飞翔。燕子像是穿着黑色燕尾服的绅士，金鸦雀像是穿金戴银的小姐……这些欢快的鸟儿，颜色姿势各式各样，在蓝色的空中与地上金黄的油菜花田地间，蹿上蹿下或停在空中，把它们清脆喜人的鸣叫声撒了一地，给成都平原上特有的清新富庶的气息增添了活力。远处的寺庙上空有一群鸽子在空中盘旋，于是，蓝天上拖起一阵悠长的哨音，它们的翅膀上闪着金光，像是一群神雀。

“军长！”看刘湘兴致勃勃地注视着窗外的景致，张斯可不知是投其主公所好，显示学问，还是心有所感，发出由衷的赞美：“成都平原川西坝子，实在是沃野千里。这样的钟灵毓秀之地，咋个不人才辈出嘛！史载，宋时名相张商英就是新津人。”

“所谓成都平原川西坝子米粮仓……”刘湘把话题扯开，有意不同张斯可谈人文。他知道一谈人文，张斯可就要把话题扯到大邑县出了三军九师十八旅上去恭维他，而刘从云“刘神仙”又会从旁乘机大谈风水。

“是。”张斯可知道刘湘这时最想听什么，话题一转，也看着窗外，做出神往的表情，他谈《三国》：“不过，这也就不简单了。诸葛亮在《定三分隆中决策》中谓：‘益州险塞，沃野千里，天府之土，高祖因之以成帝业；刘璋暗弱，张鲁在北，民殷国富而不知存恤，智能之士思得明君。将军既帝室之胄，信义著于四海，总揽英雄，思贤若渴，若跨有荆、益，保其岩阻，西和诸戎，南抚夷、越，外结好孙权，内修政理；天下有变，则命一上将将荆州之兵以向宛、洛，将军身率益州之众出于秦川，百姓孰敢不箪食壶浆以迎将军者乎？诚如是，则霸业可成，汉室可兴矣。’”

“斯可，你记性真好！”刘湘听了这一段果然来了兴趣，掉过头来看了看张斯可，一副大刀眉闪闪，一双大眼睛里闪烁着喜悦的火花和询问之意：“你觉得《三国演义》上此说，与今天川中局势有相同之处吗？”

刘从云不愿张斯可独专邀宠，赶紧插话：“我觉得张师长刚才背诵的《三国演义》一段，简直就是今天的川中局势翻版。”刘湘微微一笑，他知道刘从云这话是什么意思。

“但是！”刘湘不以为然地说：“我幺爸不是软弱的刘璋，我刘甫澄也并非帝室之胄的刘备。”

“除此而外，其他地方都是一样的。”张斯可乘机接过话题展开来侃侃而谈，什么：“益州险塞，沃野千里，天府之土，高祖因之以成帝业。”什么

“信义著于四海，总揽英雄，思贤若渴，若跨有荆、益，保其岩阻，西和诸戎，南抚夷、越，外结好孙权，内修政理；天下有变，则命一上将将荆州之兵以向宛、洛，将军身率益州之众出于秦川，百姓孰敢不箪食壶浆以迎将军者乎？诚如是，则霸业可成，汉室可兴矣。”他古为今用。什么刘自乾于今在川内诸军中成了众矢之的；什么堡垒是最容易从内部攻破的，于今“保定系”内部摩擦加剧，军长宜抓紧田颂尧，让田与刘自乾反目成仇在成都打起来，我们再乘机打过去，这样就可对刘自乾形成两面夹击之势。如此，统一全川成矣……

刘从云看着张斯可侃侃而谈，他在一边干着急。他只能谈些风水、八卦类虚无缥缈事，像张斯可这样古为今用，能上升到计谋策略上的话，他是不行的，插不上嘴，却又不能打岔，因为军长听得很过瘾。

张斯可借古喻今，大谈特谈。刘湘一边细听，一边将当今川中局势与之联系起来进行对照分析。是的，他想，《三国演义》中诸葛亮的《定三分隆中决策》，与今天的川中局势的确很有些相似……如今，从东到西，在他的二十一军与幺爸的二十四军对峙的千里线上，他日前已将部队秘密分成了东西两个部分；两路大军由他信任的唐式遵、王缵绪两位师长分别提调，近前指挥；此外，还有海空军司令蒋奎等相关将领，都已经接到了他准备向刘文辉开战的秘密命令；三军都已经做好了大战准备。在军事上，他是自信的。但是，在政治欺诈手段上，他不能不承认，幺爸远比他高明。这点，他自愧弗如。幺爸绰号“多宝道人”，很诡，一踩九头跷。同幺爸打这场战争，不打则已，打则必胜，是绝无退路的，也是没有回旋余地的！近期他的打算是，对幺爸先来两手：卡住他从日本买回的一大批先进武器；另外，竭力挑起他们“保定系”的内部矛盾，在已经相当尖锐的刘文辉与田颂尧近期因加剧摩擦，已然冒出的火星上，再给田颂尧泼瓢油，加把劲，让他们打起来。他这才来个“见水脱鞋”，乘隙而进。战争的内涵是多方面的。要打胜这场决定四川命运，也是决定他刘湘命运的大战，需要尽可能地把事情做得稳妥些，准备得尽可能充分些。对待幺爸，本来，他不希望将杀相在近期暴露出来，而是尽可能做得隐蔽些，软和些。但是，看来矛盾马上就要升级。没有办法，谁叫幺爸你要买这一大批先进的日本军火过我的防区呢？我不能眼睁睁地看着你的军火过去，让你拿来打我，世界上没有这样的事。没有办法，只有对不起了。俗话说得好：量小非君子，无毒不丈夫。我刘甫澄不仅是丈夫，而且还是大丈夫伟丈夫。在这节骨眼上，我只能下毒手了。

现在，幺爸也在回安仁的路上了吧？尽管他心里不想同幺爸见面，但如俗话一句：躲得过初一，躲不了十五。幺爸的政治手段不是一般的，很有些神出鬼没！见了面，幺爸会使出些什么手段来呢？想到这里，他心里不禁有点发怵。这次在老家见面，幺爸一定不会放过我，一定会把刘升廷搬出来……我又该如何应对呢？刘湘的思绪转向了马上就要开始的现实考虑。因此，张斯可在一边说他的，刘湘似听非听，在一边想他的，随即抬腕看了看瑞士瓦斯针夜光表，张斯可见状，立刻知趣地停止了高谈阔论。

刘湘说："你们说，我幺爸他们这会儿到哪里了？"

"那就要问神仙了。"张斯可笑笑，看了看旁边这位身着道袍，手拿罗盘，驴头马脸，打扮得像个妖道一样的刘从云。张斯可从心里看不起刘从云。他知道，甫帅这次回乡，之所以特别带上这个"宝贝"，是甫帅想利用人们普遍对这个大名鼎鼎、声名远播的"刘神仙"的迷信而相机得到一些好处；在人们对"刘神仙"的仰望和"刘神仙"身上散发出来的虚幻光环中，甫帅可以藏身其间从容游动。

果然，见张斯可如此说，刘从云顿时来了精神，觉得有了用武之地。他故弄玄虚地眯缝起眼睛，掐起左指，右手转动罗盘，默了默，口中一阵念念有词，煞有介事地说："到双流了。"说话间，他们的车过了新津龙马乡，到了韩场。

韩场是大邑县一个大镇，四四方方棋盘似的几条街，一条水质清冽的小河从中穿过，这里那里点缀着高擎云天虬枝盘杂的大榕树，清幽繁华。幸好这天不赶场。不然，街上人群涌浪，推推搡搡，鸡叫鸭叫，杂声盈耳，车子根本就过不去。

过了韩场，离安仁老家越来越近了。刘湘这会儿反而显得轻松起来，很随意地问张斯可、刘云从两位知不知道他家乡大邑城外的名胜子龙庙？两位都是第一次跟随刘湘去安仁。张斯可说知其然，不知其所以然。刘从云做出神往的样子说，听说那里虎踞龙盘，风水不同凡响啊！

“是。”刘湘说，“我们就住在子龙庙。”

“甫帅不回家住吗？”张斯可显出关切和惊讶。甫帅怎么会住在子龙庙，不回家呢，他感到奇怪。刘湘的妻儿，还有老母都还在老家。况且，刘湘对老母的孝，对妻儿的爱，在川内是出了名的。

“不，我是说我们现在径直到子龙庙去。”刘湘解释：“我是要回去的，不过晚点回去。不然，一回去必然劳烦四邻。安仁镇又小，我一回去，很快，就都晓得了，有些人就要上门来找，缠人。张副官！”刘湘说时问坐在前面的副官张波，“都联系好了吗？”

“报告甫帅！”坐在前面副驾驶座上，显得很精干的副官张波转过身来：“昨天从重庆动身前，我就给冷县长打了电话，冷县长听说军长要去子龙庙，欢喜之至。”

“你给冷县长打招呼没有，要他尽量不要张扬。”

“说了，说了。”

“冷县长怎么说？”刘湘抠得很细。

张波详细说了。冷县长向他保证，尽量不让老家的人知道督办今天回家。只有冷县长和相关的几个人作陪。

“要我说呀，连冷县长等少数几个人都不必来陪。啊呀，我就烦！吃一顿饭呀，陪客往往比主人还多，简直就是八百罗汉陪观音；自己不花钱，吃大户！”刘湘这话说得有些讽刺、幽默。

大家都笑了。这时，车过县城，司机径直将车开去子龙庙。子龙庙又叫赵云庙、将军庙，在离城仅二华里地的锦屏山麓；赵云是三国蜀汉五虎上将之一,一代名将。子龙庙是赵云骸骨所葬地，故此处又称子龙坟、顺平侯庙。年前刘湘接家乡父母官冷县长函，得知县里准备募款培修子龙庙，极表赞成，并捐了一大笔钱。刘湘生性俭朴，但遇上这样造福乡梓的事，也舍得花钱。

刘湘已经很长一段时间没有回家了。刘湘的家在安仁镇镇口上，一边是只有几条街，显得极为整洁清幽的小镇，一边是广阔的田野。他家就骑在一条将小镇和田原分割开来的一条流水潺潺的小溪上。无论是从房屋的建筑规模还是质量上看，都相当一般，不要说根本无法同相距不到两里地的刘文彩迷宫似的豪宅、刘文辉两幢富丽堂皇中西合璧的新公馆比肩，就是比起一般中等水平的地主家来也要差，最多也就是一个富裕中农人家水平。黄泥巴围墙，三进的院落，呈品字形摆布的中式堂屋，东西厢房等等，显得有些陈旧破败。刘湘的老家，基本上保持着刘湘离家时的规模和水平。他发迹后，只是对老宅做了些必要的培整，并没有扩建大修。这从一个方面，反映了刘湘的简朴内敛务实，不喜招摇的个性和为人。

年前，刘湘父亲去世后，他多次提出要将老母亲接去重庆享福，以尽孝道；可他母亲是个极重乡情的人，故土难离，加之有病，自知来日不多，始终不愿离去。老母不去，自然他的妻儿也只能留在老家。

病病恹恹，一直卧床不起的母亲再三叮嘱他："我剩下的时间不多了，就让我在老家陪着你父亲去吧。只要你在外面多做些好事就对了。还有，我去后，你要对周书好，不许讨小。虽说时下有点家务的人家都可以三妻四妾。但后娘的心，门斗钉，周氏人又老实，我怕她们母子吃亏……"

"妈，你放心，我不是那样的人。"他再三给母亲保证。他给母亲作的保证，绝不是虚与委蛇，而是完全出自真心。他对妻子刘周书内心充满了感激。这么多年，他在外；家中的大事小事，上有老下有小，都是妻一人在扛在操持，而且毫无怨言，不让他担半点心。妻子刘周书是父母打小给他订的婚，妻子是本县苏场人，虽然没有正式上过学，但极聪慧贤淑。最先嫁过来时没有名字，沿袭乡下的规矩：娘家姓周，嫁与刘家，叫刘周氏，刘周书这个名字还是他给她取的，暗含让她读点书的意思。现在，她已能认好些字，写一封信不成问题。虽是旧式婚姻，好在刘周书是天脚，长得也很端正，一副秀眉，一双眼睛又大又黑又有神，高高大大的，平时穿一身家织粗布衣服；如果稍做打扮，人才很要些人比。

他们只有一个男孩，名叫继殷，现在安仁文彩中学——刘文彩办的中学读书。老家还有50来亩田。收租、算账，忙上忙下，忙里忙外，这样大一个家务，都是妻一个人在担承，够能干的了。

刘湘小时家贫，父母让他读了一段时间私塾，以后，私塾废止，他上了一段时间的新学。再后来，他考上了清末年间，清廷在四川办的陆军军官学校，那年，他才16岁，一路走到今天不容易。现在，他发达了，可父亲早早去世，根本就没有享到他的福。他将对父亲的愧疚转移到母亲身上。为了医好母亲的病，多年来他不遗余力，不惜金钱，遍请川渝两地名医。可名医们看了母亲的病后，都说不出一个名堂，只有一个字：虚。母亲同父亲一样，都是年轻时劳累过度，带下了病根。

就在刘湘触景生情，思绪连绵时，轿车已驶进了一条翠云廓般的绿荫道中。这条长达两华里地的标准公路，是冷县长上任后整治的形象工程之一。大马路平坦如砥，公路两边，绿树排列成阵。而九座大小相同，浓绿葱翠，形似古代营垒的山峦，从锦屏山向东展开，蔚为壮观，绵绵延延达20里地，这是本县八大景之一的“九寨连营”。

刘从云看见“九寨连营”便大惊小怪，铺排赞叹开来——

“哎呀呀！”刘从云手拿罗盘，睁大惊讶的眼睛，故弄玄虚地东比西画：“如此山势，大气磅礴，如虎踞似龙盘，所以出了我们甫帅这样的经天纬地大才！”

“我算什么经天纬地大才？”刘湘谦虚而憨厚地一笑，比了一个小指：“龟缩在重庆一地，人家叫‘巴壁虎’，如此而已。”

“暂时的，暂时的，甫帅前程不可限量。”张斯可说时问甫帅，这九寨连营因何得名？

刘湘说，这九寨连营，据说是当年赵子龙为了抵御西南蛮夷的入侵而修建的。至于抵御何方“蛮夷”，看来刘甫公也知之不详，没有细说，张斯可也就姑枉听之，并不细问。

这个时节，子龙庙本该是开庙会，最热闹的时节：锦屏山下，菜花一坝坝金黄，山前浅草如茵，游人如织。沿线搭棚摆摊的小吃、饭馆、茶坊酒肆，医卜星相、诸般杂耍，处处人满为患。然而，往年出现的这种景观，今天都风吹了似的，不见了。虽然不见有兵丁在站岗放哨，但显而易见，县里为刘湘的回来提前作了布置：子龙庙清场了。

汽车过一座气象庄严的石牌坊后，嘎地一声停在大照壁前：子龙庙到了。身材匀称，一副精明相的张波副官先一步下车，再捷步上前，伸出手来，为甫帅轻轻拉开车门，再一手护着车顶。刘湘伸出一只脚，先在地上一点，这才下了车。接着，张斯可、“刘神仙”也下了车。与此同时，张副官带来的几个弁兵早就下车，并在四处做好了警戒布置保卫。很久没有来过子龙庙了，身材高大，着长袍马褂，头戴博士帽的刘湘抬起头来，细细打量着经过培修后显得格外巍峨壮观、金碧辉煌的子龙庙。

子龙庙极有气势，红墙垩壁，巍峨壮观。他们先是伫立门前，看高挂在门上的“汉顺平侯庙”匾额。黑底匾额上镌刻的五个洒金大字，字体遒劲，不由让人想起三国时期，常山赵子龙叱咤风云的那段日子。

这时，冷县长闻讯，带着一干人急急迎了出来。

“哎呀呀，甫公回来了，有失远迎，有失远迎！”冷县长拱起手来，告了得罪。这是个有相当学识，品性方正的中年人。个子不高，长衫，短发，肤黄，团团脸上，戴一副厚如瓶底的铜边老式眼镜。冷县长说时，将迎出门来的一干五六人，给甫帅一一做了介绍，大都是些科长类级别接待人员。

刘湘口中唔唔，并不往心里去；出于礼貌，也将带在身边的张斯可、刘从云两位师长给冷县长等做了介绍。

“久仰，久仰！”冷县长说时，将腰身一弯，手一比：“甫公请，两位师长请。”一行人这就相跟着，溜溜达达地进了子龙庙。张副官带着三个弁兵，跟前跟后，注意警卫。

冷县长眼中的刘老五——刘文彩

刘湘在一干人簇拥下，一手轻撩袍裾，抬步拾级，进庙门过门槛，沿着一条碎石镶嵌的花径向前走去。进到大院，如同进了一个大花园。四周空气清新，鸟雀啁啾，花径扫得一尘不染。看来早晨这一带天上飘过点雨丝，清新的空气中氤氲着一种杜甫诗中润物寂无声的气息。两厢雕花砖墙上，爬满了一嘟噜一嘟噜肥绿的青藤和开得满天星似的喇叭花，还有一些叫不出名的花。刘湘特别喜欢家乡的喇叭花，这些盛开在丽日蓝天下的花儿，蓝色的、白色的、红色的……在肥绿青藤簇拥中映衬下，有一种梦幻般的意味。方砖铺就的天坝当中，植有几株需两人合抱的百年银杏树和古柏，都剑一般直指苍穹，它们枝繁叶茂。轻风过处，树枝轻轻摇曳，婆娑多姿。

他们过了辕门，来到了灵官楼。抬头望去，高大的灵官楼完全是木质穿斗结构，岁月斑驳的匾额上，镌刻着“常山正气”四个遒劲有力的洒金大字。

在灵官楼，见甫帅没有停留的意思，冷县长等一干人，这就簇拥着甫帅过了山门，走进一条类似成都武侯祠两堵红墙中曲径通幽的甬道，往前走去。刘湘对身边的冷县长说，“不用这么多人跟，要他们该做什么的就做什么去。”县长这就让跟在身边的一干人忙去了。

山墙两边，是遮天蔽日的楠木、古柏。那些体态修长飘逸，精灵似的白鹤，在其中跳着洁白的舞蹈。风从绵绵的锦屏山上下来，涌进甬道，将刘湘穿在身上的哔叽长袍吹得哗哗响，下摆飘起多高。刘湘赶紧一手按着戴在头上的博士帽，一手按着旗帜般飞扬的长袍，不禁感叹：“这真是虎啸龙吟呀！”

出了甬道，前面一道山门上有一方绿底镏金匾额。匾额上镌刻着四个笔力雄劲的大字：“保障江流”。光彩夺目，蔚为壮观。匾下，有赵云当年坐骑塑像各一，真马一般大小，塑造得昂首怒目，扬蹄飞奔，栩栩如生。进门，只见一个高大的铁铸三足炉，置放在院坝当中。移步换景。花架上，爬满了怒放的铁脚海棠和紫薇等名贵花木。出此苑院，再进一道山门，就进入了子龙庙核心部位。大殿中央，端坐着赵云八尺金身相。红烛闪闪，青烟缭绕中，高约二米的赵云，神态毕现：银须皓发，气宇轩昂，忠肝义胆，让人肃然起敬，发思古之幽情。左右站立的是赵云的两个儿子，左赵统，右赵广；他们一执长矛，一执兵书。这就将赵云的文韬武略及忠义传家的特征表现得很是充分。四壁的彩绘像，展现的是赵云一生中最光彩的部分：大战长坂坡，于千军万马中勇救阿斗等等。

伫立在赵云神像前，刘湘感慨道：“我们县若能得赵云赵子龙的庇护，该有多好！”

冷县长笑道："我们县出了三军九师十八旅，一时将星云集。特别是出了甫帅和自乾公，这就是赵云庇护的结果。"

"惭愧，惭愧，我不及赵云于万一。"刘湘说时，掉头问冷县长："自乾公他们到没有？"

"到了。"

"自乾公住在哪里，是住在刘文彩刘老五给他修的新公馆里吧？"

"是。"

"好。"刘湘对冷县长说："我们这就去下榻的地方吧，我正好有事问你。"不知为何，本来高高兴兴的刘湘，这会儿神态有些凝重。

去下榻处前，刘湘要冷县长专门领他们去看了赵云的坟墓。这是子龙庙最后一个小殿，在一座幽静的四合院里，子龙墓前，正中矗立着一块高约七尺的青石墓碑，上书"汉顺平侯赵云墓"，是七个篆书金字。

亭内有一副对联，上联是：赤胆永佑江源父老。

下联是：忠魂犹壮蜀国山河。

横额：永烈千秋。

高墙外，就是葱翠的锦屏山了。小院内，苍松翠柏，恬淡清幽。山上院内，两者映衬，相得生辉。

然后，冷县长领他们去了下榻的小梅园。

因为甫帅要找冷县长单独谈事，张斯可、刘从云这就让接待人员一一领进了自己的卧室。张副官自带着弁卫们去做好了一应警卫事宜。

刘湘的卧室窗明几净，陈设摆布雅致。地板锃亮，靠壁摆一张雕龙刻凤的硕大的大花床，床上崭新的铺被一应俱全。靠窗摆四把板栗色桌椅，间有白玉石镶面的高脚茶几。茶点早已备好。靠窗隔几，冷县长陪坐一侧，小心翼翼，已然做好了回答甫帅问询的准备。

窗子开着，秀色扑面而来。从窗内望去，窗下是田田荷池，荷池尽头是一片梅林。林中梅花，争相怒放，灿若云霞，香气扑鼻。刘湘反客为主，一手端起茶船，一手揭开茶盖，推推茶汤，抿了一口，示意请茶。冷县长不知位高权重的刘督办单独找自己要谈何事且神色有些严峻，心中有些紧张，不禁手抖。端起茶来抿了一口时，将茶水洒了些出来。

“我想问问刘老五的事。”刘湘说时，将茶碗蹾在几上，看着冷县长，“我听说老五回来后，做的事有些不地道，是不是有这回事？”

原来是这么回事，冷县长一颗提起的心，这才咚的一声落进胸腔子里，这就尽其所知，翔实道来。

冷县长说，刘文彩回乡后，田倒是没有买多少，主要就是修房子，一方面修他自己的房子，一方面给他兄弟刘文辉修了两幢新公馆。占地相当多。他的房子原本就没有规划，占多少田地修多少，是一截一截补上去的。因此，修得大院套小院，没得个规矩，迷宫似的。

“不忙！”刘湘听得很仔细，“你说刘老五占多少田地就修多少房子，这是啥意思，他是非法强占人家的田地吗？”

“倒还不是。”冷县长说，“钱，他还是给了的，只是有些横蛮，人家不肯的，他咋个都要弄到手。”

“这就不对了。”刘湘冷下脸，对冷玉薰县长说，“这些事，你就该管。你这个县长是父母官嘛，要主持公道，不能让刘老五想做啥子就做啥子！”

“我怎么管？”冷县长两手一摊苦笑：“人家的兄弟是省长，我芝麻大个七品小官。弄得不好，我只要今天惹得刘文彩不高兴，明天就不是县长了。没有办法，原因，督办是晓得的。”

也是。刘湘心想，刘文辉是四川省主席，虽说现在四川省主席只能管川西一片，川东一片归他刘湘管，但大邑县属刘文辉管。俗话说，端人家的碗，服人家管，冷县长确实也是没有办法。

“该管的也要管。”刘湘说，“我就不信，没有了个王法。”他这个说法当然对，不过很空洞。而今之时，刘湘也只能这样说。

“还有呢？”刘湘接着又问，显得很不放心。

“其他倒也没有啥子太说不过去的。这刘老五虽说是霸道一些，但也还不是一无是处。”

“啊，是吗？此话怎讲？”

“比如说，刘文彩修安仁镇就有功。安仁镇上新修的两条街，就是他出的钱，他让他的五姨太王玉清负责修的。他在安仁镇上修了一座文彩剧院，还修了一所公益协进社。他不像一般有钱的绅粮或是像他一样发了大财，荣归故里的人，一回老家就是颐养天年，而是天天一早坐上滑竿或是轿子离家，到公益协进社上班。"

"上班？"

"是，上班。他的公益协进社是川西坝上最大的袍哥组织，管十几万人，有一万条枪。每天各地来朝拜他的袍哥起串串。他专门安了两个五排，在社里二十四小时轮流值班，接待各地来的袍哥。并拨出了专门的招待经费，定出招待标准。一般来客是一人一菜一汤……

"刘文彩现有良田9000多亩，在川内不算最多。不久前我看香港一家报纸说，刘文彩的田，在川内只能数第33位，但他的钱最多。钱多并不等于田多，而在于他在叙府为官十年，攒了相当多的钱。他当时身兼数职，光一个税捐处长职，一年的薪金就是几十万大洋。光说这税捐处长一年的饷，就要抵多少亩良田？"

看刘湘听得十分专心，冷县长接着说下去："刘文彩在安仁镇上办了一所文彩中学，这是大家都知道的，而且深受好评。国内那个有名的教育家？"冷县长说时，一时想不起那个教育家的名字，用手敲敲头："那个有名的教育家在报上撰文说，今天的文彩中学，就是明天的文彩大学。"

"文彩中学占地广宏，环境很好，鸟语花香。教师也都是过挑过选的，待遇很高。文彩中学教师的待遇是一般中学教师的两倍；好的教师又是一般教师的两倍。所有老师住的都是独门独院，卧室、书房一应齐全。寒暑假还有专车接送。为办这所学校，他卖了3000多亩好田。"

"学校的事，刘文彩全都交给校长蔡成波管，只是开学时，他去讲讲话。他没有多少文化，也说不来啥子，只是说，"冷县长学起刘文彩的样子，说一口地方音浓郁的土话："又开学了，希望同学们听先生的话，好好学习。我也没有啥子好说的，家里杀了几头壮猪，今天请大家吃一顿饭……"

啊！听了冷县长事无巨细的如实述说，刘老五刘文彩平时的言行举止，简直就活现在眼前。刘湘心想，这刘老五看来也还不至于令人讨嫌之至，心中踏实了些。但又一想，这刘老五虽说还不至于如传说中的那样凶，但一寸不补，扯成尺五。总得有个管束，如果任其发展，也不是个办法。别的人不敢说不便说刘文彩，但他刘湘可以说。等一会见到族长刘升廷，也得说说这事。刘升廷虽是刘文彩的大哥，但为人正直，不护短。让刘升廷好好管管刘老五，也是个办法。

话说得差不多时，时间也到了正午，一小斯来到门外，请他们去吃饭。

子龙庙相关人员肯定研究过刘湘的口味，又知道他向来崇俭戒奢，不敢有多的陪客，就摆了一桌。除了督办身边的张斯可、刘从云，只有冷县长一个人当陪客。也没有上那些华而不实的鱼翅海参类，而是特意请乡间名厨，给刘湘做了一桌他最爱吃的、很精到的，为四川乡间看好的九斗碗。

“好好好！”刘湘果然喜不自禁，用筷子夹起来一片夹沙肉。那片肉，足有耳巴子大，半肥瘦，中间夹喜沙，油亮亮颤闪闪的，喷香。

“好久没有吃到真资格的九斗碗了。”刘湘边吃边说，兴致很高：“我看，吃遍天下，还是我们川西坝子的九斗碗好吃。”所谓九斗碗，就是在天府之国城乡间广为流行，历史悠久的传统宴席的做法。做真资格的九斗碗，得用上好的猪肉，请来厨子做出甜烧白、咸烧白、扣肉、渣肉、墩子等九道主菜……其间，杀猪、备料、开工、上宴等是一道复杂的工序，要一连忙几天。用料、火工以及盛九斗碗的碗、碟、盘等也都相当考究，当然，这是有钱人家。没有钱的人家做的九斗碗大都偷工减料或以次充好；甚至可以用红苕依葫芦画瓢做将出来，但这就无异于佛门中的素宴了。

一般人家只有在逢年过节或做红白喜事才办九斗碗，纵然是有钱人家也不是随随便便，三天五天就会办九斗碗的。而做九斗碗的每一道工序，都充满了欢乐。圈里的猪养肥了，请来杀猪匠杀猪。一般农村人家在房前或屋后的竹林边杀。有钱人家大都在大院之后还有个树木蓊茂的后院，平时没有人去后院，杀猪就在后院里杀。杀猪了，将一头肥肥的猪拉出来，杀猪匠一用巧劲，将肥猪四脚朝天地拥到一条结实的，又长又宽的板凳上，绳捆索绑好了。四脚朝天的肥猪自知死到临头，开始发出绝望的嘶声沙气的嚎叫。女人、小孩们想看又不敢看，躲到一边，生怕猪血溅到身上，却又不时将扪在眼睛的手移开偷看……在女人和小孩们时发出的不无夸张的欢笑声中，杀猪匠表现得像个八面威风的将军。先是背着手，指挥徒弟将接血的大木盆放在猪头下，诸般准备好，杀猪匠这才动手。杀猪匠将袖子两挽，走上前去，一边对四脚朝天，绑在条凳上大声嚎叫的肥猪说些坐飞机穿草鞋之类莫名其妙的话。说时，将一把雪亮的长刀猛地抽出，白光一闪，闪电般地刺进猪颈，刺杀得很深。随着肥猪发出的最后一声哀鸣，鲜红的猪血从已然洞开的猪颈上喷薄而出，大股大股地朝凳下的大木盆冲激而去，冲激得汹涌澎湃。

特别是，当请来上灶的大师傅带着手下徒弟，哎哟哎哟地挑着锅笼灶被蒸格竹屉，沿田间小路逶迤而来时，喜得林盘中的半截幺伯（小孩）们跟上跟下；那些头缠白帕子的老人、汉子也都拗根烟子烟杆，站在门前指指点点，发表议论，热闹得像过年。不用说吃，光是这种气氛就是乡间一道难得的风景……

陪甫帅吃饭的张斯可、刘从云两位师长，不知是真心赞叹还是应和，都说九斗碗好吃；不像城里那些高档酒楼饭店里的菜品，花里胡哨的，是假洋盘。

吃过了饭，刘湘对冷县长说："你已经尽到地主之谊了，请回吧，去忙自己的事。"看督办这话说得真心诚意，冷县长说，"也好，恭敬不如从命。我走了，甫帅也好休息。"于是，冷县长也告了得罪去了。

刘湘对两个师长张斯可、刘云从交代，要他们明天一早准时去刘氏宗祠出席扫墓仪式，今天下午自便。他这就要回一趟家。两个师长这就亦步亦趋地将甫帅送出门来，看甫帅带着张副官和一个弁兵上车去了。

刘督办回家

子龙庙离安仁镇不过30来里地，很快，安仁镇和镇口的刘湘家老宅就遥遥在望了。刘湘不由得将身子往前倾了倾，蛮有感情地透过车窗往前看去。熟悉的老家的情景，就像是一幅读透了的风景画，扑面而来。已经是夕阳西下时分，在那星罗棋布，金黄的油菜花田和绿色庄稼地镶嵌有致的田野尽头就是他的家了。远远看去，矗立在场口的家，显得陈旧而孤寂；与屹立在镇子中央那幢修得很洋气的西式小楼，刘文彩的公益协进社以及旁边占地更为广宏，绿茵茵一片，青砖围墙中透出花团锦簇的文彩中学相对照，越发显得寒碜。

刘湘的心中有些不是滋味。向来忙于军务政务，事业心很强，一年半载才能回一趟家的他，这会儿忽觉对不起妻儿老母。也不是他没有尽到或是不想尽到为子为父为夫的责任，实在是因为老母故土难离。这样一来，也就连累妻儿了。他已经想好了，一旦妻将老母善始善终地送去，就立即将妻儿，还有老家多年来忠心耿耿的傅师爷、勤免的小工王二一起接去重庆。到那时，他会加倍地好好待他们……

嘎地一声，小轿车停在了家门口。好在这时，本来镇子就小，人就少的安仁，在这夕阳西下时分，安仁镇显得清静而又空旷；他家又孤零零地悬在镇口，没有人注意到他的回来。他家的两扇黑漆斑驳的大门虚掩。一般大户人家，门前都蹲有一对足踏绣球，鼓睛暴眼，塑造得栩栩如生的石狮子，墙壁嵌有红砂石凿成的拴马石。而他家没有这些显示富贵的东西。他们下了车，副官张波按照他的示意，上前一步，“咿呀！”一声推开了厚重而又岁月斑驳的大门。

“哪个？”从很深的院子里传来王二的问话，一口浓郁的乡音。督办笑了笑，挥挥手，让副官和跟在他们身后的弁兵不要吭声，他要给家人一个惊喜。过了照壁，王二已经迎面走来，他在院子中修剪花枝。阶沿上，一间支起的木隔窗里，傅师爷的算盘噼噼啪啪打得如行云流水。

“哎呀，是督办回来了嘛！”看着似乎从天而降，款款而来的刘湘，王二先是一愣，随即表现得又惊又喜。傅师爷的算盘声陡然止息，从窗子里探出头来。傅师爷一副老式眼镜滑到了鼻尖上，师爷的眼镜只有一只镜腿，另一边权且拴了一根细麻绳代替镜腿，细麻绳的一端系在师爷耳朵上，显得很有些滑稽。由此可以看出家中的节省。

“呀，督办！”看清进来的果然是刘湘，傅师爷霍地站起。因为激动，一时不知所以，颏下一绺山羊胡都在抖动。刘湘笑了笑，挥挥手，示意他们该做啥子还是做啥子。这就将手背在身后，溜溜达达朝里院走去。

有清亮的磬音，如水般从里院漫出来。

里院是家人住的，确切地说，现在是老母和妻儿在住。原先这个大院比现在还要差，是他后来当了军官，手中有了点钱，对大院做了些培修，那时，父亲还在。外面的院子，是下人住的。整个老家的大体规模，没有大的变化，保持着原状。呈品字形的院子中，花繁叶茂，一棵老核桃树还是那个样子，树干盈尺，树皮赭黑，树冠茂密，像一把大伞盖住了大半个院子。记得小时调皮，读完书后回家，用小刀刻在树身上的“忠孝节义”几个字都还在，只是随着树身的膨胀，这些字越发变得歪歪扭扭的。

阶沿上，一排屋宇排开，当中一间是堂屋，也是母亲老来每天礼佛的地方。里面光线有些暗淡，如水的磬音就是从里面传出来的。刘湘知道老母在堂屋礼佛，听磬音心情激动，这就加快脚步，沿着花径，几步上了阶沿，进了堂屋。

“妈，我回来了！”刘湘进了堂屋，一下跪在老母亲膝前。

“周书，周书，你男人回来了！”已经完全失明，坐在一张垫有蜀绣软垫黑漆太师椅上礼佛的母亲，一听见儿子的声音，激动得浑身发抖，伸出一双枯瘦的手，一边急急地抚摸儿子的头、脸；一边霍地站起身来，叫着媳妇。

“妈，我在这里呢。”与婆婆隔几而坐，不时扬起手中小锤，当、当地敲磬，陪着母亲礼佛的刘周书，一下看着出现在身边的自己的男人，就像被什么蜇了一下，浑身一抖，脸颊突然泛红，眼睛里闪射出喜悦的光芒。

“快，快让你男人坐，泡茶。”婆婆吩咐。

“甫澄，你坐，快坐。”

不知为什么，儿子都读中学了，也算是老夫老妻了的刘周书，猛然见到自己的男人，久违了的男人，显得有点腼腆、惊喜和激动。她站起身来，给男人让座。其实，旁边有的是座椅。刘湘看了看眼睛发亮的妻子，会意地笑了笑，坐了下去。刘周书又赶紧去给自己的男人泡了一碗好茶，放在茶几上。这是在守旧的老家。老母在上，夫妻两人不好多说什么。可是他们都从对方向自己闪电般扑来的眼神中，读到了一种从精神到生理的深沉的渴望和慰藉，其中还包括爱意、叩问等只有两个心灵和谐的夫妻间才有的，只可意会，不可言传的情感和细节；在精神上悄悄享受着只有他们才能理解的那一份甜蜜。

“儿呀，你回来咋不先打个电话呢？”母亲问。电话还是稀罕物，可刘湘孝顺，不惜花重金专门给母亲安了一部长途电话，好随时从重庆往家打电话。老母已是风烛残年，双眼已经蒙上了一层荫翳，完全看不见了。满头白发，瘦削的脸上刻满了岁月的年轮和年轻时生活的艰辛。

“我这样回来，不是可以给你们一个惊喜嘛！”儿子抬头看着老母，眼睛有些湿润。

母亲用一双青筋裸露，皮肤粗糙的手，一遍一遍地抚摸着儿子的脸颊：“又瘦了。”母亲心疼地问媳妇：“周书，你看你男人是不是又瘦了？”

“是，妈！”懂事的刘周书说，“瘦是瘦了些，不过精神还好。”说时，用一双水波凌凌的，又大又黑的眼睛看着自己的男人，刘湘也看她。从上看到下，又从下看到上，看得很细很有感情。她比他小八岁，挺拔丰满，淡淡妆，天然样，很受看。看着妻，思想上不由得闪现出一句老家乡下的歇后语：“三月间的樱桃——红登了！”她真是红登了。看着她丰满挺拔的身姿，泛红的脸颊，微微起伏的高高的双乳，他觉得出不仅是他激动，就是她的心也都快要跳出来了；觉得出她炽热的体温，这是多么诱人的青春气息啊！这会儿，望着自己可人的妻，什么军长、督办这些平时他非常在乎、用尽平生力量去攫取的光芒四射的头衔、军衔；什么宏伟的事业、设想、未来光辉灿烂的构架远景等等，统统都随着他在人前的矜持退隐到了一边。他发现，一下子他又变成了一个普通的男人，一个凡夫俗子，心中鼓荡起的是久违了的七情六欲。妻就站在老母身边，含情脉脉地看着他，慢慢地，一双清亮的大眼睛里竟噙了泪，眼巴巴地看着他。这双眼里含有多少温柔和期待啊！他的身体内部顿时感到一种强烈的冲动和渴望。可是，母亲在面前，他不能不努力克制住自己，一边同母亲不知所云地说着话，恍若进入了梦境。

只要是女人，不管年龄大小，有无文化，城里人还是乡下人，感觉敏锐还是迟钝；也不分国界种族，哪怕上至皇室，下至捡煤渣的穷老太婆，都有一种先天的本能，即：女性的敏感及对同性的排斥抗拒。刘湘双目失明的老母，从心里说，对儿媳是满意维护的，其中甚至还有一份感激。但是，现在儿子就在面前，儿子面对着两个女人——母亲和妻子，母亲这就没来由地对儿媳从心里产生了一种莫名的嫉妒和怨愤。她虽然看不见，但感觉得出儿子与媳妇之间的缠绵。这就没来由地有些生气，以婆婆的身份，居高临下地要儿媳去厨下做些安排，督促家中的厨子将晚饭做得丰盛一些，好一些；还嘱咐儿媳，将儿子带回家来的一个副官和弁兵，也要做妥善安置。刘家是宽厚待人的，哪怕是下人。

母命不敢违。刘周书用她睫毛绒绒的眼睛，再次细细看了看自己的男人，恋恋不舍地去了。

刘周书一走，刘湘心中安静下来，他一边同老母聊天，一边注意打量着佛堂。

佛堂正中供着一尊观世音菩萨像。青烟袅袅中，慈眉善目的观世音菩萨，衣袂飘飘，一手端着净瓶，一手拂着柳枝；眼观鼻，鼻观心，一副救苦救难，普度众生的样子。

母亲问儿子："是清明节回来扫墓？"

"是。"

"你还带了一些人吧？"

"是，带了两个师长，我让他们住在子龙庙里。"

"你今晚不回子龙庙去了吧？"

"当然不回子龙庙了，就住在家里。"

"啊！这才像话嘛。"母亲这意味深长的一个啊，尾音拖得很长，"你一年半载难得回来一趟，妻儿老小都不知你长什么样了。"

"妈！"刘湘心中难受："所以说，我总劝你们到重庆去，可你老人家总是不肯。"说着，玩笑一句："山高路不平，好耍不过重庆城。"

"我的日子不多了，我不图那些热闹。"母亲说，"我最近天天晚上梦见你父亲。我是不走了，随便你那重庆有多好。我这一去，你就赶快把周书母子接去，我是把她们母子拖累够了。"

"妈——！"刘湘不由心酸。

“好了，不说了。”老母亲一笑，用看不见的双眼看着儿子，“你今天晚上想吃点啥子？”

“啥都不想吃。”刘湘说，“我就想吃妈你擀的面。”刘湘长得南人北相，喜欢吃面。记得小时候，母亲用头道麦子磨成的面，做出各种各样的面食给他吃。头道麦子磨成的面雪白，带着田野和土地的清香。母亲给他做羊疙瘩、烙软粑子……其中，他最喜欢吃母亲给他擀的臊子面。小小的尺五案板上，只听擀面杖一阵脆响，母亲用手拉出来的面条又细又软，搁上点儿有盐有味的冬菜，加上从院子里春芽树上摘下来的嫩春芽。那时吃肉叫打牙祭，不容易；母亲煎个鸡蛋给他摊在面上，吃起来就是香，能香到牙齿里，香进心里。

“妈是擀不动了，让你媳妇给你擀，她比我擀得好。”母亲总是适时地赞扬周书；婆媳和谐，这让做儿子的感到欣慰。

下午，在文彩中学念书的儿子继殷回来了。刘湘结婚晚，儿子才 14 岁，穿一身麻格质地的三个口袋的中山式校服，瘦高瘦高的个子，梳分头。因为平素刘湘难得回来，儿子见了父亲有些腼腆，喊了一声爸，就躲到自己的房间里去了。一直到吃晚饭才出来。一家人好不容易聚在一张桌上，吃了一顿刘周书做得很不错的肉臊面。其实，她不仅做了臊子面，还煮了饭，做了好些他爱吃的菜，比如酱肉丝、虎皮海椒、鸡蛋番茄汤……刘周书能干，完全没有一点贵夫人身上的娇贵。家中好些事也都是她在亲手做，王二平时给她打杂。家门背后她还经佑了一个小菜园。在竹篱围成的小菜园里，一片碧绿中拥红簇翠，瓜棚满架。海椒、番茄这些小菜都是自家种的，从不花钱上街去买。晚上这顿饭，张副官带着弁兵和傅师爷、女佣桂芬，还有小工王二等，是在外屋吃的。

刚吃完饭，族长刘升廷就专门拜望他来了，这就请刘升廷进客厅里坐，刘周书奉茶后退了出去。

族长坐下就说，“你幺爸也回来了，本来他想过来看看你，又想你难得回家一趟，怕打扰你，就没有来。”刘湘暗想，果然，幺爸让他的大哥、族长刘升廷打前站来了。以为刘升廷要提起那批军火的事，不意刘升廷没有说，只是寒暄了一番，说了些无非天气好坏，你胖了我瘦了之类闲话，刘升廷就知趣地起来告辞了。刘湘也不留客，礼数周到地将大爸刘升廷送出大门，分别时，大爸拉着他的手，另一只手在他的手背上紧拍，语重心长地说：“甫澄呀，你和自乾都是我们刘氏一族的大才，千里驹。你们叔侄要好好团结起来，抱成一团，共主川事啊！”

刘湘唯唯诺诺，拱起手来。已然朦胧的夜幕中，只见大爸兼族长望着他，一副眼巴巴的样子。

天黑了，该睡了。

小镇上没有电。刘文彩家倒有个发电机发电，但他不会供电给别人。西厢房里，刘湘坐在太师椅上，看刘周书在给他铺被褥……都是新的，能闻出皂角水洗后太阳晒干发出的清新味。摇曳的烛光，将跪在床上忙着的刘周书勾勒出一个好看的剪影。她高大健壮丰满，足有一米六几的个子，站起来差不多显得有他高。女人显个。纵然两个显得很不般配的男女，男的又高又大，女的又瘦又小；对比起来，就像骆驼和山羊一样。可是，两个人床上一睡，也就没有这种殊悬了，何况妻。

刘周书模样相当端正，浓眉大眼，虽然少点文化，但天性不笨，又勤快又贤惠，有见识敢担当。他想，她以后去了重庆，见识多了，再读点书，说不定是个人才。就在他坐在一边想着心思时，她已经把床理好了，坐在床边上，随手将落到眉骨上的一绺乌黑的头发往上一撩，眼波闪闪地看看他，脸颊上泛起一阵红潮。

他立刻意会，身上顿时有了强烈的反应。俗话说三十如狼，四十如虎。身体素来强健的刘督办，已经到了如虎的年龄。平时，他的身体之所以少有两性间的反应，是因为一颗心都在军国大事上纠缠，耗了他过多的精力。尤其是年来，他和幺爸之间业已形成的一山不容二虎之势；另处，还有已经在川北通（江）南（江）巴（中）建立了红色根据地，看来要长住下去，而且还要向外发展，声明要“赤化全川”的中国共产党领导的红四方面军徐向前部，对他更是一个相当大的威胁，是他的心病。最近，蒋（介石）委员长多次来电，对他又压又拉，要他迅速出兵荡平通南巴红色根据地，“以免赤祸漫延”。说是，倘若此，“中央”将全力支持他统一全川……这些事，林林总总，大大小小，够他操心的了，他哪有时间、心绪想到床笫上的事。

但是，这个晚上不同了。这是他的女人！他的女人就坐在床上等他。女人默默无言，不时看他，脸色潮红，高耸的胸脯海潮般起伏不已。他当然知道，他的女人也是急不可耐了。

“还不睡吗？”嗔怪中，女人问了他一句，女人那个意思也是很明显的。

“睡！”督办这就站起身来，上前，“噗！”的一声吹熄了铜烛台上的大红蜡烛。

“幺爸的军火，早来早过，晚来晚过”

第二天一早开始的祭祖扫墓，时间其实相当的短，祭祖扫墓式由族长刘升廷主持。程序是两项，先在刘氏宗祠里举行了一个仪式，然后，一行人邀邀约约去到刘氏墓园，烧香焚纸而已。然而，中间过程尤其是心理过程相当微妙复杂。这里面当然主要指刘文辉、刘湘叔侄两人，还有在一边当配角的族长刘升廷以及刘老五刘文彩。

知道祭祖仪式是上午9时在刘氏祠堂里举行，可军人出身，向来守时，以时间为生命的刘湘却在家里磨磨蹭蹭，就像过鬼门关一样，这在他，是绝无仅有的。他很不想去，却又不能不去。一去就要见到幺爸刘文辉，刘文辉一见到他，肯定就要同他谈那批从日本买回来的军火事。虽然他心中早已想好了对付的办法，但他天生就不是一个会说谎的人，他心虚。

结果还是届时族长派人来请，他才去的。

偌大的安仁镇刘氏祠堂里，人满为患却又泾渭分明。在“主席台”就座的并不是按规矩，如果按规矩，老辈子就该坐在上八位；如果以辈分，刘升廷就不该当族长。这天的祭祖扫墓式的排座次，完全是按地位等级划分的。堂上摆了一排排桌子，桌上置有茶点。第一排当中坐的，当然是族长刘升廷。然后，坐在刘升廷右边的是刘文辉，刘湘坐在左边第一个位置。刘湘从重庆带回来的两个师长张斯可、刘从云，还有幺爸刘文辉从成都带回来的二十四军参谋长田北诗等都叨陪第一排两边末座。当刘湘去时，他发现，刘升廷左边的一个位置是空的。不用说，这是专门为他留的。

“甫澄，你怎么姗姗来迟，都在等你！”族长问时，幺爸已站起身来，逮住他的手架势摇，既表现出亲热，又有一份问罪之意，幺爸在他面前抠起一副老辈子的架子。

“昨晚上睡得不太眠实，天亮时才睡着，起来迟了。”他轻声解释。

“整凶了，整凶了。”大爸、族长刘升廷竟有些幽默，小声说时，笑着对他挤了挤眼睛。让他一下想到昨晚上他们夫妻的狂蜂浪蝶闹五更，脸一下红了，一直红齐耳根子，幸好族长这话小声。他坐下来就侧过身去找刘老五，刚才来时，看祠堂周围团转有不少背枪的团丁，肯定这是刘老五干的事。刘老五是县团练局长，舵爷，除了他不会有第二个人干出这样的事。心想，未必清明祭祖都怕有人杀了你不成？

坐在刘文辉之后的刘老五刘文彩，几年不见，老了些。他的长相酷似老六刘文辉，只不过个子稍高些，青果头，青白脸，眉毛有些往下垮，瘦瘦的，身着黑色锦缎长袍团花马褂。刘文彩向来有些怕侄子刘湘，当刘督办鹰隼般的目光猝不及防逮住了刘老五时，刘老五有些诧，赶快将头掉了开去，不敢同他对视。

“各位父老乡亲！”待刘湘落座后，族长刘升廷这就站了起来，宣布一年一度的大邑县安仁镇刘氏清明祭祖扫墓式开始。

“我先把这篇祭祖文读一读。”曾经当过秀才，有相当国学根底的刘升廷将手中的祭文展开，清清喉咙，挺挺胸脯，挑声夭夭地很有感情地唱歌似朗诵开来——

“1932年，清明时节。夜来有些微雨，天明云开日出，惠风和畅。我刘氏安仁族脉，济济一堂，祈拜祖宗。今我刘氏一族，繁衍茂达；尤自乾、甫澄叔侄荣登高位——分列四川省主席，四川省军务督办；比之昔日蜀主巴王不为过也……”听到这里，刘文辉、刘湘不由互相看了看，他们心中有鬼。刘升廷这篇半文半白，很有些酸腐的祭文，本意是在彰显他二人的地位，为刘氏争了荣光，却刚好戳到他二人的心上；所谓目前的“巴蜀两国”不过是暂时的，叔侄间早晚得打一仗，不是你吃掉我，就是我吃掉你，哪有什么荣光？

回过神来，只听刘升廷的祭文已经到了末尾抒情阶段——

“祖宗有德，佑我刘氏一脉于今昌盛富强。想当年，祖宗创业艰辛，披荆斩棘，筚路蓝缕，实可想象。从今后，我等需同心同德，庄敬奋强，来年锦上添花，以慰祖宗。”看得出来，刘升廷对他这篇半文半白的祭文相当满意，这时，却有站在祠堂中的氏族干人（穷人）们不满的议论传进了刘升廷耳中，一下破坏了他的兴致——

“啥鸡巴锦上添花、昌盛富强？一年做到头，肚儿都没有箍圆！”是辈分很高，绰号牛板筋的四大爷。四大爷60来岁，带有泥巴的裤脚挽多高，腿上裸露的青筋盘杂，像是一根根蚯蚓。四大爷的话像一根引线，引发了场上许多干人的不满。于是，声音由低到高，一人寡，众人和。这就有不少同氏宗人大声武气声讨刘文彩——

“还说是刘氏一脉，要互相照顾？刘文彩把占我的田地还来就对了！”

“啊，就是。”马上有人声援，“刘老五就是霸道得很！”……

场下立刻议论纷纷，嗡嗡嘤儿。已经坐了下去，手中端起茶碗来，一手揭开茶盖，正要韵茶的族长刘升廷见状不对，又马上站起来压场子。他将手中的茶碗往桌上重重一蹾，威严地把手一挥：“不说那么多，今天是祭祖扫墓的清明节。哪个有话，下来找我说，不要在这搅肇，整得大家气鼓气胀的。”说时，又把手一挥：“走，都跟我去祖宗坟茔扫墓去！”坐在堂上的人们首先站起来响应。

于是，聚集在刘氏宗祠里的许多干人；还有好些因为祠堂内站不下，站在门外，捞脚挽裤的人们，轰的一声散开来；好些人各自走了。

刘氏祖宗墓地离祠堂约有半里路远。

刘文辉、刘湘等，这就完全依照等级叙齿顺序，依次跟在族长刘升廷身后，出了祠堂去祖宗墓地。刘氏祖宗墓地，处于一片大海般的绿色田野之中，像是汪洋大海中突起的一座小小的孤岛，占地约有半亩。里面树木繁密，蓊蓊茂茂，绿草茵茵，祖宗坟茔，也是排列有序，保护得是相当不错的。在他们去的沿途上，好些田塍都站满了穷人，都是来看刘文辉、刘湘两个大人物的；这些人破衣烂衫，脸色焦黄，神情漠然。他们中，大都是刘氏族人，不过都是些穷人，这与去刘氏祖宗墓扫墓的，以族长刘升廷为首，刘文辉、刘湘依后的一帮衣着光鲜，红头花色的军政大员、有钱人、阔佬对比鲜明。简直就是，有的生活在天上，过的是神仙日子；有的如同在地狱，在生活的重压下呻吟。这些站在田塍边看热闹的穷人中，有的暗中流露出了仇恨情绪。

“梛臭，梛臭！”走在前面开路的是刘文彩的一个管事，他身材矮胖，头戴一顶黑色缎面瓜皮帽，身穿青布长袍，外套黑马褂，一脸的油滑。背后跟两个背枪团丁，一个长得像竿，一个长得像螃蟹。管事一手不屑地扇着鼻子，他要背枪的两个团丁，将站在路边看热闹的人往两边赶。这两个团丁，就把枪端在手中，往两边轰人，吼：“让开让开，不长眼睛吗，没有看见来的是啥子人？”

“啥子人？”站在路边，有脾气不好，也敢讲话的刘氏老辈子，这就雄起硬顶——

“不就是省长、督办吗？他们姓刘，未必我们就不姓刘？”旁边有人附和。

“哪有这种事，有钱有势的人就可以去祖宗坟茔祭祖扫墓，我们这些穷人就被吆到阴山角角里去了！就是皇帝也有三门穷亲戚嘛！”……

听到这些，刘湘一时感到有些尴尬，好在一行人很快进了祖宗墓地。

他们依次来到祖宗墓前，站在一个个神龛牌位前祭悼，行礼如仪。

一时，在乒乒乓乓的鞭炮声响中，在刘氏坟茔地一座座祖宗坟山前，蜡烛吐焰，香烟缭绕。大堆的冥钱、银锞在墓前石臼中燃烧起来，然后极有气势地汇聚成一股浓烟，冲向空中，霎时黑了半边天。

祭悼仪式结束后，中午，刘升廷设家宴单独约请招待刘文辉、刘湘叔侄。

菜肴丰盛的饭桌上，就像是事先约好了一样，刘文辉、刘湘叔侄都是不约而同地旧话重提，评功摆好，打起嘴仗。比如刘湘说：“幺爸，我这个做侄儿的该是对得起你了哈！早些年，你在保定军官学校一毕业，我是咋个对待你的？”说着扳起手指数，一来就当连长，然后破格当团长、师长……又是何年何月，幺爸当师长时，在川东同杨森争地盘。“本来幺爸打不赢，如果不是我及时出兵资中、内江抄了杨森的后路，那幺爸你就恼火了！”

“彼此彼此！”刘文辉说：“老侄，这么些年，你是帮了我不少忙，未必我又帮你少了吗？远的不说说近的。你明说把资中、内江划给了我，其实我是替你当了挡箭牌，挡住了田颂尧、邓锡侯的势力。如其不然，老侄你能无后顾之忧，一口气吞了下川东三十多个县？至于资中、内江的税收，我说过我们叔侄平分，是你没有来结账嘛。”

“不说了，不说那些陈年旧事了。”刘升廷适时站出来打圆场，说：“一笔写不出两个刘字。先才我在祭文中都说了，如今巴蜀的天下，是你叔侄的天下。以后，你们在外做事还要合作，对不对？手拐子不能往外拐，对不对？”刘升廷一连说了好多个“是不是”，以问带攻，摆出了一副咄咄逼人的架势。

刘湘心中暗暗一惊，心想，他兄弟俩的戏开始正式上演了！这就低下头，伸出筷子从装在一只大花品碗里的黄澄澄的糯米饭上，夹了一块夹沙肉紧看，却又不吃下去，王顾左右而言他：“这肉做得好，大爸，你是请哪个厨子做的？”他想将刘升廷的话题引开去。

可是，刘升廷不上他的当，铆着刘湘问：“甫澄，我刚才说的话对不对？”

“哪句话？”刘湘装傻。

“就是一笔写不出两个刘字，就是你们叔侄在外做事要同心？”

“对。咋个不对呢！”

“那，好。”刘升廷这就给他的六弟刘文辉递点子：“自乾，你不是有话要给甫澄说吗？就明说嘛，自家人，啥话都好说，即使是原先有啥事梗起，把话说明了，也就话明气散。”

“甫澄！”刘文辉盯住刘湘，作古正经：“我最近在日本买了一批军火，想来你是晓得的。现在已经发货启程到了上海，马上就要进夔门，过你的地界了！”

刘湘马上说：“我听说了。”

“到时候，我这批军火过你的防区时，你不会给我扣下来吧？”

“幺爸把话说到哪里去了？”刘湘做出吃惊的样子：“不会不会，我咋会扣幺爸的军火！”刘湘一边说了好几个“不会”。

刘湘问：“幺爸这批货装了好多船？”

“20只大船。”

“只要是幺爸的东西，早来早过，晚来晚过。我决不得开黄腔，扯拗拐！”

“甫澄，有你这句话，幺爸我就放心了，你的为人，幺爸是晓得的。来，幺爸敬你一杯！”刘文辉说时站起身来，提起一瓶成都试产的红葡萄酒，抓过一个牛眼睛酒杯，亲自给刘湘斟满了酒。

刘湘将手莽摇：“幺爸你是晓得的，我吃不来酒，一吃酒就脸红。你们吃你们的酒，不要管我。”

“这算啥子酒嘛，当甜水喝。”

“那就都满起。”族长刘升廷示了个意，两个站在旁边伺候的丫鬟上来，给他们斟上了酒。

三人这就都站起身来。

“你们叔侄同心，泰山可移，金石可镂。”刘升廷又是文绉绉地这样来上一句：“来，我们干了！”

“咣！”的一声，三人你看我，我看你，干了杯中的酒，并亮了杯底。

饭后，因为忙，刘文辉和刘湘就带上各自的人，上了车原路返回了。刘湘拒绝了刘文辉要他经过成都时，在成都耍几天的挽留。

“咦，幺爸！”刘湘笑着说，“未必你都这样忙，我就不忙嗦？二天再回成都耍，耍个够。”刘湘这话，只有他和他手下的两个师长清楚他话中的所指和含义。

刘湘一行同来时一样，没有在成都作半点停留，要连更响夜赶回重庆。

一路春光宜人。回去的路上，刘湘像是丢掉了一个大包袱，一反来时的沉闷，显得很轻松，同张斯可、刘从云东说南山西说海的。特别是，进了新津地界，见到许多放风筝的。蓝天白云下，那些形态各异的风筝：彩蝶、蜈蚣、飞燕、鲢巴啷……被一根根细细的丝线拴在当中要害部位，在天上飞，悠哉游哉地升腾。有状似彩蝶的风筝眼睛还能转，在风中转得滴溜溜的，十分爱人。刘湘来了情绪，竟随口背了几首关于川西坝上放风筝的竹枝词，他说一口浓郁的地方话，一字一顿，听起来别有风味——

春风微微锦官城，柳色青青天气晴。
三较场上好宽敞，儿童逐队斗风筝。

青羊宫接二仙庵，花满芳塍水满津。
一路纸鸢飞不断，年年赛会在城南。

最后几首显然是离开了风筝，只是与他的心情、抱负有关——

巍巍城雉足开襟，城外芙蓉密似林。
按察司前绸缎店，最繁华是北打金（街）。

会馆虽多数陕西，秦腔梆子响高低。
观场人多坐板凳，炮响酬神散一齐。

子弟寻欢新巷子，玉河沿畔亦销魂。
几回不遂狭邪兴，川主庙前半掩门。

盐道街前刻字匠，藩司左右裱画师。
就中榻印谁能事？旬有新都问九九。

张斯可和刘云从不禁相视一笑，心领神会。

– 第四章 –

刀光剑影

最让刘文辉担心的事情发生了

“砰！”的一声，刘文辉在桌上猛拍一掌，大骂刘湘，咆哮如雷：“杂种，他硬是把我的 20 船军火打来吃起了……”

刘文辉这种剜心剜肝的“痛”，身上所表现出的愤怒，是多年来随军长南征北战打天下，枪林弹雨中走过来的军参谋长田北诗和麾下心腹大将冷寅东从来没有见过的。

“军长！”冷寅东小心翼翼地问，“未必刘甫澄连一船军火都不肯放过来吗？”冷寅东是刘文辉的老乡，大邑县人，麾下主力师师长兼川康边防军副总指挥，二十七八年纪，个子不高敦实，素常军容严整，却不喜欢戴军帽。国字脸上有双细长眼睛，在军中向有“小周瑜”之称，意为文韬武略，有统军才能。刘文辉对他相当倚重，随时召问，参与机宜。冷寅东本来是在雅安，集中精力指挥川康边防军，替刘文辉坐镇康藏一线，因为最近成都形势日趋紧张，早晚之间就可能要同田颂尧开战，刘文辉特意将他从雅安调来，着意让他担当打田重任。

这不是抖瓜话嘛！刘甫澄既能放给你一船过来，那他又何必不给你全放过来呢？他既要给你打来吃起，又怎么会给你放一船过来呢？不过，这些话，刘文辉没有说出口来，只是哈的一声冷笑，盛怒之下的他，似乎在笑冷寅东这话问得何等幼稚、低能。“那不是！”他随即展了一句言子：“刘甫澄这是老鹰吃麻雀——毛都不留一根。”

“军长息怒！”军参谋长田北诗毕竟老成一些，看刘文辉简直气惨了，这就开劝：“军长常常训诫我们，没有过不去的桥，没有办不成的事，只要存心去办，只要下足功夫。这中间，是不是事情有些没有搞清楚，有些误会？”

军参谋长田北诗注意到，刘文辉已经气得将桌上他万分心爱的一个古董——一只栩栩如生，价值连城的翡翠奔马摔到了地上，打得粉碎。这是军长的至爱，放在桌上时时欣赏，平时别人连摸都不能摸一下的。若再不劝住，他怕主公气出病来或者气得倒床。如果这样，在这个节骨眼上，那就更是雪上加霜了。

“每临大事有静气！”经田北诗这一劝，电光石火般，一段富有哲理的箴言，猛然在刘文辉脑海中划过，他冷静下来了。刘文辉平时喜欢收集这些富有哲理的箴言，古今中外的都喜欢，放在身边时时强学博记，融会贯通，身体力行，从中得益不少。

噫！刘文辉出了一口长气，随即一声，“梅香，把水烟袋给我拿来。”说了这句话，这才猛然想起，这是将军衙门的二十四军军部里，家中的丫鬟梅香不在这里。

“你看，把我气的！”刘文辉用手拍了拍自己的头。这时，副官李金安刚好出现在门外，却又不敢进来，鬼头鬼脑地在门帘前晃。他怕这个时候进来，会挨正在气头上的军长的骂。

“金安，把我的水烟袋拿来！”刘文辉看到了门外的副官，这样一声。

“是。”贴身副官应了。

很快，副官把一只擦拭得精光锃亮的白铜水烟袋拿来了，递到刘文辉手上。这种水烟袋，现在可以说是绝迹了，可能某个博物馆里还有，最具中国特色，一般是由黄铜或白铜铸就，零零碎碎的结构也复杂，要将其叙述清楚，是要费些笔墨。这么说吧，如果夜晚将这种水烟袋放在灯光下，使其投射到墙壁上，那黑黑的，缩成一团的影子，很像是一个低眉顺眼，拱腰曲背精心服侍主人的婆子。它主要由三大部件构成：烟袋、烟盒、烟鼻。

坐在一张硕大锃亮的办公桌后皮转椅上的刘文辉，顺手从贴身副官李金安手中接过来精光锃亮的白铜水烟袋，长袍下，左腿往右腿上一跷，跷成了二郎腿，这就将头凑近一根用新津大草纸捻成的一根小棍似的纸捻，尖起嘴来，“噗”地一吹，纸捻吹燃了，顶端冒起一束蓝幽幽的火苗。与此同时，拿着水烟袋的手上，那被烟熏得焦黄的大拇指往上一挠，“啪！”的一声，烟盒挠开来，再用右手两根瘦指，从烟盒中抓起一绺切得细细的，黄金杠色的烟丝，安在烟斗上。他抽烟很讲究，烟丝一定要用川省什邡县产的。这种烟丝颜色金黄，又切得很细，显得绒绒的，烧起来透，闻起来香，香中还带有一股燥辣劲。抽了烟，掏洗水烟袋也相当费神。这麻烦活儿，在家当然是丫鬟梅香的，在军部，就该副官李金安倒霉了。刘文辉将燃起一束蓝幽幽火苗的纸捻往烟斗上一拄。咕嘟咕嘟，这就开始抽烟；他在将水烟往肚子里吞时，两个鼻孔也同时喷出烟来。

同许多四川军阀一样，刘文辉抽大烟，不过不上瘾，他知道上瘾的厉害。他是一个知道节制的人。而抽水烟，却在许多时候，他是一刻半会也不能离的。在他，抽水烟不仅是过瘾的问题，不仅仅是抽烟的问题，对他来说，抽这种烟，往往其间是一个缓冲、一个过场、一种把玩、一个道具、一种审美、一种放松。这种烟具很漂亮很立体，很精致很玲珑很中国，最对他的胃口。而填烟丝、吹纸捻、点烟抽烟等一系列烦琐的过程，也非常切合他某个时期需要的节奏、氛围。

刘文辉抽烟时，看了看身边心腹大将，田、冷二人，说：“这个事情，你们也再想想，看看有没有什么好办法？”

看主公急，田、冷二人也不能不急。但鞭长莫及，也一时都拿不出好的办法。又高又瘦的军参谋长背着手，在地上轻轻踱步，长得粗壮些的冷寅东则将一只手拄着下巴上，横撇撇地看着挂在对面墙壁上的那幅二十万分之一的四川军用地图沉思。田北诗的模样清秀些，冷寅东粗壮些，他们的长相、背景、性情，与军长的关系都不尽相同。在为主公分忧上的表现也就不尽相同。

田北诗说话委婉些，冷寅东火气大些，也要直白得多。

“军长！”略为沉吟，田北诗用他那双略带女性化的眼睛，看着咕嘟咕嘟抽烟的刘文辉，试探性地说：“我看，这中间可能是有误会，刘甫澄不应该是这样的人嘛？况且，军长还是他的幺爸！我看，是不是刘甫澄身边有人在搞鬼，想挑起你们叔侄之间的矛盾？”

“嗯！”刘文辉似乎听了进去，将头抬了抬，看了看参谋长，“你是说王方舟？”

“有这个可能。这王方舟在刘甫澄读四川军校时，当过他的老师，而且其人自视甚高。现在却在刘甫澄手下当一个师长，而且，他这个师长排位还在唐式遵之下。唐式遵‘唐瘟猪’是一师师长，他是三师师长，一肚皮都是气。我晓得这个人是根搅粪棒，唯恐天下不乱。正好我们的军火走他管辖的万县过，他还有不给我们打来吃起的？”

“但是，如果不是得到刘甫澄的默许，他王方舟敢吗？我看就是借三个胆子给他，他也不敢。”冷寅东表示了异议，他将矛头直指刘湘：“我看，还是刘甫澄在背后装怪。想嘛，现在他同我们都这个样子了，他能看我们这批军火过来？不说其他，光是船上那20架比他的飞机先进得多的日本战斗机，气都要把他气死。他不把我们这批军火扣下来打来吃起才怪！”

“但是，从历史上看，刘甫澄好像还不是这样的人。他刘甫澄不是口口声声标榜他是一个道德军人吗？况且，我们军长还是他亲幺爸，又是大家当着面说定了的。”

“说定了什么？”

“刘甫澄不是当着好多人的面说，幺爸的军火早来早过，晚来晚走吗？”

“北诗，你肯信他的话吗？”冷寅东一声冷笑。

“哎！”田北诗叹了一口长气，“是人都在变哈？这刘甫澄怎么变得成了这样一个六亲不认的人，连幺爸的东西都要打来吃起。真是人心大坏呀！”

“哎！”冷寅东说：“这就叫此一时彼一时。”

对于身边两个心腹大将发表的看法，包括其间他们的感叹，刘文辉一概不发表评论，只是听。

刘文辉一连咕嘟咕嘟抽了三袋烟。噗噗噗，提了三次烟鼻子，将烟锅巴一一吹到地上。完了，这就将烟盒“啪！”地一盖，顺手将水烟袋还给李金安，贴身副官接过下去了，这是固定的功课和程式。

抽完烟，刘文辉思想上已经有了应对的措施。他顺手拿起摆桌上的一部黑色载波电话，将电话直接打给刘湘。电话一下就通了。

“是甫澄吧？”他一边打电话，一边看着站在桌前，看着他打电话，显得聚精会神的田北诗和冷寅东，同他们二人交换着眼色。二人围上来，站在桌前，竭力朝前倾着身子，似乎想听清电话中刘甫澄的声音。

“甫澄！”刘文辉这会儿显得很平静，“听说我那20只大船装的军火一到万县，就被你的部下王陵基扣了？你晓得这事吗？”刘文辉平静的语气中，有种兴师问罪的意味。

听得清楚，电话中刘湘说：“我也是刚才听说这事。”

“甫澄，你是答应过我的，我的军火过你的地盘，是早来早过，晚来晚走的嘛！才几天时间，咋个就放黄了，就说话不算话了？”

“哎呀！”电话中，刘湘解释：“我听说这事后，立即打电话去过问这事，王陵基说事情还复杂。说幺爸你这批船队中混有走私船，屎屎尿尿的混在一起，他不好放行。”

“咋个不好放行？”刘文辉有些沉不住气了，大声武气地说：“让他把走私船扣下，把我的船放过来不就行了？”电话中，刘湘一阵沉吟后说：“也要得。”

“那咋办呢？”刘文辉立刻追上去。

“我这就打电话给王陵基，要他把混入其中的走私船扣下，把幺爸你的20只船放过来。”

“那好呀，你啥时候回我的话呀？”刘文辉听到这里，手一阵发抖，激动得霍地站了起来，连连追问，生怕刘湘放了电话。

“最多一个小时。”

“好嘛，我这就等你的电话哟！”刘文辉捏着电话，还想说什么，可是

“吧嗒！”一声，对方已挂断了电话。

这一个小时好长好长，在刘文辉看来，简直就是一个世纪，等得他毛焦火辣的。他在地上大步走过来，又走过去；走过去，又走过来，简直像热锅上的蚂蚁，往日的沉着冷静，这会儿，在他身上荡然无存。军参谋长想再劝他几句，可是刚要开口，刘文辉就把手一举，示意打住。这会儿，他已经无心再听任何人说什么了。

好容易时间到了。可是，重庆的电话没有来。刘文辉看了看田、冷二人，二人知趣，都不开口。他这就又走到锃亮的大办公桌后，也不坐，只是一只手抖抖擞擞地拿起电话，拨了号码，主动打过去。可是，结果在预料之中，也在预料之外，电话根本就打不通了。

刘文辉颓然坐了下去，一脸通红，直喘粗气，端起桌上的茶碗，揭开茶盖，咚咚咚，仰起头来，一阵牛饮。似乎渴得可以，不仅将一碗冷茶全部灌进了肚子，连茶叶也都嚼来吞了。似乎这样，可以解点他的气。喝完冷茶，嚼了茶叶，他冷静了些，掉过头来，用一双不大的然而寒光闪闪的眼睛，看了看站在身前的田、冷二人，想了想说：“看来，为今之计，只有请我大哥刘升廷出面去重庆，找刘湘调停了！我大哥说的话，刘湘也还听。”身边两个智多星人物田北诗、冷寅东你看看我，我看看你。他们也不争了，都拿不出别的好主意，就说，只好这样了。

刘文辉当即把电话打回安仁镇大哥家，找到刘升廷，说明原委。大哥刘升廷一听，就发了脾气：“他刘甫澄咋兴这个样子呢？这个样子就不对了！君子坦荡荡，小人长戚戚。易涨易伏山间水，反复无常小人心……”在电话中，大哥刘升廷背了些《增广》类书上的言辞，可能想了想，说这些没有意思。纵然他现在骂刘湘是小人，刘湘也不在身边，听不到这些话，即使听到了，也不仅于事无补，反而坏事。

大哥刘升廷这又道：“这刘甫澄我是看着他长大的，他以前在家，砣子擦鼻涕时都不是这个样子，咋变成了这样一个人？肯定是跟在他身边那个‘刘神仙’刘从云教的。我一看刘从云那家伙就不是个好人，鹰鼻凹眼的……”没有想到大哥才 50 来岁，电话中，说起话来竟啰唆个没完，刘文辉不禁皱了皱眉头，高声道："大哥，你还没有回我的话呢？重庆，你究竟去不去？"

"去去去！我咋个不去？我要去叫刘甫澄拿话来说，我要问他，咋个兴当面说一套背后做一套呢？我要给他来个明砍！"刘文辉当即截住："那好，大哥，我立刻派车回来接你。"

搬来说客去重庆

刘升廷此去重庆，行踪相当的秘密，为的是给刘湘一个突然袭击，打他一个措手不及。免得刘湘得知，事前做好充分的准备；免得他手下那些狗头军师提前为他献计；免得刘升廷到重庆后，刘湘已经挽好了圈圈，让你往里跳。这个意思是大哥刘升廷到成都后，刘文辉说的。刘升廷虽然也同意，但认为老六未免把事情看得太严重了。在刘升廷看来，这中间，肯定有啥子误会，或者是有人在里面当戳锅漏。一家人嘛，亲叔侄，有话好说，就是打破脑壳都是镶得起的。

当刘升廷赶到重庆时，最初的夜幕已经笼罩了山城。虽说重庆的电力供应要比成都好些，成都只有一家私营的启明电灯公司……但一到晚上，重庆也是到处一片漆黑。纵然是四川军务督办兼二十一军军长，山城第一号人物，赫赫有名的刘湘的二十一军军部所在地——李子坝一带，在电力供应上享有特殊，但是也相当有限。这会儿，上上下下的街上，相当远的距离才有一盏街灯。这些街灯被高高的电杆挑起，因电压不足，电灯中的钨丝都是红扯扯的，像是人得了火疤眼病。李子坝一带白天也还热闹，但到了晚上显得凄清。街上简直没有车辆过往行人。刘升廷是在菜园坝长途公共汽车站下车的，下车叫了个黄包车坐上来，虽然这里他不是第一次来，可以往来都是白天。这是夜晚，下了黄包车，四处看看，黑黢黢的夜里，这里那里似乎潜藏着某种不可知的凶险，让他有一种悚然感。好在军部就在前面不远。而且这个时候，白天很打眼的随山势回旋起伏，破破烂烂，叠床架屋的吊脚楼也都看不见了，这是山城晚上的好处。

赶到二十一军军部，不巧得很，刘湘这晚到重庆大戏院看戏去了。有

“康圣人”之称的川戏名角康芷林，从成都带来了他的三和班，这个晚上在重庆大戏院演《情探》。刘湘没有别的嗜好，就是喜好川戏，是个川戏迷。康芷林是继杨素兰之后最著名的川剧艺人。杨素兰是个女人名字，其实是个男人。《情探》是蜀中大文豪，在清朝当过翰林、学富五车的荣县人赵熙的代表作。《情探》的前身叫《活捉王魁》，取自明朝人冯梦龙的“三言二拍”。说的是王魁本是一介落魄文人，一个大雪天倒在丐首门前都快冻饿而死，丐首看他可怜救了他。而丐首的女儿焦桂英更进一层，竟致以后在同王魁的相识相处中产生了感情，他们相互爱慕最后结了婚。王魁本质上是个忘恩负义的小人，在焦桂英的全力支持下，他上京应试当了高官，这就变了心，他不仅攀龙门停妻再娶而且将焦桂英害死。这部戏主要演的就是变成了鬼的焦桂英，面对负心汉王魁时复杂的心情。尽管焦桂英已经被王魁变成了鬼，但她仍然爱着负心汉王魁，在百般启发、挽救不成之时，焦桂英才由爱变恨，将负心汉王魁抓到了阴间。

最初，赵熙看了这部戏后，觉得戏中的焦桂英狰狞恐怖，文辞粗粝，且焦桂英的感情变化缺少过渡，完全没有传达出原意原韵。赵熙这就进行了一番改写，改得全剧文辞精美，剧中人焦桂英的感情变化大，合情合理且有曲径通幽，余音绕梁之况味。再加上康芷林领衔的三和班的精心演绎，这就不仅使这出戏在巴蜀大地上名声大震，让人们趋之若鹜，就是在全国也很有名。

刘升廷看过康芷林演的这出戏。戏中，饰演焦桂英的康芷林出场时，水袖一甩，口中念道，“绿窗灯火照楼台，望穿秋水，不见他信来，悲哀！”文辞之精美婉约动人，姿态之美妙，正如著名学者，川人吴虞在报上撰文评介的那样：“歌喉婉转，有穿云裂帛之奇；舞袖翩翩，具回风聚雪之妙。”

康芷林和他的三和班，是刘湘专门从成都重金聘请来的。

军部很空，有点名堂的人都看戏去了。接待他的是个二焉，二焉四十来岁，师爷状的人，以前不认识。师爷在刘督办的大爸面前，自我介绍姓包，态度不冷不热。听刘升廷心急火燎地说，我之所以这么远从家乡大邑安仁镇赶来，是找督办有要事，有急事。问他有何要事，急事，却又不说，说是要见到刘甫澄当面说，口气很大。

包师爷略为沉吟，苦笑着说："要不这么办吧，我找个人派部车，把你直接送到重庆大戏院去？不然，督办不晓得今晚要啥时才能回来，说不定就是个通宵。戏演完了，就是深夜了。督办要上台去看望演员，还要请吃饭，零零碎碎的事多了。"

"这样最好。"刘升廷说。他急于要找到刘湘把事办了，他是把事情看得太简单了。他以为刘湘之所以扣刘文辉这批军火，真是误会，只要把话说清楚了，刘湘就会下命令让放行。刘湘下了命令，作为师长的王陵基还敢做啥子？还不得乖乖放行？再说了，即使刘甫澄真的有啥子不地道的想法，想把六弟这批军火打来吃起，他刘升廷出面，也不会捡不顺的，谁叫我是你刘湘的大爸呢，谁叫我是看着你刘甫澄长大的呢！刘湘小时家穷，他 16 岁离家，吃粮投军时，是他给了刘湘 20 块大洋，让刘湘感激涕零感念于心。以后，当刘湘有了经济能力，要还他这 20 块大洋时，他坚决不让，作色道，"甫澄，你这个样就是见外了！我是谁，我是你大爸，大爸给小侄儿 20 块大洋算得了什么，是应该的。"结果，刘湘没有把这 20 块大洋还脱给他，却当面对他说："大爸，你这个情，不是区区一点钱可以还得清的。古人说得好，滴水之恩，也当涌泉相报。侄儿一生一世都记得大爸对我的好。以后，大爸有啥事用得到侄儿的时候，言语一声，保险不得扯怪叫，踩假水……"刘升廷想，这么多年来，我刘升廷什么时候找过你刘甫澄？今天，我这么远千里迢迢从老家赶来，问你要我兄弟的东西，看你咋说！刘升廷是满怀信心，蛮有把握到重庆来的。把老六刘文辉的军火从刘湘手上要过来，还给老六，他当大哥的心也就尽到了！

这样想时，轿车停在了重庆大戏院门口。

当刘湘见到风尘仆仆，不远千里从家乡赶来的堂叔刘升廷时，一点都不感到诧异。

"大爸，你老人家坐。"刘湘站了起来，指了指旁边空着的一个座位，要刘升廷坐。弁兵送上茶点，放在前面的矮脚茶几上。这是靠近前台的贵宾席，周围散坐着刘湘的大员们，剧院是二十一军包了场子，整个剧院里座无虚席，坐的大都是军人；也请了一些市政府的官员和知名人士。

戏正演到精彩部分，刘升廷坐下后，刘湘也不同大爸说话，看《情探》似乎看得非常入迷。坐在旁边的刘升廷也不好打岔，只能在一边干着急。戏演得太好，慢慢地，刘升廷也看进去了。戏台上，含羞带笑的焦桂英正在同王魁入洞房。在激越的后台帮腔声混合着悠扬的胡琴声、小鼓敲击出的嘣嘣嘣欢快声中，饰演焦桂英的康芷林欲露还藏，娇娇滴滴，水袖轻甩，舞步翩跹，嗓音婉转嘹亮。刘湘一边看戏，一只手在腿上轻轻打着拍子，不时轻哼戏文。

到深夜，好容易戏演完了，刘湘又带着一帮大员上台同演员们见面，给赏钱等等。待这一系列俗务完成之后，刘湘带着刘升廷上了自己的汽车回军部时，夜已经相当深了。督办的家眷尚在老家，刘湘虽在牛角沱有公馆，但他一般都住在军部。

刘升廷已是年过半百的人了，平素在家养尊处优，往日这个时候，早已睡了，而今天这个时候还在车上，又赶了这么远的路，一路奔波，这时一身都在痛，上眼皮磕下眼皮，早就起不来了。但是没有办法，肩负着兄弟刘自乾的重托，车上也没有多的人，他这就打起精神，不绕弯子，将刘自乾托他的事单刀直入，和盘托出。

“族长，大爸，这你就不晓得了。我也没有想到事情会整得这样复杂、深沉！”听完刘升廷的话，刘湘便叫起苦来：“那天幺爸打电话给我，说王方舟在万县扣了他的军火，我下来就细问了。”

“不说是里面混的有走私船吗？”刘升廷提前把话给他拦下，他想，如果刘湘说是，他马上接着一句就是：“简单嘛，把走私船扣下，把自乾的船放过就是。”可是，他万万不谙刘湘却这样说：“如果仅仅是幺爸那批货里混有走私船还好办，我下命令给王方舟，让他将混进来的船扣了，让幺爸的 20 只船过了就是了。麻烦的是，惹到了万国公约！”

“啥子，啥子？”刘升廷没有听清，“啥子外国狗药？”

“不是，是万国公约。”

“万国公约？”刘升廷一惊，脑海中一片模糊，他从来没有听说过什么万国公约，他问：“啥子叫万国公约？”

“就是早先年间，甲午海战，清廷战败后，战胜了的日本人，还有西方列强把我们中国马（欺负）干了，台湾被割让给了日本。”说着，随口念了早先年间读书时学过的顺口溜：“台湾糖，亮晶晶，包在嘴里甜在心。甲午一战清军败，从此台湾归日本。”

“这些外国列强强迫清廷签订了个很不合理、很欺负人的‘万国公约’，其中有条规定，就是不准任何一个国家把武器运进中国内地。我们这条川江水道，由英国人派军舰负责检查，规定：最多只能运进去一些警察用的短枪，像幺爸买的那些飞机大炮，根本就不准运进来。当然，如果幺爸买的这批军火不被英国人发现，过去了也就过去了。麻烦的是，幺爸这批军火被英国人发现了，英国人向蒋委员长提出了抗议。蒋委员长叫把这批军火扣了。你说，我敢不敢放幺爸这批军火过关？蒋委员长的命令我敢不执行吗？我刘甫澄不过是蒋委员长手头一个军长，蒋委员长在全国不晓得有好多个军长。就我们四川，你看，就有好多军长，我这里给你数数。”说着，掰起指头，一一数来：“幺爸的二十四军，杨森的二十军，田颂尧的二十九军，邓锡侯的二十八军……”

刘升廷急了，不待刘湘数下去，大声武气地说了一句怪话：“那个‘万国公约’不求合理，欺负我们中国人，干脆不求理他的又把我们咋个？”

“族长、大爸，你咋个开黄腔哟！这是国家大事，哪是我刘甫澄管得到的？”刘湘这时，一口一句族长，似乎在称谓上就想同刘升廷显出生分。

“那我又要问，甫澄，你的部队年年都在添置大样东西，那又是咋进来的呢？未必你买回来的军火，啥子飞机大炮，样样都有，那些英国人就看不见，就不管？”

“这个不同。”刘湘笑了一下，腰一伸，理直气壮地说：“不是英国人没有发现，肯定发现了，咋会不发现呢？我刘甫澄又没得隐身术。而是，我购买的军火都是经蒋委员长亲自批准的，他英国人想管却管不到。幺爸他不行嘛，他同蒋委员长关系不好，这，你是晓得的！”

“这么说，只有经他老蒋特批才得行？”

“那是，那是。”刘湘说得相当肯定。

“这么说，”刘升廷又来气又泄气：“你幺爸这批军火就出脱了？”刘升廷对刘湘所说无法判断，这会儿他只能软话求人，他开始做最后努力：“甫澄，你晓得的，大爸从来没有求过你。这回就算大爸求你一次。你是晓得的，你幺爸买这批军火回来不容易。我就晓得，光是成都，为这事，成都的多所大学中学联合起来，举行了好多次游行，又有共产党在里面拱，就差点没有把天戳漏了。你幺爸为他这批军火，都着急得病了。你就帮他一次忙嘛！你是四川军务善后督办，又兼二十一军军长，上川东你都管完了，同蒋委员长关系又好。你就不能想想办法，帮帮你幺爸，把他这批货放过去？”

“我的族长耶！”刘湘掉过头来，焦眉苦眼地看着抖瓜话的刘升廷，长叹了一口气：“你这实在是，实在是……”话没有说完，但顺着他的口型，刘升廷看得出，刘湘吞下的是“糊涂”两字。

“幺爸这批货，又大又多，英国人不肯通融，我有啥法？要我给蒋委员长捅捅关系？我看不说还好些，一说事会更多，惹来更大的麻烦！好在现在蒋委员长对这批日本军火没有追究，你晓得的，我们国家现在同日本关系越来越紧张。年前，日本关东军侵占了我们的东三省后，两国简直成了敌国。迟早都要打大仗，如果追究起来，老蒋给幺爸安个通敌都有可能。不过，大爸，族长，这你放心，事情到此为止。这个，我有办法，把事情按倒。我们毕竟是亲人，俗话说得好，一笔写不出两个刘字。”

“你幺爸这批军火硬是要不回来了？”

“肯定是要不回来了。”想想，刘湘又说，“我能帮幺爸忙的只能是：事情到此为止，决不会让事情扩大。这点本事，侄儿还是有的。大爸，你就放心。”刘湘把话说死了，而这时，二十一军的军部到了。满怀希望，一早由成都乘车赶来重庆，替六弟刘文辉当说客的刘升廷的一颗心，顿时落进了冰窖里，凉了个透。

当天晚上，睡在二十一军军部舒适的贵宾房里，刘升廷辗转反侧，根本就睡不着，盼望东方之既白。第二天，他生气地谢绝了刘湘要他在“山高路不平，好耍不过重庆城”耍几天的挽留，乘车当天晚上就赶回了成都，向六弟交差复命。在玉沙街公馆，见到六弟刘自乾，刘升廷将手莽摇，焦眉愁眼地说："刘甫澄是四季豆——油盐不进！"说着，手一拍："我是司刀令牌都丢尽了——没法。"随后给刘文辉细说了去重庆的整个过程，气得刘文辉跳脚，赌咒发誓地说："咦，这刘甫澄不认黄，就大家都不认黄。整烂就整烂，整烂下灌县！"在场的大哥刘升廷和田北诗、冷寅东都听出来了，军长这是要动刀兵了！

趁夜，挖刘湘的"墙脚"

刘湘老母在大邑县安仁镇老家溘然长逝。痛不欲生的他当即就要赶回老家，亲手为老母料理后事，当即被他的两个智囊人物、手下师长张斯可、王缵绪劝住了。

"甫帅，要不得。"王缵绪说一口川北西充话，有些危言耸听："现在刘自乾巴不得你回去。你这一回去，落入他的地盘，他肯定挽死挽活地缠住你。非要你把他的那批军火还给他不可，而且还要立马兑现。如其不然，恐怕就有凶险了！"

"刘自乾现在眼睛都气红了，啥子事情都是做得出来的。"张斯可也这样说："甫帅如果回去，你不把他的军火还他，他肯定不得要你走的。"……

刘湘冷静下来想想，事情确乎如此，于是，改变了主意。他让张斯可替他回了趟安仁老家，全权处理完后事，再把妻儿给他带回重庆。张斯可不虚此行，事情办得让刘湘满意。可是，刘自乾却借为祭悼刘湘的母亲，赶到重庆来了，时间上也做了精心安排，来时正是上午办公时间，他把刘湘堵在了办公室。

两叔侄见面了，都显得非常沉痛。刘文辉的左臂上佩戴着一圈黑纱，两个人见面时，都没有说话，刘文辉快步走上前来，两手握住刘湘的手架势摇。

"甫澄，节哀。想开些，你已经尽孝了，人都是要到这一步的。"刘文辉说时，似乎不忍卒看侄子的哀痛，头调在一边，说话的声音也显得很是沉痛。

"幺爸，这边请！"刘湘把刘文辉让进了他的书房。

刘湘办公的地方雅致而别致，是偌大的军部后面的一个小独院。月亮门，雕砖墙。小院里瓜棚满架，花草芳菲，满目葱翠，雀鸟啁啾，平时就贴身副官张波一人跟在他身边，很是幽静。不仅远离尘嚣，恍然一看，简直就觉不出一丝军营气息。

刘湘请幺爸落座在沙发上。刘湘的办公室显得又大气又简洁。进门靠左，迎窗摆一张硕大锃亮的办公桌，桌上堆满了小山一样待处理的公文，桌上摆有一部红色载波电话。屋子正中，一排真皮沙发摆成品字形，围着一张从法国进口的玻晶茶几。沙发之旁，靠壁是一溜顶齐屋顶的中式书柜，书柜里的书摆满了，以军事类书为多。其中又尤以线装书的中国古代《孙武》类兵书为多。与正门相对，迎面有一扇落地玻璃窗，窗户开着，素绿色的蜀绣暗花窗帘低垂，在轻风的吹拂下，飘得像只彩蝶。屋内光线很好，靠办公桌的墙壁上，挂一幅硕大的几乎占了整个墙壁的军用地图。只不过这幅军用大地图，现在是用黑布遮住的。刘文辉完全可以想象出，刘湘站在军用地图前运筹帷幄的样子。刘文辉特别注意到，门前阶沿下，庭院中有一株树身盈尺，枝繁叶茂，高擎云天的大楠木树，看来很有些年轮了。楠木树遮住了午前的阳光，投下了一地阴凉。

刘湘与刘文辉隔几坐在沙发上时，一个清秀弁兵进来送了茶点，还专门给刘幺爸送上一只擦拭得精光锃亮的白铜水烟袋；还打来热洗脸帕请刘幺爸揩脸。刘湘道了幺爸一路辛苦；刘文辉再次说着老话套话，要侄子节哀，先是从弁兵手上接过送上的洗脸帕，擦了脸、喝口茶；再接过水烟袋，咕嘟咕嘟抽了三袋水烟。不知为何，他抽水烟时，绿眉绿眼地把门前那株枝繁叶茂的大楠木树紧盯，看得很细，像是在着意勘探什么。待刘文辉把白铜水烟袋还给弁兵，弁兵出去后，他这就看着刘湘，做出一副不屈不挠的样子，胸一挺。“甫澄！”他打明叫响地说，“无事不登三宝殿。我这次上重庆来做啥子，不说你都是晓得的。一是专程上来祭祀我二嫂（刘湘的母亲）；二是说我那批被王方舟扣留的军火事。”他没有提起刘湘在刘升廷面前胡诌一气的什么“万国公约”，刘湘当然也不提，稳起。

“我就是说要当面向幺爸解释那批军火的事。”刘湘的样子显得很诚恳，看起来比刘文辉还急：“这些天，我不晓得给王方舟打了多少电话，他却抠起，不理我的。”

“这就怪了！”刘文辉笑了一下，笑得很有些难看，嘴歪了一下：“都晓得甫澄你治军得法，令行禁止。这一点上，我们都不如你。王方舟不过是你手下的一个师长，你手下七八个师长。他算老几，他敢不听你的命令？”

刘湘叹了口气，“幺爸你是晓得的，我上军校时，王方舟当过我的老师。虽说他现在是我手下的一个师长，但，古人云：‘天地君亲师。’俗话说，一日为师，终生如父。他有事无事，总是爱在我面前抠起架子，我也不好意思把他做个啥子。况且他现在又在万县，离我远，‘将在外，君命有所不受’，我是把他没法。况且！”刘湘说到这里，又是一个况且。

“况且啥子？”

“况且事情也不是幺爸你所说的那样单纯，那批货里混有当局严禁的东西，得搞清楚了才行。”

“甫澄，你总说我那批货里混有东西，究竟混有啥东西？你说清楚！”刘文辉这就来个打破砂锅问到底。以他的精明，岂有看不出这是刘湘在存心打假岔，刘文辉内心非常愤怒，但又不好发作。人在屋檐下，焉得不低头，他竭力忍着气，与刘湘周旋。

“听说混有大烟，哎，还有啥东西喃？”刘湘用手敲了敲脑袋，作回忆思索状。

“你是听哪个说的？”

“王方舟。”

“那我们就当面打电话问王方舟嘛！”刘文辉将了刘湘一军。

“要得嘛！”刘湘这就走上前去，坐到桌后，拿起载波电话：“喂，喂，是王方舟吗，王老师吗？”刘湘一边说话，一边看着正红眉毛绿眼睛盯着他的刘文辉：“我幺爸从成都来了，就坐在这。我幺爸那批货究竟是咋回事情？”

电话中王方舟好像在解释什么，刘湘马起脸，皱起眉头：“那些事情以后再说！”语气是命令式的，“现在你先把我幺爸那批东西放过来，给他！”也许王陵基还在说什么，刘湘显得生气，大声武气地说，“那这个样子，要不，我让我幺爸来同你说？”刘文辉已经站了起来，刘湘却又在电话中啊、啊了一阵，放了电话。直起身来，对幺爸解释：“王方舟说，他来不及同幺爸你说话了。因为那边的共产党闹腾得厉害，下河坝那些搬运工今天又在大规模罢工，是共产党在里面煽动，人群闸断了半条街，看来要出大事，他得赶快带兵前去弹压、处理。反正幺爸你又不忙着走，明天吧，明天你把电话直接打给王方舟。”说着提起一支粗大的红铅笔，在一张公文纸上写下王方舟的电话号码，走过来递给了刘文辉。

刘文辉接过写有电话号码的纸条，秋风黑脸地站起身来告辞。

“那怎么行，那怎么行！”刘湘做出讶然的样子，抬腕看了看表，“已经是吃午饭的时间了，幺爸你到侄儿这里来了，无论如何忙，也得在我这里吃一顿便饭再走。我该请幺爸到牛角沱家里去的，只是周书刚来，家里乱七八糟的，啥子都还没有捡顺，又赶上老母仙逝。”说时，眼圈又红了，“不过，我们这附近有家名叫‘活神仙’的酒楼，倒还是不错的。要不，我要张副官叫弁兵去端几个菜回来，我们两叔侄醉一台，再好好摆摆龙门阵。”说时连声呼叫张副官，却又站起身来。

“甫帅，有事吗？”副官张波跑步而来，隔帘站在门外，等候吩咐。

“你让弁兵去‘活神仙’端几个菜回来……”可刘湘话未说完，刘文辉已经拂袖而去了。

刘文辉当天住在城内他的二十四军驻渝办事处。

这个晚上，约9点钟左右，观音桥一带已是人迹寥寥，路灯稀疏。范绍增将军很阔气的公馆，这时被漆黑黏稠的夜幕裹紧，全然不见了白天的威势。恍然看去，像是一头漆黑的巨兽，在朝什么地方神秘地潜行。

这时，一部推屎爬（屎壳郎）状的小车，辗过夜幕，轻轻停在了范公馆门前。灯光晕黄的门楣下，立刻上来一个持枪卫兵问询。黑影幢幢中，汽车上下来了一个长得獐头鼠目的小个子便装男人，附在卫兵耳边轻轻嘀咕了几句。持枪卫兵立刻后退几步，转过身去，对门前站岗的另一卫兵附耳轻声说了几句什么，然后赶紧跑进门打电话去了。随即，范府出来一个副官，对随后下车，身着长袍马褂，也是小个子，却是仪态矜持的中年男人表示了欢迎，然后手一比，延请贵宾入内。于是，先前从轿车上下来的那个小个子男人，亦步亦趋地跟在后一步下车的小个子中年男人身后，在范府副官陪同下，相跟着进了门。

这是刘文辉带着他的贴身副官李金安，夜访范绍增将军来了。确切地说，是挖刘湘的“墙脚”来了，这是刘文辉的惯技，也是他多年来，操练运用得炉火纯青的一着高招。蜀中军阀，如与他同处一城的田颂尧、邓锡侯吃够了他这一手的苦头。比如，溥渊如是田颂尧二十九军的宪兵司令，这一角的重要性是不说自明的。田让溥当宪兵司令，也绝不是随随便便的。但刘文辉坚信“人为财死，鸟为食亡”这一人性弱点，仗着手中钱多，对溥渊如加以收买。结果，溥渊如不仅自己倒了过去，连宪兵司令部的两团人马也一起拉了过去，让田颂尧一时惊慌失措，不知所以，一筹莫展。又比如，彭诚孚、邓国璋都是邓锡侯的手下干将，跟了邓多年，可谓铁杆，却也被刘文辉的钱弹打中，把部队拉了过去。二人被刘文辉委以二十四军官职，让两部改旗换职，这实在是欺人太甚。但邓锡侯却因实力与刘差距太大，对刘文辉敢怒而不敢言，更不要说动手报复了。邓锡侯也曾希望委曲求全以自保，亲自上门找刘文辉恳谈，表示愿意说服田颂尧，抬刘文辉为四川保定系之绝对领袖人物，只求他不要再仗着钱多，挖二十八军的墙脚，收买分化他的部队。可是，刘文辉却置之不理，嗤之以鼻，让邓晋康蒙羞而去。刘文辉这一手，令川内诸多军阀防不胜防，闻之头痛。

范绍增，是刘湘的一个师长，川省大竹县人，绰号范哈儿，哈儿也可写作傻儿。其实范绍增一点也不傻，傻的是他的表象，人其实相当精明。他的生平有些传奇性，小时贪玩好耍，洋相出尽；却不意一棵歪歪树以后长大成了材。他是绿林出身，以后投奔了刘湘，打仗有一套，身上又有些绿林气、江湖气，是个“话说对了，牛肉都可以做刀头”的人。他的这些作为，在部队里最受欢迎。因此，30来岁，就已经在刘湘麾下做到了主力师师长位置，这在刘湘的部队里是个例外。其他，不要说师长，就是旅长、团长也大都是科班出身；在刘湘的部队里，要做到旅长师长，殊为不易。

刘文辉夜访范绍增，访了两三个小时。深夜时分，是范绍增亲自送刘文辉出来的，他抱拳作揖，将刘文辉送上车，一直看着小轿车消失在暗夜里，这才转身回去。这对范绍增，是绝无仅有的。看得出来，他们谈得很愉快，范绍增心中很高兴。送刘文辉出来时，一路上，嘻哈连天。这嘻哈连天，绝无半点虚与委蛇，就像是一串串欢乐的浪花，难以抑制，自自然然地从心底涌流出来的。

然而，这种欢乐，在第二天范绍增去军部时，就像易涨易缩的山涧水，倏忽间全然退去了，一脸霉得起冬瓜灰。范哈儿这是主动找刘湘自首去了。

聪明的“范傻儿”师长

“甫帅！”见到刘湘，范哈儿说：“你幺爸昨晚到我家来，送了我40万块大洋，要我反水。我想了一夜，这事干不得。甫帅对我这样好，如同我的再生父母，我不能没得良心。我现在就当着甫帅你的面，把事情说清楚，我现在把钱退出来。”

刘湘初时一愣，继则方正的脸上漾起一丝笑意：“有钱不花，瓜娃娃。我幺爸有的是钱，他拿钱送你，你就拿着吧。你拿了我幺爸这笔钱，以后不好在战场上见面，我这里再送你10万元，你干脆一起拿着，到大上海花花世界去操一盘嘛！”范哈儿心想，我估计得一点不错，这叔侄俩是要在战场上见了。

范哈儿这就遵命，暂离军职，去了大上海挥金如土，广交朋友，笼络青洪帮头目，特别是，同势力看涨的青帮头目杜月笙交上了朋友。梁园虽好，不是久留之地。年底，范哈儿要回四川了，在为范绍增举办的送别宴上，平素很少喝酒的杜月笙竟执杯在手，一连敬了他三杯——

“一祝范大哥回川一路顺风！”杜月笙尊称范哈儿为大哥。

“二祝范大哥与月笙友情日日加深！”

“三祝范大哥事事如意，步步高升！”

“咣、咣！”前两杯，范绍增都痛快地同杜月笙碰了杯，一饮而尽，并亮了杯底。但第三杯，范绍增却是光举杯不饮。看杜月笙和他的门人们迷惑不解的样子，范哈儿这就用手摸了摸自己的大嘴说：“我这次到上海，承蒙月笙兄关照和诸位帮衬，百事顺遂。可范某在要离沪回川前，却有一事在心中梗起。”

“范大哥有啥事尽管吩咐。”杜月笙很豪气地拍了一下自己的瘦胸脯，用袍哥语言嗨了一句：“只要是上海滩上的事，大哥你只要言语一声，我杜某没有捡不平的。”

“不瞒杜兄台，我一直想同黄白瑛亲个嘴，却一直没有亲到，就为这个事，我心中一直梗起。”杜月笙和他的门人们听了这话，先是一怔，继而哈哈大笑。范哈儿也不恼，看大家笑，他也咧开大嘴笑。

黄白瑛是上海滩有名的舞女、交际花，人年轻，舞跳得好，长得也漂亮。月前，杜月笙开家庭舞会，请了范绍增也请了黄白瑛。那天，到场的人很多。杜月笙专门把黄白瑛介绍给范哈儿。本来，范哈儿不会跳舞也不敢下场子，只是爱看。行伍出身的范哈儿什么时候跳过舞？到了十里洋场，第一次看到男女抱在一起跳舞时，眼睛都大了。他觉得很新鲜。男的可以在大庭广众之下抱着漂亮女人的细腰，在半明半暗的灯光中，在嘣嚓嚓、嘣嚓嚓的音乐声中走来走去。而且，抱了这个又可以抱那个，让他心跳不止，也艳羡不已。杜月笙家的舞场，又大又阔气，红红绿绿的小电灯在头上闪闪烁烁，像是暗夜中升起的满天星星，让他不由得想入非非。当明眸皓齿，打扮新潮，简直像是仙女下凡的黄白瑛走来邀他下场跳舞时，范哈儿一身都酥了。他很勇敢，立马就站起来，走上去，伸手不顾一切地紧搂着黄白瑛的细腰，下了舞池。在《何日君再来》类绵长、优雅的音乐声中，他抱着黄白瑛推磨似的转来转去。转了两圈，只听黄白瑛“哎哟！”一声，弯下腰去揉脚，这才发现，他穿在脚上的大皮鞋，踩在了人家黄白瑛的高跟鞋上……此后，他天天想着黄白瑛，念着黄白瑛；白天想，晚上更想，云里雾里的。

“算事！”杜月笙很豪爽地答应了下来。

“咣！”于是，范哈儿同杜月笙干了第三杯。

范哈儿借酒盖脸，提出了同黄白瑛亲个嘴的要求，过后一想，他以为杜月笙之所以答应下来，是在大庭广众下不好扫他的面子而虚应一句。谁知，就在他回到重庆的第三天，黄白瑛竟亲自送上了门……从此，他同杜月笙的关系又深了一层。

就在范哈儿带着一大笔钱，飞去上海花天酒地之时，另一个受了刘文辉贿赂，同意反水，却以为刘湘不知，一边稳起的旅长蓝文彬却倒了大霉。蓝文彬的资格比刘湘还老，也有学历，可是，军职却一直升不上去。他一肚子的怨气，私下里牢骚满腹，人面前显得很阴。也是在几天前的一个夜里，刘文辉带着李金安去到他家，略做寒暄，看火候已到，很快对他把来意摊明：送他 30 万元大洋，只希望他在不日的两军大战中，寻机倒戈；并对他说，如果届时能把原班人马拉过去，他蓝文彬立刻就是二十四军的少将师长。除此之外，还有重奖。蓝文彬立即应承，接受了招安，二人当即拍板成交。以为这事只有天知地知，还有他同刘文辉知。谁知，这事，刘湘在第二天就知道了。刘甫澄对幺爸一贯施行的挖“墙脚”早有防范，在刘文辉到重庆之日，直到离去，刘湘都如临大敌；命令他的谍报队对刘文辉在重庆的一举一动，进行隐秘而又严密的监视，幺爸与蓝文彬之间的事，能逃过刘湘的眼睛？

“最近有没有啥事发生？”蓝文彬一进门，刘湘就秋风黑脸地问。刀子似的眼睛，在蓝文彬阴沉的、二指宽的寡骨脸上晃来晃去。这是一个暗示，就看蓝文彬知不知趣，还有没有一点自觉性。

“没有呀！”蓝文彬矢口否认，对于已经吞了下去的白花花的 30 万块大洋，蓝文彬是无论如何也不肯再吐出来了。30 万元大洋，简直就是一个绝大的天文数字。当时，一个上等人家才请得起的黄包车包月车夫，月薪也就是八块大洋，而就这八块大洋，车夫要供养一大家人，生活也还过得可以。一个顶尖的大学教授，月薪也不过二三百块大洋，等同一个少将的月收入。况且，蓝文彬以为事情做得非常机密，绝不会有外人知道。

“砰！”的一声，刘湘发作了，一拍桌子。锐利的目光，挟风带雷，闪电般投射到蓝文彬那张很阴的瘦脸上。蓝文彬情知不好，一惊一愣间，双膝一软，跪在了地上。刘湘凶起来时的样子，相当吓人。

“你少给我麻达果子的！”刘湘用一口川话骂蓝文彬，生气时他也要吐脏话的。刘湘大声吼道：“你说，你背着老子同刘自乾干了些啥子见不得人的事？”

东窗事发了。

蓝文彬吓得浑身打战，话都说不清了。

“我该死，我该死，我鬼迷心窍……请甫帅饶部下一次！”跪在地上的蓝文彬，用双手轮流抽打着自己的脸，抽打得啪啪山响。

“你犯罪没有？”刘湘怒气冲天，大声喝问。

“犯了。”

“犯的啥子罪？”

“背叛组织，犯的是重罪、死罪。”蓝文彬答了这句后，开始向刘湘叩头。砰砰砰，头在地上都碰出了血；他再三请求甫帅看在他多年随甫帅南征北战，执鞭随镫的分上，饶他一死。

“那你的意思是，你该受何等处分才合适？”刘湘的口气软了些，冷然一笑。

“我立刻将刘自乾送我的30万块大洋如数退出，请甫帅宽赦部下一回，让职幕以后在战场上将功赎罪。”

“可以做些考虑。”刘湘显得很大气地说：“那么，你要答应我两件事。一、如你自己所说，把赃款全数退出来。二、写个刘自乾是如何来向你行贿，要求你叛变，你又是如何答应他的，嗯？要详尽要如实，不得有任何一点隐瞒。”

“是。”蓝文彬的声音很小，像是蚊子哼。

“所谓‘以后在战场上将功赎罪’，我看，这就免了。我信不过你。我的部队里再容不下你这样见利忘义，吃里爬外的东西，事情办完后，你立即走人。随便你到哪里去都可以，你不是想到刘自乾的二十四军去吗，去呀，看到时，他还收不收你。”说时一声：“张副官。”

“到。”贴身副官张波闪身而出，将垂头丧气的蓝文彬押了出去，当即关进了军人监狱。蓝文彬在狱中，向刘湘做了书面交代和检讨，详细交代了刘文辉是如何收买他的，很细。蓝文彬该被榨的，都已被压干榨尽，但刘湘却食言了，并没有让蓝文彬滚蛋，而是一直将蓝文彬关在监狱里，直到几年后，他与幺爸的“二刘”大战见出输赢：幺爸刘文辉被他打得弱弱而败，几乎丢失了所占的全部地盘，向西而逃，逃过了“一夫当关，万夫莫开的金鸡关”，还止不住败势，又逃到川西边缘上那个有“雨城”之称的雅安，120多个团被打得只剩下10多个团。可刘湘的部队仍然紧追不舍，刘文辉又一直逃，逃到了大相岭高耸的泥巴山一侧荥经县时，成了一个可怜兮兮的孤家寡人，正想外出亡命之时，刘湘又忽然于心不忍，严令停止追击。由此，刘文辉才喘过一口气来，从此在西康重整旗鼓，很快势力看涨，最后当上了西康省政府主席兼二十四军军长，将小小的雅安作为了他的省会。直到这时，刘湘才放了蓝文彬。过后，刘湘终于如愿以偿，当上了日思夜想的“四川王”，也就此结束了四川军阀间的连年内战；犹如兽王出山一吼，百兽敛息屏声。不意几年之后，刘湘却又幡然醒悟，在日军大举南下的国难当头之际，去到南京强烈要求抗日，在最高国是会议上慷慨陈词，并保证，竭抗日大后方，天府之国四川源源不绝的人力物力抗日。这就在首鼠两端的蒋介石身后猛地推了一把，于是，蒋介石经过综合考虑，终于不再犹豫，将全国分为七个战区，宣布“地无分南北，人无分老少”的中国的全民全面的抗日战争开始。刘湘被抗日最高统帅部任命为第七战区司令长官，立即率川军出川英勇抗日，最后死在前线，时年仅50岁。临死前，他说我刘甫澄前辈子打内战，到死都报不出一个盘来，这个时候死，值，表现了他对前期打内战的追悔莫及。尤其是战死疆场的川军高级将领王铭章、饶国华等广大的川军将士，扬民族之魂，上演了一出出惊天地，泣鬼神，长使英雄泪满襟的战争正剧。他们身上表现出来的高风亮节，甚至连他们的敌人，凶残之至的日军也不得不敬佩。而龟缩康藏一线养精蓄锐、韬光养晦的二十四军军长兼西康省政府主席刘文辉，到了公元1949年冬天，在国共大陆最后决战关头，联合川中实力派邓锡侯、原刘湘手下大将潘文华等举行了著名的刘、邓、潘彭县隆兴寺起义，彻底打乱了蒋介石的战略计划，与跟进的解放军刘伯承、邓小平率领的二野部队，对蒋介石形成了关门打狗之势，促成了成都的和平解放，为新中国的成立立下了大功。蒋介石原想在成都一带同跟进的刘、邓大军进行战略决战之后，经双流、新津退到雅安，依据康藏一线险峻无比的高山大河深涧峡谷，对跟进的解放大军予以迭次打击，迟缓中国全境的解放，以空间换取时间，争取美国援助，等待第三次世界大战爆发。据有关史料载，当时，中共高层估计，在四川，在康藏一线最少要打四年。不意，就因刘、邓、潘起义，蒋介石最后依仗的胡宗南三个兵团的集团军中李振、裴昌会两个集团军起义，呼啦啦，像是多米诺骨牌，一个牌倒下去，所有立起的牌也紧跟着倒了下去。在摧枯拉朽之中，蒋介石原先寄予很大希望的成都，竟在几个月内就全境实现了解放。一个人的命运，一个时代的命运，往往是在必然性中，又由一系列偶然性的链条连带着决定了最终。一个人的历史，就像一面多棱镜，倒过来翻过去，往往不到最后，全貌是看不清看不全的。如同刘文辉、邓锡侯、田颂尧等等，他们最终是殊途同归。这些，也都是后话了。

直到两年之后“二刘”之战结束，刘湘当上“四川王”后，才被释放获得了自由的蓝文彬，已是身心极度疲惫，年龄尚不大，却已显得垂垂老矣，心如死灰。而范哈儿范绍增，却在1949年冬天，随着刘、邓、潘起义的浪潮，率部在家乡大竹起义。新中国成立后，他的最终职务是河南省体委副主任。

图穷匕首见

这是一个显得很温馨的晚上，儿子读的是住校。西厢房里，绿色的窗帘低垂，同往常一样，年过不惑的四川军务善后督办兼二十一军军长刘湘，坐在案前夤夜披阅堆得小山一样高的公文。妻子来后，毕竟是不一样了，办公室一切都井井有条。虽然牛角沱有他的公馆，妻子来后也多次提出，一家人老是住在军部，军部再方便，但总归没有一点家的样子。刘湘答应了，忙过这段时间就回牛角沱的家去。至于为何要忙过这段时间，他没有说，刘周书也没有问。

夜已深，刘周书下厨房亲自给他做消夜去了。劳动惯了的人，到重庆后，虽然享受到了贵夫人的待遇，但总是闲不住，整天脚不停手不住的。比如给丈夫整理房间这些杂事，本来是该丫头做的她做了。像做消夜，她更是事必躬亲，其他人做，她总觉得不如她。

这会儿，刘湘被王缵绪从三台二十九军田颂尧军部发回的一封绝密长信中的内容吸引。田颂尧目前军力仅亚于他和刘文辉，军部设在三台，行营在成都。田颂尧本人常年住成都，军部由副军长孙震（字德操）坐镇。

几年前，田颂尧和刘文辉、邓锡侯等率军进入成都，划分了势力范围，设立了三军办事处。表面上相安无事，而且他们三人一度大吹特吹，说他们保定系如何团结。实际上，这种共处哪能有和平，哪能平安无事？此消彼长，眼见得刘文辉的势力看涨，田颂尧和邓锡侯感受到了很大的威胁。特别近年来，刘文辉仗着势大，对田颂尧和邓锡侯在成都的防区开始实行公开的挤压；对田控制的四川兵工厂更是万分垂涎，不时有二十四军的部队在那一围团转骚扰、闹事。早晚要大打一仗。这一点，刘、田、邓都心中有数。但邓锡侯不露水面，一是他的力量比田稍逊，二是他最善于在夹缝中游动求得生存，因而，有“水晶猴”之称。刘文辉有“多宝道人”之称。对于邓锡侯这个人，社会上有首打油诗，最是道出了特色——

君侯不愧号水晶，半用和平半用兵。
难得快刀光两面，输也吃糖何况赢。

面对田颂尧同刘文辉日渐紧张，必然要打的局面，邓锡侯就是“半用和平半用兵”。最近，田颂尧专门回三台军部，召开了一个两面三方的重要军事会议，制定出联合对刘文辉进行军事行动方案。刘湘派王缵绪出席，正式代表二十一军签了字，算是一面。邓锡侯却让手下师长黄隐去出席会议，以黄隐个人名义签字，只能算作一方。

王缵绪是个儒将，文笔不错。在这封绝密长信中，他将会议的气氛、田颂尧手下大将王铭章、曾南夫等师长，及邓锡侯的师长黄隐等在会上的发言，其内容兼及各色人等态度，音容笑貌描绘得很是生动，文字也不长。王缵绪原是杨森手下大将，后来反正的。想到王缵绪，他就想到蜀中有个很值得关注研究的现象：人才，出现得一批一批的，而且相当集中。比如成都的石室中学，是早在西汉时期文翁在蜀兴学时办起的。因文翁在蜀兴学，过后蜀中文风一直很盛，到了民国初年，石室中学一个班上竟出了郭沫若、李劼人、周太玄、魏时征、王光祈等一批俊杰。后来，郭沫若成了有多方面影响的世界级文化人物，留法归来的李劼人成了著名的本土小说家，有“中国左拉”之称。成了大生物学家，具有多方面造诣的周太玄漂洋过海去法国留学时，有感而发，写作发表的“圆天盖着大海，黑水托着孤舟”一诗，竟影响到当时在河南乡下读书的魏巍。后来成了大作家的魏巍曾经说过，是周太玄那首诗，让他第一次领略到了文学的魅力，从而爱上文学，走上了文学之路的。魏时征后来留学德国，成了大数学家。王光祈也留学法国，后来成了大音乐家……

无独有偶，几乎与此同时，在顺庆（现南充）中学，一个班上竟也聚集了广安人杨森、西充人王缵绪和同是蓬安人的二陈：陈月舫、陈抱一。

杨森和王缵绪后来成了军阀，先后主宰过四川的命运。而同时东渡扶桑去日本留学，分别毕业于日本明治大学和早稻田大学的陈抱一、陈月舫回国后，陈抱一做过杨森主川时的财政厅厅长。陈月舫做过王缵绪主政时的秘书长，是个著名的文人、书法家，沿袭至今的成都春熙路，就是他取的名。

读罢王缵绪颇有文采的三台来信，刘湘陷入沉思。桌上开的是一盏台灯，灯光下看得分明，刘湘的个子足有一米八，长得天庭饱满，地阁方圆，一双眼睛虎虎有神，有英雄气。早些年在家，自称会看相的大爸刘升廷就常人前人后地夸他，说甫澄有帝王相，是我刘家千里驹也；对长得矮小瘦弱，一脸老太婆相的六弟刘文辉，作为大哥的刘升廷反而大为不屑。但是，当刘文辉、刘湘叔侄双双称雄巴蜀后，刘升廷对刘文辉的长相又有了新的说法，说这种面相，人间罕见……真是人嘴两张皮，咋说咋有理。事情往往都是这样，胜者为王，败者为寇，人们是以成败论英雄的。刘湘不知在哪本书上看过胡适一句比喻：什么叫真理？什么叫历史？真理和历史犹如一个听话的小姑娘，任凭人打扮的。那么，推而广之，如今巴蜀争霸，也是这样，哪个赢了哪个就有理！

妻子刘周书送夜宵来了。她手中的托盘里盛一碗汤圆，一碗手拉面。汤圆四个，汤圆粉子是她用从老家带来的小石磨上手工磨出来的；手拉面上摊了两个煎得黄澄澄的鸡蛋。

“甫澄，消夜了。”刘周书将托盘在桌上轻轻一放，挨一挨二地捡出碗来，关切地看丈夫一眼，特别嘱咐一句：“先咸先甜，先吃面，再吃汤圆，不然会败胃口。”

“这些小事，以后你就让下人来做嘛。”刘湘感激地看了妻子一眼，从刘周书手中接过筷子，埋头吃面。吃了面，又把四个汤圆吃了。四个汤圆四色心子：芝麻、水晶、核桃、附油。

“你做的汤圆就是好吃。”刘湘放下了筷子。

“肯定是。”妻子说，“只有我才晓得你爱吃些啥子，晓得你的口味。”

“以后这些事，你叫下人做，如果不放心，就在一边看着他们做嘛，不必亲自动手。”看丈夫说完这句知疼知热的话，又要继续办公，周书心疼，劝：“甫澄，你这样要不得。吃了东西，腰杆马上蜷起，久而久之要遭病。走，我陪你出去转一圈。”说着，伸手挽起丈夫。刘湘没有办法，只好站起来跟她出去溜达溜达。刚掀开珠帘，跨出门来，刘湘一抬头，说声不好。顺手猛地将妻子往门里一推，自己往门前阶沿上的一根大红抱柱后一躲。说时迟那时快，只听“噗！”的一声，白光一闪，一道暗器飞来，软绵绵地插在抱柱上。因为力道不够，那刀，没有插进抱柱，哓当一声滑落下地来。

“有棒客，快来人！”刘周书高声呼唤卫兵。沿袭家乡称谓，所有小偷、土匪、刺客，她都叫棒客。

立刻，尖锐的哨子声、杂沓的脚步声、枪械的磕碰声，迅速涌进了军长平素清幽的小院。

“军长，你没有事吧？”

“夫人没有事吧？”副官张波，还有卫队长朱玉堂急跑上前来，他们一边用身子护住刘湘、刘周书夫妇，一边执枪在手，抬起头来警惕地朝四下梭巡。刘湘用手指指门前那棵枝繁叶茂的大楠木树示意，迅速退回了屋内。张副官和卫队长朱玉堂赶紧指挥弁兵，卫队上房的上房，架枪的架枪，很快织起了一张网。不要说树上的刺客休想逃脱，就是一只鸟也不要想飞走。

就在卫兵、弁兵们从四面八方举起手中的枪，齐齐指向了藏有刺客的大树，只待军长一声命令就齐齐开火，将藏身树上的刺客打得粉身碎骨时，奇怪的是，树上的刺客却自己掉了下来，“啪！”的一声，像只沉重的麻袋，一点没有伤着，瘫在地上。

刘湘在窗内见到这个情况，感到匪夷所思，“不要伤他！”刘湘命令，“将这家伙提起来审。”

大块头卫队长朱玉堂迎声而上，伸手将瘫软在地上的刺客一把提起。借着微朦的天光，可以看清，刺客长得很是精干，一身黑衣服，窄心箭袖，眉重眼深，一看就是个有功夫的人，却病恹恹的，像是几天水米不进的样子。

“甫帅饶命！”刺客跪在地上，磕头如捣蒜，气息很虚。

“算事。”刘湘一步走出去，指着跪在地上的刺客：“你只要老老实实回我的话，我就放过你。我问你，你是谁？是谁派你来杀我的？”刺客这就来了个竹筒倒豆子，让所有的人听了无不骇异。刺客绰号“云里飞”，是个武侠，功夫了得，被刘文辉重金寻来谋杀刘湘。刺客潜进二十一军军部已经三天，因见军部戒备森严，踌躇不决。如果下手谋刺刘湘，能否得手姑且不说，可怕的是一旦被发现根本出不去。二十一军军部很大，刘湘住在军部后面一个独院，刘湘的警卫明松内紧。他在二十一军军部里东躲西藏，已经饿了三天了，想这个晚上，再不动手，就完全没有机会了。好不容易，趁黑，卫弁们稍有松懈之时上了树，刚才刘夫人陪着军长出门，觉得这是一个最好的下手机会。可是，一则因为已经饿得头晕眼花，手上无力，二则因为军长身手了得，最后就成了这个样子：束手就擒。

听了刺客这一番话，在场官兵，无不义愤填膺，摩拳擦掌，议论纷纷——

“刘幺爸这样下黑手，我们也派两个刺客过去，以牙还牙，以血还血，把刘文辉也杀了。整烂就整烂，整烂下灌县……”

“不说那么多，也不必打那些下四烂的条，我有我的办法。”刘湘把手一挥，制止了义愤填膺的官兵们闹喳雀似的议论，吩咐卫队长朱玉堂：“把刺客带下去，给他水喝，给他饭吃。待他复原后，再好好问问。”嘱咐：“不要为难他，这不关他的事……”

卫队长一一答应，然后带着刺客下去了。

一场风波有惊无险。当晚，刘湘一个电话打给刘文辉，一开头就直说："幺爸，你不是派刺客来重庆，想收我的命吗？现在刺客已被我拿获，你要不要同他说几句话？"

电话中，刘文辉半天开不了腔，想象得出刘文辉的尴尬、震惊。

"甫澄，你，你，你不要误会。"好半天，刘文辉才嗫嗫地说。

"没有什么误会的！"刘湘字字铿锵："有本事，我们战场上见！"说完，"咔！"的一声放了电话。

- 第五章 -

成都吃紧

拿泸州，小试牛刀

二十一军一支大部队兵薄泸州城下，展开攻城，战争打得相当惨烈。

坚守泸州的是刘文辉的田冠五、杨尚周两个混成旅，堪称精锐。这天中午时分，攻城战出现了短暂的停息，连续三昼夜不间断的攻城，就像大海涨潮时的惊涛骇浪，在连续的冲击之后累了，疲了，退下去了，这会儿显得风平浪静。

二十一军第一师师长，率军攻打泸州的前敌总指挥唐式遵，抬起望远镜，从碉堡内的观察眼望出去。环绕泸州城四面又高又厚的城墙，这时冷着脸蹲在那里，有一种不屈不挠的意味。时强时弱的江风，荡涤着城上城下弥漫着的硝烟和血腥味。一股黑烟，在泸州城内升腾。从望远镜中看出去，城上，在一个个城堞之后，快速闪动着猫腰提枪士兵运动的身影，这是守城部队利用停战间隙在调动；城墙上，有的轻伤员躺在一边缠绷带；有的在抽烟，有的在搬运砖头石块，将墙城上被大炮轰坍的部分填起……唐式遵不由得点点头，坚守泸州的田冠五、杨尚周两个旅，确实经打精锐。

镜头移向了墙下自己的部队，在七弯八拐的战壕里，有的兵在抽烟，有的兵死鱼似的仰躺着，不知是睡着了还是在休息，情绪不高；有好些伤员头上、手臂上缠着绷带在痛苦地呻吟，担架队往来不绝地将死人和重伤员运送出去……战壕里到处都是弹坑，到处都是死人和伤员。虽然攻城的部队是整整一个加强师，是二十一军的精锐，数量上也占优，但攻得相当艰难。仗打了三天，打得相当惨烈，而咫尺未进，自己的部队就像强弩之末，有些来不起了。

拿下泸州，是打给刘文辉看的。刘湘还专门派了海军一部参战：由三艘浅水炮艇中的“嵯峨”号助阵。“嵯峨”号在激战中受了重伤，已退出战斗序列，烟囱被打断了，泊在离城有相当距离的江边喘息，像一只被打断了腿的狗……唐式遵不禁皱了皱浓眉，思索着，要怎样才能尽快拿下泸州呢？

泸州，号称长江锁钥，战略地位极为重要。甫帅之所以要他拿下泸州，用意是明显的，就是不仅要在未来的“二刘”之战中，先行抢得这个水陆码头，战略要地，占得先机；同时也是对刘文辉的一个回击，一个教训。他刘文辉日前竟敢派刺客去谋杀甫帅，了得！甫帅将首仗交给他打，也是对他唐式遵的重视和信任。

但是，这块骨头委实难啃。已经连续攻打三天，部队死伤逾千，泸州却岿然不动。唐式遵只得下令将泸州城团团围困，断其粮草，使其城内军心不稳。当然，龙透关那一段过不去，也没有必要过去，那里濒临大江，是一个死角。现在看来，泸州城内粮草充足。他的这一招，短期内也不会对城内构成威胁。而泸州必须尽快拿下，首战必胜，这是甫帅的命令。据悉，刘文辉已紧急调动江津的张致和师增援，张师正日夜兼程向泸州而来。一旦刘文辉的大批援军来到，那就危险了，不仅攻不下城，自己很可能还会被城内城外刘文辉的部队包了“饺子”，那就糟透了。时间！要紧的是时间，必然尽快拿下泸州！不然后果难以设想。可是，这会儿的唐式遵却是束手无策。他思想上闪过一个荒唐的画面，他觉得，这会儿，自己就像他的家乡，四川仁寿县乡下那些拍了胸脯，收了人家钱财的端公跳神驱鬼做道场，说是一定能为人家驱鬼治病。可而今，已是司刀令牌丢尽，一点用处也没有，马上就要现瓜相了，该怎么办呢？他心中这个急呀！

唐式遵一时产生了幻觉。人在走投无路而又不知所以时，一旦静下来，是会产生幻觉的。这时，他虽然竭力不去看城下本部将士的惨况，但那些印在脑海中的惨况却在眼前快速闪过：一具具尸体，抛尸遍野，全都奇形怪状地扭曲着，保持着最后一瞬搏战时的姿态。有的被机枪打得一身都是蜂窝眼眼，血肉模糊；有的被城上的大炮打得肢断身裂，失去了原形……甫帅似乎就在面前，盯着他，一脸铁青，那是甫帅雷霆震怒前的收敛，甫帅正在对他失去耐心。一帮自以为是的同僚躲在一边，说啥话的都有，尤其是那个似人似妖的“刘神仙”刘从云，扇着鹅毛扇子，在说他的坏话……一时，他觉得大地都在震动，他有些站立不稳，浑身不禁一阵战栗，起了一层鸡皮疙瘩。但是，多年的行伍经历和军事素养却又在告诫他，越是这个时候越是要沉着冷静。兵书上曰：最可怕的是“将军夺其心”，“心者，将之所主也。怒之令愤，挠之令乱，问之令疏，卑之令骄，则彼之心可夺也。”

这天天色很阴。中午时分，厚厚的云层中，才透出一派橘黄色的光；一缕橘黄色的光，透过碉堡的枪眼，泼洒在唐式遵身上，有些变色，像是泼洒在他身上的血。平时军容严整，长得矮矮胖胖，宽面大耳的唐式遵，这会儿却是又黑又瘦，眼睛里布满血丝，一脸的憔悴愁苦。他一会儿将望远镜放下沉思，一会儿又执拗地举起望远镜看出去，像是在同谁较劲。

望远镜再次把他不想看到的场景拉到眼前。城下，那纵横交错的战壕里，平时趾高气扬，自以为老子天下第一的他的加强师的军官们，纵然就是营团一级的军官，这会儿也全都是胡子拉碴，眼窝深眍，一脸无奈；完全失了往昔的光鲜和傲慢，一个个疲、老、脏、瘦、僵；战争的残酷写在他们的脸上和身上。

而就在他往外观察时，有流弹带着死亡的气息，嗖、嗖地从碉堡上飞过。让他感到奇怪的是，今天怎么不见城上往下打炮呢？往天这个时候，哪怕就是他下令暂停攻击，让部队休息一下，养精蓄锐之时，城上为了不示弱，这个时候也是要往下打炮挑衅的。就像是古书上所描写的：两军交战，攻的一方已经高挂免战牌，另一方却不依不饶，打上门来，高声挑衅喊打骂娘。

城上的反常，让唐式遵想到了这一点：城内的弹药是不是缺了？可惜，他没有深究下去。

唐式遵有个绰号，叫“唐瘟猪”，意思是他打仗并不见得行，不过是个福将而已，往往在命运的转折关头，否极泰来，化险为夷。这话刻薄了些，也绝对了些，唐式遵其实是会打仗的，尤其是在指挥部队打攻坚战方面，是有一套的。但“唐瘟猪”是个福将这话，也是不错的。他以后一路官运亨通，在抗战时期及之后，官至第三战区副司令长官兼二十三集团军总司令、武汉行营副主任……步步高升，似乎证实了此说。但最后，他却一条黑路走到底。1950年，时任国民党四川省主席的他，带残部坚持留在大陆与解放军作战，最终在大凉山与解放军贺龙部负隅顽抗时，在一条非常狭窄荆棘丛生的小干沟内，被解放军一枪击毙，了此一生。这也是后话了。据说，刘湘之所以重视重用唐式遵，其中一点，就因为他是个福将。

就在唐式遵绞尽脑汁，觉得无从下手时，福从天降。谍报科科长莫得奇，给他送来了个天大的好消息。说是他们监听到了城内向刘文辉报告：炮弹已经全部用尽，枪弹即将用尽，要求火速增援；如其不然，仗就没法打了……说时，送上了情报。

唐式遵初听，似乎不相信有这样的好事，他从谍报科长手中接过情报看了，白纸黑字，记录了泸州城内田冠五、杨尚周是如何向刘文辉呼叫求援，刘文辉又是如何回答的，一字一句，记录在案，他这才始信是真。当时，不仅在四川，就是在全国，刘湘部队的电讯设施都是最好的。特别是，刘湘有侦察电台，这在全国各地的军阀中是绝无仅有的。这都是因为蒋介石对他的特别看重、青睐；不为别的，只为在四川，刘湘不仅最有实力，而且反共最烈。早在蒋介石从国外弄进三台短波无线电侦察电台之初，就给了刘湘一台。那时的无线电台，大得像一座山，笨重无比，从国外弄来，先到上海。刘湘派人去上海，从蒋介石手中接过无线电台，费了不少力，设法通过水路运到重庆。

莫得奇他们从侦察电台上获悉：刘文辉电告城里的田、杨二旅长，他已不惜一切代价，派人送去了足够子弹、炮弹。这些送去的子弹、炮弹，当晚从龙透关入城。要田、杨届时打开城门迎接，并且定下了联络暗号。获悉了这个天大的秘密，唐式遵喜不自禁，以手加额，连说天助我也，并立即作了充足的布置。

当天晚上，夜漆黑，伸手不见五指。在龙透关城墙上，身披一件黄呢军大衣的田冠五，下意识地隐身在一个城堞之后，不时抬腕看他的夜光表，心中万分着急。他隐身在城堞之后，其实是多余的。因为，这里不会有唐式遵的部队出现。不要说唐式遵的部队来不了，就是来了也等于自杀。龙透关是泸州城的一处僻角，也是一个死角，像根楔子似地打入江中；城门洞立在一块鹞鹰般俯视大江的悬崖上。田冠五现在正无比焦急地等着送弹药的队伍来。可是，现在才 8 点，还要一个小时后，送弹药的队伍才会出现在城墙下。

龙透关上只布置了一排队伍守卫，这完全是象征性的。田冠五不知道他不在这里时，这一排队伍是如何守城，如何散漫的。但，现在他在这里，这一排人不敢怠慢，从排长到每一个士兵都处于战斗状态中，全都是有模有样地一个个掩身城堞之后，保持着足够的警惕，端枪对外瞄准，随时准备射击。

天很黑，城下的什么都看不清，只能隐隐听到一脉大江东去的滔滔声。田冠五想象着，这时送弹药来的情景：一群群民工，前后相跟，络绎不绝地穿行在一条无比险峻的山道上。他们肩上扛着一箱箱沉甸甸的弹药，脚穿草鞋，脸色焦黄，破衣烂衫，头上缠根白帕子。他们被一队二十四军的兵押着，喝着：跟上，快跟上，妈的 ×，你咋这么慢！说时，枪头子就打了下去。运送弹药的民工，上了一条一边临江，一边靠着城墙的细若游丝，忽上忽下，荆棘纠连丛生的更为凶险的山道，只听，扑通一声，有谁失足落水，立刻就被大江吞噬了。

“轰、轰、轰！”

田冠五被炮声震醒，他从隐身其后的城堞内走了出来，快步走到城墙上的另一边，朝打炮的方向看去。是唐式遵的部队在打炮。虽然这会儿是夜晚，唐部不会攻城，但一听炮响，他还是感到一阵胆战心惊。他的两个卫兵立刻跟上来，似乎想劝他什么，却又不敢，只能护卫在他左右左顾右盼，生怕长官有什么不测。

大炮打得比较稀疏。夜幕中，一发发打到泸州城上的炮弹，像是一枚枚通红的果子，在黑沉沉的天幕上一闪，又一闪，再“咚！”的一声爆炸开来。随着轰然一声巨响，城墙上，火花飞溅，腾起在空中，再缓缓落下来。像是有无数的红宝石在黑绒似的夜幕中喷发、旋转。如果在超然局外的作家诗人眼中，这个景象一定是富有诗意和浪漫的，很好看。可是，作为坚守泸州的两个最高指挥官之一的他知道，失去了用大炮还击的守城部队，每挨一炮，城上就是一堆死尸。就在这些超然局外的作家诗人眼中往上喷发、旋转，再往下散落的红宝石中，裹着好些被打死打伤的守城官兵们的残肢断臂，还有如雨一样泼洒的鲜血。

城上在用机枪还击。

嗒嗒嗒……听起来，机枪声也还密集，但他最清楚，这是假的。就在今天上午，机枪子弹和炮弹都快用尽之时，他心生一计，下令要一些部队去城里和平居民家中收集来许多铁桶置放在城上。这会儿，这些听来也还密集的机枪声，其实是士兵们在铁桶里放的鞭炮。这是没有办法的办法。但假的就是假的，他担心很快会被城下听出来。如果急需的弹药再不送来，明天天一亮就惨了。

“呼！”的一声，一颗信号弹在龙透关下升起，停在了空中，停在他面前，一簇白惨惨的冷光。他初时一愣，旋即一喜，抬表一看，9点，时间也对。送弹药的来了。

守城的排长跑步而来，在他面前立正，敬了个礼：“旅长，给我们送弹药的队伍来了！”天黑，看不见排长脸上的神情，但听得出他语气中的急切和高兴。

“好！”田冠五说：“你去与他们对暗号。”

“是。”排长没有忘记给田旅长敬了军礼，来在城前一站，胸一挺，放声一句，“我是夜猫子。”

城下回答：“专门逮耗子。”

城下城下暗号对上了。田冠五心中大喜，下令开门迎接。

“轰！”两扇沉重的大铁门内，先是被抽去了一根横担其上的又粗又大的铁闩，接着，城门打开来了。

城门打开来就糟了！早就埋伏在外的，足有一个营的二十一军攻城部队的精锐敢死队，立刻风卷残云般扑了进来……

当天晚上，泸州城落入了二十一军唐式遵之手，田冠五、杨尚周两个旅长投诚。巴蜀为之震动。刘湘却又放出风来，说唐式遵之所以取得如此胜利，得力于刘从云“刘神仙”掐算得准。一时，成都、重庆两地的报纸，纷纷以讹传讹，对此事大肆渲染、报道，莫衷一是，搞得非常神奇。

成都形势骤然吃紧。

刘文辉也要动手了

一夜过后，九里三分的成都的大街小巷陡然间贴上了许多标语——

“二十四军滚出成都！”

“二十四军交出成都市，交出双流、华阳县！”

“打倒仗势欺人的刘自乾！”……

还有类似的传单。这些标语传单，都没有录名，但明眼人一看就知道，这是刘文辉昔日的盟友，今日的敌人，二十九军军长田颂尧及所部所为。

围着这些一夜间出现在大街小巷的标语，人们议论纷纷——

“乖乖，真是墙倒众人推，刘湘的盟友田颂尧也要对刘文辉动手了！”

“刘自乾那么歪、那么凶在嘛！如果刘甫澄、田颂尧联起手来，两头打他，一人不敌二手，我看他咋个遭得住？”

“神仙打仗，凡人遭殃，管他那么多哟，快点回家，只要抱倒自家的娃娃不哭就对了。”

“成都要倒大霉了，还不快回家准备准备！”

“这位哥子说得对，走！”……于是，在这个早晨，围着传单标语看的人群纷纷散去了。

上午10时，刘文辉准时出现在将军衙门二十四军军部大会议室里。这是一个非常重要的会议，仿中央蒋委员长蒋介石召开类似会议的排场格式：会议室里摆一张长方桌，桌上铺有雪白的桌布。军参谋长田北诗，二十四军一、

二、三师师长张致和、林云根、夏仲实，川康边防军一、二师师长冷寅东、陈光藻，炮兵司令徐孝匡、工兵司令青翰南、特科司令黄鳌、宪兵司令彭诚孚、警卫司令邓叙才、宁属屯殖司令刘元璋，川康边防军第一、二、三路军司令张熙民、傅渊希、刘丹五等分两边依序而坐。

不用说，这阵势是要打大仗了，与会的高级军官们都心中有数。当刘文辉在副官李金安的陪同下大步走进会议室时，原先交头接耳，议论纷纷的军官们立即停止讲话，鸦雀无声，向主官行注目礼。毕竟是地方部队，等级没有“中央”那样森严、正规：如果是在南京，蒋委员长一进门，部属就得唰的一声起立，双手贴着裤缝，向领袖挺胸行注目礼。

刘文辉也不说话，黑着脸坐下时，将手向下压压，示意大家安静。与往日不同处还在于，平时总是身着长袍的刘文辉这天一反以往，戎装笔挺，佩上将军衔的全金肩章和领徽闪闪发亮，军长摆出了一副偃文修武的架势，首先是要在心理上给部下们一种提示。

先由特科司令黄鳌通报了最近日渐紧张的形势。特科司令的通报，其实并没有什么新鲜东西，内容大家都是知道的，无非是：先是刘湘不仁不义，将幺爸刘文辉花了天价从日本买回来的大批军火打来吃起。然后，幺爸和刘升廷先后去重庆索要，刘湘却伎俩耍尽，不仅不还军火，反而在背后支持田颂尧，让田颂尧在二十九军军总所在地三台，召开了一个旨在反对刘文辉、打倒刘文辉的两面三方会议，两面三方在会上签下了军事协定。接下来刘湘就动手了，日前攻占了有长江上游锁钥之称的泸州云云。当然，这中间的深层次的原因，以及在刘文辉要不回来军火，派刺客“云里飞”去重庆，潜入二十一军军部谋杀刘湘，还有刘文辉在重庆策反范哈儿、蓝文彬等事宜，黄鳌没有丝毫提及。当然，这些事，黄鳌也不尽知道；就是知道了，没有得到主帅允许，也是不能说的。这些机密，只有田北诗、冷寅东等少数几个心腹知道并参与策划了机宜。之所以安排特科司令黄鳌通报这些令人气愤的事，目的是想摸摸这些高级军官们在对待这些事上的态度而已。

特科司令黄鳌完成了自己的任务后，看了看坐在上首的刘文辉。刘文辉点了点头，黄鳌这就坐了下去。就在特科司令黄鳌向在座的军官们作通报时，刘文辉在不动声色地观察部下们的反应。而部下们也都在观察着他们的最高统帅，平时像个乡下老太婆似的刘文辉的表情，刘文辉这会儿的神情变得森冷严厉。在他的一双显得有点棕黄的眼睛中，流露着一种虎视眈眈的意味。

“刘甫澄六亲不认。”刘文辉一开始就给刘湘下了结论，声调斩钉截铁而又凶狠严厉，“看样子，他刘甫澄是矮子过河——淹（安）了心的，硬是要把我们朝康藏那些大山里撵。今天一早贴遍全城的标语传单，内容我想大家都是晓得了，实在是欺人太甚！表面上这些事是‘田冬瓜’在干，实际上是刘甫澄在背后给‘田冬瓜’撑腰楂起。若不是有刘甫澄在背后给‘田冬瓜’撑腰，就是借两个胆子给田颂尧，他都不敢同我们叫阵。看来，田颂尧同刘甫澄是要伙起打我们一个腹背受敌。咋个办？大家说，大家的马儿大家骑。”

看来，刘文辉这番画龙点睛，达到了煽风点火的目的，无疑是一场最好的战前动员。

“要打大家打，哪个怕哪个！”刘文辉话刚落音，早就按捺不住的刘元璋很冲动地站起来请战，“刘甫澄既然动手了，我们就给他打过去。请军长让我打先锋，又不是没有同他交过手，我就不肯信给他打不到重庆去！”

张致和、林云根立即附议，而彭诚孚、张熙民等主张退后一步自然宽：先把事情弄清楚再说，他们的意思是　总之，应该二刘合作，共事巴蜀。会场上立时分成了两派，主战派和主和派。一时，公说公有理，婆说婆有理，争论相当激烈，而川康边防军副总指挥兼二十四军第一师师长冷寅东则在一边冷笑。

“薰南（冷寅东字薰南），你的意思呢？”刘文辉问。

“我的意思是分两步走！”冷寅东伸出一只手，张开两根拇指一一道来，“一守一攻。在正面战场上，守。泸州，丢了就丢了，丢了以后还可以再拿回来。但是，沿泸州而下，从江津、内江直到简阳一线，就不能再丢，但也不主动出击。若二十一军来攻，坚决给他打回去，打痛他！这是守。

“在成都，对田颂尧，我们攻，现在就攻。田颂尧同刘甫澄，还有邓锡侯穿的是连裆裤。我们得尽快把田颂尧的部队打垮，打出成都。不然，我们就得两面作战。我们同刘甫澄之间早晚有一场大战要打，如果不先把田颂尧收拾了，我们届时就是——前有饿鬼拍门，后有牛刀架颈，那就麻烦大了！”

“薰南说得太精彩了！”冷寅东最了解刘文辉的战略意图，话一完，刘文辉立刻表态。看场上所有的人都不再吭声，目视着他，刘文辉这就将胸脯一挺，一锤定音：“现在我宣布，立即成立‘省门之战’指挥部！”这会儿他脸色严峻，目光灼灼，位高权重的特色完全亮出来了；虽然身板瘦小，但身上顿现一股风雷，一股杀气。刘自乾毕竟是独霸一方的将军。他任命冷寅东为“省门之战”副总指挥，他自己兼总指挥。接着一一点了参战部队，暂定有冷薰南师，邓和、王靖宇、刘元瑭、石少武旅。二十四军参加“省门之战”的总兵力约四万人，大大多于田颂尧部的两万人，田颂尧再调，能调来的部队也就是万余人。他要来个以多打少，毕其功于一役。

在宣布了这个决定后，军参谋长田北诗又做了些具体军事布置。然后，散会。

会后，刘文辉让冷寅东、田北诗同他一起拟定了“省门之战”的作战计划，并立即做了部署。这个晚上，将军衙门二十四军军部里灯火通明，人影幢幢。参谋、电讯、侦察等机要部门里人员穿梭往来。发电报的嘀嘀声，作战参谋们在电话中向战地指挥官传达命令的声音，间杂着种种的问询等交织在一起，连空气中都充溢着大战在即的紧张气氛。与此同时，在成都的大街小巷里，夜幕中成群结队的二十四军部队在调动，晃动着不祥的身影。二十九军也动了起来，到处的大街小巷内都有部队在用沙袋垒战壕、修工事……分不出这些部队哪些是二十四军，哪些是二十九军。反正，要打大仗了。

漆黑的夜幕中，古城成都在不安地战栗。

天亮前是最黑暗的时分。

田北诗、冷寅东陪着刘文辉并排站在三楼上，从一扇落地长窗前往外凝望。二十四军军部将军衙门，最先是清朝成都将军的衙门。清朝入关建立皇权，定都北京之后，全国有九个城市驻扎了大批清军，替朝廷威震一方。这九个城市除了北京外，尚有成都、南京、广州、福州、杭州、荆州、西安、伊犁。而成都更为特别，清军在城中又修建起一座城中城，叫少城。城内，房舍精美，街道宽阔，鸟语花香，别有洞天，只准满人在城中居住，俨然是后来中国成了半殖民地时，大上海中的外国人的租界。清廷在川设成都将军一职，规定，凡重大事情，涉及重要人事任免，向朝廷上书等，在四川，总督不能独专，需得由成都将军与川督两人签字才行。因此，成都将军虽然级别不如川督，但因地位特殊，成都将军衙门修得富丽堂皇，极具满蒙特色。在清朝270多年的江山轰隆隆一朝垮塌之后，民国时期军阀混战，而凡是能踞将军衙门的军阀，必然势力相当不一般，不要说掌控了全川，至低限度对成都有掌控权。在刘文辉入主将军衙门以后，他们现在所占的这幢楼房是新修的。在一片阔大的具有明清特色的建筑群落中，矗立起来这样一座西式三层楼房，在刘文辉，无异于是一个标志。是希望在四川，进入了一个刘文辉时代？然而现在，自不量力的田颂尧，居然想进驻将军衙门了！

从窗内看出去，灯火缥缈幽微，万瓦粼粼。深夜的成都，很安静，像是一个若隐若现的睡美人。身段是那样婀娜多姿，容貌是那样清丽妩媚。田北诗、冷寅东一左一右站在刘文辉身边，凝神屏息，生怕打扰了军长的思绪。他们与其说是陪着军长在打量夜中的成都，不如说是在静候军长命令。

“北诗、寅东！”很过了一会，刘文辉说话了，他这是以问代训。“你们说，我们订的这个‘省门之战’，你们自己满意吗？”两位将领不知军长这话是啥子意思，赶紧说，请军长训示。

“计划倒也还是巴巴式式的，嗯，像那么回事。不过，我有点担心。”两位没有问军长担心什么，他们等军长指出来。

“我担心的是，”刘文辉伸手朝窗外一指，“战端一开，把成都打烂！”

“这怪不得我们。”冷寅东叫了起来，“他‘田冬瓜’要打，我们有啥子法？有人要怪，就叫他们去怪‘田冬瓜’。”

“可是，我刘自乾是四川省主席，你说这打起来，成都要是打烂了，他们是怪‘田冬瓜’，还是怪我？”

冷寅东不说话了，他没有刘文辉想得远，想得深。

“那咋个办呢？”即将开始的“省门之战”的二十四军副总指挥、实际上的总指挥冷寅东，说着气话，“总不能叫‘田冬瓜’打我们，我们不还手嘛！”

刘文辉霍地转过身来，用目光凌厉的眼睛看了看冷寅东，又看了看田北诗，话说得一字一顿：“为今之计，最好的办法就是动手要快，打得要准！要迅速把田颂尧打垮，尽快结束战斗！如其不然，这仗要是打来黏起了，我刘自乾背不起把成都打烂的罪名不说，现在踩左踩右的‘水晶猴’肯定马上就要公开站到田颂尧一边打我们。还有，现在是我们解决田颂尧的最好时机！想来，你们两个都是晓得的？最近，因为川北通南巴一带共产党徐向前的势力越渐坐大，老蒋如坐针毡，暴跳如雷，督着刘甫澄派兵去打。刘甫澄派‘刘神仙’带他的神仙兵去‘剿共’，被徐向前打得丢盔弃甲，刘从云那龟儿子要是不跑得快，不被共产党打死就是抓了俘虏。刘甫澄这就改派他的心腹大将王陵基去打。这王陵基扣我们的军火，扯怪叫，是一把好手，可是，遇到共产党又怎么样呢！”刘文辉一声冷笑。

“听说，王陵基是贪杯好色误了大事？”冷寅东插了一句。

“不是贪杯，是好色。王陵基在率部去打徐向前的前夕，刚好讨了一个叫银蝴蝶的小妾，听说那女子原是万县唱川戏的名角，又年轻，又漂亮。你们想，那老牛吃嫩草的王方舟咋个舍得嘛，一步都离不得。王方舟上了前线，一心挂两头。仗火打得最紧的时候，他却开了小差，跑回万县去了，咋个不打败仗嘛！”

“听说，这回刘甫澄没有认王方舟的黄，关了他几天禁闭？”田北诗又插了一句。

“那不是？刘甫澄口口声声说王方舟是他老师，他不好动王方舟，这是假的，是说给我听的。你看王方舟真正惹着他了，刘甫澄认不认他的黄嘛！现在，刘甫澄又派唐式遵打去了。他刘甫澄现在暂时腾不出手来打我们。”

“那就好了嘛，打田颂尧早一天晚一天，有什么要紧？”冷寅东不解地问，“徐向前的红军不是那么好打的，难缠得很，说不定‘唐瘟猪’去也打不赢，老蒋非把刘甫澄逼来气都出不赢不可。成都这边，我们可以充充裕裕收拾‘田冬瓜’。”

“万万不可！”刘文辉把手莽摇，“我们这边必须速战速决，如果打来黏起了，必然夜长梦多。南京老蒋早就想收拾我了，把我这个省主席拿掉，只是一直找不到下手的机会。如其这样一来，他就可以给我安个罪名，比如‘刘自乾身为四川省主席，不仅不能维护川省治安，反而为害一方’云云，趁机把我的省长拿去，这完全可能。还有！”说到这里，他嘘了一口气，“共产党也麻烦得很。虽说成都的共产党，没有重庆川东一带闹得凶，但也不简单。听说最近车耀先悄悄回了成都……”说到这里，不禁打了个寒战。

车耀先，大邑县人，1912年在刘湘部当过团长，后来接受了共产主义，1927年离开部队，1929年加入共产党，后任中共川西特委军事委员，长期从事秘密工作，组织工农群众、进步知识分子，在成都进行过多次大的针对当局的很有声势的示威游行，令川中所有军阀害怕。

“如果‘省门之战’久决不下，共产党从中插手，而且肯定要从中插手，那就更麻烦了。”田北诗想了想说。

“这车耀先也是我们大邑人。”冷寅东看着刘文辉：“车耀先不帮我们，反而会去帮田颂尧的忙吗？如果这样子，岂不是手拐子往外拐了？”

“寅东，看来，你对共产党人认识不够，他们只认主义，是绝对没有家族家乡观念的。”看田北诗想说什么，却又不说，刘文辉这就手一举，摇了摇，看着身边两位心腹大将：“其他就不再多说了。我刚才给你们说的话，你们都记住了没有？”

“记住了！”两位像学生背诵老师教过的课文一样，说：“动手要快，打得要准。迅速把田颂尧打垮，尽快结束战斗！”

刘文辉默了默，这才郑重地点了点头。

惨烈的战斗，在深夜时分突然打响

“省门之战”终于打响了。

在这个初冬静静的深夜时分，成都九眼桥方向，突然爆发出炒豆般密集的枪声。接着，大炮也加入了进来，“轰轰轰！”“嗒嗒嗒！”不绝于耳的枪声炮声，首先是将东门一带的和平居民们从梦中打醒、打惊、打诧。他们从床上坐起，先是木然地望着从窗外飞过，密如飞蝗，将天打漏了，将夜幕撕裂成一道道血口子的突然而至的枪弹炮弹。愣了愣，这才意识到和平日子又完结了，刘文辉同田颂尧打起来了，灾难降临了。这些和平居民们感到眼前的一切充满恐怖，触目惊心，孩子吓得从梦中醒来惊叫，一时不知如何是好。而枪炮声越来越猛烈了，地动山摇。漆黑的夜幕中，交战双方的枪弹炮弹你来我往，将东半城的天空染得一片血红。火光中，古典而雅致的望江楼和楼下一江东去的锦水，似乎都在这突然而至的战争打击中战栗不已；在烛照夜空的金蛇似相互咬噬的枪弹炮弹中，往日旖旎婉约的锦江，这时像是流的一江鲜红的血。

"轰！"的一声，有和平居民谁家的房子被炮弹打中了，立刻腾起大火；随即，这里那里响起悲惨的哭号；而更多的和平居民似乎这才意识到迫近的危险，跳下床来，扶老挽幼，想方设法或躲或藏。有的钻到床下，有的赶紧从床上扯下被子堵门堵窗，堵了这些，又觉得没有用处，一片惊慌失措，一片惨状。

这是二十四军开始猛攻四川兵工厂了。担任主攻的是石少武混成旅。混成旅旅长石少武绿林出身，这是个臭名远扬的花花公子、亡命徒，刘文辉的干儿子。

田颂尧派驻守卫兵工厂的张瑞图旅，无论兵力火力都要比堪称精锐的石少武的混成旅差，又是在猝然猛烈的打击攻击之下。田颂尧闻讯怕张旅不支，赶紧命令曾南夫师派去增援部队，可是被堵截了根本过不去。一切只能全靠张瑞图了。张瑞图旅毕竟也是田军精锐，占有地势之利，枪支弹药也非常充足。渐渐地，石少武那帮喝足了酒，吃够了肉，脱去衣服亮出臂子，在升官发财的蛊惑下又被酒精烧昏了头，以多年的土匪兄弟伙组成的亡命之徒们，在迎面而来的瓢泼似的枪弹打击下伏尸累累之后，浊浪掀天般的进攻被遏制了。

激战中，守卫四川兵工厂的旅长张瑞图身士先卒，挥着手枪跑上跑下指挥战斗，激励士气。他向弟兄们宣布了一个好消息："军长有令，兵工厂只要坚守到明日午时，就算完成了任务……届时官升三级，兵赏大洋三百！"张旅长有些声嘶力竭。

石少武在夜深时，经过精心组织，组织了一彪精锐，大约有一个团的兵力，趁夜向兵工厂开始了一轮最猛烈的攻击。

张瑞图也有准备。这就针尖对麦芒，进攻与阻击，双方都向对方发出致命的一击。双方都知道这一仗的重要性，这就在公元1932年冬天，上演了一出内地军阀的经典大战。在双方你来我往，蛇咬龙搅般的炮火互轰中，身穿草黄色军服的二十四军石少武部，在督战队的督导下，向四川兵工厂发起了一轮志在必得的冲锋。守卫四川兵工厂的张瑞图部依据高墙、厂房的有利地势拼命阻击。最先是，石部一颗红色信号弹升起，紧接着，用排炮向兵工厂轰击。兵工厂方面还击。石部接着开始了孤注一掷的，近乎疯狂的进攻。夜幕中，只见到处硝烟升腾，在通红的火光闪射下，在密如飞蝗的枪弹打击下，石部冲锋部队的人影晃动、跃动。一群群、一片片，像是被镰刀割倒在地的庄稼。然而，进攻的部队仍然海潮般继续朝前涌。场面不断重复。夜晚虽看不清血肉横飞的场面，但双方都能感受到空前的惨烈。两边都已经杀红了眼睛！

战争是一个怪物。眼见得自己身边的老乡、朋友一个个倒下去，刚才都还是一个个鲜活的生命，忽然一下就消失了，这时，没有死的，已经完全忘记了一切。进攻的只想着如何进攻，阻击的只想着如何阻击，都想着如何要对方的命。不是我打死你，就是你打死我。心中只有杀，只想着报仇；只想着你打死我一个，我就要打死你一双。我纵然就是死，也要捞够本。因为这时，人性中本能的恶、仇恨和兽性，完全被战争这个怪物煽动了起来，调动了起来，哪怕是这样一场根本无正义可言的军阀间的战争，也是这样。因为这时，只有在这时，参战的双方，已经忘记了自己是人，完全失去了理智，他们变成了以嗜血、啃噬对方生命为目的，为快乐的野兽。变成了一部绞肉机。战争于他们，已经变成了一场争输赢的游戏。里间，充满了欢乐，纵然是把自己的命搭进去。

天快亮时，张瑞图见军心可用，指挥部队，打了石部一个反冲锋。在迷茫夜幕下，只见好容易卷上来的一股股草黄色的巨浪与陡然冲上去的一股股暗绿色的浪涛迎面相撞。“哗！”的一声，双方成百上千人的集团军冲锋和反冲锋是可怕的，也是壮丽的。一时间天崩地裂，杀声震天，军号声、枪炮声、手榴弹的爆炸声、肉搏的谩骂声，刺刀相击发出的可怕的咔嚓声……声声震耳，混合起来，那阵仗，像是煮开了的混搅在一起的粥；是人为制造的可怕无比的疾风骤雨。

终于，混搅一阵之后，卷上来的草黄色的巨浪被迎上去的暗绿色的浪涛击垮了，击碎了，击退了。石少武在天亮前发起的一轮最凶猛的进攻，被二十九军张瑞图部打垮了、打退了、打败了。

“好，打得好！”躲在军工厂内一个高厂房后垒起的沙袋后指挥作战的旅长张瑞图，见状连声叫好，情不自禁握紧了拳头。

突然间，一下子就安静了下来。刚才还是天翻地覆，地动山摇、血光冲天的战场，哗的一声就退下去了，天亮前的成都东门，尤其是望江楼一带，这会儿变得格处安静，安静得异常，安静得虚幻，安静得令人生疑。就像蒲松龄小说中那些忽而玉宇琼楼间，人鬼狐仙缠绵悱恻；忽而天堂地狱，坟穴墓地，阎王小鬼，男恩女怨……随着一阵轻风吹过，曙光的到来，一下子，都没有了，眼前又是踏实而又麻木的人间。

天，越来越亮了。

这天注定是悲惨的一天。在压得很低很厚的云层间隙，慢慢洇出了一缕蛋青色。渐渐，一缕蛋青色开始扩大，变成了鱼肚白。九眼桥对面望江楼上的崇楼丽阁，还有簇绕在望江楼四周黑黢黢的竹林、望江楼下锦江里东去的流水，都随着黎明的到来而越渐清晰起来，显出了固有的轮廓。江上有风，在风的扑打下，江里翻滚着哗哗作响的碎银般的浪花。往日，这个时候，望江楼码头上已是船来舟往，桨声咿呀，人头涌动，热闹非凡。运来柴、米、菜、油、盐等日常生活用品的船帆在这个码头下货；而又有大批旅人由此上船，沿江去嘉定（乐山），再由嘉定换船出川。然而，今天这会儿都没有了，往日熙来攘往的望江楼码头上一片凄清孤寂。视线中，不见一个人，一条船。沿江两岸匍匐展开，万瓦鳞鳞的民居，这会儿应该是做早饭，炊烟袅袅的时候了。然而，在这个战争的早晨，没有了炊烟，万瓦鳞鳞的民居全都害怕得瑟缩着。江面上出现了几只雪白可爱的水鸟，它们平展双翅，在团团黑云翻滚的天上飞翔。一会儿从破棉絮般的云团里钻出来，一动不动地停在空中，瞪圆吃惊的眼睛，注视着战云笼罩的四川兵工厂，一会儿直冲云天。很快，勇敢的鸟儿们也感觉到了凶险，翅膀一扇，像一道道雪亮的闪电，冲进了黑沉沉的云海，不见了踪影。

石少武的部队又过来了。不过，这次过来的部队既没有开枪，更没有打炮，也不冲锋，而是无声无息地来，就像一只悄悄上来的狗，不叫的狗才真正咬人。张瑞图的望远镜里出现的石少武这支部队，让他惊诧不已：被押在前面打头阵的竟是些和平居民，大都是些妇女儿童，他们破衣烂衫，满脸惊惶，足有上百人。

“旅长，开枪呀，再不打就来不及了！”伏在墙上的机枪手叫起来了。

“最多还有500米，再不打，我们就完了！”……

喊打的呼声，炸雷似的在张瑞图耳边频频响起。

张瑞图端起望远镜的手抖了。

“撤！”张瑞图请准田颂尧，在最后一刻撤离了，四川兵工厂在上午8时左右被石少武占领了。

成都的新闻媒体向来动作很快，就在石少武占领了四川兵工厂后不久，多家报纸的号外就上了街。

“卖报，卖刚出的《新新新闻》，看四川兵工厂被二十四军占领！看刘师亮有何评说！”

“卖报、卖报，卖刚出的《四川日报》，看省谘议局局长张澜发表声明，要求刘、田停战！”……

春熙路上、盐市口，还有东大街……闹市区，好些报童，手中扬起刚出版的，散发着油墨清香的报纸号外跑过来，立刻就被人们买光了。好些买了报的人，立刻停下脚来看。人们指点着号外，三三两两，议论纷纷——

“啊，原来昨夜东门一带打得天红，是这么回事！”

“造孽啊，神仙打仗，凡人遭殃！”……人们一致指责这场争权夺利不顾人民死活的不义之战。其中，有张报纸号外刊登的刘师亮的几首竹枝词，因为喊出了广大人民的心声而最为引人注目。刘师亮是个怪才，他博学多识，幽默风趣，出口成章，疾恶如仇。他不仅在成都，在全川，甚至在上海，在全国都很有名。他是一个正直的，专门用文字同权贵进行斗争的语言大师。他自己办有一份《师亮专刊》，运用在巴蜀大地上深受人民喜爱，历史久远的竹枝词这种形式，灌输进去新的内容，随时针砭时弊。虽是自费，发行量不大，但每每刊出，都像是投向权贵军阀们的投枪匕首，犀利形象，在社会上不胫而走，传诸千里，一时，洛阳纸贵。这天，报纸上刊登的《师亮竹枝词》，有这样一些——

革命招牌打共和，共和幸福亦何多。
这回风浪从空起，不是操戈是倒戈。

街口堆墙势颇凶，恐怕对敌打冲锋。
交通阻断盘查紧，市面行人概绝踪。

兵家反复最无常，进退难明空自忙。
彼去此来同一辙，前门拒虎后门狼。

结队绅商请愿来，三军联合会公开。
赞成停战苏民命，终是空言化劫灰。

人人渴望早销兵，两次三番又发生。
商业农村俱破产，何时方获庆升平。

屋梁上架机关枪，走壁飞檐战术强。
自古神仙空打仗，凡人总是要遭殃。

新东门上遍堆尸，舍生忘死兵太痴。
枵腹从公真不值，饭难吃饱饷难支。

《师亮专刊》，像一根引线，立刻将芙蓉城里的舆论引爆了，并迅速波及了全国。

“怪人”刘师亮闹到省府来了

刘文辉伫立在窗前，倒背双手，眺望着省府大院里越渐清亮起来的黎明，却突头突脑地背诵了一句古文：“子在川上曰，逝者如斯夫。”那样子，像是一个泽畔苦吟的诗人。如果不是田北诗，一定对刘文辉何以突头突脑地背诵这一句古文一头雾水，不知所以。可是，二十四军参谋长心知肚明。同军参谋长一起在省府熬了一夜，担了一夜心的刘文辉，一直等到石少武从田颂尧张瑞图旅手中拿下了四川兵工厂，这才出了一口长气；当即提起一支小号毛笔，在他那本专门用来记录要事，类似日记本的一本很中国的毛边纸本上写下“今日事今日毕”。稔熟了刘文辉方方面面的军参谋长，听军长这突头突脑的一句，立即将军长写的日记内容联系在了一起，思想上立刻划出了一道刘文辉清晰的思维轨迹。

他知道军长想听到什么，这就接过话题，进行了非常精彩的诠释和发挥。

“古文从某种意义上来说，确实是比白话文精练多了。”田北诗知道刘文辉喜欢古文，“这短短一句话，十个字，不仅形象，意思也深，富有哲理。孔子看到滚滚东去的大江，立刻想到了流逝的时间。这其间，有一份伤感，更多的是对自己的自励。这让我想起了曹操的一首诗，‘对酒当歌，人生几何。譬如朝露，去日苦多。’同样是对时间的感叹，孔夫子比曹操就要积极多了。曹操虽说是一代枭雄，文韬武略，但毕竟在器局的恢宏上，在思想的深度上，比起孔夫子孔圣人来，就差多了。在这上面，我觉得军长就很有体会。”接着，他以刘文辉写的那一句“今日事今日毕”举例，“在军长运筹帷幄下，我们首战告捷，取得这么大的成功，多么值得庆幸！而且，影响深巨，想来这会儿田颂尧、刘甫澄以至邓锡侯，肯定都在一边感到震惊、沮丧。可是，主席你却把这样大的事情仅仅看成是自己当天应该完成的任务。这是何等样的抱负，何等样的胸襟！”

刘文辉举了一下手，示意参谋长不必再说下去，随即转身，笑吟吟地看了田北诗一眼，他对参谋长这番精彩的诠释和对他的深刻理解，非常满意。他走到桌前，坐了下去，蹬掉穿在脚上的一双抱鸡婆棉鞋，将两只脚跷到了办公桌上，头仰靠在藤椅背上，双手交叉起来放在肚子上，闭上眼睛假寐，脚一抖一抖的，很舒服的样子。

刘文辉有相当的国学基础和素养，人面前也比较注意仪表，但在他信任的，跟了他多年的田北诗、冷寅东这些心腹大将面前，就不一样了，显得很随意。这是因为他不把田北诗这些人当外人。坐在军长斜对面沙发上的田北诗注意打量熬了一个通夜的刘文辉。昨天打田首仗，虽说是冷寅东指挥的，冷寅东名说是“省门之战”副总指挥，实际上负全责。可昨天一夜，刘文辉也没有闲着，同他一起，一整夜就窝在这间大办公室里，密切紧张地注视着战局发展。这一夜是怎样过来的？其间是怎样的着急，只要看看面前茶几上一副杯盘狼藉的样子，就可以想象出来。激战当中，刘文辉不断打电话去将军衙门询问战况，一部电话，差点拿给他打爆。硕大结实的红木茶几上，这会儿，摆着消夜剩下的东西：景德镇精瓷白底红花碗中，没有吃完的担担面；多个盘碟里佐酒的凉菜，烟熏猪耳朵、王胖鸭、贵妃鸡……刘文辉平素是不喝酒的，但昨夜也喝了一点，半瓶五粮液都还摆在几上。一只军长离不得的白铜水烟袋，这时，就像一个劳累不堪的婆子，拄在几上，有气无力的样子。烟袋上卡着半截烧过的纸捻，地上有好些烟锅巴。空气中都还弥漫着酒味，水烟气……这些东西，这个时候都还原封不动地摆在这里，是因为无论在省府，还是在二十四军军部，都没有几个人知道军长这个时候在哪里。本来这时候，李金安是可以派弁兵进来清扫、整理的，但李金安不敢，贴身副官晓得军长的脾气，军长这时候最讨厌别人来打扰、打岔。如果这时军长不按铃唤李金安，贴身副官也是不敢来打扰的，除非有要紧的事情。

军长之所以如此行踪秘密，是因为怕有人来找他“拿话来说”。昨夜，石少武为拿下兵工厂，把望江楼一带打得那么烂，特别是，押着和平居民去打头阵。肯定这会儿，曾经当过大汉四川军政府都督的尹昌衡，还有成都的五老七孝、省谘议局局长张澜这些深孚众望的一帮大佬，在到处找军长！他们想说：刘自乾，你这个四川省主席，把成都整成这个样子，脱得了皮！军长在躲。

军长这个人很有意思，横担在他面前的办公桌是西式的，硕大锃亮，而他坐的一把椅子却又是四川城乡都很普及的藤椅，不过比一般藤椅要宽大得多，是军长从家乡人找人编的。已坐了好多年，坐得黄金杠色的。现在是冬天，藤椅上垫了一层洗绒蜀绣，看起来软软和和的。熬了一个通夜的军长，这会儿红头花色，脸上笑眯眯的，完全没有熬夜留下的痕迹。他知道，军长脸色好，不在于喝了酒，而是因为军长从心里高兴。

“北诗！”刘文辉问：“你对昨天晚上这一仗如何评价？”军长说时，仍然保持着固有的姿态，只是交叉着的两只手上大拇指一动一动的，像是在打巴郎鼓。

“打得好呀，完全是按军长的预想进行的。”

“你对石莽子如何评价？”军长又问。莽子，四川话就是莽撞的意思，带有贬义，石莽子是指石少武，军参谋长听得出来，军长口中的“莽子”带着亲昵意味。

“石旅长嘛，仗还是打得不错的。”田北诗讨厌石少武这个人，但他知道军长对石少武很赏识，知道石少武是军长的干儿子，因此，话就只能这样说半句。要他完全说违心的话，说石少武的好话，他不行，他性格就是这个样子。刘文辉可以在军参谋长面前，不顾里面，想说什么就说什么，可是，军参谋长不可以。有一句话叫“伴君如伴虎”，那主要是针对皇帝说的。刘文辉虽不是金口玉牙，“君要臣死，臣不得不死”一言九鼎的皇帝，但也算得上是一个小皇帝，土皇帝。如果在军长面前，他哪件事弄得不好，哪句话说得让军长盯心了，前功尽弃不说，惹来祸患都有可能。这方面，他比冷寅东要小心。因为冷寅东是军长的老乡，而军长是看重老乡关系的，他田北诗不是。

刘文辉睁了一下眼睛，乜了一眼自己的参谋长，瘦脸上泛过一丝不易察觉的笑意，又闭上了眼睛。

“你说，那个龟儿子张瑞图也还是能打哈？”刘文辉看来还沉浸在昨天晚上的战火中，“如果石莽子不来那一手，恐怕到这个时候，兵工厂拿不拿得下来都难说。”刘文辉说的“那一手”，是指石少武拿和平居民当人质。

“那是。”田北诗对石少武驱赶着和平居民打头阵拿下兵工厂心中反感，认为这简直就是土匪行为，也难怪，石少武本身就是匪，为科班出身的军参谋长看不起。“石旅长这样做，也太过了些。”田北诗尽量把心中涌起的话往下压，但还是没有压住，这样说了一句。

“石莽子这个人嘛，毛病是不少。”刘文辉知道军参谋长话中的意思，“不过，这个人打仗也还勇敢，我们可以化腐朽为神奇嘛！我晓得，石莽子这个人最大的毛病是好色，就像我们乡下的骚公鸡，见到母鸡就要咯咯咯地叫着扑上去。”刘文辉说时，竟站了起来，学着骚公鸡扑母鸡的样子，脚在地上几踮，一只手臂垮起，学着骚公鸡垮下来的翅膀，一扇一扇的。让田北诗忍俊不禁，他还没有看到军长有过这样的幽默。

“报告！”是李金安的声音，这就把刘文辉同参谋长很有意思的谈话和很有趣的表演场面打断了，搅了局。刘文辉掉头看了看站在珠帘外的贴身副官，一脸的愠怒，“有啥子要紧事吗，这样打紧打张的？”

“那个怪人刘师亮到省府闹来了，那么多人围着他看，把半条街都闸断了，不把他打发走，恐怕要出事。”

“他闹，他闹啥子，把他赶走，不就完了？”

“赶不走呀，他挽死挽活要见军长。”

“嗯，这个怪人他咋个晓得我在这里？”刘文辉说时露出惊讶，大步走上前，隔窗往外望去。

刘文辉的办公室，在离省府大门不远的一幢三楼一底的法式洋房三楼正中。在省府，这幢楼，就可以算作高层建筑了。窗前恰好有株枝叶茂密，高过屋顶，浓绿葱翠得像要滴油的法国梧桐树。这样，他在窗边一站，大门外的人望不见他，他却可以清清楚楚看清大门外的一切。集中注意力，还可以听得清大门外的人说话。他这就躲在窗前往大门外看，注意听。

只见省府门前围了一大堆人。身着一袭蓝布长衫，头戴一顶黑色缎面瓜皮帽的刘师亮，手中提着一盏灯笼，灯笼中还燃着一只大红蜡烛。刘师亮被挡在大门外，同守门的卫兵交涉着什么，争论着什么。随着刘师亮满带川中口音的每一句话，都有人叫好、鼓掌。

一个卫兵毛了，将上着雪亮刺刀的汉阳造步枪一挺，红眉毛绿眼睛地大声喝问："你究竟是啥子人？"

"啥子人，中国人，四川人，成都人。小民行不更名，坐不改姓。"刘师亮是惯常的幽默口吻，"我姓刘，名师亮。"

"你来做啥子？"

"找我们的青天大老爷，省政府刘自乾刘主席！"

"刘主席都是你随便找的？去找其他人。"

"其他人不得行，我就是要找刘主席。"

"刘主席不在！"

"你这不是此地无银三百两吗？你才问我来做啥子，明明都说了嘛，又说不在？"哄的一声，围在门外的人们大声笑起来。

刘文辉看到这里，很是着急，掉过头来找田北诗时，懂事的田北诗已下去了。

"哟，是刘老先生！"田北诗走到大门外，斥退了卫兵，看刘师亮手中提个灯笼，不解地问，"这青天白日的，你又不是眼睛不好，咋提个灯笼？"

"这世界漆黑一团，我是看不到路！"刘师亮说时跷起脚，"长官你可能还没有看到，我来不仅打了灯笼，脚下还穿了钉鞋。"田北诗这才注意到，刘师亮不仅穿了钉鞋，手中还拄了拐棍。

"未必省政府也黑吗？"田北诗马起了脸。

"黑，天下乌鸦一般黑。"刘师亮毫不畏惧。周围又是一片叫好声、喝彩声！田北诗用他那双有些眍的眼睛看了看刘师亮，默了默，明白他是故意来肇皮的，这就开始施拖刀计，他想把刘师亮哄进省府，将他与群众隔离开来，减少影响，然后再请示刘文辉，考虑是不是把刘师亮软禁起来。

"这样，刘先生，这里不好讲话！"田北诗脸上堆笑，双手一比，做了一个很是滑稽的邀请动作，"先生有什么话，请进省府来慢慢说。"

刘师亮却不上当，"我不敢进来。"

“咋个不敢进来呢？”

“衙门口朝南开，有理无钱莫进来……”刘师亮用川戏音腔拖腔拖调地唱。看闹得差不多了，一声“走也！”转过身去，手中提着灯笼，手中拄着拐棍，很小心地走路，一副生怕滑倒的样子。边走边唱：“庙小神灵大，池浅王八多……”一大群人跟在后面，笑声简直掀翻了天。

田北诗气得一脸橘青。

田北诗气急败坏上了楼，将刘师亮到省府来搅肇的情况报告了刘文辉。

“我都看到了。”刘文辉说，“北诗，我们来商量个办法，总不能看到他这样到省府肇吧？”正说着，旁边桌上电话一个劲响起，田北诗上前一把抓起电话，只问了一句，脸色立刻就变了，赶紧用手扪着话筒，小声小气地对刘文辉说，“是张表方（张澜字表方）来的，接不接？”刘文辉略为沉吟，上前接过电话。

“啊，是表方先生，有何赐教？”刘文辉显得很客气。

“你同田颂尧都是保定军校的同学。你们两个，还有邓锡侯，你们三个不是对外号称刀枪不入、固若金汤的‘保定系’嘛！”张澜说一口浓郁的川北顺庆（南充）话，“你同田颂尧咋个为抢四川兵工厂打起仗火来了？听说为了抢占兵工厂，你的干儿子石少武，竟然用武力把当地老百姓赶去打头阵，抵枪眼！就像吆鸭子似的，简直不把人当人！这是咋回事情？”

“哎呀，有这回事？”刘文辉心虚，却又故意做出不知道很吃惊的样子，“我马上查，如有这回事，一定严惩！”刘文辉在电话中一边敷衍张澜，一边在心中连连叫苦，咋个把这个张表方惹到了？惹到了张澜，那就是：鸭子头上的毛——难打整了。

张澜，四川省顺庆人，清末秀才，思想偏左，是个老资格的民主斗士，学者；辛亥革命前参加立宪派，并为立宪派领导人之一，也是四川保路运动的著名领导人之一；1917 年秋，任四川省省长。1919 年五四运动后，他积极鼓动并赞助四川青年学生赴法勤工俭学，1925 年创办成都大学并任校长；在蒋介石发动的旨在消灭共产党人的“四一二”反革命政变中，张澜营救并掩护了多名重要的共产党人出川……同共产党关系向来很好。

刘文辉在电话中答应了张澜的要求：立即停止战斗；恢复全市人民正常生活；查清石少武拿老百姓当炮灰事；切实负起省主席之责……至此，不依不饶的张表方这才放了电话。

放下电话，刘文辉发现，他紧张得头上的汗都出来了。

“当——当——当！”不知不觉间，时间过得飞快，墙上的中式挂钟敲响了十一下。刘文辉这又带着田北诗和副官李金安赶紧下楼，上车，一溜烟出了省政府，去了将军衙门二十四军军部，冷寅东等一干高级军官正在“省门之战指挥部”等他去布置下一阶段战事。事情哪有电话中对张澜说的那么简单，战争已经发动，哪能说停就停？四川兵工厂之战，仅仅是开了个头。战争就像一部开动了的战车，就是想停也停不下来了。况且，这是一举解决田颂尧以除后患的最好时机，战争决不能停。

“水晶猴”退隐

浣花溪畔一衣带水的康庄，是二十八军军长邓锡侯在成都的公馆。高墙深院，浓荫掩映中，有座两楼一底建筑得相当精致的法式小洋楼，这是康庄的精华、主要建筑。这时，二楼上，邓锡侯正在他阔大的书房里，坐在一张有路易十六风格的大沙发上，背着身后的一扇落地大玻璃窗，一边抽烟一边很悠闲地看报。

早饭后出了太阳。冬天的太阳虽不暖和却看上去舒服。早晨的缕缕白雾已经沿着浣花溪消散，一轮显得有些浑浊的冬阳，像是一枚鸡蛋黄，贴在成都冬天显得低沉的天幕上。外面很有些冷了，但邓锡侯的书房里温暖如春。采光很好，书房里显得很亮堂。邓锡侯比较洋派，他今天身着一套合体的西装便服，背带裤，光头，一边看报，一边用一个苏联斯大林式的大烟斗在抽烟。他同刘文辉、田颂尧是保定军官学校的同班同学，却要比他们大两岁；已年届不惑，川省营山县人，身材高大，五官端正，肚子有些腆，已然发福。

他看的是一张上海出的《大公报》。报上有篇社论叫《川局酝酿与中央处置》，专门谈四川军阀割据，其中有这样一段文字，相当简练有力，一开始就形象地勾勒了川中局势——

“查川省养兵百万，巨酋六七，成都一地，分隶三军，全省割裂，有同弄国。其最大特色，为兵愈打而愈多。师时离而时合，亦友亦仇，随和随战。万变不离其宗者，为扩张私利，保存实力，诛求无厌，剥削地方。故夫人欲横流，百般诈谲，捐输苛酷，并无世两。论地有征至民国四十五年，论置产有买尽全县全城房地……

“论其民生困苦之情状，则天府之国，早陷入地狱底层。盖兵益多则饷益绌，饷益绌则争益甚，军阀之莫能相安者，势则然也。”

邓锡侯放下了报纸，他不得不承认报上所说的是事实，而且鞭辟入里。就以他个人的这么些年的经历就足可以印证：1912 年，与他同是川北人、个子不大却野心不小的二十军军长杨森，在据成都多年后还不满足，企图用武力统一全川发动了战争。他和刘文辉、田颂尧以及刘湘联合起来一举打败了杨森，杨森不得不带着残兵败将退出成都，退到广安老家一隅自保，而他和田颂尧、刘文辉刘湘叔侄拥军进入成都。及后，刘湘当了四川军务善后督办，到重庆经营他的势力去了。他们三人：邓、刘、田在成都虚设三军办事处，实则占山为王，划定了势力范围。田颂尧的二十九军控制城北，刘文辉的二十四军控制城南，他的二十八军居中偏东。在经济分割上，田颂尧据雷神庙的四川兵工厂（老厂）；刘文辉在占了经济大头的同时，顺带拿了兵工分厂，当然，分厂无论从规模、产量、设备等方面都不能同老厂同日而语。他的二十八军占了造币厂。

四川兵工厂，历来为各方垂涎、关注。先是刘湘提出派他的亲信李子俊担任兵工厂总办，理所当然地被他们“保定系”三人抵制。后来，多方讨价还价，兵工厂名义上为田颂尧控制；当然，对兵工厂的一切，四方达成了严格约定，但四川兵工厂既然属田颂尧管辖，田颂尧也就在私下不时偷偷摸摸造枪造子弹武装自己的部队。当然，作为盟友，也送了一些枪弹给他的二十八军。这一切，精明过人的刘文辉岂有不闻不知？岂有不垂涎的？因此，昨晚爆发的四川兵工厂争夺战，是必然的事。而且，此刻四川兵工厂已经被刘文辉拿到了手里。表面上看，这是了了刘文辉的一桩夙愿，实际上有更深层次的原因。这是刘文辉、刘湘叔侄为争当“四川王”揭开的大战序幕，是“二刘”大战的一根引线。表面看来，刘文辉这一着达到了一箭双雕：拿到了垂涎已久的四川兵工厂，又打给刘甫澄看。你刘甫澄不是拿了我的泸州吗？你不是同田颂尧勾结起来，要打我刘文辉一个腹背受敌吗？我就拿了四川兵工厂，将你的同盟军田颂尧打垮打烂，看你刘甫澄拿什么打我刘文辉一个腹背受敌？

然而，事情远远没有这样简单！邓锡侯心想，这些年来你刘自乾为了达到势力快速猛涨，进而图霸四川的目的，手段用尽，仗势欺人，成了川中众矢之的。不要说田颂尧要同刘甫澄联合起来打你，就是我邓晋康，迟早也要打你。况且，田颂尧既然敢动手，也自有他的办法。战端一开，仗就只有越打越大的，只有打到一方认输才会完。月前，在田颂尧亲自回三台召开的“两面三方”会议上，他没有去，而是让手下师长黄隐代他去了。签字也是黄隐，所以不能算一面，只能算一方。而黄隐是二十八军几个师长中，无论军力智力都是数第一，黄隐有小诸葛之称。

暗中参加刘湘组织的、以彻底打倒刘文辉为目的的军事阵营，却又不显山露水，决不孤注一掷，中间留有余地，这是他邓锡侯为人处世的原则，也是他定下的方针。这叫什么？这就叫游刃有余。这会儿，邓锡侯坐在沙发上抽烟，表面上看似悠闲，其实一段时间来，他已对川中局势做出了一个清醒的分析，从而下了一个大决心：三十六计，走为上计。他要暂时离开成都这个旋涡一段时间，躲到青城下，师部设在灌县城中的黄隐师去，对外声称“退隐”，免得刘文辉、田颂尧来找他说东说西的；你们牛打死马，马打死牛自己打去。我来个坐山观虎斗。等到你们打得差不多了，我邓晋康再下山来捡脚子。

促使他“退隐”的另一个原因是，目前全省混乱不堪的金融秩序，也可以说是金融危机。省造币厂掌握在他手里，他自兼了造币厂厂长，而造币的好坏，事关全省金融。目前，市面上流通的是银圆和铜圆。而造币厂在铸造银圆和铜圆时，为了在有限的资源内多铸银圆铜圆，掺杂了些乱七八糟的金属，这些银圆铜圆成了不合格产品，成了杂版，从而从一个方面严重地损坏了正常的金融秩序。全省金融秩序的混乱，引得物价飞涨，民怨沸腾。已经有不少人在指责他是“全省金融秩序混乱的罪魁祸首”了！

要整顿四川的金融秩序，谈何容易？岂是我邓锡侯一家可以做到的？四川各地大小军阀林林总总，不下几十家，都占山为王。他们可以不受管属地造钱，铸造杂版钱币更是公开的秘密。刘文辉借口在他控制的川康地区情况特殊，要造藏币，在他的老窝子雅安开设了造币厂；上行下效，刘文辉造钱，他手下的一些师长也偷偷造钱。如师长谢德裕在其占据的成都外南倒桑树街，原四川机械局造钱；还有他邓锡侯的手下师长，刁文俊在贵州馆造钱；甘德明在崇宁造钱；李家钰在川北遂宁造钱，邓国璋在郫县造钱，黄隐在灌县造钱；杨森在广安造钱。刘湘在一手把持的川东重庆方面，当然更是造钱……杂版银圆铜圆一时泛滥全川成灾。这些杂版，最好的成色也只有五成，最低的竟低到二成以下。而这些杂版银圆铜圆狂风暴雨般倾泻到市面上，让商家，让老百姓叫苦不迭，物价飞涨。米、柴、油、面这些关乎老百姓生死的商家店铺好些已经不收钱，要以物易物。受害最深最惨的是底层劳动人民，推车的，抬轿的……他们起早贪黑，累死累活，一天下来最多挣个三元五元，要用这点钱来买米买柴，养活一家人。而这些钱又大都是杂版，商家不收或是大打折扣，其境况之惨，可以想象。

现在，成都的大街小巷内，茶楼酒肆间，到处都传诵着怪才刘师亮的一副有关对联——

> 五角生洋滥、哑、假，
> 三个死人邓、田、刘。

其实，他邓锡侯也有一肚皮的苦。他名为二十八军军长，能管得了几个人？他现在的防区只能管辖松（潘县）理（县）茂（县）及川中简阳、遂宁、合川还有川西平原上的郫、崇、新、灌等20余县。计5个师，17个混成旅。然而，就在这很有限的权限内，有的师长，如李家钰、罗泽洲、陈书农、黄隐等都不服管，他们在各自防区内各行其是。有关财税收入、人事任免等要事，都是他们说了算，俨然是大防区中又有小防区。其中，李家钰和黄隐又不知背着他走通了什么路子，分别得到了“中央”授予他们的“四川边防军总司令”“四川江防军总司令”头衔，俨然独立于二十八军之外，随时都有把部队拉走的可能。对此，他也只能是睁只眼闭只眼，只要这些下属承认他是他们名义上的长官，是他们的军长就行了。而二十八军所有师、旅长们也不愿公开脱离他，因为江湖险恶。这些人，哪怕就是李家钰、黄隐这些人离开他去放单飞，也没有胆量。他们去放单飞，肯定很快就会被这股势力或那股势力吞了。因此，他们也还得维系着二十八军，维系着他这个二十八军军长一致对外，他感到相当勉为其难。他曾经公开或私下不无自嘲地多次说过：“人家坐轿子的都是要叫轿夫抬，我这个坐轿子的却怪，是被轿夫硬抬起走的。”这话一半是真，一半是假，着重的是对外宣传。现在，他“退隐”，不过是要的一种障眼法，是退一步进两步。

眼不见心不烦，他的主意已经定了。

“军长！”时间掐算得正好，就在这时，沙副官来在门前，隔帘报告，“参谋长到了。”

“请请请。”邓锡侯一迭连声。

二十八军参谋长朱瑛进来，并坐了下来，弁兵奉上茶点，轻步退去。朱瑛是个很斯文的中年人，肤白，戴副眼镜，军装穿在他身上，显得特别整洁、熨帖；心细，善于体察军长心理，深得邓锡侯赏识信任。

看军长找他来，却又不说话，只是一手端起茶碗，一手揭起茶盖，反复刮了几下茶汤。朱瑛这也就端起茶来，抿了一口，浅浅一笑点明，“军长真是高明。”

“我怎么高明了？”邓锡侯眼睛一亮。

“月前，田颂尧在三台召开打倒刘自乾的军事会议，军长没有去，派黄隐去参加，完了在‘两面三方军事协议’上，也只是让黄隐以个人名义签字。这样，军长进退裕如。”

这是邓锡侯的得意之作，他听了很高兴，用手摸了摸光光的头说，“凡事预则立，不预则废。在成都，我们夹在刘自乾和田颂尧之间。刘自乾这些年来得意得很，俗话说，得意就忘形，刘自乾是讨厌，该打。现在刘、田二人联起手来打他，我当然是想帮田颂尧，也不能不帮田颂尧，唇亡齿寒嘛。田颂尧如果被刘自乾一口吃掉，那他下一步就要吃我们近在咫尺的二十八军了。但是，要注意策略，你说是不是？”

“是的，是的。”军参谋长连连点头，他当然知道军长所说的注意策略是什么意思，略为思索，却又不无担心地说，“不过，田颂尧的军力同刘自乾比，相当的悬殊。刘甫澄目前又腾不出手来大举挥师往刘自乾这边压。怕就怕刘自乾抓住机会，对田军大刀阔斧，大动干戈，猛力施压。如其这样一来，哪个帮得了田颂尧，田颂尧肯定会很快被打垮，这样？”朱瑛没有把话说完，只是下意识地一手端起茶船，另一手揭开茶盖，一下一下地轻刮茶汤。

“不见得，不见得。”邓锡侯知道军参谋长担心的是什么，却不明说，而是转了一个弯子，笑笑：“参谋长毕竟是参谋长，考虑得对。但啥事就怕过细，我不妨讲个这方面的故事给你听！”

朱瑛心想，现在啥时候了，还有心情讲故事，但表面上仍很是恭敬，目视着军长，意思是军长请讲。

“参谋长不会不知道刘伯承刘独眼吧？我们四川省开县人！”

“知道，当然知道，是个足智多谋的战将、军事家。他当年率军在川南泸顺一带同北洋军队打仗，战斗中被打瞎了一只眼。”朱瑛带着赞赏的神情，说起刘伯承如数家珍，“那年（1926 年）5 月，他加入了共产党，同年 12 月同杨闇公、朱德一起发动了顺泸（今南充、泸州）起义，打得对手望风披靡；策应了北伐战争。这个人当时任国民革命军四川各路军总指挥。1927 年任国民革命军暂编十五军军长，同年 8 月参加领导共产党的南昌起义。起义失败后去了苏联，听说进了苏联最高军事学院——伏龙芝军事学院学习了一段时间，过后参加过苏联的对德战争，在战争中表现了过人的才华，受到过斯大林的称赞；回国后更见了得……”

“对，就是这个人。”邓锡侯这就不管不顾地说起刘伯承的一个故事。军参谋长朱瑛是个博学的人，他是四川军官学校第一届毕业生，与刘伯承可说是同一时代的军人。邓晋康讲的这个故事，军参谋长是第一次听说，但那一段烽火连天的峥嵘岁月，他是熟悉的。

“民国元年（1912），大汉四川军政府都督尹昌衡鉴于张澜的威望——张澜有‘川北圣人’之誉，尹昌衡将张澜延揽为军政府顾问。但张澜更愿意回到家乡，做一些实实在在的利于国计民生的事，因此，第二年，张澜被军政府都督尹昌衡任命为川北宣慰使，驻节顺庆。张澜上任做的第一件事就是整顿、恢复社会秩序，他组织了一支300人的堪称精干的护卫营，由杨森、刘湘任正副营长，卓有成效。过后又延聘了时下田颂尧副手，二十九军副军长孙震及我们军的黄隐等，当时，他们都还是年轻人，进护卫营担任教官。一时，川北人才济济。杨森、刘湘、孙震、黄隐这些青年军官很快成长起来。张澜眼力就是过人。

“过后，张澜兼任了著名的顺庆中学校长。其间，他为学生增加了军训课程，目的是增强学生体质，加强组织纪律性。此项不意为当时驻南充的北洋军第十六混成旅旅长冯玉祥注意，怕学生造反，不准，并派一个知事到校监督执行。张澜陪着知事到操场观看学生操练，学生用的全是木枪。张澜笑着说：‘请知事转告冯旅长放心，这些青年学生中间纵有好事者，凭这木枪也造不了反。若监督张皇失措，传令禁止，笑话流传，反使人心不安，有伤治道。’冯玉祥听了知事的报告还不放心，有天轻装简从到学校观看。冯素闻张澜伟躯长髯，一下就看出了同学生一起同练的正是校长张澜，暗自佩服。冯欲试张澜胆量，故意走近张澜，声色俱厉地问旁边一个教师，‘此是何人？’教师认识冯玉祥，看冯怒气冲冲的样子，怕冯逮捕校长，没有说话。张澜却昂然走上来说，‘我就是张澜。’冯玉祥哈的一声笑了，说：‘来此别无他事，拜访校长耳。’两人互致敬意，开诚相见，相见恨晚，共约反袁（世凯）。

“刘伯承、朱德等共产党人之所以能发动顺泸起义，与张澜的暗中相助有关。就在‘顺泸之战’中，有一次刘伯承遇险，寡不敌众，率部撤退，北洋军在后面追得很紧。前面出现了江面宽阔的嘉陵江。夜幕中的嘉陵江，闪着一丝微蒙的青光。后面担任掩护阻击的部队，在强大的北洋军压迫下，且战且退，枪声越渐清晰。

“刘伯承要侦察去探探江面，看哪里能涉水而过。侦察惊讶有声，说这是嘉陵江！嘉陵江怎么能涉得过去？刘伯承很肯定地说，我知有段江水素来浅，现在又是冬天，肯定有地方能过去。并找来一根木棒执于手上，挽起裤脚，亲自去探。他选择一处水浅处下去，结果，心中有数的他，硬是探到这一段江面最窄的地方江水最浅，马上带领部队涉水过江，化险为夷。

“刘伯承有句名言，叫‘粗枝大叶害死人’！”邓锡侯讲完了这段故事，颇有感触地说：“粗枝大叶害死人，这句话人人都会说，但要真正做到家，存乎一心，融会贯通，谈何容易啊！”

军参谋长听出了军长的弦外之音，但还是不明白，这就扭着问，“军长是教诲部下在刘、田之战中，不要轻言输赢？”看邓锡侯点头，朱瑛说，“部下愚钝，还是不明白这个道理，我们支持了田颂尧，田颂尧到头来却又打不赢。过后，刘自乾岂不是要同我们秋后算账吗？”

“田颂尧咋就打不赢了？”

“事情不是明摆在那里吗？刘自乾的部队差不多要多田颂尧两三倍。”

“你这是笼而统之算的。俗话说，黄鳝大窟窿大。刘自乾占了多宽的地盘？全省三分之二的地盘差不多都给他占了，还有西康全境，他的部队能都调到成都参战吗？他驻扎在川中的部队如果调回成都，岂不是给刘甫澄大开方便之门，来一个开门揖盗？”

“是。”军参谋长不能不承认军长比他棋高一着，看得更远，但还不放心，说：“但就成都来看，刘自乾的军队也要超过田颂尧近一成。”

“有这样凶吗？”邓锡侯的语气和神情都是不以为然的，“你给我算算。”

于是，邓锡侯同朱瑛如同两个高明的棋手在下盲棋，最后算出的结果是，田颂尧手中的兵力就比刘文辉少一个师左右，邓锡侯再将手中的一枚棋子——他的二十八军黄隐师压了上去。顷刻间，本来倾斜的一架天平，立刻大体持平；田军要差些，但差也差不了太多。

邓锡侯同时告诉他的参谋长，田颂尧丢掉了四川兵工厂后不肯甘休，正在把他的虎贲师：驻德阳的王铭章师火速秘密调到成都，说不定这个时候，王铭章都已经坐在田颂尧的公馆里领受任务了呢！

“那么！”军参谋长高兴起来，“田颂尧还会不会继续从川北调部队来呢？”

“不会了，也只能是这个样子了，刘、田都只得这个样子了。”邓锡侯很有把握地说，“他们想调兵增援成都都不容易。现在川内，广安一带有杨森、罗泽洲；达县有刘存厚……虽然这些人成不了气候，却都有野心，随时都在窥测方向以求一逞。大家就像一筐螃蟹，你咬着我的爪，我缠着你的腿，互相钳制，一动大家都要动。田颂尧和刘自乾都不可能向成都大举增兵了。”

“这么说，田颂尧这回可以把刘自乾赶出成都，替我们出口气了？”

“也难说，只能走一步看一步，时事如棋局局新啊！”

邓锡侯说着站起身来，用手中的大烟斗指着挂在对面墙壁上的一副精裱了的中堂，那是他亲录的明代遂宁人吕孔昭的一首诗。如同当时许多军阀一样，从小上过私塾，受过先生“磨夹”的邓锡侯一笔字也是写得不错的，是创造性发挥了的颜体。有点胖，却不是虚胖，而是胖得有棱有骨，如同其人。邓锡侯指着墙壁上那一幅精裱了的中堂，用一口浓郁的川北营山话，一字一顿念起来：

当浦寒潮落，平沙返照红。
不嫌归路晚，家在板桥东。

朱瑛这时已经完全明白了邓锡侯的心思，也大体明白了军长要他来的目的。暗想，军长说话做事总是喜欢这么绕来绕去，而他实在不想绕了，就直问：“军长不会是想退隐吧？”

“哈哈，你说对了，我就是要退隐。”邓锡侯说时，重新落座。

“军长这个时候退隐，二十八军哪个来拿火色？”

“你算一个。”邓锡侯说，“路又不远，我明说退隐在青城山，却住在灌县黄隐的师部，很方便的。你们有啥要事急事，拿不稳火色的，可以来找我嘛。成都方面，你们稳起，按我计划办就行了！”说到这里，他站起来，走到办公桌前，拿起一份拟好的《退隐声明》交给朱瑛，说，“你拿去给《新新新闻》等多家报馆刊发，明天一早见报。”

朱瑛接过《退隐声明》细看：

“晋康诚信未孚，驭下无方，既不得友军之谅，又不能戢部下之贪，致使币制紊乱，社会不安，民怨沸腾，难泯内疚，愿解甲下野，以谢川人。”

寥寥百字，言简意赅，面面俱到。

朱瑛望着邓锡侯，“这《退隐声明》一说可能不恰当吧？军长是临时休息，咋能说退隐？”

“不这样，麻烦事就多了。到时候他们都要来找我，刘自乾要来找我，田颂尧也要来找我……”邓锡侯就是没有说出他之所以要“退隐”的另一个原因：当前全省的财政金融紊乱，民怨沸腾，作为责任人，他要躲。他只是对参谋长说，“我一退，这些人就不好意思来找我了，即使来，我也好推，就说我不管事了。只要你们还认我这个军长就行了。”说完，眼鼓鼓地看着朱瑛。

朱瑛明白邓锡侯的意思，立即表态，“二十八军永远是军长你的，永远姓邓；隔一段时间，我们还得到青城山请军长下山。”

“那就到时再说嘛！”

军参谋长对邓锡侯的打算已经心知肚明。告辞时，想了想，征求邓锡侯的意见：“军长交代的事，我这就去办。黄隐、陈书农、陈离他们都已奉令到了成都。今晚军部开会，军长临时退隐的事，还是恭请军长出席，对他们宣布吧？”

“好！”邓锡侯答应下来，朱瑛这就站起、告辞、敬礼，立即赶回军部，安排在各报馆明天一早发表邓锡侯的《退隐声明》一应事宜去了。

抢占全城制高点——煤山

“之钟（王铭章字之钟），你看，这就是全城的制高点煤山！”与此同时，这个晚上，在古市寺街二十九军军部作战室里，不，确切地说，是二十九军作战室旁田颂尧单个用的作战室里。处于这场旋涡中心、身负重任的二十九军副军长、“省门之战”总指挥孙震，趴在桌前，指着那张五万分之一的成都作战地图中心的一个点，看了看趴在他身边，全神贯注看着地图的第一师师长王铭章交代："军长的意思是，攻其不备，出其不意，先下手为强，后下手遭殃。你部今天晚上就占领煤山。煤山就交给你了！"说着，掉过头看了看坐在黑暗中的田颂尧，问，"是不是这样，军长？"孙震是田颂尧任命的"省门之战"总指挥。在另一方，同样是主将，刘文辉却是总指挥，而实际负责的冷寅东是副总指挥。两相对照，可以看出田颂尧的宽厚待人和对孙震的倚重之深。

"德操，你尽管放开手干你的！"田颂尧说一口家乡简阳话，话虽是这样说，想了想却又说，"刘甫澄拿泸州打给刘自乾看，刘自乾又打给我看！"他虽然说的是半截话，但孙震、王铭章心中都明白这话的意思。刘湘一举从二十四军手中拿下了长江上游重镇泸州，刘文辉马上就对四川兵工厂发动突然袭击，甚至不惜以当地居民为炮灰，拿下了四川兵工厂。这，半是报复，打在田颂尧身上，痛在刘湘心上；另一半是为了达到军事目的。

田颂尧这间作战室是地板房，屋子很宽大，这会儿却是灯光暗淡。因为全城唯一一家电灯公司启明电灯公司被刘文辉控制在手里，战端一开，二十九军控制的北半城就被断了电。现在，只有摆在屋子当中那张阔大的长方形桌上点着两只粗大的红蜡烛，因为不时有副官、作战参谋等进出，两扇镶嵌着红绿玻璃，雕龙刻凤的门稀开，带有寒意的夜风，不时吹进来烛光摇曳。烛光除了照亮孙震和王铭章的脸以及摆在桌上的作战地图，其余的一切都是影影绰绰的。

田颂尧坐在旁边好远一把太师椅上，像是隐身人一样，看不清他的容貌，只能感受到他的不加掩饰的愤怒和沉重。一时，孙震和王铭章都没有说话，似乎咀嚼着军长这番话，他们将身子靠在桌上，注意看面前那张五万分之一作战地图。注意力都集中在那个点上——处于市中心皇城后面的煤山上。军人看地图与常人是完全不一样的，这会儿虽然风平浪静，但在他们眼中脑海中，却是枪炮齐鸣，冲锋陷阵……屋里一时很静。而一阵阵急促的电话铃声，还有拍发电报时，电键发出的啪啪声、呼唤声……不时从外面的大院里传来。这一切声响，构成了军部里一种特有的战前紧张气氛。

借着拄在军用地图两边铜烛台上，不时闪烁摇曳的烛光，可以看清，趴在桌上看着军用地图沉思的孙震和王铭章，是两个长相完全不同，而气质却很有些相似的职业军人。孙震不到40岁，高高的个子，军容严整，隆准剑眉，一双眼睛有些微微往里凹，神态又严峻又沉深。王铭章还要年轻一些，个子不高不矮，身板笃实，四方脸，大刀眉，嘴唇抿得很紧。这里要特别提提王铭章，他是新都人，能征善战，是田颂尧手中的一张王牌；手下部队要求严格，训练有素，在川军中只要一听对手是王铭章，都要心中打鼓，他是田颂尧专门星夜从德阳调来打“省门之战”的主力师。这会儿，王铭章一门心思想的是马上就要抢占的全城制高点煤山，和接下来在同二十四军同样是派出的敢战之师在恶战中如何取得胜利。这个时候的，绝对没有人能想到，几年后抗战期间，川军出川抗战，王铭章率部如何在藤县上演了一幕惊天地泣鬼神，感天动地，功在国家的战争。

1937年9月，已经统一四川，时年48岁的四川省政府主席兼川康绥靖公署主任刘湘上将，也就是在这样的时分，在成都督院街省府内，就他准备赴京参加最高国防会议向中央请求带兵出川抗日事征求谋士们的意见。手下第一谋士张斯可进言，“此事，请主席三思而后行。多年来，蒋介石千方百计染指我四川未成。甫帅如此一来，四川就算是送给老蒋了。”省府总参议钟体乾等人亦都附议。刘湘却不以为然，他说出一番话，极富民族大义，很感人：“我刘甫澄过去打了20多年内战，现在想来都报不出盘，惭愧。现在是大敌当前，‘国家兴亡，匹夫有责’。我若再为个人谋私利，猫在四川，就不是人生父母养的！”

刘湘去了南京，在最高国防会议上，向中央强烈请战，表示：“四川可以立即出正规军30万，还可提供500万后备壮丁……总之，愿竭大后方四川所有人力物力为抗战做出贡献！”有刘湘这样的强力支持，蒋介石不再犹豫，宣布伟大的全民抗战开始。消息传出，全国振奋。最高统战部将全国划分为十个战区，刘湘被任命为第七战区司令长官。9月，川军开始火速出川。刘湘亲率所部唐式遵、潘文华、王缵绪三个军，乘船顺江东下出川；时任二十二集团军总司令的邓锡侯率李家钰、陈鼎勋、孙震三个军出北道，经西安到山西，会同八路军共同作战。杨森率部由贵州直出湘鄂开赴上海……然而，30万英勇善战的“草鞋兵”刚刚出川，就立刻为最高统帅蒋介石分割得七零八碎，像是一群没有了娘的孩子。抗日正面战场出现了这样一种奇怪的现象：越是装备好的“中央军”，蒋介石的嫡系部队越是躲在后方。其中装备最好、人数最多的胡宗南集团军，就始终没有上抗日前线，而是在西北磨刀霍霍地监视着八路军。越是装备差的“杂牌”军越是能打，越是被统帅部安排在抗日最前线拼命。

寒风萧萧，水瘦山寒。

11月底，南下的日军继攻克上海后又连占嘉定、常熟、苏州，再兵分两路沿京沪铁路，太湖南下，对首都南京形成了包围态势。危急关头，第七战区司令长官，陆军上将刘湘挺身而出要求保卫南京。他只有一个要求，“把现存的20万川军还我，要死，我20万川军死在一起！”然而，刘湘这个起码的要求却被大本营无理拒绝。

刘湘服从命令，率临时七拼八凑、大部由川军组成的二十三集团军赶赴太湖前线，从中央军手中接过阵地，万分仓促中便同日军三个精锐师团在太湖展开了血战。日本军队天上有飞机，地上有大炮、坦克，优势占尽。而二十三集团军没有飞机，没有大炮，没有坦克，连机枪都少得可怜，部队根本形不成火力建制。十冬腊月，滴水成冰，好些川兵还身着单衣，背着斗笠，脚穿草鞋，手持性能低劣的步枪同敌人进行殊死战。

在一场无异于对数十万血肉之躯的大屠杀中，川军身上表现出来的英雄气概，连敌人都感到震惊甚至钦佩。

在广德、泗安大会战中，川军师长郭勋祺、旅长黄伯光身先士卒，身负重伤。饶国华师长率部坚守城池，在外援无望，城将沦陷前，置生死于度外，咬破手指写下血书，“本部扼守广德，掩护友军后撤集中，已达成任务。我官兵均不惜牺牲为国效力……余不忍视陷入敌手，故决与城共存亡……今后深望我部官兵，奋勇杀敌，驱寇出境，还我国魂，完成我未竟之志，余死无恨矣！”

日军攻占南京，并血洗我南京30万人后，拟分兵两路夹击军事重镇徐州，铁蹄继续南下。时为邓锡侯属下师长的王铭章为四十一军前方总指挥，率一百二十二师师部、三百六十四旅旅部坚守藤县，以解徐州之围。王师长临危受命慷慨表示：“以川军薄弱的兵力和窳败的武器，担当津浦线保卫徐州第一线的重大任务，力量不够是不言而喻的。我们身为军人，牺牲原为天职，现在只有牺牲一切以完成任务，虽不剩一兵一卒，亦无怨尤。不如此，则无以对国家，更不足以赎二十年川军内战的罪愆了！”

激烈的战斗从14日展开。日军以两个师团兵力，配以飞机、大炮、坦克向藤县展开夜以继日的疯狂攻击。翌日，王铭章仅有守城部队八个连，一个卫生队，总兵力不足三千，实际战斗部队只近两千人。自16日黎明开始，敌以密集炮火作地毯似轰炸，发射炮弹在万发以上。敌机从早到晚对藤县狂轰滥炸。王师长率部以血肉之躯做干城，竟让占尽优势的日军机械化部队不能越雷池一步。当晚，日军出动3万多兵力，配70多门大炮，30余辆战车疯狂攻城。17日，北风凄厉，阴霾满天。藤县保卫战到了最后关头。从拂晓开始，敌以每分钟十发炮弹以上密集火力猛轰县城，全城被炸成一片火海焦土。敌步兵在坦克掩护下，向突破口冲锋。我守城官兵用手榴弹、大刀顽强抵抗，反复肉搏，尸骸杂陈，弹落如雨，火光烛天，血溅长街。情知已到最后关头，王铭章对旁协同作战的周县长说，“周县长，你应该走了，现在立刻就走。”周县长却说，“抗战以来，只有殉职的将领，没有殉职的地方官，请以我始。我决不苟生，决与守城将士共存亡！”他们相互凝视后握别，奔向阵地指挥作战……王铭章派出了最后一支突击队后，就着身边一棵正在燃烧的大树，向友军连续发出三电：

“四十一军军长孙（震），现17日黎明。敌以大炮向城猛轰，东南角城墙被冲塌数处。王团长麟身负重伤。现督各部死力堵塞，毙敌甚多。”

“敌以炮兵猛轰我城内及东南城墙，东门附近又被冲毁数段。敌步兵登城，经我军冲击，毙敌无数，已将其击退。若友军（汤恩伯部）再无消息，则孤城危矣！”

“独立山（藤县东南10余里，汤恩伯部预定到达地）友军本日无枪声，想是被敌所阻。目前敌用野炮、飞机，从晨至午，不断猛轰，城墙缺口数处。敌步兵屡登城，屡被击退，毙敌甚多。职每忆委座成仁之训及面谕嘉慰之词，决心死拼，以报国家知遇……”

大批如狼似虎的日军终于涌进了滕县县城。王铭章师长率随身参、副人员数十人，被气势汹汹的日军逼向死角而坚不投降。敌人一阵冰雹似的枪弹扫过，王师长用双手扪着打得蜂眼似的胸，怒视敌人缓缓倒下，时年仅45岁。这场血战，除王铭章身边卫士李少昆急中生智倒在死人堆中，幸免于难（李少昆当晚又混进城，从死人堆中扒出王师长的尸体，冒险背了出去），守城万余将士全部以身殉国。面对这壮烈的场景，连嗜杀成性的日寇也感到震惊。

英勇的藤县保卫战极大地迟缓了敌人的进攻速度，为我军赢得了宝贵的时间，从根本上保证了台儿庄大战的完成和胜利。事后，第五战区司令长官李宗仁向蒋委员长报告电称：“此一战役我官兵伤亡不下万人。阵亡师长王铭章、参谋长赵渭滨、邹亲陶，团长王麟……查该集团军以劣势之装备与兵力，与绝对优势之顽敌独能奋勇抗战，官兵浴血苦斗三日半以上，挫敌锐进，使我援军得以适时赶到，战役中心之徐州得以转危为安。此种为国牺牲之精神，实不可泯灭。”

川军在江苏、浙江、山西、湖南、湖北、安徽、河南等九省同日军激战。在前线督战的第七战区司令长官刘湘因辛劳过度，竟于11月28日吐血，旋即送至武汉万国医院医治。1938年1月13日病情恶化，延至23日逝世，时年50岁。临终时，刘湘写下遗嘱：“余此次奉命出师抗日，志在躯赴前线杀敌，为民族求生存，为四川争荣光，以尽军人之天职。不意宿病复发，未尽所愿，今后希我全国军民在中央政府暨最高领袖蒋委员长领导之下，继续抗战到底，尤望我川中袍泽，一本此志，始终不渝，即敌军一日不退出国境，川军则一日誓不还乡，以争取抗战最后胜利，以求达到我中华民族独立自主之目的，此嘱。”刘湘的遗嘱在前方和后方的川军中引起巨大反响，每天升旗时，官兵都要同声诵读一遍，以效法抗日精神。蒋介石特派军政部长何应钦代表他到汉口，向刘湘的灵柩致哀，并送上他亲笔撰写的挽联：“板荡认坚贞心力竭时期尽瘁；鼓鼙思将帅封疆危日见才难。”

同是川人，时任大本营第三厅厅长的郭沫若，给刘湘送的挽联是：“治蜀是韦皋以后一人，功高德懋，细静不黷，更觉良工独苦；征倭出夔门而东千里，志决身歼，大星忽坠，长使英雄泪满襟。”

一领“故上将刘湘之灵”的白布黄字横幅似在眼前飘拂。那是1938年春寒料峭的二月的一个早晨。天色阴沉，空中飘着霏霏细雨。九里三分的成都城一早就沉浸在一种深沉肃穆的悲哀中。沿街比户摆香帛点红烛上供果，家家户户檐下悬挂三角纸旗，上印刘湘遗像。皇城坝上的三个城门洞内，“为国求贤”的石牌坊和门前的一对石狮子披素戴白花……

哀乐声由远而近。军乐队后，长长的灵柩行列缓缓而来，最令人触目惊心的是，走在前面的素车上支根高杆，挑起一架黄呢军服，衣领上一副陆军上将衔金板上镶三颗金星。在寒风中翩跹的半旧军服右背上赫然有个小弹孔。看着刘湘的遗物，全城人等大恸失声……

而在1932年冬天的这个晚上，王铭章是以打内战的骁将姿态出现的。

孙震对王铭章详细交代了作战任务后，对着作战地图，他们又做了些战术研究：诸如煤山上的武器火力部署、人员的配置以及与地面部队的衔接等等，抠了若干细节，抠得很细。之后，已是下半夜了。时间不待，性急的王铭章看军长、副军长再没有交代，就准备告辞了。

“之钟！”这时，一直隐身黑暗中，坐在一把椅子上，恍然看去像只大蜘蛛的军长田颂尧，站起身，走上前来，伸出一只发面似的手，拍了拍王铭章的肩，语重心长地说，“我们也打给刘自乾看一看，就全看你了！”烛光摇曳中，军长那张总是显得油汪汪的脸，这时显得很暗。五官不甚清晰的团团脸上，唯有一双眼睛很亮，闪着一种职业军人固有的不屈不挠的搏杀之气和狠劲。田颂尧一改往日的温厚之貌，变得虎视眈眈了。

王铭章庄重地点点头，缓缓举起手来，给田颂尧、孙震敬了军礼。然后转过身去，迈着军人标准的步伐朝前走去，出了门，很快融入了黑夜。

当天晚上，师长王铭章尽遣精锐上场，派他的杨锐团抢先一步占了煤山，并配置了强大火力，计有33门迫击炮，4门平射炮，50挺最好的捷克轻机枪，5挺苏式马克沁重机枪。漆黑的夜幕中，煤山上人影幢幢；挖工事的铁锹磕碰声、小声而紧张的低喝声交织在一起，让平日这个时分寂如坟场的皇城后子门煤山上充满了凶险和杀气。

天亮了，煤山也大变样了，一夜赶挖出来的工事很像个样子。煤山上，条条战壕纵横交错，还有碉堡，无不配置有序。在团长杨锐指挥下，上千官兵按照战斗序列已经就位，进入了战斗位置；多挺多门轻重机枪、平射炮、迫击炮等也都安置妥当。黑森森的炮管，从四面八方，从高处阴冷地注视着山下，注视着全城。小小的煤山，简直成了一座兵山炮阵。在黎明前最初到来的一丝蛋青色的曙光里，官兵们戴在头上的钢盔，还有枪炮黑森森的枪管炮管，全都闪现着缕缕钢铁冰冷清幽的光。

在这个早晨，坐落在后子门煤山之前的崇楼丽阁的成都皇城及皇城前面的皇城坝，这时，都对陡然出现在头上的兵山一座的煤山战栗不安起来。成都皇城及皇城前面的皇城坝，极似北京的天安门和天安门广场的建筑，这在全国都是绝无仅有的。缘由是：明朝开国皇帝朱元璋登极之时，将他众多皇子封到全国各地为藩王。朱元璋特别宠爱他的十三子朱椿，朱椿在被封为蜀王，离京之前，朱元璋又给了他特别的恩宠，准其蜀王在他的封地成都，可以比照北京紫禁城修建蜀王宫和广场。蜀王朱椿带康太监入川，费时经年，差不多将蜀中原有的库存用尽，才修建起了这座类似天安门的皇城及前面的广场——皇城坝。明末，张献忠入蜀，在成都当了三年大西皇帝后，因为败退，一怒之下将锦绣成都和城中40万居民一火而焚之，烧得皇城只剩下大门前的一对石狮子。在以后近百年时间内，成都成了一片虎狼出没地。到了康熙初年，随着将近一个世纪的湖广填四川，成都的标志性建筑——皇城及前面的广场，这才又逐步恢复。成都皇城历来是全省的政治风向标。尤其是从辛亥革命开始，这座古色古香、巍峨壮观、庭院深深的皇城里是云舒云卷，城头不断变幻大王旗。

皇城前面的皇城坝，每到黄昏时分热闹非凡，从某个方面折射出成都这个温柔富贵之乡的一面。往往是，随着夜幕降临，皇城前面偌大广场的两边，鳞次栉比的回民馆子就开场了。幺师站在阶沿上挑声夭夭延客入内，到处都是热气腾腾。皇城坝上更是百戏杂陈，无奇不有。说评书的，卖打药的，耍猴戏的，看相算命的，卖唱的，招人看洋镜的……

然而，这一切，都随着这天煤山的改观而没有了。煤山，它是皇城背后一座小山，虽然同北京紫禁城后门明代最后一个皇帝崇祯吊死在一棵歪脖子树的煤山同名，但规模气势完全不能相比。但此煤山毕竟是成都唯一的制高点，谁控制了煤山就控制了全城。而就在这个早晨，在煤山一侧商业街一幢四层的小洋楼窗户里，悄悄探出了一副高倍望远镜在仔细地瞭望、搜索着煤山。这预示着一场攻抢煤山的血战在即。

皇城，似乎感觉到了空前严重的威胁；它在无声地战栗、叹息。

- 第六章 -

魑魅魍魉

兵痞、流氓石少武

拿下四川兵工厂，立了头功、得到重奖的二十四军混成旅旅长石少武，天一黑就周身都开始“痒”起来。在这个夜晚蹒跚走近的时候，不耐寂寞的他，带着他最为信任的手下第一团团长，也是绿林出身的柳如寇，出了鼓楼南街刘文辉送他的那幢公馆的黑漆大门，一人骑一部洋马车（自行车），很洋盘地径直去了坐落在成都东大街上的“如是来”，那是一座有名的赌场兼妓院。

天刚擦黑，这是成都最热闹最富有风韵的时分。虽然前天才打了仗，二十四军从二十九军手中拿下了四川兵工厂，死了不少人；局势骤然变得紧张起来，双方都在调兵遣将，准备大打。但大打毕竟还没有发生，居住在天府之国最富庶的川西坝子上的省会成都城里的成都人，是享受惯了的。好些人都是抱着今朝有酒今朝醉的生活态度，哪怕身上有两个小钱都要去进酒馆饮酒、进茶铺韵茶、听川戏……

他们俩骑着“洋马”走在街上，沿途而去，根本感觉不到一点战争逼近的气氛。他们俩都换了便装，相信没有人会认出他们。从鼓楼南街到东大街，感觉到处都是乐陶陶的，连空气中都弥漫着一种微醉的、懒洋洋的温馨。大街小巷里、鳞次栉比的茶楼酒肆已经开始陆续掌灯。灯笼、油壶子灯、电石灯还有少量的电灯，在越渐黑起来的夜幕中闪闪烁烁。像一双双诡诈的眼睛在前方眨动，似乎在告诉他们，这个夜晚藏有好些秘密，有好事情在等着他们去。一路上，长街两边，"梆、梆、梆！"打锅魁的声音和挑着担子、敲着竹梆而来卖蒸蒸糕的、卖担担面的小商小贩们……这些熟悉的形象、熟悉的吆喝声，不断撞进眼帘，声声入耳。

所过之处，"安乐寺""华华"是两家有名的茶馆，早已是人满为患。这两家茶馆最近因为请了川剧名角陈书舫、扬琴大师李德才，还有"成都金嗓子"之称的李月秋分别到场唱川戏，打扬琴，用哈哈调唱清音，因而，生意格外的火，茶馆的身价也在一夜之间倍增。

洋马（自行车）当时在成都，是少之又少的稀罕物儿。当石少武同柳如寇一人骑一辆洋马，前后相跟，一路而去时，引起不少人的注意，指着他们议论纷纷；更有好些半截子幺伯，嘻哈打笑地跟在他们后面追了一程又一程，他们两人成了一路上的风景。石少武并不想这些半截子幺伯跟着跑，他私心期望能引起这个时候上街的摩登（时髦女郎）、小姐、漂亮的女学生的注意。直到有人认出他来，指着他惊呼："那骑在洋马上，戴博士帽的那个人，不是石少武是谁？！"站在一边看稀奇的人们，其中当然还有年轻女子、摩登、太太等一听，马上就像被蛇咬了一口似的，吓得三魂掉了两魂，跑得飞快，跑得飞叉叉的。

石少武和柳如寇，是成都一对有名的宝气、烂滚龙。特别是石少武，仗着他是刘文辉的干儿子，无人敢惹，平素间胡作非为、估吃霸赊；他特别好色，淫人妻女无数，无罪不作，成都人，对他是又气又恨又怕，闻其名无不赶快避之，如避瘟疫。看有人认出他来，惊呼一声，街上牵群打浪的人，顿时如鸟兽散，石少武和柳如寇不以为耻，反以为荣，轰的一声枭笑起来。他们要的就是这个效果！他们喜欢人家怕他们。

他们骑的"洋马"是英国名牌"三枪"。一路上，在路灯微弱的光照中，他们自行车的轮子一闪一闪的，两个"宝气"的模样也隐约可辨。两个人头上都戴顶博士帽，腰上暗插手枪。石少武身材高大，四肢也还匀称，西装革履，跟在他身后的柳如寇着一件宽袍大袖的短褂。两人的打扮不伦不类，很像是后来电影中演俗了的日本汉奸。石少武样子不怪，但不经看。如果细看，就会看出他满身的匪气和流氓气，青白脸，吊梢眉，额上有道明显打架留下的伤疤，一双贼溜溜的眼睛四下里看，转得猫头鹰似的。柳如寇奇丑无比，身矮背驼，一脸的大麻子，人称柳大麻子。

这两个人都很有些出处，都不是善良之辈，等闲之徒。

石少武原是川南屏山县新世镇上一个有名的二流子，烂滚龙。他自幼无父母少教育，跟姐夫姐姐过日子。本性使然。他小小年纪，身上就表现出了匪气，及至到了十四五岁，已然流氓成性，而且无师自通地认准了一条真理：只要拳头硬，敢于拼命，成了歪人，无人敢惹。长大后，他身高力大，一身横肉，整日茶馆进酒馆出，提劲打靶，日嫖夜赌，估吃霸赊，心毒手狠；凡通天巨匪的特点都已具备。17 岁时，他认识到独木难成林，这就顺理成章地加入了当地的屏山县哥老会，“嗨”（当）了老幺。

哥老会又称袍哥。本来是清朝入关定鼎北京之初，发源于东南沿海一带的反清复明组织，头目陈镇南，主要在三教九流中发展组织，这个组织到后来在四川发展得最为庞大。哥老会中鱼龙混杂。历史上也起过些进步作用，比如辛亥革命前夜，当有四川屠户之称的川督赵尔丰镇压四川保路运动，引发了全川暴动之时，四川的袍哥组织就坚定地站在革命一边，同赵尔丰斗争。其中最著名的袍哥大爷，如新津的侯宝斋等，曾率部同清军作战，并包围了成都，将成都围得铁桶一般，直接左右了四川的政局，也最终造就了赵尔丰身首异处的局面。但是，像袍哥这种具有两面性、人多为强狗多为王的组织，更多的时候容易发展成匪。而且，这种组织的性质注定了豪勇善斗就是人物英雄楷模的模式。因此，像石少武这样的人也最容易在这样的组织中找到适合的土壤生根发芽开花结果，大放异彩。19 岁时，节节上升的石少武已经“嗨”上了三爷位置。不久，他与屏山匪首陈吉拜把，结为兄弟并正式当了土匪，不时打家劫舍甚至杀人，他比陈吉有过之而无不及。石少武胆大妄为，枪法过人。他白天举枪打从头上飞过的飞鸟，说打头不会打尾；夜晚打 50 步外香烛上的火星，从不失手，因而众匪拱服。20 岁时，他竟敢大白天拖一股匪，袭击沐川区公所，抢走了几十条枪，轰动了整个嘉定（现乐山）地区。

沐川县政府仓皇失措，急忙报知省府。沐川县政府接到省府命令，立即在县里四处贴榜，悬赏 3000 大洋捉拿石少武；月余后没有任何结果。省政又下令，让嘉定府民团会合当地团练，拉队伍进山搜捕石少武。石少武在当地无法存生了，这就带着他百把人的队伍流窜于川南的深山老林中，游动于屏山、马边、沐川、犍为一带；甚至一度靠近了嘉定府，声威更大。当地政府没法，只能将他封在山上，只要他不下山祸害就行。

然而，石少武的师傅、匪首陈吉却没有他那样幸运了，也没有他那样大的本事；第二年初，陈吉被五通桥竹根滩团总余秋湘率队包围击毙，砍头后将头放在吊篮里，挂在城门洞上示众三天。

石少武闻讯大怒，决心取余团总的头为陈吉报仇。屏山县团总余秋湘有人枪近千，是附近几县区的联保主任，实力很大，防范也严。被围在山上的石少武，要取余秋湘的头，谈何容易！

四川乡间有个习俗，即赶场。三六九，二四七都是乡镇上的赶场天。乡下农人全靠赶场这天到附近的集市上买进卖出，这是四川乡间历史上普遍沿袭的贸易方式。赶场，对四乡八村的农人是一桩大事，赶场这天，任何一个乡场上都是人头涌动，热闹非凡。

五通桥是个水陆码头，素有小扬州之称，是嘉定府的咽喉要地。城不算大，但风景清幽亮丽。一道河面不算宽阔，但河面平缓水很深，水质也好的河流，波光粼粼地穿城而过。两岸长满了一把把大绿伞似的黄桷树。五通桥这条河，像道绿色长廊，一直延伸到十里地外的嘉定府，汇入嘉陵江。

五通桥这样的水陆码头，是上天的恩赐，可遇而不可求。码头上停泊着巨桅高耸的大船，每天从早到晚，如蚁的搬运工们，从船上卸下从自流井运来的雪白的上等井盐、涪陵的榨菜等四川各地特产名产，再往船上装上本地夹江的宣纸，嘉定大米等等运出去。

五通桥的赶场天，热闹和气势都非一般乡场可比。前街后街、正街偏街无不杂声盈耳，人群熙攘，集市繁荣。

那是一个赶场天，龙头大爷余秋湘照例一早就带了两个背枪小兄弟，去了临河的“枕流”茶馆吃讲茶。所谓“吃讲茶”是这样的：在四川农村，邻居角孽（吵架）、家中子女不孝、妯娌不和等，当事人都得等到赶场天去找当地最管事、最有权威的人评理。而当地最有权威的人往往是舵把子、联保主任类。他们往往是往茶馆里一坐，一边喝茶一边替人断理。有言：“说得脱走得脱，说不脱来把茶钱付。”请当地最有权威的人评理，一般都需双方当事人到场，输了的付茶钱，这是一个不成文的规矩。

这个夏天的早晨，龙头大爷余秋湘带着两个背枪的兄弟伙进了“枕流”茶馆。一进“枕流”，就只听这边喊，“余大爷，请这边坐”，那边喊，“余大爷的茶钱，我给了”，一副争先恐后的样子，让龙头大爷余秋湘很受用。在四川城乡，进了茶馆有没有人招呼，争着付茶钱；招呼人的多少，争着付钱人的多少，决定了这个人的人缘好坏、威信大小、社会地位高低。

余秋湘个子不高不矮，身穿白府绸对门襟衣服，下着一条肥腿黑绸裤，人长得白白胖胖，显得富态；40来岁，肩上斜背着一支德国造驳壳枪。这种枪威力巨大，可以连续20发，俗称手提机枪，枪把上飘着一绺火焰似的红缨。跟在他身边的两个兄弟伙，也背的是这种手枪，只是比他年轻许多，也精干许多，前后不离左右。余秋湘是个笑面虎，在一片争先恐后为他付茶钱、请余大爷这边坐的声音中，他拱起手来，笑着，四下点点头，表示情领了，却又并不进去，而是在茶馆外的坝子里寻了张临河的茶桌坐了。“枕流”茶馆逢赶场天，因为吃茶的人多，装不下，就得在茶馆外面的敞坝上放些桌凳，算是茶馆的延伸。夏天在敞坝里吃茶，远比茶馆内舒服。余秋湘之所以选中这里，不仅因为舒服。这里视线好，临河，空气清新流通，身边有株虬枝盘杂的大榕树，像是张开的一把油绿色大伞，坐在树下吃茶荫凉、清静；更主要的是便于工作，请他断理的乡人马上就要络绎而来；他为乡人们断理，一直要进行到下午才得完。还有，万一遇到不测，也好抽身或对付。

龙头大爷余秋湘带着他的两个兄弟伙，刚刚围桌坐下，掺茶的幺师已风一般而来。幺师左手捧一叠泡四川盖碗茶的三件头：铜质的茶船和茶碗、茶盖，重重叠叠小山一般高。右手提一把在老虎灶上被烟熏火燎的黑鸡婆似的硕大沉重的铜质茶壶。幺师走近前来，一声“余大爷早！”话未落音，叮叮当当声中，三只黄澄澄的铜质茶船已稳稳当当落在桌上，转了转，正对在三个人面前；变戏法似的，顷刻间，三只景德镇产白瓷红花茶碗骑上了茶船。幺师这就顺势将身子往后一仰，右手缓缓抬起时，一道冒着热气的鲜开水，从大茶壶那弯弯细细长长的壶嘴里一喷而出，端端注入茶碗中。细看，余大爷茶碗中的茶叶不同一般，是蒙山顶上的雨露茉莉花前茶。茶碗中的茶叶，在鲜开水的冲击下打旋跳舞；就像是多个芭蕾舞演员，踮起脚尖，轻盈地跳起舞来，一阵幽香随着氤氲的热气升腾起来，就在幺师将微倾的身子一收之时，只听吧嗒吧嗒声中，幺师伸出一根幺手指，已将搭在三只茶碗上的茶盖依次一一扣好。然后，幺师左手托起顶到下巴、小山一般高的茶碗茶船茶盖三件头；右手提起沉甸甸的黑鸡婆似的大铜茶壶，在杂声盈耳中，在这里那里都在呼叫的泡茶声中，一边答应“来了！”一边风一般而去。

第一个前来请龙头大爷余秋湘评理的是一对婆媳。婆婆述说儿媳不孝，儿媳却说婆婆虐待她，真是公说公有理，婆说婆有理。周围看热闹的人很多，围了个里三层外三层。待这一对婆媳冗长的述说完了之后，太阳已经升起来了，天也有些热了，围的人也多。余秋湘将戴在头上的博士帽揭下放在桌边，开始评断。

余秋湘断理公道，口才也好，让簇拥在四周的听众，一个个心悦诚服不断叫好。

就在联保主任、龙头大爷余秋湘开始给一对扯筋角孽的邻居断理时，谁也没有注意到，这时，一个头上戴顶烂斗笠的小伙子阴悄悄地挤了上来。露出半边脸的烂斗笠下，有一双阴鸷的眼睛，小伙子用一双贼眼恶狠狠地盯着正在显示口才，给人评理的余秋湘；一会儿又闪电似的朝四周看看，似在观察路径。

这就是从山上下来，趁赶场天混进五通桥，混进“枕流”茶社人群中，欲寻机杀害龙头大爷余秋湘，替把兄陈吉报仇的巨匪石少武。

这种场面是司空见惯的。因此，坐在余秋湘身边的两个背枪团丁，完全放松了警惕，似乎他们也为龙头大爷余秋湘的精彩评断吸引，虽然他们并没有忘记将手按在枪盖上，一有风吹草动，随时都可以出枪射击；但石少武看出来了，这两个负有保护龙头大爷责任的团丁，不过是在做样子。

“张二娘！”只听余大爷在问，“你说隔壁王二爸欺负你，牛总是不拴好，让他家的水牯牛吃了你家地头的菜，而且总说不听。你就从竹笼里捡回些笋壳，刮些笋壳毛抖在菜上，让王二爷的水牯牛吃下去，弄得水牯牛开不得口吃不进东西，把王二爷的水牯牛整疼了，是不是？”

“是倒是。我给王二爸打了好多回招呼，他就是不听，我这样做也是没法！”张二娘长得干瘦精干，承认了余大爷点到的都是事实，口气却是无奈、有理的。

“张二娘，你这样阴倒整就不对了，有理都变成了无理。他不听吗，你不晓得赶场天来找我余大爷断理？”

张二娘不说话了，只是嘟起嘴。

“王二爸，你还有没有要说的？”

“要说的她都说了。”看来，王二爸是个不善言辞，怕官的农民；40多岁，嘴上拗根玉石烟嘴的竹烟杆，头上包张白帕子，黢黑的脸上，一条条皱纹很深，王二爸将头搭起。

“王二爸，你家的牛总是不拴好，去吃了人家张二娘家地头的菜，给你说了，你还不听，这就是你做得不对。啥事都有个因果。张二娘将笋壳毛抖在菜上，整你的牛，当然不对。但起因在你。你说是不是？”看王二爸搭起头只抽烟不开腔，余秋湘这就加重了语气，“俗话说，男不和女斗，况且起因是你王二爸不对。既然这个样子，你王二爸凭啥子还要人家张二娘赔你的牛药钱呢？人家还没有让你赔她的菜钱就是对的！”

张二娘一下来了情绪，正要开腔，只见龙头大爷余秋湘将手一挥，看了看围在周围团转的群众，开始下结论：“俗话说得好，远亲不如近邻。你们两方都做得不对。王二爸喃，不该放牛去吃人家张二娘家的菜，况且说一次不听，说二次不听。张二娘也不该阴倒整，抖笋壳毛在菜上去整人家的牛，把人家的牛整病倒了。这事，就算了，都不对，两方扯平。低头不见，抬头见，以后大家都做好邻居。我这个评判，你们两个服还是不服？言语一声。”

“对的，是这个理。”周围团转的人都说，“余大爷评断得好，一碗水硬是端平了的。”

张二娘见风使舵，“余大爷评断的还有啥子说的呢。”王二爸跷起脚，在草鞋上磕、磕地叩了叩烟袋，说，“要得。”

看来，这堂讲茶又吃完了。

“余大爷，我也请你给我断个事！”突然，人群中响起一个沙声沙气的声音。余秋湘循声望去，只见人背后闪出一个头戴斗笠，身穿破衣烂衫的小伙子。小伙子慢慢抬起头来，一顶又大又烂的斗笠下，露出一双阴鸷凶狠的眼睛。

“呀，你是？”余秋湘认出了石少武，惊骇不已间，“砰砰砰——！”这时，石少武已经出枪，对准余秋湘和护卫他的两个团丁开枪了。

石少武将余秋湘打成了一个血筛子，当场倒地毙命，又挥枪将余秋湘身边的两个保镖打死。“枕流”茶社立刻大乱，被打惊了的人群，奔走呼号，争相逃命。枪声一起，这里那里，到处都有人在喊“打死人了，打死人了！”立刻，相互影响，让热闹非凡、拥挤不堪的五通桥崩山似的大乱起来。大乱中，石少武从容脱身逃去。

石少武的匪名在川南大震。事情惊动了省政府主席刘文辉，他将时在叙府当川南清乡司令的五哥刘文彩专门请到成都询问详情。

“老五。”刘文辉从不叫年龄大他两岁的刘文彩是哥，只是直问，“这个石少武究竟是个啥样人，竟然敢在光天化日之下到五通桥那样的大地方将余团总杀了，了得！”

刘文彩对石少武的根根底底都摸得清，就给六弟讲了。

听了老五的话，刘文辉略为沉吟，在地上踱着方步说，“看来你说的这个青勾子娃娃石少武还不简单，他还不是那种一般的鼠窃狗盗之辈。这样的人有两面性。这样的人讲义气。弄得好，他可以为你提着脑壳去耍，去冲去杀去死，决不拉稀摆带；弄得不好，就要话说了！”“要话说”的意思是难办。

听了六弟的话，刘文彩那张略显浮肿的青白脸上满是对六弟的崇敬之情，点点头。心想，六弟之所以时间不长，势力飞涨，当了二十四军军长还兼了四川省政府主席，其高明之处、也是过人之处，就在于善于识人用人；有化腐朽为神奇的本领。他对六弟下一步如何对待石少武，已然估摸到了。

“这样！”果然，刘文辉想了想说，“你这个叙府清乡司令，千万不要带队伍上山去清剿他。你替我带一个话回去给他，就说我刘文辉请他石少武上省来，我要亲自同他见见面谈谈话。我保证他的安全。”

“他敢上省来吗？”刘文彩满怀疑虑，“他一个臭名昭著的巨匪，现在又杀了余团总，到处都在逮他。他跑还跑不赢，躲还躲不及呢，他敢上省？他敢来见你一个堂堂的省主席？他这岂不是与虎谋皮？”刘文彩小时候因当过老六长时间的伴读，算个半文盲，但记忆力不错，记得一些课文，但对好些词意的掌握都是囫囵吞枣的，却又爱在人前显能，不时掉文。

掉了这句“与虎谋皮”的文，刘文彩又觉出不对。怎么能把六弟、堂常的省主席刘文辉比作老虎呢？用词不当，用词不当。好在刘文辉毕竟与他是亲兄弟，知道他的水平，并不生气，只是微微一笑，并不多说，也不点明老五词不达意，说穿了怕“老五”难堪，他们兄弟感情很好。

“我说老五，你这就不懂人了不是？”身着长衫的省主席刘文辉说时将宽大的袍袖一甩，“我谙他会来的，信不信？我这里再亲自给石少武写封信。”说时，走到书桌前坐下来，顺手从笔架上提起一支小号狼毫毛笔，在苴却砚中蘸了墨汗，在一张标有省政府信函的十行纸公文稿纸上写下这样两行字：

“石少武如晤：

见信后速来成都一谈。安全方面尽管放心。

刘自乾即日。”

为以示郑重，加盖了自己的印章。

叙府清乡司令刘文彩半信半疑，回宜宾后，立即找可靠人将信带给了石少武。石少武果真有种，上了省会成都，去见了四川省政府主席刘文辉。

刘文辉在督院街省政府他的办公室里单独接见石少武。

面前的石少武剃了一个平头，穿身蓝大绸中式汗褂，脚蹬一双直贡呢朝元布鞋，黄焦焦的脸上鼓鼻子、眍眼，恍然一看，模样还是过得去的。一米七几的身高，这在乡下身量普遍偏矮的男人中是少见的，站在省政府主席刘文辉面前，不惊不诧。

家伙被带进来的时候，只听地板咚的一声响，说一声“刘主席好”，就钉子似的站在那里。

坐在书桌后的刘文辉也不说话，看了看家伙，将长袖抖抖，袖子抖了一截上去，露出一只瘦手。刘文辉指了面前的座位，让石少武坐。

石少武就座了，坐得端端正正腰杆硬起，半边屁股坐在凳上，半边屁股悬起，一副恭听主席教诲的样子，一双猫头鹰眼睛却又时时冷不防朝四处看，滴溜溜转。

刘文辉发现，门边珠帘后，他的手下旅长、侄儿刘元瑭和三姨太等几个女眷躲在一边，欲露还藏地朝这边看，他们在看石少武，并小声叽叽喳喳议论着什么。刘文辉这就轻轻咳了一声，手一伸，从随侍在侧的副官李金安手中接过擦得精光闪亮的白铜水烟袋，嘴对纸捻，噗的一声，将吹燃的纸捻在烟斗上，咕嘟咕嘟吸了烟。一连吸了三袋，将烟袋还给副官，这又随手将茶端起，低头喝茶时，用他那双见微知著眼睛中的眼锋，猝不及防、饿虎扑食似扑过去，逮住了家伙滴溜溜乱转的眼神，家伙顿时敛首低眉。

“你就是石少武？”良久，刘文辉问了。

“是，刘主席。”石少武显得很恭谨。

“你不会带枪来吧？”

“咋敢，主席笑话我了。”

“接到我的信就来了？”

“是，接到主席的信我就来了。”

“不怕吗？”

“不怕。主席说好了的，保证我石少武的安全。”

“如果我反悔了呢？”

“那就怪我石少武没得眼水，认错了人。我石少武相信刘主席明人不做暗事。”

“厉害！”刘文辉心中暗想，这娃娃有脑筋。一句“我相信刘主席明人不做暗事”，明是恭维，实在是把我套起了，这就连连点头，心中有种得人的欣喜，口中说“好好好”，又问，“你晓得我叫你上省来做啥子吗？”

“晓得，省长是要问我为啥不学好，去要当土匪，杀了余团总？”

“知道就好。”

石少武这就一五一十地说了他从小如何死了爹妈，饭都没有吃的，没人管教，被逼走上为匪之路的苦难家史。

“听说，你不是还有个姐姐吗？”

“我姐姐一家穷，娃娃又多，自家都管不过来，还管我？一镇的人都嫌弃我，周围团转的娃儿都欺负我打我，我就也打他们，比哪个的砣子硬，后来他们就服了我。再后来陈吉收留了我，对我好。我觉得这个世界当歪人好，当歪人不受气。我就这样当了土匪。我同陈吉陈大哥是拜了把子，结为兄弟的。为人要讲信义。余团总杀了我陈吉大哥，我就替陈大哥报仇杀了余团总，这是逼出来的，没有办法的事。人在江湖，在血盆里抓饭吃，身不由己。”

就在石少武大侃特侃自己当土匪有因，杀余团总有理之时，极善于识人用人的刘自乾敏锐地看出了这个敢作敢当的巨匪，将来在自己事业中的特殊用场。

“你过去好些事是做错了，你承不承认？悔不悔？”刘文辉问。

“承认，悔。如果我不承认，不悔，我就不会上省，这会儿站在刘主席面前了。”

“晓得自己错了就好。”刘文辉说时手一挥，很大度地说，“算了，过往的事就不说了，说也无用，你书读少了。我现在就问你一句，两条路，你选！”说着，捏起两根瘦指，“一是还是回你的山上去当你的山大王；一是到我的二十四军做事，我给你一个官做，看你选哪条？”

“当真？”石少武脸上流露出欣喜，瞪圆了一双猫头鹰眼睛。

“肯定是当真的。像你这个情况的人，部队上还不少。二十一军一个叫范哈儿范绍增的师长，你不会没有听说过吧？他原先走的路同你就是一个样的。”

看石少武频频点头，刘文辉这又不厌其烦地问了他山上有多少人多少杆枪？答曰近千支人枪。又问，拉不拉得出来？

“没得问题。”石少武“咚”的一声，把胸口一拍。

“那我们把话说定，你把你的一千人马带枪全部拉出来，我给你编为一个独立旅，你当独立旅旅长。”

只听“咚！”的一声，石少武给刘文辉跪了下去。

“起来，起来。”刘文辉欠了欠身，伸手虚扶一下，让石少武归坐原座。

“你今年有好多岁？”刘文辉用欣赏的眼光，将石少武从上看到下，又从下看到上。

“22岁。”家伙报数似的，声震瓦屋。

刘文辉用一只瘦手，摸了摸自己一张黄焦焦的太婆脸和脸上没有几根胡须的下巴，掉过头去，朝挤在门帘后看石少武的三姨太看了看，笑吟吟地问，“他的年龄嘛同我家老四差不多吧？”

三姨太杨蕴光还没有开口，只听又是“咚！”的一声，石少武又跪在刘文辉又面前，一边磕头一边说，“石少武愿拜军长主席为干爹，一生一世服侍你老人家。”

“好好好，起来，起来，起来。”刘文辉起了身，上前一步扶起跪在面前的石少武。刘文辉就这样，将巨匪石少武收为了干儿子。

石少武回川南屏山县，将他的一千人马连枪带人，全数带到了成都，被刘文辉改编成一个混成旅，石少武为混成旅旅长，刘文辉并且将鼓楼南街一幢他的小公馆作为礼物送给了石少武。石少武这一泼土匪队伍入城后经过些军事训练，装备了好些武器，成了刘文辉手下一彪劲旅。只是这一彪队伍匪性不改，随时乱来，尤其是石少武仗着有干爸爸撑腰，在成都估吃霸赊、奸人妻女，人人恨之入骨。随时跟在石少武左右的柳如寇，是混成旅第一团团长，原是横行新津的一个巨匪，有名的柳大麻子。其人坏点子之多，有如满脸的麻子，虽人矮背驼却身手敏捷，心狠手毒。因其臭味相投，柳大麻子不仅素为上司石少武看好，并且两人过从甚密。

在这华灯初上时分，石少武、柳大麻子一人骑一辆“洋马”，很洋盘地来在了东大街“如是来”。这是一幢背街幽巷中两楼一底古香古香的建筑物，楼下是赌场，楼上是妓院，是成都有名的销金窟。石少武、柳如寇先上了楼，鸨母立刻迎上来，接着。

“哎呀，我的石大爷呀！”并不老的鸨母迎了上来，扭着腰肢，甩着手上洒了香水的手帕，用发嗲的声音说，“你好久不来了，稀客。我们这里的女娃子想你得不行。”鸨母说着，将两位迎进屋，石少武趁机摸了一把鸨母圆滚滚的屁股。“哎呀！”鸨母走得风摆柳，翘起兰花指，用手帕将石少武的手轻轻一扫，引得两个土匪哈哈大笑。

在一间颇有特色的大花屋中，让座奉茶后，鸨母用她双风韵犹存的豌豆角眼睛，在石少武脸上一瞟，看了看柳大麻子，努了努嘴：“这位客人是？”

“我来介绍一下。”石少武说，“我们混成旅第一团的团长柳团长。”鸨母一笑，正要说什么，柳麻子赶紧打住，他满口粗话流话，也直接：“我是陪我们旅长来打牌的。我不像我们旅长，那地方硬得金刚钻似的，我那地方不得行，东西是耙的。”

鸨母一愣，柳叶眉一耸，心想，这柳团长咋个这样说得出口呢！

“你们楼上最近进没进得有新货？”石少武问。

“有，新进了翠红、玉秀……”鸨母知道他的意思，一连报了几个新名字，夸张地说：“这些女娃娃乖得很！石大爷你要不要现在点一个，她们保险把你老人家服侍得巴巴式式，像上天一样的舒服！”石少武让鸨母将几个穿红着绿的“新货”叫来，站成一排让他看了，觉得都很一般。如果是早先年间，这些货色在他眼中，个个都鲜亮，人人都好。可而今他眼界宽了，经手的各色女子多了。再说，成都是个出美女的地方。这几个女子，他根本就打不上眼。

看鸨母有些失望，石少武哄她，“那就等一会儿再说吧。我们先下去赌一把，赢了钱再上来甩几个给你。”说着带柳大麻子下了楼，进了赌场。

真是不是冤家不对头。进赌场，石少武恰巧遇上二十九军特务团团长晋洪图也在这里打牌，晋洪图长得又高又大，满脸横肉，棱睛暴眼，特别是那脸上的疙瘩，其密度与硬度，简直就是磨刀的砂轮，平素间也是茶馆进酒馆出，好赌，没有人惹得起，称王称霸作威作福惯了。暗淡的灯光下，一屋子赌徒们呼幺喝六，屎壳郎拱粪一般围在一桌桌赌桌前。晋洪图大王般坐在一张赌桌上首，嘴上叼根雪茄，一边站一个保镖，赌得很大。只见他不断将钱往自己面前赶，已赢得盆满钵满，明知石少武走到跟前晋洪图却视而不见，头都不抬一下，用他那沙哑的嗓子，含沙射影地对眼睛都输红了的赌徒们嚷道，“快点出快点出，输不起就趁早爬。”

石少武忍住气，先站在旁边看了一下，发现晋胖子赌钱用的都是杂版银圆、铜圆；而其他人赌的钱，晋胖子却要求人家一律用正版。这就做出一副路见不平，拔刀相助的样子，上前一把抓起骰子大声嚷：“这不合理，要赌，一律赌正版，杂版不来！”

话未落音，红眉毛绿眼睛的晋胖子，抬头猛然盯着石少武，眼睛一鼓，炸雷似的一声，“哪个说杂版不来，老子们就是要赌杂版。”又哼然冷笑，“我说是哪个？牛圈头伸出马嘴来了？这么不懂规矩，你不赌杂版就爬开！”

“这‘如是来’是你虾子开的吗？”晋洪图嘴臭，石少武的嘴比他还臭，一股直火往头上冲，他开口就骂，“凭啥子你虾子来得，老子们就来不得！凭啥子你用杂版，人家就得用正版？你要歪些？欺负人嘛！”

“凭啥子？凭老子们的砣子（拳头）硬！”身高力大的晋洪图毛了，仗着人多，霍地站起身来，手握拳头，看着石少武，两眼喷火，“这‘如是来’是在老子们二十九军的地盘内，你娃娃跑来搅肇啥子？懂得起的，趁早给老子爬。”说时袖子两挽，做出一副要打架的架势，晋洪图身边的几个兄弟伙也围了上来。

周围的赌徒见状不好，轰的一声散了，溜了。

“好，要打吗，老子陪你。”石少武说时，西装扣子一扯，头上博士帽一掀，袖子两挽。带在身边的柳大麻子也忽地一下扯出了带在身上的手枪。两边形成对峙，明显晋洪图的人多些，势也大些。

道地的成都人吵架有个特点，嘴硬，真要出手打架，却往往又没有胆子。街上见人吵架，吵得花儿朵朵开，街上一群人围着看热闹，不断起哄，希望两人打起来，可他们就是君子动口不动手。两人吵了半天，吵累了，疲了，是这样收场的：一个色厉内荏地指指自己的鼻子提劲：“老子现在没有空，下午来，你娃等倒哈！”另一个应，“哪个不来，哪个是虾子。”双方就像鲁迅笔下的阿Q一样，取得了精神上的胜利，心满意足而去。

今天狭路相逢的两个冤家，却一个更比一个硬、狠，敢动真格的。

激烈的争吵中，石少武上去掀了晋洪图一掌。

“你敢掀老子！”被掀得往后打了两个踉跄的晋洪图，随手拔出了腰上的手枪，他的几个保镖咔地将子弹推上膛，举枪对着石少武、柳大麻子，并将他两人团团包围，大有将石少武、柳大麻子生吞活剥之势。

“狗日的，你硬是人多为王，狗多逞强嗦？”石少武嘴上骂着，心想今天要吃晋胖子的亏了，正不知所以时，不意站在他身边的柳大麻子突然施展开绝技：仗着人矮，没有引起晋胖子他们注意，动作极为麻利地一下窜了过去，闪电似的飞起一脚，踢掉晋洪图手上的枪，接着往后一蹿，跳起来伸手箍住了晋洪图的粗颈子。柳大麻子的手很有劲道，铁钳似的将晋洪图箍得弯下身来，难受极了。柳大麻子用枪抵住了晋胖子的头。

“不准动！”柳大麻子穷凶极恶，用凶光逼视着晋洪图众多的保镖们，公鸭嗓子吼道，“哪个动，我就打死他晋胖子个狗日的。”

形势顷刻间出现了逆转。一下子，人多为强，狗多为王的晋洪图成了又矮又麻，穷凶极恶的柳如寇手上的人质，动弹不得。

“不要开枪，不要开枪，有话好好说。”晋洪图怕了，在柳大麻子的要挟下，他让众多的兄弟伙收了枪。

“你认输了吗？”石少武问。

“认输。”

“认输就要罚。”

“算事，桌子上赢的钱，你拿走就是。”

石少武上前，将好大一叠叠银圆从桌上扫进腰包里，裤包里，装不下。这就干脆脱了衣服，把衣服当口袋，将白花花好大一堆银圆包在了衣服里。

“对不起，还得劳烦你哥子送我们一程。”

石、柳二人用枪押着晋洪图，他二人一人推一辆“洋马”。“洋马”上驮一大包银圆，离开了“如是来”。他们的后面又跟着晋洪图的保镖、卫弁，送行似的；一直将他们送到二十四军的防区，安全了，他们这才放了晋胖子。

看着晋胖子跌跌绊绊狼狈而逃的身影，石少武、柳如寇仰起头来哈哈大笑；两人大胜而归，满载而归。在他们看来，这是二十四军在另一个战场的胜利。

阴暗角落里，两个丑类的密谋

“柳麻子，你龟儿硬是有一手！”醉醺醺的石少武说时，一只脚跷到凳上，对坐在桌子对面的柳如寇比了一下大拇指。酒是从午后开始吃起的，暮色朦胧地走近，八仙桌上已然一派狼藉。同石少武一样，柳大麻子也是一只脚跷在凳上，裤腿挽起，吃得醉醺醺的，说话如跑野马。

屋里没有开灯，显得有些昏暗。从窗棂里望出去，浓重的暮色，如水一样，越过青砖砌就的高墙，从爬满高墙一嘟噜一嘟噜的，在这个时候如同墨染似的青藤上往天井里灌。刘文辉送给石少武这幢位于鼓楼南街的公馆不算大，但却备极精致，也威严。门前临街，有两扇黑漆大门，终日半掩半开。锃亮的黑漆大门上吊着黄澄澄的铜质兽环，高门槛前，一边蹲一只白玉石狮子。从外面看，高墙里的建筑物飞檐斗拱，高敞轩丽。公馆是三进的院子，只不过规模略小些。石少武的妻妾们住在二进大院里。最里面这间小院，是石少武的个人领地，三间大屋一字排开，中间是堂屋，东西是厢房，一色的板栗色地板，板栗色家具，镶嵌着红绿玻璃的窗子。中间堂屋，是石少武平时为朋结友的地方，推窗亮隔的。而东西厢房却很有些神奇，平时关门闭户，厚重的窗帘低垂，这是他的行宫，淫窝。平时，他看上了的女子被他骗来、哄来甚至抢来后，就在那两间屋内奸淫。

石少武这人怪，平素在外咋咋呼呼，不得安静，回到家里却要家里人保持绝对的安静。

这会儿，他同柳大麻子在堂屋吃酒。

“石哥子！”柳如寇年龄比石少武大些，但因两人关系不同，私下里，柳如寇总称石少武为哥子，这是袍哥的惯用语言，也显得亲切，“你哥子昨天捞肥了，却搞忘了一事。”说时一笑。

“啥事？”

“你哥子昨天不是对人家鸨母说，赢了钱就上去，人家可是！”柳麻子拿腔拿调唱了一句川戏，“望穿——秋水！”

“啊，这事？”石少武笑了，“就她那几个货色，我还不想上去呢，早就烦了，厌了，我是哄她的。”说时手儿摇，“我虽然目前只有三妻四妾，不敢同杨子惠（杨森字子惠）比。但敢说，我玩过的女子，不说上千，也有几百，啥女子没有玩过？就她那几个旧货、孬货，咋个提得起我的兴致！”

“我说一个女子，你哥子保证没有玩过，保证有兴趣。我敢说，你哥子看都没有看到过。”

“啥女子？”

“老汉呢，是隔了一辈子的犹太人。”说着解释：“就是洋人的一种，妈是成都人。这样夫妻生出来的女，硬是漂亮得很，像是从画画上走下来的仙女。”

“是不？”石少武来了兴趣，要柳麻子说来听听。

成都三军分割，在二十四军与二十九军的防区内，好些地方都是你中有我，我中有你，犬牙交错。以出美女出名的祠堂街被一分为二，街这边是二十四军石少武混成旅第一团柳大麻子治下，街那边为二十九军田颂尧手下师长曾南夫势力范围。

柳大麻子治下有条弯弯曲曲的君平街，这条街本身就有点神奇。这条街是因人得名：严君平，四川邛崃人，是西汉成帝年间的一代大儒，著名的辞赋家，语言学家，哲学家，经学家，精通《周易》，对《老子》也有独到的研究。特别奇的是，他卜卦极准，能为人预言吉凶祸福，准确如神。当年，他在成都临近锦江的一条幽静的小街租间小屋，每天为人卜卦，久而久之，声名远播。每天各地前来找他看命算相卜卦的人排成长队，而以此为职业的严君平却恪守一个自己定下的规矩，每天只要挣够最基本的生活费用，不管时间早迟就关门大吉，绝不通融。关门后的他，在清静的后院看书做学问。

忽然有一天，严君平从铜镜中看见自己头上有了白发。啊，老之将至了，他立即关门息业，他要去做另一桩事情。他先是走遍巴蜀大地，为自己寻找一个生命的最后归隐地。最后找到了郫县新胜镇横山，这个地方也真是神奇。

新胜镇横山距成都和都江堰是等距离，大约都是30余公里。成都平原一马平川，而这里却突然突起一片总面积达6000余亩，高出平原20到30米的台地，起起伏伏，极有沟壑。从整体上看，新胜镇横山很像是太极图上中心位置处那个在水中欢快游动的一白一黑两条鱼儿首尾衔接中的一点。看来，严君平能选中这样的地方是相当有讲究的。后人，哪怕就是近在鼻子底下的成都人，却在漫漫长长的时间内，到处找他的归隐地而不得。

严君平在那里住了20来年，不仅完成了学术上的重要著作《老子指归》，还在那里开课招生授业，教出了以后名满天下的扬雄。扬雄，成都人，是西汉最杰出的哲学家、诗人；天生口吃，性似木讷，却在横山，从大师严君平身上汲取了充沛的学术营养，以后走出横山，走出成都，走出夔门，成了一位在中国文化史中国文学史上光照千秋的人物。严君平在那里写出的《老子指归》一书，是道教中最重要的经典著作之一。

唐代大诗人岑参当年到成都，曾四处寻访严君平的遗迹而不得，写下了《卜肆》一诗："君平曾卖卜／卜肆芜已久／至今杖头钱／时时地上有／不知支矶石／还在人间否？"支矶石，是成都的一条街，当年严君平曾在那里住过。后人将严君平当年卖卦之街，改名为君平街，沿袭至今。

君平街口，有家姓妙的银匠铺。铺前街沿下，有株大榕树。银匠铺规模不大，算是一家手工作坊，妙银匠所铸银器，自产自销，与世无争，日子过得也还清静；银匠铺当街是一间铺面，铺面之后小门上挂一张家织蓝底白花很素的门帘。掀开门帘，可见里面有个小小的天井。天井对面有呈品字形的几间青堂瓦舍，那就是妙家内宅了。

铺面当街横一道长方形的玻柜。玻柜里陈列的都是妙银匠的手艺：孩子的长命锁、戴在妇女手上的银镯、别头发的银笺子等等，五花八门，精彩纷呈。妙银匠40来岁，手艺很好，人缘也好。他的生活习惯、语言等，与本地人并无二致，但长相与本地男子却迥然有异，他身高臂长，隆准卷发，肤白，络腮胡子，相貌英俊，眼睛微凹，有西洋男子特征。他是早先年间，随同父母从河南洛阳流落到成都来的犹太后裔。他的妻子是成都本地人，他们只有一女，名妙仙，在附近的华美女中读书，年方二八，是学校的校花，文娱积极分子，校剧团演文明戏的台柱。她的相貌如同她的名字一样，美到极致。

每天中午、下午华美女中放学时分，妙银匠的铺面外总是围了不少人，大都是男人。他们表面上俯身柜台上，好像在欣赏妙银匠的手艺，其实是想看妙仙。

“这个女子究竟有好美？”石少武听到这里抽了一口气，很诡的猫头鹰眼睛闪了一下。

“嫩得就像根葱似的。长得之巴式，那就只有你看过了才晓得，这么说吧，是人见人爱。”柳大麻子词汇贫乏，眨巴着蛤蟆眼，尽其可能地做了描绘。看石少武听进去了，却又卖开了关子，不说了。

“有这么巴式的女子？”石少武看着柳如寇，故意做出不相信的样子，“而且，她就在你柳团长的地盘内，你还不想方设法把人家打来吃起才怪！你娃不会是猫抓糍粑——脱不了爪爪，才甩给我，想让我给你捡脚子吧？”

“看你哥子说到哪里去了？”柳大麻子挺委屈地呻唤一声，“未必你哥子现在都还不晓得，我底下那家伙从来就硬不起，拿啥子去把人家打来吃起？”

“还真是！”石少武撮着牙花想了想，这柳大麻子无恶不作，就是没有听说过有男女方面的事，很好奇，这就追根追底地问，“你哥子这是咋回事情？”

“想听？”

“想听。”

“那好，我就摆给你听。”石少武赶紧站起身来，提起酒瓶，弯下腰，给柳大麻子空了的酒杯斟满了酒，这对他，是绝无仅有的。石少武万万没有想到，这个看起来人不人鬼不鬼的柳如寇，竟还有一段爱情苦难史。随着柳大麻子的讲述，让他都听呆了。

“走遍天下渡，难过新津渡。”新津县距省会成都不过七八十里地，却也很有些神奇的地方。出成都进入双流县内，傍川藏公路，牧马山平地而起，像一条苍龙腾游于广袤富饶五彩斑斓的成都平原上，一直进入新津地界那奔腾东去的岷江江边上的旧县止。旧县，又称五津镇，是这个县原先的县城；时下却隔着三条波涛滚滚的大河，与万瓦鳞鳞的县城遥遥相望。到了每年汛期，三条大河间一个个绿色的小岛，几乎全被大水淹没。而三条大河在下游的汇合处，简直就成了江海，气势壮阔，难怪古人对此发出了“烽烟望五津”的慨叹。

洪汛时节，五津封渡了，商贾行人裹脚难行，这条傍岷江展开，长达两三条华里的古镇——旧县热闹非凡。从早到晚，茶楼酒肆旅店人满为患。矗立古镇中段有棵绿色巨伞般高擎云天的百年古榕树，生机盎然，是古镇的标志和风景。古榕树下，一边是古镇最大的一间茶馆，另一边则是个借大榕树和人家屋子之间形成的缝隙搭起来的偏偏，像个老鼠洞。这就是柳如寇的家。柳如寇的家庭状况与石少武类似，柳如寇从小也是父母双亡，有一个比他大得多的大姐，大姐早嫁了人，有了孩子，大姐夫是吃河工饭的，大姐一家三口的生活艰辛窘困可以想象。从小，柳如寇在耗子洞的家中钻进钻出，没有人管，这个看他可怜了，给个锅魁，那个叫他跑个腿，给两文小钱。好在五津镇总体是富裕的，柳如寇一天把肚子胡乱填饱，也还是不成问题。

五津镇因洪汛而封渡，大都是在夏季。当一轮红日西下，落进下游三江汇合处的汪洋大海中，漾起了一片红晕，显出一种别样的雄浑。而就在汪洋大海的底部，却临江壁立起一座宝资山，山不高，却浓绿葱翠，像是一个浮出水面的绿衣仙子，衣袂飘飘，欲露还藏。而在她飘飘衣袂处，却又傍着比她高大的老君山、天射山……这些山，一个比一个高大英俊，连绵西去，就像是一群来争着向她求婚的伟岸清俊的男子。

宝资山、老君山、天射山……却又隔着一条河面宽阔，性情温驯，水平如镜的南河与万瓦鳞鳞的县城相依相望。这样一来，牧马山、宝资山、老君山、天射山……五津镇、新津县城；岷江、南河，真可谓山山水水，水水山山，你中有我，我中有你，占尽了平原的清秀与山地的雄峻。

就在那金瓶似从三江汇合处站立起来的宝资山下，一条飘带似的公路一分为二。向左，通往嘉定，向右，通往蒲江等地。宝资山顶上，有座玲珑剔透，红柱黄瓦，六柱六檐的六角亭。洪汛期间，六角亭上就升挂起一串红灯笼。每天，六角亭上红灯笼的高低起落，表示水势的大小，也是发给五津与县城是否可以开船摆渡的信号。在五津镇和新津县城，因为洪水裹脚不前，而又急于想走的商贾旅人，这个时候，总是引颈相望对岸茫茫天际间，宝资山六角亭上的信号——那一串红灯笼的高高低低。而对于从小吸取着川戏乳汁长大的人们，他们从宝资山上六角亭上升或下落的红灯笼上，感受到的是一种壮美；不能不联想到戏台上演出的“梁红玉击鼓抗金兵”，《白蛇传》中的“水淹金山寺”……因此，三江两岸美丽壮阔而又清秀的景致，陶冶培育了不少文人，也养育了不少美女。

俗话说，穷人的孩子早当家。五津镇上，柳如寇长到十六七岁时，自然而然地成了一名河工。为了生活，他日常下水，帮人家拉船往返于五津镇和邻县的青龙场。

“花儿里最美的是牡丹，人中间最美的是少年。”当时的柳如寇不是麻子，是一个少年，而少年是人生最美的时节。有一次，柳如寇在青龙场逗留期间，是一个有月亮的夏夜。干了一天活的他并不感到累，沿着弯弯曲曲的小路，他要到镇子中的“涴香”茶馆听评书艺人说书。那个身穿青布长衫，手拿一方惊堂木的评书艺人说的《薛仁贵征东》，让他很受吸引。昨夜说到御驾亲征高丽的唐太宗遇险，被高丽大将盖苏文紧追不舍，已马陷海滩，前面是浩瀚的大海，后面是逼着他投降的盖苏文。骑在马上的盖苏文，青面獠牙，武艺高强，手提狼牙棒。已经无路可走，不降即死的唐太宗不禁泪如雨下，口中喃喃：“哪个救我唐天子，我们的江山平半分；哪个救我李世民，他做君来我做臣……”可关键时刻，说书人却将手中惊堂木连连拍得山响，口中唱道：“欲知后事如何，请听下回分解。”

他今夜要去听下回分解。

“柳弟娃、柳弟娃！”是一个年轻女人的呼声，声音很轻很亲切，也有一分胆怯。是在叫我吗？他不禁从昨天说书艺人营造的氛围中抬起头来，循声看去。这一看不禁一惊一愣，停下步来。他正从联保主任家后门过。联保主任家靠码头，高墙深院，单门独户。后院中有茂密的大树和翠竹，后门外有一片密林，清凉的河风轻拂，他正沿着一条洒着碎银的月光小路，经过联保主任家的后门。

女人倚着后门在叫他。

“你是在叫我吗？”

年轻女子笑着点点头。

他站了下来，抬头看着站在门后叫他的女子，他不无惊异。从小长到大，从来没有人这样亲切地呼唤过他，更不要说这样漂亮的妙龄女子。

“这青龙镇上，除了你是柳弟娃，还有哪个是柳弟娃？”女子见他诧异，一笑，露出一口珠贝似的牙齿。

细看那倚门而站的女子，月光下，简直就是从月亮的广寒宫里飘飘下凡的嫦娥仙女。最多二十岁，一身白：一件月白短衫，一条白绸裤，胸脯本来就丰满，因为靠在门上，两个丰乳在月白色短衫中鼓蓬蓬的。腰很细。女子侧着头看他，梳一根大黑辫子，颈子细，双肩丰腴，一双眼睛显得很深很幽怨。

他顿时觉得像是被子弹打中了似的，受到了魔力的吸引，走不动了，心跳如鼓，血脉偾张，头也有些昏，蠢蠢欲动，只觉一股热流顿时直灌两腿之间，东西非常坚挺，挺得让他难受。这种感觉来得那么突然那么强烈，这是从未有过的。他还没有体会过女人，但他本性不好，又在河工堆里混久了，男女之事听得很多，对于女人有许多想象。河工都是些粗人，目的就是挣钱，挣了钱好养家糊口。因为长年累月在外面漂泊，河工们聚集在一起，谈得最多的就是女人，而且谈得非常粗俗，非常直接。

他当然知道这个亲亲切切喊他“柳弟娃”的漂亮女子，是联保主任家的女人。至于她是联保主任家什么人，他没有去想，只是受本能驱使，鬼使神差地走上前去，牵住了那女子的手。女子的手一抖，却没有缩回去，对他嫣然一笑，随即勇敢地将他手一带，轻声说，“跟我来。”

女子带他进到自己的香闺。女子的香闺就在后院，院子很大，很清静，就像只住了她一个人。女子也不开灯，刚刚坐到床上，他已经猴急急地将她扑在床上，又亲又摸，却不得要领，还是女子引领着他进入她无比美妙的身体。一进入了她的身体，他快活得上了天似的啊了一声，接着在她身上奋不顾身地上上下下忙乎一气。女子也好像是饿坏了，生怕他跑了似的，用一双修长的手像是常春藤拼命将他缠紧；柔润洁白肥腴的身肢与他石头似刚硬的身体贴得紧紧的，女子结结实实地贴紧他拼命吮吸。你迎我送，好半天云雨方散，躺在床上休息时，女子这才告诉他，她是联保主任六个妻妾中最小的一个，叫乔恩。色胆包天，这话不错。女子同他约定，以后她只要有机会，晚上在后门等他。

他说你们家好清静！女子说，你没有看我一个人住在这最后一个小院，他们都欺负我。那死鬼（联保主任）魂似的，十天半月不见人，而且，死鬼早就不行了。说着哼了一声，露出鄙屑的神情，说死鬼这个样子竟讨了六个妻妾，听说还要讨，简直是拉命债！隐入云层的月亮又出来了，透过窗棂看出去，小院中有一个花坛，花坛之后是猪圈。万籁俱寂，夜色沉沉，月光时隐时现，小院里显得凄清。

女子发现他已经睡意沉沉，怕他睡过去，催他起身离去，女子将他送出后门。

就像一只猫第一次吃鱼开了荤，有了一就有二、三……以后，他总是盼着天黑。天一黑，他就一个人悄悄来在联保主任原始森林般笼罩住的后门，而女子也正倚门等他。

如果他们见好就收，当然就没有了以后的灾难。但色胆包天，这话说得一点不错。他们已经离不开了，完全忘记了危险，一发而不可收。

久走夜路，没有不碰到鬼的。这天晚上，他们在联保主任家后门那片树木青草茂盛的吓人的林盘里，不管不顾地，干柴遇烈火般地搂抱在一起，倒在草地上，正在忘情时，只听霹雳一声，“好个小子，好个娼妇，你们在这里做的好事！”

如闻晴天霹雳，他一下就痿了，从她洁白可人丰腴的裸体上滚了下来。联保主任暴跳如雷，要两个狗腿子将这两个狗男女五花大绑，提进小院连夜审问。

吓耙了的他，跪在联保主任面前，哭哭啼啼，将责任往乔恩身上推，说她如何有意在后门等他、勾引他、让他上床等等，抖了个底朝天。

然而，脸上早挨了联保主任两巴掌，雪白俊俏的脸上留下两道血印，披头散发的乔恩，却是不说话，也不解释，只是被一个狗腿子按住肩跪在地上，却把头昂起，一副行不更名，坐不改姓，不屈不挠的样子。

“臭婊子！”联保主任问小妾，“事情是不是他说的这样的？”显然，联保主任是想给乔恩提供一个转圜的余地。

“是。”不意乔恩承认，事情都是因她而起，又说，“我情愿死！”

这时，联保主任的五个妻妾还有一些丫鬟下人闻讯赶来看稀奇，却又不敢进后院，拥在门前，叽叽喳喳，探头探脑的。

事情到了这个地步，纵然联保主任舍不得乔恩也不行了，他霍地站起身来，指点着小妾：“好，你臭婊子成心要死，我就成全你！”联保主任当夜让狗腿子将乔恩装进麻袋沉了江；当然也没有饶过骨头软得像豆腐的柳如寇。

联保主任指挥家丁，先是将他衣服脱尽，再用有毒的荨麻猛打一气，打得他一佛出世，二佛升天；昏死过去后，让人将柳如寇的两颗睾丸割了。然后，像死猪一样，往门外原始森林般的树林中一扔。

是船工、河工们救了柳如寇的命。他的命是救回来了，但背被打驼了，荨麻有毒，一脸的黄水流尽后，留下了一脸的坑凹；胯下那东西当然完全失去了作用，仅仅留下了男人的一个符号和标记而已。他怀着满腔的仇恨，却又欺善怕恶，以后他成了新津一带的巨匪。物以类聚，人以群归，最后他同石少武走到了一起，搅到了一起。

饶有兴趣地听完了柳如寇这段一波三折的偷情史，石少武偏着头问柳如寇，“妙银匠的女，同那个替你去死了的女子乔恩，哪个更巴式（漂亮）些？”

“当然妙银匠的女。”

“你是不是要成心成全我？”

“是。”

“那我们就来商量一下咋个把妙银匠的女，妙仙弄到手吧！”

柳如寇就将头凑过去，二人说开了悄悄话。说到得意处，二人不禁耸肩搭臂地小声枭笑起来。

一只罪恶的魔爪悄悄伸了出来

少城电影院的晚间夜场散了。妙仙与家住小南街的同班同学王小云从电影院出来，肩并肩回家去。她们一边走一边兴致勃勃地谈论着电影中的情节和赵丹、周璇的出色表演，她们看的是《马路天使》。影片中，男女主角的饰演者赵丹和周璇，是她们心中的偶像。这时，夜已深了，祠堂街一带已经沉睡，月白风清，万籁俱寂，月移树影。两个单纯的少女走在寂静的街上愉快地谈论着，完全看不出二十四军同二十九军打了一仗后，更呈紧张的暗中对峙的局势，感觉不出战争在悄悄逼近的气息，更不知今夜有一只罪恶的黑手正在伸来。

走到小南街，王小云的家到了。“拜拜！”分手时，小云向妙仙挥了挥手，消失在街头的阴影里。

“天涯呀海角……小妹妹唱歌郎有情，郎呀，我们两人永远不能分。”妙仙一边回忆着电影中的情节，一边哼着电影中的歌曲走着，显得很沉醉。

天上有云，一轮月华时隐时现。蹚着如水的月光独自回家的妙仙，让躲在暗处观察她的石少武简直掉了魂，太美了！她真像是画画上走下来的仙女，高高的个子，身段婀娜有致，齐耳的短发，穿一套上白下蓝的校服；短袖圆领镶边月白色上衣，湖蓝色短裙。皮肤白白，挺挺鼻梁，漆眉如黛，睫毛绒绒，一双眼睛又亮又有神。她发育得要比一般同龄成都女孩好、早。看上去，她简直不是在走，而是驾着翔云在飘。16岁的年龄，也是做梦的年龄，她是家中的独生女，能歌善舞，学校演文明戏不可或缺的台柱，她一心想做一个演员。她有个表叔在上海犹太人的哈逊大厦当管事，很有办法。表叔已经答应她了：中学一毕业，就让她去上海，进电影厂当演员。到了上海进了电影厂，就可以看到赵丹、周璇这些巨星了。现在，她觉得，她离她的理想很近，只差一步。

“郎呀，咱们两人是一条心！”就在这句歌词哼出口时，一个身穿军衣，身矮背驼，佩二十四军中校军衔的柳大麻子，带两个弁兵迎面而来。

她我行我素，走她的。她最讨厌这些丘八，人说兵匪一家，二十四军混成旅一团就驻在附近，估吃霸赊，作奸犯科事时有发生。见他们迎面走来，以为是巡夜的，这就往边上靠，想让他们过去。不意三个丘八竟对着她走来，那个身矮背驼，佩中校军衔的军官竟挡在她的面前，说，“妙小妹，这么高兴，刚看完电影回去？”

她一惊一愣，心想，我看电影他们咋知道呢！却没有多想，随即发作，“你们才怪头怪脑的呢，我看电影关你们啥事，犯了法吗？”

“不犯、不犯。”

“那，请你们让开，让我回家。”

可那个又矮又驼的麻脸军官，带着两个弁兵嬉皮笑脸地挡在面前，就是不让她走，说，“有个人想见你。”

“你们让不让开？再不让开，我要喊了哈！”她威胁。

“不要喊，喊了对你不好。”这时，一个人走了上来，长得伸抖些，个子高，也威风些，这就是麻子军官说的，“想见你的那个人”石少武。她没有见过石少武，但石少武的臭名是听说过的。但见来人像个公子哥儿，西装革履，皮鞋铿亮，头上梳个水分头，油亮光滑得蚂蚁上去都要拄拐棍。

“介绍一下。”麻脸团长一副奇货可居的神情，“这是我们大名鼎鼎的石少武石旅长，年少有为，省政府主席刘自乾的干儿子。”

石少武是成都有名的泼皮无赖，花花公子，特别喜欢糟蹋妇女。他开车在街上，只要见到漂亮的少妇或小姐，就要停下车来，彬彬有礼走到人家面前，请人家上车，上车去干什么，不说自明的。当然，这些漂亮的少妇小姐，得是他惹得起的。有钱有势人家的少妇小姐，他不敢惹。总而言之，石少武只要见到年轻漂亮的女子，总要想方设法搞到手。妙仙见这一群兵痞还没有赶走，竟然又来了石少武，一惊，情知不好，说，“我认不得你们这些人。”挣着身子，坚持往前走。

“石旅长请你去那里耍一会，就耍一会嘛！”麻子军官陡地伸手逮住了她；柳如寇虽身矮背驼，却很是有力，手劲很大。

“我不，我不！”妙仙惊恐起来，在麻子手中竭力挣扎，石少武亲自动起手来，他一把抱起她，一手扪嘴，塞进了停在旁边一个黑角落里的轿车。

轿车立刻启动，绝尘而去。

君平街上，有两家人听到门外有响动，开了门往外看，却又什么都没有看到；只见月影移墙、竹梢风动。曲曲弯弯，狭长得鸭肠子似的君平街，沉浸在如水的月光中沉睡。

开了门的两家人又关上了门。君平街在沉睡中，整个成都在沉睡中，只有天上一轮月亮没有睡去，时而被黑云遮盖，时而钻出云层，将它苍白的月光洒向战栗不安的芙蓉城。

鼓楼南街石少武公馆最后一进小院的卧室里，被劫持进来的妙仙吓得像是一只待宰的小羊，畏畏缩缩坐在一边，注意着石少武的一切。卧室并不很大，却备极精致，地板上铺着波斯地毯，靠里摆一张黄铜沙发大床，床两头都嵌有一面蛋圆形的意大利镜。从一面镜子上可以看见另一面的床头摆两个雪白蓬松的枕头，枕头上用鲜红的丝线绣有鸳鸯戏水，很俗气。屋子对面有个西式梳妆台，梳妆台上摆满了化妆品。绿色金丝绒的窗帘低垂。屋里大灯没有开，这会儿只开了几笺红红绿绿的小电灯闪闪烁烁，像是眨着诡谲的眼睛。

在这只有两个人的世界里，石少武并没有想象中的动粗，他先是彬彬有礼地请她坐在沙发上，给她倒了一杯茶，放在面前的进口意大利茶几上。她口很渴，但她提高着警惕，没有喝。不谙世事的她想，我不理你，看你把我做得啥子？

石少武脱去西装，转身挂在衣架上，隔着茶几，坐在她对面，首先向她道歉，然后向她表示了对她的倾慕，眼睛里竟满含幽怨的表情，说是对她早闻大名，私心倾慕。不久前华美女中演文明戏时，她是主角，为了看她演出，他甚至化装混进只准女生进出的学校去看她演戏。

“你演《雷雨》中的四凤，演得真好。”为了证明所言之不虚，他提到了那次她演的戏。

“石旅长！”尽管石少武在她面前表现了意外的文明，她还是火气十足地说，“你已是三妻四妾的人了，而且连三妻四妾都不止，你要注意自己的形象，你这样做，是犯法的！”她并不是一个懦弱的女子。

“是是是。”不意石少武点点头又摇摇头，连连解释：“妙小姐，你误会了。我把你请到家里来，并没有什么不良的动机。采取这种方式，是有些无礼，但我是太喜欢你了。我知道我在市民中形象不太好，这中间有许多误会和讹传，可能你也听说过一些。但如果不采取这种无礼的方式，我怕见不到你。我是太想你了。我现在正式向你求婚。如果你同意，我再亲自上门祈请你父母的同意。”说着，竟像演文明戏一样，咚的一声跪下了，跪在她面前。

这实在是出乎意料的事！一愣间，她觉得石少武的样子太好笑，太好玩了，不由抿嘴一笑。她不知道，就她这抿嘴一笑，在石少武眼中，简直就像《长恨歌》中所展示出的那样：“回眸一笑百媚生。”她这一笑，将石土匪的身子都笑酥了；就是她这一笑，让石土匪早就发作，现在竭力忍住的欲望马上就要像决堤的洪水从天而降。

“我要是不接受你的求婚呢？”她问。

“那我也没有办法，只好慢慢来吧！”石少武说时，很伤心地从地上站起来，坐到沙发上，垂头丧气，像是受了多大的误解和委屈。

聪明而又幼稚的姑娘，这就趁势来个骑驴顺坡，说：“感情是勉强不得的，需要慢慢培养。”

石土匪像是被她说动了，半天不说话，然后抬起头来，很伤感地说，“我接受你的意见，也有决心来慢慢培养起我们之间的感情。”

“那你这就送我回去。我父母看我这么晚了还没有回去，不知着急成了什么样子呢！”趁热打铁，她说着站了起来。

“好。我马上送你回去。说了这么多话，你口早就渴了吧，请喝了这杯茶，我马上开车送你回去。”石少武说着站起来，摆在茶几上的茶是两杯。他随意举起一杯喝了。她确是口干舌燥，看他喝了，端起另一杯喝了。

不意喝了就糟了。石少武在她这杯水中放了麻药，一喝下去，就像《水浒》中吴用等人智取生辰纲一样，中了麻药的人心中明白，却周身发软，在吴用等人“倒、倒、倒”声中不由自主地倒下去。她立刻瘫软下来，倒在沙发上，心中明白，却作声不得。石少武笑了，是狞笑。走上前去，轻舒猿臂，将已经麻倒不能说话，一脸绯红的她抱起，放在床上，如庖丁解牛，三五下剥光了她，上了床，先是抱着她又亲又摸。然后，脱光自己，“啪！”的一声，关了屋里所有的灯；像一头早就饿极的苍狼，扑了上去。

妙仙醒来后，发觉躺在家里的床上，父母亲围在她身边哭。

原来，当晚父母亲一等她不回来，二等她不回来，这就越来越担心，吵起架来。母亲怨父亲，“我家女子这样大了，我说晚上不能让她出去，你偏说不会有问题，要她出去，现在如何嘛！”妙仙是家中独女，家中境况也可以，父母平时都把她视为掌上明珠，尤其是父亲，对她百依百顺，即使她要天上星星，也会搭梯子上天去摘的。

“你只晓得同我闹，闹，闹有何用？”父亲说时站起身来，拿了个电筒要出门。

“这么深更半夜了，你到哪里去找她？”

“去王小云家问问。”

“我同你一起去。”夫妇俩半夜去了人家王小云家敲门，王小云家住的是个十家院，半夜敲门，弄得大院中的人很不高兴。被家人从睡梦中叫起来的王小云，对一脸焦急的妙银匠夫妇说，她们是一起看完电影回家的，在小南街口分的手，她是看着妙仙往家走的。

夫妇俩回了家，他们断定女儿遭到了不测，想去报警，又想到现在警察局已经瘫痪，祠堂街这边是刘文辉二十四军防区，那边是田颂尧二十九军防区，该如何办才好呢？正急得不可收拾时，只听有人敲门。

“哪个？”他们一惊，天就快亮了，谁会敲门呢？以为听错了，敲门声又起。妙银匠这就去开了门，开了门只见女儿一个人瘫坐在门前，一脸苍白，披头散发。跟着出来的妙师娘见状情知不好，痛哭失声。夫妇俩赶紧将女儿抬了进去。

事情很快就从女儿口中得知了。

“这个千刀剐，万炮轰的石少武哟！”母亲气得抱着女儿，一头栽倒在地上，哭得撕心裂肺，哭得旁边一盏本来光线就弱的油壶子灯的一星如豆火苗颤抖不已。

“小声些。”妙银匠毕竟理智些，他一双眼睛布满了血丝，本来精精神神的他，一下子就苍老了下去，“你就不怕隔壁邻舍的人听见？”他呵斥近乎失去了理智，尽情宣泄忧伤的妻。

妻经丈夫这一喝，恢复了理智，不哭了。围绕着这夜突然降临的厄运，夫妻俩商量了一夜，征求女儿的意见后，得出一致结论。书，是再读不下去了，成都，也是无法再住了，他们决定提前将女儿送去上海。

天亮后，妙师娘去华美女中替女儿请了病假，妙银匠赶紧去成都邮电局，给在上海哈同大厦当管事的大哥发了电报，说全家遇难，要去上海投靠他……

回电当天就收到了，大哥回电欢迎弟弟一家去。回电中还有半文半白，略带责备的语句："我们全家原先多次请弟一家移居上海，生活问题好解决，请弟放心。可弟总是不愿意，说弟媳是土生土长的成都人，认为天下成都最好，哪里也不想去……现在好了，我们兄弟终于可以团圆了。我们全家扫榻以待，盼弟一家快来。望弟一家尽快启程，一帆风顺。请详告启程日期，所乘轮船名称班次以及到沪日期等等，便于到码头迎接。"哥哥在这封充满兄弟情谊的电文末还提及，已寄去川资大洋两千元整，请查收云云。

随后的三天，妙仙没有出一步家门。在成都土生土长的妙师娘，与娘家人及许多亲戚一一话别；妙银匠则以最低的价格，最快的速度将他那家带铺面的小院盘给了他人。

第四天清晨，成都刚刚从慵懒的梦中醒来，在白雾荡漾的合江亭码头上，妙银匠夫妇已带着女儿，背包拿伞地上了一艘停靠在码头上有篷鼓帆的大船，一看就是远行的大船。大约在上午 9 时，这艘载满了远行客的大船徐徐离开了合江亭码头，调正船头，向东而下。大船到嘉定后，从那里进入嘉陵江，再一路经宜宾、重庆，经夔门出川去上海。

船头的舱板上，两个头戴斗笠，身披蓑衣，挽着裤腿的船工弓着腰肢用力摇桨，桨声咿呀。

这天天气很不好。天上黑云翻滚，云层压得很低，隆隆的雷声由远而近，要下雨了，风也大。风将对岸望江楼中的万杆翠竹，吹得呼呼地伏在地上，一副山雨欲来风满楼的架势。两岸街上简直没有过往的行人车辆，万瓦粼粼的街市，还有全部的生机，似乎全都瑟缩在这样的坏天气里。

然而，那些个头不大，周身银白的水鸟却在水面上，在天地之间勇敢地飞上飞下，婉转鸣唱。

天气晴好时背衬蓝天，剪纸样精致的望江楼，这时在黑云翻滚的天底下，望着离去的大船，显得凝重而忧伤。妙家一家三口乘坐的大船，顺江而去，渐渐成了一个小黑点。再后来，小黑点也消失了。只有望穿了百年风云，红柱绿玉瓦的合江亭及亭下逝水滔滔，不舍昼夜的锦江在忧郁地歌唱。

- 第七章 -

煤山决战

抢时如抢宝，石少武请战

窗明几净的书房里，刘文辉背着手，久久地看着挂在对面壁上那张他撰写后经春熙路“诗婢家”精裱过的条幅：“天变不足畏，人言不足恤，祖宗不足法”处于观想中。一缕午后的阳光，斜斜地照过来，过了门前那株肥大的翡翠般的芭蕉树，爬过窗子洒进屋来，在地上斑斑驳驳闪烁，浮移地编织出一个个如梦似幻的图案。小院中很静，四周很静，静得可以听见自己的心跳声；他让副官李金安为他把门，嘱咐，没有十二万分要紧的事，不要让人来打扰他。这时，他的思绪陷得很深。

墙壁上的那张条幅十二个字，记录了他从一介布衣步入高层的足迹，也是他这么多年来的思想成果，字字句句如同珠玑蕴含很深。如果说，条幅上的十二个字带着荣光，是他从起步之日到今天打上的一个圆满句号，那么，而今之事又得从头越了！搞得好，他可以统治巴蜀，当“四川王”。搞得不好，就可能一个筋斗栽下去，甚至会栽入万劫不复之地。局势间不容发，空前的严峻，绝不是危言耸听！对此，他有清醒的认识。

他的真正对手并不是田颂尧，更不是邓锡侯，而是刘湘。想到刘湘，一个手握重兵，仪表堂堂，谙熟用兵之道，久经战阵的将军，这时仿佛就站在面前，对他说：幺爸，卧榻之旁岂容他人酣睡！一山难容二虎！我帮过你，现在不管从哪方面说，你都得让我一步！他却针锋相对顶回去：甫澄，你帮过我，我也帮过你。如今这“四川王”你得让我当，没有其他理由，谁叫我是你幺爸呢！

那好！刘湘习惯性地将手一挥：幺爸，那么我们就只好在战场上见了！

打仗是需要实力的。这个实力包括军事、经济实力，政治手腕等等。他记得在保定军校读书时，在一本书上看过德国一个很有名的元帅说过的话：战争，既是政治的继续，又是一场综合力量的较量。诚以为然，只是这个德国元帅的名字他记不起了。平心而论，如果要谈政治手腕，刘甫澄根本不是他的对手。但要论打仗，他又不如刘甫澄。现在麻烦的是，他得不到蒋介石的中央政府支持，蒋介石支持刘甫澄。

他知道，蒋介石对四川众多军阀都没有好感。但比较而言，矮子中选高个，蒋介石在众多的四川军阀中非选出一个代理人不可的话，那就只能是选刘甫澄。刘甫澄不仅有实力，而且反共坚决。共产党是蒋介石的心腹大患，必欲除之而后快。而现在红军的势力已经占了川北通南巴好大一片，蒋介石的势力进不了四川，要想铲除通南巴的共产党红色根据地，他老蒋只能假手刘湘。

现在老蒋是处在一个历史的节骨眼上：日本人已经占了东北三省，随时有南下扩大战火的可能。江西一带红军主力跟着毛泽东、朱德上了井冈山，蒋介石实行“攘外必先安内”政策，对朱、毛实行了规模一次比一次大的四次“围剿”，都以失败告终。老蒋现在已在南昌设立行营，准备倾其全力，对井冈山上朱、毛红军实行第五次“围剿”。

在这个节骨眼上，无暇东顾的蒋介石最着急的是要铲除井冈山上朱、毛遥相呼应的川北红军徐向前部。川中的他着急，刘湘着急，就连田颂尧、邓锡侯这些人也都着急，都想抓。田颂尧想在刘湘支持下，把成都抓到手里；刘湘想联合田颂尧、邓锡侯这些人，在蒋介石支持下，从他刘文辉手里把四川整个抓过去，邓锡侯则游动其中，抓他想要的东西。而他，现在最要抓的就是时间，确切地说，必须尽快将田颂尧打败打垮。

抢时如抢宝！

田颂尧已经抢先一步，占了全城制高点煤山。必须尽快从田颂尧手下夺过煤山！现在，萦绕在他思想上的一个难题是，如何才能拿下煤山，派谁去拿煤山，而同时又要尽可能地让成都免除糜乱？作为四川省政府的主席，在这方面他不能不考虑得多一些，详尽一些。不然，就会如俗话一句，最后弄得“花猫抓糍粑——脱不了爪爪”。

刘文辉站得太久了，觉得累，这就踱到书桌后坐下，随手从桌上拿起一本《资治通鉴》线装书翻阅。他很爱读这类书，认为里面有谋略，可以从中学到不少东西。

用人就是一门大学问，而《资治通鉴》类书给他提供了不少可供借鉴处。比如，春秋战国时期，齐国信陵君田文门下食客如云。这些食客五花八门，上至达官贵人、落魄王孙，下至三教九流鸡鸣狗盗之徒。信陵君田文对这些人一律优渥有加，礼贤下士，无微不至，让人很不理解。然而，事实很快就证明信陵君田文的高瞻远瞩。有一次，信陵君田文遇难，天亮前必须过一座城，否则追兵将至，他就有性命之忧，而城中守将却毫不通融，不肯放他出城；坚持按照惯例办事，待鸡鸣狗吠之时才能开城门。关键时刻，平时不起眼的三教九流中的鸡鸣狗盗之徒发挥了至关重要的作用，他们有的学公鸡打鸣，有的学犬吠，学得惟妙惟肖；一时鸡鸣声声，犬吠阵阵，守城将士误以为时辰已到，这就打开了城门，让齐国信陵君田文带着他的一帮门人顺利过关，化险为夷。

由此，刘文辉悟出一个道理：天生我才必有用，各种人才各有各的用场。他注意选拔各类人才充实部队，连长以上的军官选拔任用，他事必躬亲。此外，还不惜重金，在社会上大量网罗人才，上至欧美日留学生，下至三教九流都用，这在全国军阀中，都是少见的。比如石少武这样声名狼藉的巨匪，他能一眼看出可用之处，罗至麾下收为义子，授以旅长职，赐以公馆，派以用场，从不小视。这不，这回拿下了四川兵工厂时，就全靠了石少武，虽然石少武手段未免毒辣了些，遭人非议……

这时，副官李金安在门前一闪，他知道开会的时间到了。

“金安！”他放下书问：“开会的人都到齐了吗？”

“是，军长，”李金安恭恭敬敬站在门前，隔帘报告，“人都到齐了，等军长开会。”

刘文辉这就站起，随副官去了会议室。

会议桌两边依次坐着冷寅东、田北诗、张致和、林云根、夏仲实、黄鳌及军职稍低一些的少壮派刘元璋、刘元瑭、王元虎、石少武等。

刘文辉今天开会不似以往那样随随便便，而是神态俨然。与以往不同的还有，不再摆茶点；刘文辉更是率先垂范，不似以往坐下就把手一伸，要李金安把水烟袋拿来，抽几袋水烟再说。这个场面表明，今天这个军事会议非常重要。他又是先让特科司令黄鳌通报情况。

“黄司令，你将‘省门之战’目前情况向大家通报一下。”刘文辉说时，照例用他那双虽不大，却是见微知著的眼睛看了看在座部下们的表情，特意加了一句，“用20分钟时间，精练点！”强调时间，这也是他绝无仅有的。

二十四军特科司令黄鳌应声站起，他是一个个子不高，挺精干的中级军官。黄鳌在规定的时间内，着重谈了田颂尧的王铭章部抢占煤山后，给二十四军造成的巨大威胁，报告了煤山上王铭章部杨锐团的情况。比如人数、轻重机枪和大炮数量、配制、摆布方位等都做了相当具体的说明。

黄鳌报告完后，看刘文辉点点头，他坐下了。

刘文辉用手摩挲着下巴，又让在座各位发表意见。

刘元瑭很激愤地站起来，看着他的幺爸说，“我看，坏就坏在重庆我那个哥上。他不仁我就不义，不如趁他现在为了讨好老蒋，同共产党徐向前部在通南巴打，已经打来黏在一起，脱不了身之机，我们给他来个先下手为强，干脆一不做二不休，给他打到重庆去！”说着很激愤地将袖子一挽。他的建议得到了在座的少壮派刘元璋、王元虎、石少武等人的拥护。

“我有点不同意见，”从江津赶来开会的第一师师长张致和说，“我觉得不可感情用事。行成于思，小不忍则乱大谋。我的意思是，在川东川中一线，目前宜保持守势，趁目前刘湘的状况，赶紧抽调部队进成都，抓紧时间，一鼓作气，集中兵力，将田颂尧和他二十九军捶平再说。这个事要快！”

显然，张致和的见解很对刘文辉的心思，他点点头，笑了一下。刘文辉这一笑，无疑表明了态度。有句话说得好，每个时代的主体思想，就是统治者的主体思想，那么，二十四军的思想，也就是刘文辉的思想。于是，场上大都军官都支持张致和的意见；让主张这个时候去攻打刘湘的刘元瑭等少壮派门不再吭声了。

“寅东！”刘文辉看了看坐在他右手的“省门之战”副总指挥冷寅东，这是他的右臂，问：“你看呢？”

“我的意思也是，当务之急是赶紧把田颂尧捶平！而打田颂尧首先就要拿下煤山，现在首先要解决的问题是，哪个去拿煤山、咋个拿？这是当前最要紧，最要解决的一件事。”

“是。”刘文辉表示支持。

“我去！”又是石少武当即站起请战，他把胸口咚地一拍，“我保险把他龟儿杨锐和他带的一团人，打得连爬带滚下煤山！”刘文辉很欣慰地笑了笑，看了看冷寅东。

“石旅长骁勇善战！”冷寅东称赞了石少武的勇敢。职业军人出身，作为“省门之战”副总指挥，实际负“省门之战”全责的冷寅东，本心是看不起石少武的。但此一时，彼一时，打煤山是场提起脑壳要的硬仗。王铭章部，本身就是田颂尧手中的王牌，二十九军精锐之精锐，布置在煤山上的杨锐团又是王铭章手中的精锐。攻打就是仰攻，煤山之战的惨烈可以想象。既然石少武愿意率部攻坚，他求之不得，这就顺水推舟地给石少武粉起（戴高帽子）：“我相信石旅长从杨锐手中拿下煤山没有问题。但是，煤山易守难攻，地形也特殊，如何攻，啥时候攻合适，啥时候能拿下来？恐怕这都得下来好好研究一下。”说时看着坐在上首的军长。

“北诗呢？”刘文辉又看了看坐在他左首位置的军参谋长。如果说冷寅东是他的右臂，田北诗就是他的左膀。

“攻打煤山的具体办法，我们下来说。”田北诗想了想说。

看在座的军官没有新的不同意见，刘文辉这就霍地站了起来，发布命令——

“我宣布，从即日起，我二十四军和川康边防军各部，一律进入临战状态。”说时看着正襟危坐的几个师长，“张致和、林云根、夏仲实、陈光藻！”

“有！”被点到名的四个师长站起来，将胸脯一挺。

“你们在川东川中一带，对刘湘部不要主动出击，而是筑垒挖壕，提高警惕。他若进犯则迎头痛击，并做好随时急驰回援成都的准备！”

“是！”

刘文辉这就宣布了散会，只留下了石少武和冷寅东、田北诗在军部里，详细研究了攻打煤山的一应事宜。这是开得最短的一次会，前后加起来还不到一个小时。不像以往，开会时，白天的宴请，晚上看三庆班的川戏；一个会要开几天。四个师长：张致和、林云根、夏仲实、陈光藻会后也是立即赶回了川东、川中前线。

田颂尧部初战告捷

站在商业街靠近煤山的一幢三层小洋楼的平顶上，冷寅东、田北诗、石少武分别举起手中的高倍望远镜朝煤山和后子门一带瞭望。同成都的所有街道一样，商业街两边大都是带有明清建筑特色的中式木质平房，鳞次栉比的店铺茶楼酒肆。这幢西式小洋楼，是这一带屈指可数的高层建筑，原来是家银行，因为战争，临时被征用了。

历历景象在高倍望远镜中被拉近、放大。煤山上，王铭章部杨锐团布置得井然有序：纵横交错的战壕、沙袋垒成的堡垒；一挺挺轻重机枪，一门门大炮，黑洞洞的枪口炮口，从煤山上居高临下地，从四面八方俯视着山下，鸟瞰全城。煤山，简直被挖通了、挖穿了。只要一开战，煤山就是一架威力巨大、杀人如麻的战争绞肉机。

冷寅东不由得抽了口冷气，放下高倍望远镜，看了看站在旁边的军参谋长田北诗。田北诗也放下了手中的望远镜，向站在一边的石少武招了招手：“石旅长，你过来一下。”冷寅东和田北诗要石少武谈谈感想。

“龟儿，是整得巴式！”石少武也不能不承认煤山布置得实在是好，可他开口就是粗话，而且似乎忘记了自己在这两个人面前是下属的身份，颐指气使地说：“怕他个球哟！军长说过，攻下煤山有重奖，重赏之下必有勇夫。我手下兄弟伙敢提起脑袋要的多得是。我让他们把酒灌饱，把肉吃够，老子亲自带他们颇命往上冲。你们在商业街这一边用强大的火力掩护我，我就不信冲不上去，拿不下煤山！”

“你是说得轻巧，拿根灯草！”冷寅东当即冷着脸给他打回去，用手指着街对面的平安桥方向质问，“你要我在商业街这边用强大的火力掩护你？你们不怕死？可是枪炮不长眼睛，我们这边的枪炮若是打到平安桥去了，打到了那些洋人咋办？我和田参谋长负不起这个责，你石少武更负不起这个责！”

二十四军“省门之战”实际总指挥冷寅东对石少武来了个一排二扫，就差“你不长脑袋”这句话没有骂出来了，让狂妄的石少武冷静了些，一时回不起话，就像中了枪子似的一愣。

“石旅长，你朝平安桥看。”军参谋长田北诗温和些，为了转移这陡然而起的矛盾缓和气氛，他又举起了望远镜，石少武也举起了望远镜朝平安桥方向看。

平安桥位于煤山左侧，是二十九军控制区。这一带历史上就是法国人势力范围，万瓦粼粼的长街两边，是一株株虬枝盘杂、大绿伞似直指云天的法国梧桐树。还有尖顶阔窗的法国教堂，法国医院、育婴堂、法式钟楼等法式建筑物比比皆是。钟声鸣响间，教堂内不时闪现出身着黑色道袍、头戴白帽的修女、教士……种种一切，让平安桥充溢着浓郁的法兰西氛围；平安桥无异于一条成都的法租界。外国人是惹不起的！看来，刘文辉之所以对这场“省门之战”忧心忡忡，这也是一个方面。

“我倒有一个办法。”田北诗看着冷寅东。

“好呀，有什么办法，参谋长你快说来听听。”

“石旅长！”田北诗掉头看着石少武指点道，“这煤山，你赶紧去组织力量，晚上强攻。攻得越猛越好，争取一个晚上拿下来。我们用强大的火力掩护你们。”又掉头看着冷寅东：“只要是晚上，就是我们的炮火打到平安桥去了也不怕，肯定是要打上去的。那些法国人第二天去找我们军长抗议，追查下来，我们就咬死说是二十九军打的，我们给他来个抵死不认账，那些法国人也拿我无法。”田北诗补充。

“咦！这确实是个办法哈。”冷寅东听后开了笑脸；石少武也给田北诗比了比大拇指。

意见统一了，然后他们三人这就下楼，分别忙去了。石少武回去调兵遣将，组织攻山敢死队；冷寅东回将军衙门的二十四军军部，去组织晚上掩护石少武的火力；田北诗自去向刘文辉汇报去了。

时近黄昏。

往昔这个时候，是皇城后子门一带，特别是皇城坝上最热闹的时分。然而，自从昨晚王铭章部占了煤山，摆出一副要打大仗的架势，这一带局势骤然紧张，风声鹤唳，纵然是大白天，也是路旷人稀。这天，随着夜幕的降临，矗立在皇城坝之后，煤山之前那座高大巍峨、岁月沧桑、檐角飞翘、风铃鸣响的皇城，在夜色越渐浓重的天幕背景下，似乎在凝息谛听着什么，浑身战栗，它知道它注定逃不过今夜的浩劫。而皇城后面大院里，那一片森林般茂密的大树上，往昔这个时候成千上万只在茂密的大树姿态翩跹地跳起洁白舞蹈的白鹤们，也似乎感知了这会儿寂静中蕴含的凶险和血腥，很奇怪地消失了，消失得无影无踪。

这个晚上，这一带的路灯全部熄灭，一片漆黑，像是披着丧服。只有煤山上，有几星萤火在跳荡中明明灭灭。

天黑尽后，这一带非常清静，清静得呈现出几分诡异。突然间，震天动地的炮声响了起来：只见几枚通红的炮弹，像是熟透了的红果子，从商业街一侧带着金色绚丽的光彩，由西向东闪电似的划过漆黑的夜幕，“咚咚咚”地砸在煤山上。煤山上开始还击。顷刻间，空寂的皇城后子门一带以及二十四军控制的商业街和二十九军控制的骡马市两边立刻打成一气，搅成了一锅粥，连地皮都在剧烈地颤动。

两边的炮击越来越密集。漆黑的夜空中，只见金色弹道穿梭往来。在炮弹坠落处，往往是随着轰的一声，一间民房被打中了，顿时灰飞烟灭；这里那里，沿街比户和平居民发出的惊呼、惨叫，还有逃窜……这一切交织起来，其状犹如到了世界末日。

在煤山四周山上山下，约一平方公里的范围内，炮火更为集中猛烈。你来我往的密集的炮弹猛烈爆炸及相互撕扯发出的通红火光，将天地照耀得如同白昼。渐渐地，冷寅东组织调遣的火力显示了优势，石少武就是在这个时候，适时带着他的敢死队开始向煤山实施冲击。

轰隆隆、轰隆隆！

一批黑不溜秋的大家伙被推了出来打头阵，掩护着石少武组织起来的足有三四百人的敢死队朝煤山缓缓推进。这些是什么东西啊？煤山上的守军惊呆了，不知所以。

这是石少武在这一天中赶制出来的第一批土坦克，共10辆。这是用从多个茶铺里搜集起来，原先用作运水的大板车改制的。大板车头上堆四个小山似的铁桶，桶上桶下，桶前桶后叠沙袋垒棉被。这批土坦克还真起作用，山上打下来的枪弹，根本就打不透。第一批三四百名敢死队，全都是石少武选出来的惯匪、亡命之徒。他们喝够了酒，吃足了肉，有迷信的，还烧了纸钱。这会儿，他们个个赤身裸体，一手提着鬼头大刀，手执清一色的蛇蚤笼状的德制冲锋枪，躲在土坦克之后，鼓噪而进。

石少武给他们许了愿，冲上煤山者，官升三级，士兵重奖大洋一千元；割下敌方一颗头颅者，奖大洋一百元；受伤者优待，死者优恤。这批亡命徒，在土坦克和猛烈的炮火掩护下，鼓噪呐喊，向煤山步步逼近了。他们的模样特别凶狠，简直就是一群阎王爷忘记了上锁，从地狱里钻出来的索命恶鬼。

最初出现的场面让煤山守将杨锐有点发蒙。二十四军的炮火既猛又像长了眼睛似的，很快将煤山上的四门大炮全部打哑，迫击炮损失多门，人员死伤也多。而煤山上的机枪子弹打在缓缓推进前来的土坦克上不起作用，煤山上一时出现了慌乱。好在最初的发蒙很快就过去了，二十九军王牌师王铭章的王牌团团长杨锐很快就找到了敌军的软肋。他霍地跳出战壕，来在迫击炮阵地，报了射击参数，命令五门迫击炮手：“用炮吊射！”

“轰、轰、轰！”一排排迫击炮弹就像突然从田里、水里蹿起来的金色的青蛙，一蹦而起，跳得高高，然后在空中划出一道道优美的弧线，绕过了土坦克前堆得高高的障碍物，端端地落在敢死队中爆炸开来。顿时，火光四起，血肉横飞，惨叫声声。杨锐这又沉着冷静地指挥他的部队朝山下二十四军石少武的敢死队扔手榴弹，用重机枪扫射。于是，在杨锐部又狠又准的打击下，石少武准备得很充分的、志在必得的第一次冲锋失败了。敢死队在丢下被炸得五零四散的10辆土坦克和多具尸体后，鬼哭狼嚎地狼狈而回。

皇城下的煤山后子门一带，又呈现出可怕的沉默。这是大战恶战之间的间隙，就像两个今天非较量出个输赢的拳击手，红着眼睛，你盯着我，我恨着你，在做短暂休息。

“团长，电话！”煤山上，掩身于一个堡垒里的守将杨锐，因为紧张，因为猝然而至的猛烈炮火轰击，他的耳朵一时出现了障碍，没有听见旁边的电话响。及至随侍身边的弁兵几次提醒，他才一把提起电话。

“是杨团长吗？”话筒里传来熟悉的王铭章那一口新都话。杨锐说：“是，师长你在哪里？”“在指挥部同总指挥孙副军长在一起，你那边怎么这会儿清风雅静的？”

“报告师长，敌人已经被我打退了。”杨锐将刚才的一场恶战，向师长王铭章详细作了报告。

“打得好，打得好！”王铭章高声大嗓，“告诉弟兄们，坚决顶住……孙总指挥说了，战后给弟兄们重奖……”王铭章同杨锐通了话后，孙震又同杨锐通了电话。电话中，孙震告诉杨锐的，尽是大好消息，说是军长正在尽其可能地将后续部队往成都调，邓锡侯的黄隐师也正从灌县星夜赶往成都增援，估计天明这些生力军就可以在二十四军身后打响。中央蒋委员长闻讯刘自乾的所作所为后大怒，决定用刘湘取代刘文辉为四川省主席。刘湘也会很快抽调大军，在川东川北一线向刘文辉发起全线进攻，以解成都之急……总之，战局正在按我预想发展。电话中，孙震说，杨团长你是我二十九军希望所在，希号令全军，振奋精神，耀武扬威，务必争取将煤山坚守到明天日落之前。这样，我就可以完成战略部署。你一定要带领兄弟们打他一个中心开花，我们包他二十四军的饺子！军长让我代他向你团将士问好云云。

杨锐听后很振奋，在电话中向孙震大声保证："请总指挥放心。我一定率全团弟兄坚持到明晚天黑，给二十四军石少武来一个迎头痛击，让他们在煤山面前尸横遍野，寸步难行；要他们知道我二十九军不是好欺负的！"

煤山易手，血流成河

天亮以前，石少武组织的第二批敢死队500名官兵已经全部就位。石少武从藏身的土坦克之后看去，凄寂的冬夜里，煤山沉默着，棱角峥嵘；像一个凶神，藏身在黏稠浓黑的暗夜里，周身散发着浓重的血腥杀伐气息。

吸取了第一次进攻失利的教训，这回攻坚冷寅东采取了两项补救措施：第一，挑选出近百名神枪手、狙击手尽量靠近煤山，据墙或是上房，用步枪机枪从不同的方面向煤山瞄准，专打煤山上的火力点；第二，以牙对牙，以血还血，冷寅东紧急调来了一批迫击炮这会儿也已经全部进入阵地。除此之外，他们的火力在总体上要大大强于煤山。

第一轮冲击后，虽然以失败告终，石少武的敢死队中没有战死的官兵都得到了程度不同的奖赏，这是刘文辉的特意恩赐。因此，这第二轮提着脑袋耍，就要冲锋的500名惯匪，比刚才那批还要兴奋、急切、亡命。他们一个个身背九子快枪，手提雪亮的大砍刀，躲在土坦克后摩拳擦掌，焦急地等待着进攻信号。他们都喝了酒，一张张黝黑瘦削的脸庞充满了即将搏杀的兴奋，眼睛闪亮，像是一群在暗夜中游动嗥叫的狼。大炮一响，进攻号令一旦发起，他们就会嗷嗷嗥叫着不管不顾地向煤山扑上去。他们根本不考虑为谁打仗，为什么打仗，他们是今朝有酒今朝醉，不问来日；向往的是，一旦拿下煤山，官升三级，士兵奖银洋一千。刚才石少武动员时，还即兴临时加了一条：女人随便耍，这有多么令人玩味！对他们是双重的刺激。

第二次进攻开始了。

"啪、啪、啪！"三颗通红的信号弹急速犁开夜幕，缓缓升起在煤山上空后，就凝成惨白的光点，停在那里一动不动了。与此同时，"咚、咚、咚！""哒、哒、哒！""轰、轰、轰！"山上山下又打成了一气，搅成了一锅粥。

“弟兄们，冲！”柳如寇柳大麻子将枪一挥，率先带领他的500名敢死队员藏在身后的土坦克后，向山上缓缓推进；这次是势在必得，柳如寇柳大麻子亲自带领督战队督促敢死队冲锋。夜幕中，20辆土坦克掩护着500名敢死队渐渐逼近了，声势很大。

王铭章部杨锐团确实精锐，虽然这次二十四军的炮火比刚才更加猛烈，而且比第一次更有针对性。暴风骤雨般的枪弹泼来，迫击炮像一只只火红的青蛙，越过夜空跳上煤山爆炸开来，煤山上好些工事被摧垮了，官兵伤亡不少，但杨锐团沉着应对；在纵横交错的被打垮了的战壕内，能做到随时相互支援；残存的迫击炮打得很准，一炮一炮地吊去，成了摧毁土坦克的利器。虽然这些迫击炮在目标暴露后，很快就被冷寅东精心布置的狙击手和迫击炮群发现摧毁。

攻在前面的几辆土坦克很快被山上射下来的迫击炮弹打中了。失去了屏障掩护的敢死队官兵，就像失去了箱桶的黄蜂，在山上打下来的密集的由子弹织成的死亡之网面前无法逾越，一片乱窜，非死即伤，惨叫连连；像是被镰刀突然放倒的一片稻谷，尽管柳如寇柳大麻子带着大刀队在后面督战，杀了几个被打蒙了往后跑的官兵，还是无法遏制，大部队的退逃。原先气势很凶的进攻，像一股猛然撞击上去的潮水，却撞击在巨大坚硬的礁石上，被打得哗的一声退了下来。

进攻又失败了。

“嘀嘀嗒！”“哒哒嗒！”石少武不得已下达了停止进攻的命令；军号在夜空里久久回荡，听起来格外惊心、凄厉。

这是多么没有面子的事情啊！石少武脑子一热，怒火攻心，恼羞成怒，他将手中枪一举，就要亲自带卫队冲上去，柳如寇死命拽着他，“旅长，你不要这样子，这样正好中王铭章奸计，再想想办法吧！”石少武这才冷静下来，想了想，蹲下身来，摇通了通往“省门之战”指挥部的电话。在电话中他很不情愿地向冷寅东做了报告、请示。而这时，煤山上却开始了示威，官兵齐声呐喊，有意激怒石少武——

“石莽子，柳土匪！你们继续来攻嘛，咋不攻了？哪个不攻是虾子！”

“你们不是造得起坦克车嘛，再造点飞机嘛！”……竭尽羞辱之能事。

石少武困扰在了两面的羞辱中。电话中，素来瞧他不顺眼的冷寅东在训他，生怕他听不懂似的，冷寅东用的是他熟悉的粗鄙言辞：“你打的啥子球仗？你会不会打仗？死了那么多人！你以为还是像你以往一样，只要手下兄弟伙舍得颇命，敢把脑壳提在手上耍就行了？你要晓得你的对手是啥人？人家是军校毕业生，不是掺牛脚杆出身的。人家的部队经过严格训练，像你们那样大轰大嗡的，吓不倒人家！进攻立刻停止！”

冷寅东用他那口大邑县乡音，在电话中将石少武好一顿洗刷。石少武何曾受过这样的气，简直气得头发昏，直想当即给冷寅东骂转去：老子在这里冲锋打仗流血死人，你虾子躲在一边说过杠话（风凉话）。你虾子说得好不如做得好，你虾子亲自来打一盘嘛！

可是，他没有敢把这些话说出口去，这些以非对非的话语，只是意识的流动。他虽然是个“莽子”，但到底限度这点他懂：冷寅东现在他惹不起，更得罪不起。冷寅东不仅是“省门之战”的实际总指挥，也是干爹刘文辉的家乡人、心腹。不管从哪个层面上，他都不是冷寅东的对手。如果他敢同冷寅东对骂，吃亏的只能是他。“人在屋檐上，不能不低头。”这个理，他也是懂的。电话中，听了冷寅东的训斥，他只能忍气吞声地说：“晓得了。总指挥，我就等你的下一步命令。”

冷寅东这才“哼！”的一声放了电话。

二十四军“省门之战”实际总指挥冷寅东的进一步命令迟迟没有下达。败军之将石少武只能带着柳如寇，在黑暗中这里走走，那里看看，满耳都是伤员的嚎叫、呻吟。石少武像一头困兽，铁青着脸，用一双血红的眼睛，盯视住矗立在夜幕中那座并不高的，却凶险无比、沉默无言的煤山咬牙切齿。

二十四军“省门之战”指挥部原定的一夜拿下全城制高点煤山的计划没有实现。天渐渐亮了。在青灰色的天幕背景下，煤山及山后的皇城，全都冷着脸看着这一夜激战后的惨况：高大巍峨雕龙刻凤的皇城上，留下了斑斑弹痕；飞檐上的铜钟也被打破了一只……就像被战火翻了一遍的煤山，像一棵烧焦了的树疙蔸，仍然不屈不挠地蹲在那里，随时都准备发作、喷吐火焰。而这时，离煤山约有 500 米远的后子门那一片小树林里，石少武伏在一辆土坦克后，探出手中的望远镜观察着煤山上的情形。山上，王铭章部杨锐团那些被打死打伤的官兵，大都被抬下了煤山，抬进了皇城；官兵们，有的在补修被打烂的战壕，构筑被摧毁的工事；换下来休息的官兵躺在战壕里吃锅魁、喝水，有的在擦拭武器，准备再战，显得士气很高，秩序井然。反观身后自己花中选花挑出来的几百名敢死队官兵，心中顿时冷了半截。毕竟是一群匪，一个个吊儿郎当，有的倒头在睡，鼾声如雷；更多的在喝酒吃肉划拳行酒令，一副今朝有酒今朝醉的样子。还有几个兵不知为了啥事，打起架来了，周围的官兵，有的在劝，更多的在起哄……

就在这时，电话来了。他以为是冷寅东来的电话，根本就不想接，但又不能不接，一接就嗯的一声，肃然而立，连连解释，又气又急。

电话是干爹刘文辉亲自打来的，这让石少武始料不及。刘文辉素常看重程序，信奉“用人不疑，疑人不用”，既然让冷寅东负全责，这“省门之战”他一般是不会插手的。

真是应了这样一句：“福无双至，祸不单行。”石少武一听就在心中连连喊倒霉。电话中，干爹刘文辉倒没有责怪他昨夜没有拿下煤山，而是一开始就责问：“你这个仗是咋打的，咋把炮都打到人家法国教堂去了，把人家钟楼上的耶稣蒙难相都打掉了半截？人家法国人一早就找到我头上来了。洋人是不好惹的，你懂不懂？动了外交，不要说你石少武吃罪不起，就是我刘自乾也吃罪不起……”

石少武一时头脑有点发蒙，心想，这是咋的了，碰到鬼了吗？我们这边再咋乱打，也打不到法国教堂去？他已经想到，肯定是对面二十九军有意嫁祸他们，那些肇事的炮火是二十九军有意打的。就在石少武头脑一团糟乱，思绪带着若干问号、若干不满，不知所云地乱跑野马时，干爹的训斥已经完了，电话中声色俱厉的一声：“你嗯嗯嗯地做啥子，说话呀！”

“干爹！”他刚出声，刘文辉立刻纠正：“叫军长！”

“是，军长！”石少武这会儿的头脑才清醒了一些，“我们攻打煤山时，都注意了的，炮弹决打不到平安桥法国教堂去，因为方向不对。”

“唔！”刘文辉若有所思，“那么，会不会是我们这边在商业街提供火力，掩护你们进攻时，把炮火打到人家法国教堂去了呢？”

“也不对！”这会儿，石少武的思绪完全清晰起来，“我想起来了，就在我们第二轮进攻煤山时，煤山上朝平安桥吊了几炮，肯定是二十九军有意嫁祸我们……”

“啊，我明白了！”刘文辉是何等样精明一个人，听石少武这样一说，思想转过弯来了，“那好！”刘文辉说，“我心中有数了，我会给法国人解释的。此事到此为止，你不要分心。一切听从冷总指挥指挥！”说完，“咔！”的一声放了电话。

电话又来，这次是冷寅东的。冷寅东说，因为煤山这根钉子没有按时拔下，本来好好的一盘棋变麻烦了，不仅田颂尧的增援部队已经从德阳抽调出来，正向成都靠近，就是“水晶猴”邓锡侯的主力师——黄隐师也来打二十四军的帮捶。黄隐师昨夜从灌县出发，今晨到了苏坡桥，正同二十四军打，指挥部不得不正分兵迎敌……电话中，好像这一切都要怪他石少武似的。完了，冷寅东在电话中命令他，做好充分准备，说：“今天晚上，务必拿下煤山，嗯？”口气是声色俱厉的。就差一句，今晚再拿不下煤山，我拿你是问！

“好！”石少武好像是个输急了、输红了眼睛，急欲翻本的赌徒，他沙哑着嗓子说：“我保证，今晚就是拼尽全旅人马都要拿下煤山，再拿不下煤山，明天我石少武提头来见！”

电话中一阵沉吟，冷寅东好为他这一句豪言壮语所震惊，又好像对他的话有所怀疑，你死都死了，咋个能自己提起脑袋来见我？“好！”电话中，冷寅东似乎咬了咬牙，一锤定音，“我们一言而定。今晚 9 点钟你部开始进攻，我火力掩护。完不成任务，军法从事！”说完，咔的一声放了电话。

在一天的焦躁中，夜幕姗姗来迟。石少武军服一脱，准备亲自上阵了。因为焦躁，因为恼羞成怒，在这有了寒意的晚上，脱了军服的他，显得特别的横蛮，牛一般壮实的身板，膀宽腰细，胸襟上有一丛黑黪黪的胸毛。两只手臂上都刺有张牙舞爪的青龙。四方脸上块块横肉饱绽；扫帚眉下，凶眼闪光；串脸胡又浓又粗又硬，有如钢针。

这个晚上，石少武准备得很充分，敢死队官兵共一千人。他让全旅官兵都吃饱喝足，焚香盟誓，再请高僧来给官兵摩顶念经，做够了过场，分别进入了战斗位置。

夜幕刚刚笼罩了煤山不久，约莫 8 点钟左右，就在石少武孤注一掷，率部冲击煤山之时，成都四门几乎同时响起了猛烈的枪炮声，就像一大锅在炒的胡豆、炒豌豆，到处都在爆都在跳：皇城后的煤山在打；来在成都茶店子的邓锡侯黄隐师，与二十四军火速派去的刘元璋阻击部队在打；田颂尧从绵阳抽调来的部队与二十四军的王元虎部在驷马桥一带打……两军参战部队总数达到 8 万以人，到处都在打，打得很激烈；有的小街小巷，两军迎面相撞时，发生了血肉横飞的肉搏战。这是“省门之战”的高潮全面战争。这个晚上，成都到处都在打，到处都在流血，成都简直就要被打爆了，就要被血泡起来了。

这晚的煤山决战是这样进行的：就在成都全城枪炮声，爆豆似的响个不停之时，商业街一侧，煤山正面约 500 米的小树林里，一门门平射炮一根根黑压压的炮筒摇了起来 ，正对着煤山。冷寅东倾其手中所有，集中了一百门大炮，向煤山进行了倒海翻江的轰击。一时，煤山简直成了一片火海，煤山一时被打哑、打沉了。

“跟老子冲！”在浓烟烈火和呛人的硝烟中，石少武亲自督队；他手枪一挥，由 40 辆土坦克掩护开路，石部所有官兵开始了集团冲锋。而且与以往不同的还有，这些土坦克上也配备了机重机枪。藏身沙袋后的机枪手们，随着土坦克缓慢向前移动，40 辆土坦克上的机重机枪一起开火。40 道通红的火链与地上提供的猛烈的炮火，交相映衬，将天地都打红了。而成千上万由骨干土匪、悍匪组成的混成方旅官兵，他们手上端着上了刺刀的九子钢枪，手提雪亮的大砍刀，隐身 40 辆土坦克之后冲去。

在二十四军的猛烈火力压制打击下，虽然有一些土坦克被煤山上的迫击炮打中，但这丝毫阻止不了石少武部势在必得的攻击。他们已经逼近了煤山。

“杀！”土匪、悍匪们的粗喉咙里发出吓人的喊声，二十四军混成旅向煤山发起一浪接一浪的不停冲击。已经处于颓势的煤山杨锐团官兵竭其所能地用所有轻重武器，居高临下地向山下近乎疯狂的进攻拼命还击阻击。可是，已经不行了。山上有威胁的火力点刚刚一暴露，立刻被山下的火力覆盖打掉；虽然皇城一侧的二十九军所占地方也竭尽全力地向煤山提供火力支援，但完全被冷寅东精心准备的强大火力压制了。在天亮前夕，石少武的敢死队终于撕开了煤山一角，冲了上去。一时，山上山下到处都在喊打喊杀，有的地方开始了血肉横飞的肉搏战。枪炮声爆响处，燃起片片火光。

煤山被撕开了一角，这让石少武和他的敢死队官兵顿时精神大振。他们就像海里见血就要疯，急欲把见了血的猎物吞进口中的大鲨鱼；而这样又影响了更多的冲锋官兵。有当官的乘机呼喊：“快冲快冲，拿下煤山，官升三级，兵赏大洋一千，提一个人头来奖大洋五百……”这一下就更不得了。铺天盖地往上冲的石部官兵，已经不是人，而是一群索命鬼，无论如何，煤山上的杨锐团是阻拦不住这些打疯了的二十四军石少武混成旅了。

见状不好，在燃烧的战壕中，杨锐用手指着一个特别卖命带着队伍往上猛冲的大块头说，“那家伙叫易登哥！快去告诉一线营长王福成将那家伙给我打死……”

弁兵得令，枪林弹雨中，弓身沿战壕跑去传了令。一线营长王福成喊声打，他周围团转的兵们，顿时将冲上来的易登哥打成了筛子。然而，石少武手下的亡命徒太多，而且好些都是原先的匪首。人如其名，一听这些匪首的绰号都吓人，比如：金刚钻、大刀王、独眼龙、山豹子、手枪王……这些巨匪各有各的高招，特别敢斗拼命。

石少武队伍越来越多地涌上了煤山，到处都在肉搏。只见刀光起处，血肉横飞，到处都在捉对厮杀。寒光闪闪中，叮叮当当的兵器撞击声、喊杀声、谩骂声，中刀者的惨叫声，声声震耳，炮声轰轰，不绝于耳；火光闪闪，到处都在流血。

神仙打仗，凡人遭殃，两军激战殃及平民。靠煤山皇城较近的玉龙街、骡马市、龙思巷、五福街一带受害最深，好些民房都被炮弹击中了，引发大火，悲声四起。

杨锐团已经死伤累累，仍坚持不退。实在不行了，杨锐这才请准王铭章、孙震，准备撤退，撤退之时，他下令让一营营长王福成和二营营长严笠交相掩护大部队。王福成认真执行命令，而危急关头，王营长要求侧翼的严笠支援时，严笠却因为在这次煤山阻击战中王福成出尽风头，心中忌妒见死不救。严笠一声撤，带着自己的部队下了山。王福成部四五百人很快被石部切割、包围，像羊群落进了狼群中，被分片吞噬。面对杀红了眼睛，手提大刀逼上来的石部匪兵，身负重伤的营长王福成踉踉跄跄站起身来，举起手中的驳壳枪就要射击之时，不意被摸到他身后的巨匪“金刚钻”挥起大刀，喊声“看刀！”白光一闪，手起刀落。王营长大喊一声“天呀”，顿时身首异处。煤山在天亮前落入石少武之手。

二十九军王牌部队王铭章部一团一营官兵几近全部战死。石少武终于狞笑着站在了全城制高点煤山上，背后的皇城也被冷寅东指挥部队顺势拿下了。这个时候，是黎明时分。黎明前也是最黑暗的时分，最后一抹夜色，像是不忍看皇城煤山后子门一带的惨状，急急展开黑色的丧服，将自己将成都裹得紧紧的。这时，成都四门，火光烛天。有的地方炮声仍像打雷一样，紧擂着；而有的地方却稀疏了。

- 第八章 -

和平使者

处于危急关头的田颂尧二十九军

革命招牌打共和，共和幸福亦何多。
这回风浪从空起，不是操戈是倒戈。

街口堆墙势颇凶，恐怕对敌打冲锋。
交通阻断盘查紧，市面行人概绝踪。

多少居民阻外边，风餐露宿最堪怜。
亲人隔断无音信，害得全家望眼穿。

市面无人只有兵，交通断绝紧半城。
有钱难买柴和米，不管居民生与死。

当灾最是数“皇城”，学校民房一扫平。
几次冲锋拼死命，“煤山”脚下万人坑。

尸骨堆山血化河，周围园圃涨腥波。
牛皮菜变血皮菜，茹素人家莫下锅。

结队绅商请愿来，三军联合会公开。
赞成停战苏民命，终是空言化劫灰。

——摘自《成都巷战竹枝词》

像是一桩需趁夜赶紧做完的脏事、丑事，在九里三分的成都全城打得很紧的战争，随着黎明的到来而渐次停息了下来。将军衙门二十四军军部“省门之战”作战室里，电话铃声响个不停，这在彻夜不眠的总指挥冷寅东听来，这些声音全都带着笑意，非常悦耳动听。他的精神处于亢奋中，各路捷报在天亮前陆续向他报来：全城制高点煤山被石少武拿下；增援田颂尧的邓锡侯二十八军黄隐师，见状不好，缩回灌县去了；田颂尧从德阳抽调来增援成都的部队，被堵在了新都三河场过不来；田颂尧在成都的部队已被全数赶到了北门一线，田颂尧、孙震不得不将指挥部移到了文殊院，准备做最后殊死战……参战各部向他最终请示一个关键问题，是否趁机乘胜向龟缩在北门一线的田部发起最后攻击？

闻讯很是振奋的冷寅东，对此不敢自专，立即请示了刘文辉，对各部下达了如下命令：巩固战果，各部作适当休整，做好最后攻击田军准备；对已包围在北门一线的田军注意控制，暂缓对田军做最后打击。下一步如何行动，等候军长命令。

“北诗，我们终于熬过来了，我们终于胜利了。”冷寅东吁了一口长气，看着同样熬了一夜，协调他指挥作战，眼里布满了血丝的军参谋长田北诗一笑。田北诗点了点头，两人这时都感到精疲力竭，浑身像散了架似的，很想睡。他们喝了弁兵送上来的热茶，弁兵请示两位长官想吃什么，他们说，口发苦，什么都不想吃。田北诗挥了挥手，要弁兵打开窗子，把一屋子的乌烟瘴气放出去。

昨夜他们抽的烟太多，旁边一张小桌上摆的是他们消夜吃剩的东西，一片狼藉。

就在这时，刘文辉兴冲冲地赶来了。

冷寅东、田北诗赶紧站起，让座。

“坐坐坐。”刘文辉面带微笑，挥挥手，“你们辛苦了一夜，快坐快坐。”说时率先坐下。冷寅东知道刘文辉赶来的意思，这又强撑着站起身来，手中拿起一根两尺多长的荆竹条，指点着沙盘，向刘文辉报告了目前的态势。态势显然大好，对二十四军大为有利，讨厌的是如果要全歼田颂尧部，毕其功于一役，中间隔着一条锦江，这就形成了南北对峙的态势，两边只有一架北门大桥相通，幸好田军没有炸桥。隔河，田军沿线做好了战斗准备，想一口吞下田军，并不容易。还有一个麻烦的是，文殊院是川中名寺，原四川大汉军政府首任都督尹昌衡下野以后，吃斋念佛，在文殊院挂了个顾问头衔。如果要打田军，必然伤及文殊院，必然会引起各方强烈反对，不说其他人，光是尹昌衡就会跳出来同他刘自乾拼命。尹昌衡不是一个等闲之辈。想到尹昌衡，刘文辉心中有些发虚。听了冷寅东的汇报后，冷寅东等军长拿主意，他却没有吭声，只是条件反射似的将手往后一伸，随时跟在身边的副官李金安赶紧将一只擦拭得精光锃亮的白铜水烟袋递上。刘文辉接在手中，又埋下头来，开始了那一套复杂有趣的程式：掏烟装烟，尖起嘴吹燃纸捻，拄在烟斗上，一个劲咕嘟咕嘟抽烟。一时，作战室里，青烟缭绕。

这个时候，刘文辉的思想上走马灯似的走着尹昌衡。尹昌衡同如今势力看涨的国民党中央上层实力派人物，有山西土皇帝之称的阎锡山是留学日本士官学校的同学，结拜兄弟……还有好些当今军界政界名人，不是同学就是故旧，牵一发动全身。表面上看起来，现在的尹昌衡早已下野，无官无职，可瘦死的骆驼比马大，尹昌衡不是好惹的。何况，他身后还有一帮五老七贤，还有张澜等人。这些人都是通天的，把这些人惹到了、惹毛了，很可能会吃不了兜住走。他不能不好好想想，权衡利弊。

尹昌衡是四川彭县人，一生极具传奇性。他少时家贫，清末年间清廷在四川办第一批军官学校时，他以优异成绩考进军校，后被选派日本东京士官学校留学。当时他的同学，后来好些都成了中国大名鼎鼎的人物，在日本东京士官学校，在相当长一段时间内，人才聚集。如蒋介石、张群这些人，都是这个学校的留学生；后来与尹昌衡在广西共过事，在北京又一起落过难，同时被袁世凯软禁过的蔡锷，也是日本东京士官学校留学生，只不过比尹昌衡高三期。尹昌衡在日本留学时，就加入了孙中山领导的秘密反清军事组织“铁血丈夫青年团”。黄埔军校创办之初，孙中山原本是要尹昌衡去当校长的，可惜，刘湘作怪，尹昌衡都走到了重庆，被刘湘留难软禁，最终只得折回成都。

尹昌衡在日本东京士官学校学习时，与阎锡山、田颂尧、孙传芳及李烈钧等是同班同学。尹昌衡个子很高，因而有尹长子之称。他当时年轻，仪表堂堂，风流倜傥，成绩好，时常坐在树下看书，被班上同学笑称为“牛顿”——当初大物理学家牛顿就爱坐在树下看书，有次被树上掉下来的苹果砸了头，恍然大悟，发现了牛顿“万有引力定律”，意思是看尹昌衡以后能不能发现什么。

尹昌衡同阎锡山睡上下铺，阎锡山睡上铺，他睡下铺。阎锡山是山西五台人，说一口“苕”话，闷葫芦一个，向为尹昌衡瞧不起。军校快毕业时，他们到北海道滕田师团实习。阎锡山身上得了疳疮子，整天没事就坐在上铺抠疳疮子，抠得皮屑满天飞，抠得尹昌衡烦，他骂阎锡山是“癞皮狗”。阎锡山脾气很好，并不动气，笑着反驳，“咋个‘癞皮狗’都骂出来了，人吃五谷生百病嘛。”尹昌衡把笑扯扯的阎锡山没奈何，只好由他抠去。

有天阎锡山上岗放哨去了，尹昌衡对同寝室的田颂尧、李烈钧等人说，这“‘癞皮狗’没事就趴在铺上，一个人拿个小本子在那里记呀写的，挺神秘，走一步都把小本子锁在小木箱子里，家伙会不会是朝廷派来的‘雷子’（清廷安插在留日学生中，负责监督学生言行的特务，当时，尹昌衡、田颂尧、李烈钧都已秘密加入了‘铁血丈夫青年团’）？”

大家一想，嗨，还真有可能！他们商量后将阎锡山那个小木箱从床上拿下来，撬开锁，拿出一本小日记，翻开，里面记载的却都是他对同班同学的评价。开头就是评价尹昌衡：“牛顿确实英雄，然锋芒太露，终究危哉惜哉。”

字不多，却非常有眼力，非常中骨，可说是入木三分，尹昌衡惊住了，这才相信“水深必静”一说，“癞皮狗”不简单。以后他改变了对阎锡山的看法，同阎锡山成了好朋友。尹昌衡还真没有看错，以后阎锡山回国后不仅当了多年的山西土皇帝，还当过国民政府的行政院长。

尹昌衡的风流逸事很多。在日本留学期间，一年暑假他一个人坐火车离开东京，作漫无目的的旅游。火车中途上来了一个衣着鲜丽、相貌可餐的佳人，坐在他旁边。二人谈吐投机，不觉生情。黄昏时分佳人下车，他也跟着下车。抬起头来，简直疑为进了海市蜃楼，远天盖着大海，海水托着孤舟，周围是一幢幢漂亮的别墅，原来佳人是回家去，她是日本巨贾岩崎的千金。

岩家千金邀他去她的家做客。岩家千金此举，如果放在落后闭塞封建的四川乡下老家，那就是大逆不道，毫无羞耻，非被家族沉水不可。然而，这是在已经相当开放的日本，于是，他很勇敢地去了。进门就遇见两个穿东京士官学校制服的日本同学，坐在樱花树下，一边品茗一边享受这天籁时分的幽趣。他们两个都是岩崎小姐的哥哥，尹昌衡在军校很出名，两个哥哥对他的到来表示欢迎，然而，老岩崎却瞧不起尹昌衡，因为他是“支那人”。对他避而不见，避而不见的另一个原因，是因为老岩崎看出了自家的千金爱上了尹昌衡这个“支那人”，这，他无论如何不会同意。

在尹昌衡回到学校后，与岩家小姐暗传书信，感情日进。尹昌衡学成归国前夕，岩崎小姐明确地向他表示，只要他同意留在日本，无论家里如何反对，她都是他的。可他不同意，他是抱着军事救国思想来日本学习的，他要回到积贫积弱的祖国去尽自己的一份力。“尹君，我求你了！”岩崎小姐并没有放弃，做着最后努力，一封封饱蘸着绵绵的情绵绵的泪的信，却并没有挽留住尹昌衡。最后的分别是不可避免的了，他走那天，岩崎小姐专门从横滨赶来送别。天上在下小雨，他并没有通知她什么时候走，乘哪条船走等等，以免大家不必要的伤心别离。可是，当他已经上了船，船快开的时候，岩崎小姐突然出现在舱门前，呜呜咽咽地只说了一句：“可是，尹君，我是喜欢你啊……”一时间，尹昌衡的心中一片茫然，好像雨中岩崎小姐的木屐一下子踏进了脑子里。他一边柔情似水，一边去心如铁，却又模模糊糊地跟她下了船再谈，双方还是都不愿舍弃自己的祖国，尹昌衡这就误了船期，结果最终绕了好大一个弯子，从朝鲜辗转回到祖国。不意岩崎小姐那天的突然出现，救了他一命，那条他本来已经上去，行李什么的都带好了的船，行进在东海中时触礁沉没，船上无一人活命。

清国留日军校生回国后到北京集中，接受考试，准备分配安置。

1909年，金碧辉煌的北京武英殿上。时年只有三岁的小皇帝爱新觉罗·溥仪，被他的生父摄政王载沣抱在怀中，煞有介事地坐在镶金嵌玉的御椅上，接受尹昌衡等这批留学生的朝拜并主考试。兵部尚书应昌是主考官，接受考试的有尹昌衡、唐继尧、阎锡山、李书城、李烈钧、孙殿英等。

接受考试的军官们在殿外候考，由考官、有北洋三杰之称的段祺瑞一一唱名上来应试。

轮到了尹昌衡。当时，他的名字叫尹昌仪，号风来。他的名字得来是这样的，他出生时，是难产。母亲在床上痛苦地辗转呻吟，窗外大树上却有只大鸟在那里婉转啁啾，五彩斑斓，极为隽逸。其父尹士忠疑那大鸟是凤凰，就指着树上闪闪发光的大鸟说："凤凰，我妻肚中娃若是你投胎，你就放心去吧，我们以后会好好待他（她）的。"其母闻言亦频频点头。

树上"凤凰"闻言冲天而去。与此同时，哇的一声，娃娃落地，好大个胖儿子，足足10斤，他父亲大喜，给他取名尹昌仪，号凤来。

尹昌仪读书极有天赋，又用功，强学博记，融会贯通。见识多了，他对自己的名和号都不满意。在他看来，"仪"字缺少力度，"凤来"更让他感到烦恶。《明史》有载，宰相施凤来迎合魏忠贤，名列阉党，恶贯满盈，自己怎么能取名凤来呢？然而，身体发肤连同姓名，受之父母，哪是自己想改就改的！现在，在皇帝面前，机会来了。

段祺瑞连喊两遍"尹——昌！"见无人答应，毛了，圆张一双鹰眼，虎威威地高举朱笔，威胁道："尹昌未到吗？我再点一遍。三点不到，就除名。"话刚落音，相貌英武，身肢颀长的尹昌仪大步走上前去，捋捋马蹄袖，跪在红地毯上说："想来大人刚才点的是小人名，因为少了一个字，不敢答应。"

"糊涂！"段祺瑞说："你名字的最后一个字能叫吗？"尹昌仪猛然醒悟，

自己名字的那个“仪”字，犯了皇帝的讳，便说：“请大人赐名。”

“就叫尹昌好。”

“昌是我们家的大排号。”

“这个！”段祺瑞一时语塞，他有些不耐烦了，说：“那，你自己取个名吧。”

“叫尹昌衡吧。”

段祺瑞说：“可以。”尹昌衡终于为自己争得了一个满意的名字。

因为朝廷忆侦知尹昌衡与唐继尧、李烈钧等在日本秘密加入了孙中山以反清为目的的同盟会的军事组织“铁血丈夫青年团”，虽然没有真凭实据，作为对他们的惩罚，这次会试，朝廷将尹昌衡、唐继尧等批不及格，宣布不予录用，而尹昌衡的同学李书城却认定他是个奇才，李书城的表兄张鸣岐是广西巡抚，他将尹昌衡介绍给了张鸣岐，去了广西。

张鸣岐通过一段时间的观察，认为尹昌衡有“元龙之气，伏波之才”；任命他为刚创建的广西陆军学堂教务长，与任广西陆军学堂总办（校长）的蔡锷共同主事。

1905年，广西陆军学堂开学在即。蔡锷与尹昌衡意气相投，蔡对尹极为重视相信。首届陆军学堂招生，蔡锷委托尹昌衡全权负责。尹昌衡招生很特别。首届招生200名，前三名要带去见巡抚张鸣岐。尹昌衡不出试题，也不让考生到课堂上应试，而是不厌其烦地传考生一个个进来，由他亲自面试。

考生收取过半，尚无满意的。心中正暗叹广西无人时，进来一个考生，相貌堂堂，体态魁梧匀称，有大将风度。尹昌衡心中一喜，问来人姓名。

“白崇禧。”

“好。”尹昌衡吩咐身边录员记下来人姓名，开始提问，白崇禧的回答让他很满意，他吩咐将白崇禧取为第三名。窃以为接下来还有好的，可惜接下来的考生，都无有过者，只好降低标准，韦旦明是个美男子，水平也不错，但总觉得骨子里缺少军人气，无奈，取他为第二名。第一名叶琪，当然也勉强了些。

考毕，当晚，他带上叶琪、韦旦明、白崇禧去见张鸣岐。张鸣岐很高兴，设宴款待他们。

宴罢，尹昌衡独自骑着他那匹火焰驹归营。月上中天，远山、近水组成了好一幅恬静幽美的八桂山水画。正暗自赞叹间，路边突然窜出一个青年，伸手捋住了他的马嚼子。他一惊，正待喝问，那青年忙解释："请大人留步，学生是为考陆军学堂来的。"

"浑账东西！"尹昌衡大怒："考试早就完了。军人以时间为生命，如此大事，你却如此粗疏，当什么军人？"尹昌衡声如洪钟，身材高大，又骑在一匹大马上，很威严，以为这样一番呵斥，那青年必然被轰退。不意青年沉着应对，态度诚恳，说是："请大人息怒。学生家贫，不得不在外打工谋生，得知消息迟了，紧赶慢赶赶来，还是迟了，请大人鉴谅，给我一个机会。"尹昌衡感到来人身上有股不凡的气质，注意看去，月光下的青年人，衣着简朴，高高的颧骨，阔嘴，虽不漂亮英俊，但身上自有一股英豪之气。他立刻改变了态度，问："你叫什么名字？"

"李宗仁。"

"好，你考中了。"

回到营地，副官闻讯赶紧去找梯子，准备在榜尾添上李宗仁的名字。

"不用了。"骑在高头大马上的尹昌衡从副官手中接过墨笔，一阵龙飞凤舞，在榜尾添上了"李宗仁"的名字。

多年以后，尹昌衡已在老家成都沉沦，淡出政坛，时为国民党国防部长的白崇禧有次经过成都专门去拜望当年的恩师。谈到当年他一手选出的广西三杰，尹昌衡说，"你白健生现在天下闻名，就不说了。叶琪英年早逝，北伐之前，因马受惊他坠马死于南宁，现南宁有条街就以他的名字命名。这韦旦明呢，怎么没有听说他的事，未必老夫当年看走眼了吗？"

白崇禧笑道，"恩师才没有看错人。北伐时，我当团长，他当了旅长，是我的上司。可当时他的爱妻去世，韦旦明伤心至极，请长假去旅游，到了马来西亚，遇一华裔女郎，两人很快坠入爱河。到了谈婚论嫁之时，女子是当地一华侨巨商之女。巨商对韦旦明说，你的人品我看得起。但这中间有个问题，需要你作出抉择。我只有这个女儿，如果你要回国当军人，我的女儿嫁了你，战场上子弹不长眼睛，万一你被打死，我的女儿年纪轻轻岂不做了寡妇？因此，你若要娶我的女儿，就要招上我家的门，不能回国去当军人！

“韦旦明选择了后者，现在他腰缠万贯，妻贤子孝，比我们强得多呢！”尹昌衡听后哈哈一笑，“老夫早就看出，他虽有军事才干，却是个花命，现在看来果然不错，证明老夫眼睛有毒。”

广西桂林，一时成了四川人才荟萃地。曾做过清廷翰林，有名的道学家颜缉祜、颜楷父子在那里。清朝四川唯一的一名状元骆成骧也在桂林。颜楷和骆成骧分任广西法政学堂的监督和总办。还有新军协统胡景伊也是四川人……颜家看上了才貌双全的尹昌衡，托骆成骧给颜楷的妹妹颜机说媒。颜机有才有貌，大家出身，自然一说就成，并订了婚约。

尹昌衡终是不改脾性，在广西桂林锋芒毕露，同当地同盟会关系密切；同覃鋆鑫、吕公望、赵正辛等人主办了《指南月刊》，因言辞激烈，随时抨击朝政，被张鸣岐勒令停刊。随后，张鸣岐发现尹昌衡“傲慢不羁”，“好饮酒赋诗谈革命”，“以有志须填海，无权欲陷天”自诩，大为不满。

“此处不养爷，自有养爷处”。尹昌衡是个红脸汉子，主动辞职了。照顾大名士颜楷父子的脸面，张鸣岐为尹昌衡设宴饯行。酒席宴上，张鸣岐告诫尹昌衡“不傲不狂不嗜饮，则为长城”。尹昌衡却针锋相对：“亦文亦武亦仁明，终必大用。”

宴会后，颜楷代表父亲找尹昌衡恳谈。着长袍马褂、衣着整洁、面白貌端的颜楷略为踌躇，神情甚至有些忸怩，他看着未来的妹夫尹昌衡，缓声问：“你今年二十有五了吧？”尹昌衡说是。

“你回成都，家父与川督赵尔巽有交情，与你修书一封，想来川督会善待于你。”颜楷又说：“令妹年龄几近小你一半。依说，你是该完婚了，但一是令妹现在还小，二是现在完婚也不合适。家父的意思是，你回成都后，如果感到衣食起居须人照顾，可以先娶一房侧室。”经学大师说完这番话，白皙的脸上涌起一阵潮红，心中也不平静。显然，他并不希望尹昌衡回成都后，先娶一房侧室，不由注意打量尹昌衡的神情。

不意尹昌衡却回答得很干脆，他说：“要得！”尹昌衡回到成都，在娶颜机之前，很快娶了一房侧室。

回川前夕，尹昌衡走马独秀峰下，赋诗抒发胸中块垒：

局脊摧心目，崎岖慨始终。
骥心愁狭地，雁过恋长空。
世乱谁忧国，城孤不御戎。
临崖抚忠孝，双泪落秋风。

尹昌衡回到成都，川督赵尔巽因颜缉祜的推荐，尹昌衡本人也确实有才，一时却又无适当位置安置，暂时委为川省督练公所编译局总办。军衔很高，相当于新军旅长级，在同学中，可谓凤毛麟角了。可是，尹昌衡是一个有大志的人，他认为自己被埋没了，对川督赵尔巽在军队中不重视川人，非常不满。

宣统二年（1910）的清廷内忧外患，处于大厦将倾之际。西藏上层在英帝国主义支持下，随时准备叛乱起事，康藏政局不稳，在这个情况下，清廷将整个西南事务交给赵尔巽、赵尔丰兄弟，被清廷倚为“西天双柱”。川督赵尔巽，为支援时任川康经略使的三弟赵尔丰，将整个一镇（师）部队交给了三弟；自己再请准朝廷，量川省物力财力，创建了一镇川军。

这年秋天，川督赵尔巽在成都凤凰山举行新军秋操大演练。

这是何等壮观的场面啊！川督在一批有相当品级的文武官员簇拥下，缓步登上检阅台，鹰扬四顾，极目远眺，蓝天如洗。秀丽青葱的凤凰山连绵起伏而去，像一只展翅高飞的凤凰，每根翎毛都闪闪发光。一望无际的川西平原上，绿畴千里，小桥流水，点点村落掩映于茂林修竹中，犹如一个高明的画家笔下一幅美不胜收的水墨画。偌大的操场上，一万余人的新军排着整齐的队列，准备接受检阅。官兵一律着黄卡其军服，头戴新式大盖帽，脚上打绑腿，穿皮鞋，手持新式步枪，枪刺在秋阳照射下发出片片炫目的光彩。

总督大人吩咐演练开始。一个个整齐的方队通过检阅台，官兵们都向他行持枪礼。步伐整齐有力，这可是从未见过的场面啊，让所有的文武百官啧啧赞叹。

赵尔巽端坐在检阅台上，看得相当专注。他的身材很瘦小，神态却相当威严。在他的身后，簇拥着一群侍卫他的戈什哈们，戈什哈们一律清朝武士打扮，虎背熊腰，身着缺襟袍，腰佩鲨鱼皮鞘长刀，翎顶辉煌。这就与正在台下走过，接受检阅的新军形成了鲜明对比。

在赵尔巽吩咐作南北两军对抗性演习后，演习结束了。

赵尔巽轻轻咳了一声，用一只手抚了抚上唇一绺相当长的八字胡须，轻轻一声："尹会办！"

"在。"尹昌衡迈着两条长腿，走出来，端端正正站在总督大人面前。身着军装的尹昌衡相当引人注目。他的身量比任何一个在场的人都高，崭新笔挺的毛料军服佩少将军衔，气宇轩昂。若不是在军帽下戴了假发，背上拖一根假辫子，恍然一看，还以为他是西洋哪个国家派来的武官。

"你来做今天南北两军演练的裁判！"赵尔巽有意提高了声音，为的是尽可能让所有在场的人听见。他这样做，是一箭双雕，一是堵四川军人说他不重视川人的口，二是让尹长子（尹昌衡因为身量很高，被人称为尹长子）当众丢丑。前不久发生的一幕，让他耿耿于怀。

不久前，他邀请一干人去督署五福堂座谈。总督大人端坐堂上，用一双有些发蓝的猫眼看了一番到会者，说话了。他说话声音很低，这是故意的。时年 64 岁的赵尔巽，是个有学问的人，他是同治年进士，做过翰林院编修。在他看来，官越大，越应该在举止上显得迟缓，这叫"大智若愚"。说话声音压得很低，以显示其从容。

他嗟叹道，并非他有意冷落川人，而是川省军事人才奇缺，不得不借用外省人。总督大人正侃侃而谈，坐在后排的尹昌衡突然站了起来，马靴啪地一叩，喊操似的大声说："禀大帅，四川有的是军事人才！"好家伙，声震屋瓦。在座的大员们好些都还不认识尹昌衡，掉头看去，纷纷交头接耳："哪里来的这个胆大包天的新毛猴啊？！"

倒是总督大人沉着，他用那双倒眯不眯的猫儿眼中射出来的两道令人莫测的闪光，看着尹昌衡，同时用手理着垂在唇角两边长长的八字胡，略带笑意地问尹昌衡："依你看，哪个是四川的军事人才呢？"

"禀大帅！"尹昌衡说："昌衡就是人才，周道刚也是人才。"赵尔巽当然知道，时任四川陆军学堂监督的周道刚，也是日本士官学校毕业的，比尹昌衡早三期，四川双流县人。

"新毛猴"的突然发难，差点让总督大人下不了台，好在赵尔巽身边幕僚成群，有的是插科打诨的"油子"，这些人巧妙地将事情抹平，总督大人却记在了心中；尹昌衡一下在川军中出了名。

站在总督面前，尹昌衡很内行地、令人信服地对总督大人心中评价很高的南北两军对抗性演习进行了批评，完了，这样结论道："这种演习形同儿戏，完全是花架子。也幸好是演习，如果这样搬到战场上，是必败之道。"尹昌衡将两军协统陈德麟、施承志批得体无完肤。两人涨红了脸，羞愧得如果地上有个洞，都想钻进去。站在总督大人身后的好些官员们，偷觑总督大人的脸色，不知所以。幸好赵尔巽有些度量，他虽然神情有些赧然，却含混不清地说，好好好。然后，吩咐大摆酒宴庆祝。

赵尔巽优待军人，按品级，尹昌衡坐得离总督大人应该很近，然而，他却故意坐得离山离水的，一个人喝闷酒。总督大人应酬着，一双猫眼忽睁忽闭，却暗暗注意着尹昌衡的一切。

在万人仰慕中，总督大人站起来致辞。他说："尔巽来川两年，迄无建树。现今纵观天下很不太平，可谓外忧内患。西方洋人对我大清压迫，日甚一日。国内土匪猖獗，越渐横行。所幸者，两年来，尔巽殚精竭虑，且得诸君帮衬，终于建成一镇新军。尔巽特为四川喜，为四川贺！"说完，将斟满酒的杯子高高举起："来，大家满杯！"

台上台下，文武百官和新军上万官兵一律举杯，贺声盈耳地干了杯。

只有尹昌衡，很不情愿地站起来，却拒不举杯。

待大家落座后，赵尔巽拖长声音喊："尹会办！"

"在。"尹昌衡应声而起。

"本督知道你酒量很好，以善饮出名。"赵尔巽用那双猫眼盯着尹昌衡："刚才大家都高高兴兴站起，同本督举杯，独有你闷闷不乐，拒不举杯，不知你有何心事？”

尹昌衡心中暗暗一惊，不谙总督大人将自己的一举一动都看在眼里，说：“心事倒没有，不过部下生性愚钝，大帅方才说的话不懂，正在思量。所以忘了举杯，失礼之处望大帅鉴谅。”尹昌衡想敷衍过去，话也说得得体。赵尔巽却不依不饶：“刚才本督说的话，句句通俗易懂。你却不懂，有哪句不懂，你说出来。”

尹昌衡这就心一横，说：“刚才大帅说为四川喜，为四川贺。不知大帅有何事值得喜，值得贺？”

“本督为四川建了一镇新军，对外，可卫国，对内，可防匪剿匪，难道不值得喜，不值得贺！”

尹昌衡望了望台上台下所有人都注意着他和总督大人的论战，性情使然，他决心把这场论战进行下去，直到胜利。他说：“四川哪有那么多匪？至于说到卫国，这镇新军根本不可用。”

“此军不可用？”向来沉得住气的赵尔巽勃然变色，厉声喝问：“此话怎讲？”一时，台上台下，鸦雀无声。

尹昌衡见状，又想敷衍，他说：“因为我们新军的装备落后了些。”

“装备、枪械落后了些？这好办。待省财政好转，立刻更新。”赵尔巽说时冷笑一声，穷追猛打：“不过，这不是尹会办的真心话吧？”

既然躲不过了，尹昌衡干脆挑明：“窃以为，千军易得，一将难求。汉朝晁错说过，‘将不知兵，以其兵与敌也。主不择将，以其国与敌也。’大帅只知练兵不知选将，所以职幕以为，大帅的新军不可用。”

“好，这才是你的真心话。”总督大人说到这里，又是冷然一笑，当众发问：“依你看，谁才是将才？”

“既然大帅这样问，职幕也不敢隐瞒，部下就是将才。”

“好，还有谁是将才？”

“周道刚也是将才。”

“你们都是将才，本帅不会埋没你们，本帅一定会量才录用。”赵尔巽说时提高了声音：“还有谁是将才？”

“没有了。”尹昌衡说了这句，顿时场上大哗。占新军中绝大多数的川籍官兵喜形于色，交头接耳。川军中，协统以上的军官，只有周道刚一个，其余协统以上的军官，都是外省籍。外省籍军官则愤愤然。

“你如此说，是不是因为你和周道刚，都是朝廷保送去日本士官学校的留学生？”赵尔巽又问。

“这是一个原因。”

“那他们不是吗？”赵尔巽指了指陈德麟、施承志等。

“是，他们也都是留学日本士官学校生。”

“都是朝廷选送日本的东京士官学校毕业生，为何就你尹昌衡和周道刚是将才，他们就不是？”

“请问大帅！”思维敏捷的尹昌衡在这里来了个逆向思维，反问：“宋朝的李纲是何出身？”

“状元出身。”赵尔巽瞪大了一双猫眼，他不明白尹昌衡为什么这样反问。

“秦桧呢？”尹昌衡接着又问，总督大人恍然大悟。

“文天祥和留梦炎呢？”见总督大人不理，尹昌衡自问自答：“他们都是状元出身。可留梦炎降了元朝，秦桧是出了名的奸臣。文天祥至死不降，留下了‘人生自古谁无死，留取丹心照汗青’的千古绝唱。大帅完全以资格论人，岂是求才之道？”

博学多识的川督当众栽在尹昌衡手里，简直气昏了，下不来台。大员们赶紧上去解围，说是“尹长子酒吃多了，打胡乱说一气……”周道刚等人赶紧将尹昌衡拉走了。以后，在川军中人气很高的尹昌衡，终于风云际会，成了一颗快速升起又快速落下的将星。

就在尹昌衡后来登上大汉四川军政府都督职，快刀斩乱麻地镇压了赵尔丰发起的军事政变之后，打马在街上游行，游到少城祠堂街时已是万人空巷，人们都争相出来瞻仰骑在一匹火红雄骏上的年仅 27 岁，雄姿英发的尹都督。他却于万人之中很敏锐地捕捉到了一双明如秋水，对他传递爱意的眼睛——祠堂街上，一家成衣铺前，一个年轻貌美而又春情难耐的少妇，站在一根高凳上向他瞭望。他心中有数了，回到皇城军政府所在地，他马上要他的师爷是夜去请那家成衣铺的少妇到军政府“上班”。天下事无奇不有，那年轻貌美春情难耐的少妇丈夫，那家成衣铺老板正好是个阳痿，正为对付不了妻子发愁，想如此一来，既可以得到一笔钱财，又可以讨好尹都督，还可以躲过妻的追索，何乐而不为。

听师爷这一说，那家成衣铺老板很高兴，竟然说“既然都督大人有心，小民愿尽义务”。当时郭沫若的大哥郭开文在军政府中任交通部部长，后来，郭沫若在评价尹昌衡的风流逸事时，曾经不无幽默地这样说，“尹昌衡有个三段论，即：自古英雄爱美人。昌衡是英雄，所以昌衡爱美人。”

尹昌衡诛杀赵尔丰前后，更是惊心动魄的。

当时，在辛亥革命前夕，局势一片混沌，清廷摇摇欲坠，处于历史夹缝中的赵尔丰为自身计，名说向军政府交了权，但只当了12天军政府都督的蒲殿俊等立宪派人相当软弱，在同赵尔丰谈判时，答应他交了权仍然可以住在督署里，而且身边照样可以拥有他从康藏带出来的3000百战精兵。尹昌衡接替蒲殿俊当上军政府都督后，清醒地意识到，如果不解除赵尔丰的武装，不审判赵尔丰，新生的政权就没有威信，随时都有倒塌的可能。尹昌衡这就设计施计。那天，成都和平街尹府迎宾馆张灯结彩，大肆张扬，27岁的四川省军政府都督尹昌衡与大名士颜楷之妹颜机举行婚礼。

一早，迎宾馆门外各种车辆便熙来攘往，热闹非常。军政大员、达官贵人络绎而入。雕梁画栋的大花厅内，彩礼堆成了山；笺花宴摆了几十桌。

尹都督是新派，民间迎新的好些烦冗礼节都免了；但拗不过两家老人，新娘坐花轿这一项没有免。天刚亮，尹太夫人便派出了声势浩大的迎亲队伍去颜家接新娘。有抬花轿的，有打锣敲鼓的，有拿花凤旗、放鞭炮的……浩浩荡荡共约百人。一路上，他们将锣鼓打得喧天响，竭尽张扬，引得长街上千人百众争相观看。

迎亲队伍到了颜府。在鞭炮齐鸣，锣鼓震天声中，八个头戴喜帽，身穿绿绸短褂，前后白洋布背心上各笺有一幅冰盘大小，绣有飞马图案的轿夫，共八抬八扶；将花轿抬进门，半截放进堂屋。新娘颜机也是新派，免了凤冠霞帔、红绸顶盖；身着一件华贵的花绸夹旗袍，大大方方先在堂屋里参拜了祖宗神位，再拜辞父母，这才上了花轿，八抬八扶，吹吹打打，出了颜府，一路吆吆喝喝到了尹府迎宾馆。

在吹鼓手们吹打出的轻快、活泼的民间乐曲声中，身着长袍马褂，头戴插有金花博士帽，身背大红缎带，胸前别有一朵绒做大红花，一副传统中国打扮的尹都督满面喜色，迎到门外，卷起轿帘，扶出新人；在鞭炮齐鸣，锣鼓喧天声中，一对新人手挽手进了红漆大门。

一对新人刚进花厅，几十张笺花桌后座无虚席的客人们鼓起掌来。一对新人站在席前向客人们致意。啧啧，真是郎才女貌，真资格的英雄配美女！客人们热烈议论起来。都是第一次见新娘，她要比新郎小10多岁。站在长身玉立的新郎身边，显得娇小玲珑，清秀端庄，冰清玉洁。一条质地很好的滚花鹅黄暗花旗袍恰到好处地勾勒出她身姿的苗条丰满。乌黑丰茂的头发在脑后挽成一个髻，越发衬出她皮肤的白皙，五官的秀丽。她侧着头，微微靠着丈夫的肩，一双又大又黑的眸子里，有几分憧憬，有几分惊喜。整个看去，显得神态贤淑，雍容华贵。

新郎虽身着长袍马褂，披红戴花，喜气洋洋，但那笔挺的身姿，昂藏的举止却处处透露出非比一般的身份。

结婚仪式想象不到的简洁。新郎发表了简短的欢迎词和来宾致辞后，司仪便宣布上席。按照传统的规矩，新婚夫妇款款而来，挨桌向客人们敬酒时，司仪宣布了一个惊人的消息，说是赵尔丰派他的儿子老九、老四双双送来贺礼！客人们注意到，新郎闻讯含笑颔首点头。这就引得客人们纷纷交头接耳，议论纷纷：赵尔丰送礼，尹都督收礼！ 这件事说明大局已定，干戈化为了玉帛，锦城已离战乱远去。接下来，成都又该是歌舞升平，再现“温柔富贵之乡”的繁荣与宁静。

正当客人们纷纷起立，高举酒杯，为这对珠联璧合的新人大唱赞歌时，不明就里的徐炯（字子休）来了。他一来就大煞风景。

这位执教四川高等学堂，出任过日本留学生监督的名士，穿一件灰不灰蓝不蓝的旧布袍，当场喝问尹都督——

“尹昌衡！你这个时候结婚？我看你是脑壳发昏！ 赵尔丰在那里虎视眈

眈，要你的命。”

偌大的花厅里，顿时清风雅静。

“言重了，徐先生！”新郎笑道，“我已经同赵尔丰说好了，没事，请放心。若其有啥子不放心，我们三天后再谈。今天是我的大喜日子，请先生入座吧！”

“三天？”徐炯不依不饶，冷笑一声：“恐怕三天后赵尔丰早已砍了你的头！不过，你砍头也还值得，毕竟当过几天都督。我们这些替你打旗旗的人哪，是白白陪你死……”徐炯在那里说得白泡子溅，尹都督的脾气却好得很，手摇摇，只说：“不会，请放心！”梭在后面坐着的赵老九、赵老四怕火烧到自己头上，赶紧溜了。张澜等人见徐炯闹得太过分，赶紧上前，将暴怒的徐子休劝了出去。

迎宾馆后院，一张张八仙桌后坐的都是军官。他们济济一堂，大碗喝酒，大块吃肉，嘻哈连天，热闹非常。尹都督特别关照过：“不必送礼。营以上的军官务必给个面子——吃请！”

夜渐深。尹都督派人来传话：“军官们都不要走！他要同大家见面，有要事说。”军官中有细心的发现，花园前后都是站了岗的。

夜晚11时，尹都督送走了客人，匆匆跨进后花园。军官们赶紧起立，新郎官神色陡变，异常严峻，他下达了当夜抓捕赵尔丰的命令，并做了精心布置。

那天晚上，赵尔丰病了，病得很扎实，是军政府的大炮声将他震醒过来的。

“出了什么事？”赵尔丰情知不好，撑起身来，靠在床头，强打精神。

“落黑以后！”发妻抽抽泣泣，“军政府调大兵将督署围得水泄不通，并撒进大批传单，人心惶惶……”并给他看了传单。

就着微弱的烛光，赵尔丰抖索着手接过传单看下去：“军政府今夜集合数万精兵捉拿赵尔丰。所取只赵逆一人，与诸君无关。你们如深明大义，将赵尔丰捉出来献者，官升三级，兵有重赏。如因是旧长官，不愿叛他，可由下莲池撤退，听候军政府整编。”

赵尔丰看完传单，两把撕得粉碎。一张胡子把叉，因发烧而绯红的瘦脸上豹眼环张；他喝道："叫田总兵来！'声音嘶哑。

"田征葵已经脚板上抹油——溜了！"儿子老九小声说。赵尔丰听了 这一句，顿时气得说不出话来，仰在床档头喘气。这时，大炮响了。"轰，轰！"一道道金蛇似的炮弹，犁开夜幕，带着可怕的啸声，"呼、呼！"地掠过院子。顿时，只听院中人声嘈杂，脚步声杂沓，如决堤洪水向下莲池方向跑去。显然，署中3000边军在争相逃命。

"我命休矣！"赵尔丰长叹一声，气喘吁吁。

"爹爹，我们扶着你撤吧！"儿子老四趋步上前，赵尔丰连连摇手制止。他喘过气，头靠床头，忽闪闪的烛光下，直勾勾地看着两个儿子，神情是从来没有过的专注。但是，这种种伤时感怀的柔情，随即为一种决绝之情所代替。

"来！"他向老四招了招手，声音悲戚，"我给你说！"

"爹爹，你说！"老四"扑通！"一声跪在他的面前。

"赶快带上他、她们！"赵尔丰吃力地用手指着小儿子、老妻和妾："带上他们快去东北，投靠二伯……"

"我们不能丢下你走！"屋内至亲失声痛哭。

"再不走，就都完了！"赵尔丰说着猛然掀被，一骨碌而起，气得在地上跺脚。老妻和来龙都坚决不走。赵尔丰这会儿定定地看了看跟了他一辈子的老妻李氏，发妻年轻时的音容笑貌，这会儿在赵尔丰眼前烟云般地流逝，心中自有无限感慨。这个时候没有任何人会想到，多年以后，赵尔丰的妻子——出身陕北名门的李氏的侄子李鼎铭，因为提出了"精兵简政"受到毛泽东的高度赞扬而天下闻名，并担任了当时陕甘宁边区的副主席。

赵尔丰不再勉强发妻和来龙，但逼着老四、老九快走。

最后的时候来到了。

赵尔丰由来龙扶着，坚持把老四、老九送到后门。情知这是诀别，两个儿子双双向他们跪下作别。他们兄弟一声"保重！"出口，老妻失声痛哭。还是来龙沉着，她手脚利索，已为他们弟兄打好了包袱、装了足够的盘缠。漆黑的夜幕中，赵尔丰哆嗦着，伸出一双热得烫人的手，上前一一扶起两个儿子，紧紧拉着他们的手，贴近看了看他们的面容。然后，猛然丢手，手一挥，大喝：“快走！”两个儿子相跟着快步出了后门，随即，双双融进了黑夜。

赵尔丰心上这才一块石头落地，又像浑身被抽了筋。来龙未扶稳，他踉跄一下，退后一步，靠在一棵桂花树上，这才发现督署内，他赖为干城的3000精兵，从上至下，跑得一个不剩。侧耳静听，炮声早已止息；偌大的督署里，静得吓人。富有作战经验的他当然知道，一张死亡的网正在 向他收拢！留恋地再次环视自己辉煌过的督署。此时，黑夜深沉，寒风呼啸，落叶敲窗……有一种说不出的悲凉凄惨萧索。

他让老妻和来龙扶着，回到卧室。他坚持要老妻和来龙躲到一边去。说是，军政府是冲着他来的，不关她们的事。在这，就会祸及她们。再说，一会儿，那些军人动手，很吓人！他也不忍心她们看……结果，只劝走了老妻。

熄了灯，赵尔丰静静地躺在床上，大睁着眼睛，望着莫测深浅的黑夜。来龙跪在脚踏板上，依偎在他身边；用年轻姑娘一双青春饱满的手，将他一只滚烫的青筋饱绽的老人的手紧紧地握在手中，贴到脸上。她尽可能地用自己的爱心、温情去安慰、熨帖一个行将走完人生历程，走上绞刑架的年过花甲的老人。

“大帅！”决心以自己年轻生命作赌注的藏族姑娘来龙，一边悄悄从身上拔出进口德造20响驳壳枪，张开机头，顶上子弹；一边喃喃细语，她说的话很朴实很动人很温情：“大帅，我保护你。有我来龙就有大帅你！”

“来龙！”赵尔丰这个时候还在坚持：“你走！你还年轻，犯不着同我一起死在这里。”

来龙不依：“临别姆妈，她要我好生服侍大帅。我们藏人说话说了算，一片真心可对天！我来龙生是大帅的人，死是大帅的鬼。”来龙这一番出自真心的话语掷地有声。少顷，黑暗中响起了轻微的啜泣声。是谁在哭？ 啊，是号称“屠户”的赵尔丰大帅在哭，这是来龙第一次听见大帅的哭声，而且，哭得是如此伤心？侠肝义胆、温柔多情的藏族姑娘大大惊异了。

有杂沓的脚步声由远而近。脚步声轻微、警惕，似一张捕鱼的大网在渔夫手里开始收拢，缓缓拉起时带着的水声。来龙放开大帅的手，转过身来，隐身黑暗中，警惕地执枪在手，睁着一双明亮的大眼睛，竭力看穿夜幕，寻找着就要出现的敌人。

“咚——！”的一声，赵尔丰卧室门被踢开了。熹微的天幕背景上，只见一个黑影一闪；一个手握鬼头大刀的敢死队员一下闯了进来。

“砰！”来龙手中的枪响了，那个冲进来的黑影应声栽倒在地。

“砰、砰！”红光一闪一闪，外面敢死队员也开枪了，吸引了来龙的注意力，而这时，卧室后门的一扇窗户无声地开了。一个高大的身影像片树叶，轻盈地飘了进来。来龙闻声刚要转身，一道白光闪过，敢死队队长陶泽昆手起刀落，来龙姑娘顿时香消玉殒。

一切抵抗都停止了。

敢死队一拥而进。

陶泽昆命队员掌灯。烛光摇曳中，只见赵尔丰躺在宽大的象牙床上，气喘吁吁，脸色蜡黄，眼窝深陷。他只穿了件青湖绉棉滚身，额头热得烫人。谁能想象，这个躺在床上病病恹恹一副可怜相的老人，竟是半年前声威赫赫，马上一呼，山鸣谷应的赵尔丰赵大帅。

“把他弄起走！”陶泽昆眼都不眨一下，大声下达命令，“抬回军政府受审！”四名彪形大汉应声而上，两人抓手，两人抓脚，一下把赵尔丰从床上提了起来，软抬着去了皇城军政府。

辛亥年（1911年）12月22日，黎明姗姗来迟。

难得的冬阳冉冉升起。背衬着蓝蓝的天空，飞檐斗拱的皇城像是镀了一层金。那红墙黄瓦，那风铃，那城门洞前的“为国求贤”坊……全都凝神屏息，在倾听，在等待什么重大的事件发生。

军政府已擒拿了“赵屠户”，并要公审的消息像长上了翅膀，顷刻间传遍了九里三分成都市的两百多条大街小巷。

“走啊，去看公审‘赵屠户’那龟儿子！”

“天网恢恢，疏而不漏。天报应啊！”……大街小巷响起了杂沓的脚步声，人们议论纷纷。雅的，俗的，各种议论归结到一点，强烈要求军政府处决“赵屠户”，为死难者报仇雪恨！

人们潮水似的向皇城坝涌去。

当戎装笔挺的尹都督率领军政府大员们从明远楼里鱼贯而出，站在玉砌栏杆前朝下望，偌大的皇城坝上已是人山人海。

尹都督在明远楼前的一把高靠背椅上正襟危坐，神态严峻。他的身后簇拥着军政府大员们。

身着青湖绉棉滚身的赵尔丰被带出来了。他面朝尹都督，盘腿坐在一块红地毡上。聚集了几万人的皇城坝上顿时清风雅静。

“赵尔丰！”响起尹都督那特有的洪钟似的声音，不用任何扩音设备，坝子上都听得清，“你抬起头来！”

一颗低垂着的须发如银的头，缓缓抬了起来。深陷的眼窝内，突然迸发出光芒，那是一双多么仇恨的眼睛！

“尹娃娃！”气息奄奄的赵尔丰突然指着尹昌衡大骂，“你言而无信，竟然设计，装了老子的桶子！”一副虎死不倒威的样子。

“赵尔丰住嘴！”尹都督勃然震怒，没让他把话继续说下去。尹都督居高临下，历数赵尔丰的罪恶：为升官发财，杀人如麻，用堆积如山的白骨铺成了高升的路；以无辜者的鲜血，染红了他头上“封疆大臣”的顶子，挣得“屠户”骂名。在四川人民如火如荼的保路运动中，为讨好清廷，保住自己的“顶子”，竟一手制造了震惊全国的“成都血案”；为复辟，策划了兵变，让锦绣成都遭受空前浩劫。接着，密令川边总兵、川滇代理大臣傅华封带兵回援，图谋颠覆军政府，直至拒绝军政府的最后规劝，恩将仇报，派卫士长何麻子阴谋杀害军政府都督……真是，罄南山之竹，书罪无穷；决东海之波，流恶难尽。赵尔丰你硬是用自己的手给自己掘了坟墓。尹都督越说越激动，越气愤。场上万人拍手称赞：“说得好！”

数完罪状，尹都督问：“赵尔丰，以上数罪，历历在案。你是服，还是不服？”

“我既服也不服！”赵尔丰端坐不动，竟是一副桀骜不驯的样子。

“如何服，如何不服？”

“你刚才所言句句是实。然，论人是非，功过都要计及！焉能以偏概全，一叶障目，不见泰山？”赵尔丰雄词抗辩，“纵然你上述件件属实。但我在康藏建下的殊勋你为何今日只言片语不提？”说着，凄然一笑，“非我言过其实。扪心而问，若不是我赵尔丰在康藏艰苦卓绝奋战七年，今天中国雄鸡版图已缺一角矣！我今为鱼肉，你为刀俎。要杀要剐，任随你，我只是不服。”

尹都督长叹一声：“赵尔丰，你的功绩，川人岂有不知？可说是点点滴滴在心头。正因如此，我日前是如何劝你？然而，你却阳奉阴违，罪上加罪。时至今日，我纵为川督也救不了你！”看赵尔丰抬起头，满脸的不解，尹昌衡苦笑一声，“你可听说过，我们先行者孙中山先生的名言‘世界潮流，浩浩荡荡；顺之者昌，逆之者亡。’并非我与你有何过不去！时至如今，对你如何处置，当以民意为是！”

赵尔丰性格刚烈，是个明白人。听了这番话，哑声道：“好。”声渐低微：“尔丰以民意为准！”

尹都督霍地站起身来，面向台下黑压压的人群，扬声问：“我同赵尔丰的话，大家可都听清？”

“听——清——了。”

“怎样处置赵尔丰？大家说！”

“杀！——杀！”台下千人万众异口同声。相同的口号，此起彼伏，像滚过阵阵春雷。赵尔丰眼中仇恨的火花熄灭了，那须发如银的头慢慢、慢慢垂了下去。

尹都督转身，问赵尔丰，“你都听见了？”

“听见了。”

“可还有话说？”

“没有了。”停了一下，复抬起头来，说：“老妻无罪！”那双深陷的眼睛里，竟是热泪淋淋。

“决不连累！”

“多谢了！动手吧！”赵尔丰闭上眼睛，坐直了身子。他须发如银，串串热泪在那张憔悴、苍老的脸上滚过，顺着瘦削的脸颊往下淌。

尹都督朝站在一边的陶泽昆点了点头。

阳光照在陶泽昆身上。敢死队长好大的块头！几乎有尹都督高，却比都督宽半个膀子。一张长方脸黝黑闪光；两撇眉毛又粗又黑，两只眼睛又圆又大又有神，脸上长着络腮胡；身着草黄色的新式军服，脚蹬皮靴；一根锃亮宽大的皮带深深扎进腰里，两只袖子挽起多高，越发显得孔武有力。

“唰！”的一声，陶泽昆粗壮的右手扬起了一把镶金嵌玉的窄叶宝刀——那是赵尔丰须臾不离的宝刀，据说是一个朋友送他的。刀叶很窄犹如柳叶，却异常柔韧，可在手中弯成三匝。虽削铁如泥，可一般人不会用。陶泽昆会用，这宝刀是他昨晚逮赵尔丰时缴获的。

陶泽昆上前两步，不声不响地站在赵尔丰身后。突然，伸出左手在赵尔丰颈上猛地一拍。就在赵尔丰受惊，头不禁往上一硬时，只见陶泽昆将手中的柳叶宝剑猛地往上一举，抡圆，再往下狠劲一劈。瞬时间，柳叶钢刃化作了一道寒光，阳光下一闪，像道白色闪电，直端端射向了赵尔丰枯瘦的颈子。霎时，那颗须发如银的头，“唰——！”地飞了出去，骨碌碌落到明远楼阶下，两目圆睁。随即，一道火焰般的热血，迸溅如雨注。顿时，场上掌声如雷，欢呼声四起。

尹昌衡走上前去，一把抓起那根雪白如银的发辫，提起赵尔丰那颗死不瞑目的头，要副官马忠牵过他的火红雄骏，他翻身上马，带着队伍游街示众。他要竭尽张扬之能事。他知道，这颗人头对赵尔丰死党有何等的威慑力！

日上三竿。尹都督所过之处人山人海。他骑在一匹火红雄骏上威风凛凛，由一营卫队簇拥着前进。一个彪壮的骑兵，用竹竿挑起赵尔丰的首级，走在最前列。沿袭战场上惯例，尹都督身边有匹备马，由一个卫士牵着跟进。

马蹄嗒嗒，口号声声。那是何等壮观的场面啊！万人拥戴中，年轻有为的尹都督举起手来，频频向欢呼口号、对他感恩戴德的乡亲们挥手致意。阳光在卫兵们闪闪的枪刺上镀上了一层金。

谁也没有注意到，这时就在对面高屋顶上，一个黑大汉正举枪对沉浸在喜悦中的尹都督瞄准。黑大汉身材高大，嘴里含着一根油浸浸的大辫子，缓缓抬起手中的九子钢枪，眯起一只眼睛，一根手指勾动了扳机——“砰！”枪声响时，身手敏捷的尹昌衡应声藏到了马肚子底下；头上戴的大盖帽却被打飞。

“砰、砰！”紧接着又是两枪。走在尹都督身边的备马和牵马的卫士被当场打死。训练有素的卫士们循声望去，只见谋杀未遂的黑大汉在房上飞奔，跨墙越屋如履平地。队官朱璧彩赶紧命一队人护住都督；他指挥卫士们从四面围紧抓捕刺客。然后卫兵们搭成人梯子，上房的上房，瞄准的瞄准……很快形成了一张严密的网。刺客身手不凡，可惜他身踞的高屋与其他的房子是断开的，插翅难飞，很快被拿住了。这不是赵尔丰的贴心卫士张德魁是谁！他被五花大绑，但环眼暴张，脸上的络腮胡根根直立，犹如钢针。他恨眼看着尹都督骂声不绝，一副视死如归的样子。

尹都督命令，停止巡行，卫队押着刺客原路返回。

成千上万的人又涌回到了皇城，都來看啊，看尹都督审判阴谋暗杀自己的赵尔丰的贴心卫士张德魁！看今天的第二颗人头落地。

尹都督坐在刚才审判赵尔丰的地方，被五花大绑的张德魁被卫士押上来了。他毫不畏死，骂声不绝，像头暴怒的雄狮。

尹昌衡很冷静。默默地打量一番刺客，吩咐卫士，“把绳子给他解了。”

哎呀，这是怎么回事？场上场下，所有的人都惊愕不已，这个身手不凡的大块头不是要置你于死地吗？好容易才将他逮着的嘛……

“听见没有？”尹昌衡有些愠怒，喝令卫士：“将他手上的绳子解了！”

“都督！”候在他身边的副官马忠急了，闪身而出劝阻：“这个张德魁罪该万死，先是在成都兵变中打主力，今日竟又谋杀都督，放了他怎么行？”

“这样明知必死，却不怕死的人倒是真汉子。”尹都督语气里竟有几分赞赏的意味。断然挥了一下手，喝道：“解开他手上的绳子！”卫士们无奈，只得上前解开刺客手上的绳子。顿时，场上千人百众鸦雀无声。只见被解绑的赵尔丰贴心卫士张德魁在尹都督面前昂起头，毫不领情，桀骜不驯。

“张德魁！”尹都督并不恼怒，问道，“你先在较场指挥兵变，继则在街上阻击我，顶风而上，这是何为？”

“你竟敢造反，继而谋杀主官！”张德魁言之凿凿，理直气壮：“我是大帅卫士，自然服膺大帅命令，我先是替大帅效命，继则替大帅报仇。我只是后悔，月前在北东校场和刚才都没有一枪结果你！”

尹都督看马忠等人在旁恨得咬牙切齿，摩拳擦掌就要上前动手，笑着制止。

“你说得有些道理。”尹昌衡看着张德魁，“但是，你没有杀到我，我却捉着了你，是你该死。”

“要杀要剐任随你！”大块头张德魁脑壳硬起，“我做这些事就没有想过要活的。少啰唆，快动手。我张德魁 20 年后又是一条汉子。”

“这样！”尹都督看了看场上场下，他知道，人群里还有好些赵尔丰余孽。自己能否正确处理好这个人，对瓦解赵尔丰死党至关重要。

“我不拿都督的权势压人。”尹昌衡说，“我们当众讲理。你说赢我你就杀我，反之我就要杀你，如何？”

“对嘛！”张德魁还是那副横撇撇的样子。偌大的皇城上下，人们怀着极大的兴趣注视着这场别开生面的辩论。

“你先说。”尹都督硬是让得人。

张德魁说来说去还是刚才那几句。

“张德魁，你糊涂透顶！”尹都督猛然发作，指着硬着头的大块头呵斥：“不要以为你这样做是侠士行为，其实你是个莽子！”赵尔丰的贴心卫士张德魁不由得吃了一惊，怔怔地望着盛怒的尹都督。

“……赵尔丰罪恶累累！”尹都督一一列举了赵尔丰的罪行后，强调，“巴蜀父老人人欲对其人食其肉、寝其皮。我杀他，非我与他有何私仇，而是他罪有应得！”说着指着场上黑压压的人群，“请父老乡亲们回我一句，“赵尔丰该不该杀？”

“该杀——！”场下千万人齐应，声震天地。

“张德魁！”尹都督喝问，“你都听见了吗？”赵尔丰贴身卫士气焰萎了些，低着头，嘴还犟，“我是粗人，我说不过你，你杀吧！”

“好，你承认输了！”尹都督说着厉声吩咐，“带下去！”马忠带两名卫士应声而上，就要去拿大块头。

“不要你们拿，好汉做事好汉当！”张德魁扭了扭蛮实的身子说，“我自己走！”说着，跟马忠等人就要走。

“张德魁！”不意尹都督又将他喝着，说，“我敬你是条汉子。况且，原先你是非不明，各为其主，也在情理之中，我免你的罪。”尹都督要身边的队官朱璧彩拿来一个用红纸封好的长条子。

“你拿着。”尹都督说，“这是400块大洋。是军政府送你回山东老家与亲人团聚的路费、安家费！”

大块头闻此言如被雷击。起先，他怔怔地看着和颜悦色的尹都督，始则相信是实。继而趋前两步，“扑通！”一声跪在尹昌衡面前，哭了。

张德魁说，“德魁愚钝，德魁知道错了。若都督不弃，德魁愿追随都督，知恩报恩。以后赴汤蹈火，在所不辞！”尹都督这就欣然离座，上前扶起痛哭流涕的大块头张德魁，抚慰道，“知错改了就好，弃暗投明者，军政府一律欢迎。你以后就当我的卫士。这400大洋你拿去任意处置……”话未说完，皇城坝上，人们对尹都督的宽宏大量赞叹不已，当场就有好些赵尔丰余孽前去向军政府坦白投诚。

不动刀枪，尹都督在皇城义服张德魁这一幕，顷刻间让赵尔丰苦心结成的死党群体在轰然间土崩瓦解，灰飞烟灭。

尹昌衡就任四川都督期间，西藏上层又开始趁机动乱。尹昌衡主动向北京中央政府请缨率军平叛。尹昌衡率军到康藏平叛迅速有力，伤及了英国人利益，英国驻华大使朱尔典代表英国政府向民国大总统袁世凯提出抗议。这时窃国大盗袁世凯一心期望在西方列强支持下黄袍加身，他对三个大都督最不放心，这就是四川的尹昌衡、云南的蔡锷、湖北的黎元洪。他将三人诱骗到北京进行软禁。黎元洪对袁世凯采取了韬光养晦之策，整天在家猫起，而尹昌衡与蔡锷半是性格使然，半是有意做给袁世凯看，两人故意在京都放浪形骸，出入于八大胡同。人们一般只知道蔡锷和小凤仙的故事，其实这里面还有一个尹昌衡同良玉楼的故事更为动人。

蔡锷最终在小凤仙帮助下，潜离京师回到云南，成功地举行了反动袁世凯的护法战争而天下闻名，尹昌衡却就没有那样幸运了，他因此被袁世凯盯得更紧。时京都名人云集。早年加入反清同盟会，当过孙中山总统府枢密顾问的章太炎就是一个不怕死，坚决反对袁世凯的大文人、大名人。他曾经抬着棺材去总统府谩骂袁世凯，一是章太炎是闻名海内外的名人；二是章太炎无权无势，骂就等他骂吧，袁世凯对章太炎也就听之任之，只是送了他个绰号“章疯子”。有次章太炎来在尹昌衡处，扑通一声就给尹昌衡跪下叩头，慌得尹昌衡不知所以。一边扶他起来，一边问他这是为何？章太炎说，“你死定了，袁世凯把你看成眼中钉，肉中刺，你能不死吗？所以我今天特来祭你。不过，我会死在你前面，因为我骂袁世凯，你不骂，你可以多活几天。到你死的时候，我已死了，所以我今天提前来祭你。听说你祭文写得不错，我死后，你能不能给我写篇祭文？”

尹昌衡以为章太炎是在调侃，就逗趣说一定遵命。

章太炎说，那就告辞了，边说边走，翩然而去。隔日，章太炎在颐和园万寿山昆明湖畔备下一席，请了几个客人去吃酒，内中就有尹昌衡。清廷虽然已倒，但颐和园这座皇家园林也不是一般人可以进去的。章太炎不同，他是大名人，颐和园不能不卖他的面子。尹昌衡高高兴兴去了，席间，章太炎要行酒令，酒令行得怪，且相当骇人。章太炎说行一般酒令无味，要以骂袁世凯行酒令。几个客人，闻言吓得战战兢兢，借故溜了。尹昌衡没有溜，并不是他想骂袁世凯，而因他不是一吓就可以吓倒的人。两人这就开始骂。章太炎先骂：“生就一副猪相，却是心中了亮；明是一代枭雄，却又装猫吃象。”真可谓竭尽了嬉笑怒骂之能事。尹昌衡接着骂袁世凯怕英国人：“牛的眼睛大，不尽看啥都大。西藏大，在他眼中不大，英国小，在他看来很大。”两人都是酒仙，又都文思敏捷，他们边喝边骂。渐渐酒吃麻了，骂袁世凯也骂欢了。自然事情很快就让袁世凯知道了。袁大总统亲自出面收拾尹昌衡，给他来个莫须有的罪名，投入牢笼关押四载，最后是在阎锡山的帮助下，尹昌衡才带着良玉楼好不容易辗转回到成都。但此时的成都非彼时的成都，他的学生辈人物刘湘、但懋辛掌四川军权，他们对尹昌衡不放心，逼着尹昌衡在报上发表了《归隐宣言》，不然不准他回川。

就在尹昌衡在报上发表了《归隐宣言》之时，他心目中中国唯一的一盏政治明灯孙中山为国事操劳，在北京溘然而逝，尹昌衡万念俱灰，就此在成都归隐沉沦；虽然归隐沉沦，但尹昌衡的影响深巨。

刘文辉苦着脸咕嘟咕嘟一个劲抽烟，好像是专门来抽烟的。看来他昨夜也没有睡好，一张焦黄的太婆脸上，眼睑下垂。冷寅东向他请示下一步的行动方案。

“你们看呢？”刘文辉反问。

“我的意思是，干脆将田颂尧一锅端了，免得他以后再装怪？”

“咋个端，端得了吗？”刘文辉似乎有些犹豫，对刘文辉的发问，冷寅东无法应对。

田北诗像是咬着了牙似的嘘了嘘，“是。”他说，“这就像下残棋，越到后来越不好下了，得考虑仔细些。”究竟该怎么办，却又三缄其口。

刘文辉不置可否地“啪！”的一声合上烟盖，将水烟袋还给李金安，站起来，竟准备走了。冷寅东急了，说：“军长，究竟打不打？你给个话。”刘文辉又停下脚步，想了想，咬咬牙：“可以按你的意思，冲一冲，打一打，试一试。如果你认为可以，可以让部队从下涉水过河！”说时，看定冷寅东，“你是省门之战实际总指挥，不是说嘛，‘将在外，君命有所不受。’我走了，不在这里碍你们的手脚。”说着，又看看田北诗：“若其有啥子委决不下的，可以找参谋长商量。分寸你们自己掌握。实在有啥子拿不稳的，再找我。”交代完这一句，带上李金安去了。

冷寅东、田北诗对军长的意图完全明白了。这就是军长交代的：“可以先‘冲一冲，打一打，试一试。’看各方情况反应决定下一步。”

近午时分，靠前指挥的冷寅东站在离北门大桥约200米远的一幢坚固的一底三层的钢筋水泥铸造的小洋楼上，举起手中的高倍望远镜往江对面看去。

一条穿城而过且河面宽阔的府河，这是锦江的一支，救了田颂尧的命。现在是冬天，水也不深，在他看来，部队完全可以涉水过河。冷寅东在思想上设想、演绎着这样的场面：二十四军用一股精锐小部队，从桥上佯攻；让更多的部队，在广阔的战线上涉水而过。在不到500米的桥对面，田军在桥头上立有两座钢筋水泥铸造的碉堡，碉堡内黑森森的机枪口隐约可见。沿河凡是稍高的建筑物上，田军都架有轻重机枪，还有大炮、迫击炮等对这边进行着严密的监视和封锁。要命的是，沿河防守的又是田颂尧的虎贲之师王铭章部，这是一块硬骨头。毫无疑问，啃这块硬骨头，要死许多人！但是，这块硬骨头无论如何难啃也得啃。军座的意思很明确，如果战事顺利，政治上各方反对也不强烈，就一举拿下田军。如果中途有什么情况再说。

冷寅东作为刘文辉军事集团的关键人物之一，他当然知道目前局势之严峻。最好是将田军尽快解决。田颂尧部在成都哪怕再多坚持一天，局势就充满了变数，就是给二十四军的威胁。而成都战事早结束一天，腹背受战的危险性就可以早消除一天。

冷寅东在征得田北诗的同意后，调兵遣将。攻击的时间到了。开始试炮，10发炮弹带着可怕的啸叫，闪电般掠过成都冬日阴霾的天空，“咚、咚、咚！”地砸到对岸，打中了几间民房，腾起一片硝烟、火光。对方立即还以颜色，立时枪炮声大作。对岸有几发冷炮在指挥部房前屋后炸开，硝烟气浪扑了过来，甚至有两片嘤嘤作响的弹片飞进窗来，从冷寅东耳边擦过。弁兵要拉他下去，说是危险，却被他粗暴地拒绝了。举着手中的高倍望远镜看去，战争的场面清晰地拉近眼前。在火力压制下，二十四军展开了全面冲击，桥上桥下都在冲锋。特别是他寄予希望的桥下进攻，在漫长的河岸线上，二十四军官兵在铺天盖地涉水过河；可是，对岸的枪炮密集，将涉水冲锋过河的二十四军打得像被锋利的镰刀割倒的片片稻谷。河滩上，河里到处都是尸体和鲜血。好在桥下大规模的冲锋，吸引、分散了对岸田军的注意力。他立刻改桥上的佯攻为硬攻，并增添了精锐部队。

在阵阵凄厉的冲锋号中，桥上成百上千的敢死队官兵集团冲锋是可怕的、壮丽的。这边草黄色的巨浪在桥对面猛烈的火力绞杀中，虽然一片片倒下去，却在强大火力掩护下，顽强地推进，二十四军攻桥敢死队已经攻到了大桥中部。

“好，快攻，快攻！”就在冷寅东举着手中的望远镜，情不自禁连声加油时，对面王铭章部打了一个反冲锋，桥上展开了血肉横飞的肉搏战。而也就在这个时候，桥下涉水过河冲击的部队全面溃退，对面这就增加了对桥上二十四军攻桥敢死队的打击力。苍茫的天底下，只见桥上二十四军攻桥敢死队被打得一片片倒下去，不得不往回退了。

“王铭章可恶！”冷寅东垂下了手中的望远镜，痛苦地闭上眼睛，“可惜了我这支敢死队。”他吩咐身边传令兵：“快吹号，冲锋中止！”

“嗒嗒、嘀！”桥这边二十四军前敌指挥部吹响了停止进攻的军号。军号声声，就像锋利的刀刃，在阴霾低垂的天地间划动；就像夜晚来深山苦野中而受了伤的苍狼发出的嗥叫，让北门大桥两边深受战争之苦的和平居民们听得心惊肉跳。

二十四军前敌指挥部这个时候吹响的停止进攻的军号，对于在距北门大桥不过600米的古柏森森的文殊院后院间临时充当作战室的屋子里二十九军军长田颂尧，却不啻是最甜美的福音。

身躯矮胖，眼睛里布满血丝，面容沮丧，在作战沙盘前焦急无比地走过来走过去，犹如热锅上蚂蚁的田颂尧，听到这军号声，先是不信。定立，问俯身沙盘前的副军长孙震，“德操！”他问，“这是哪里的军号？”

孙震凝神听了一会：“是桥对面，冷寅东在吹停止进攻的号。”

桌上的电话铃声急骤地响起，田颂尧上前抢过电话。电话是前敌指挥王铭章打来的，听着王铭章的电话，田颂尧原先僵硬的脸色渐渐活过来，然后又渐渐浮起喜色。

“好好，就这样办。”田颂尧放下了电话。田颂尧将刚才发生的情况告诉了孙震，孙震思索着出了一口长气，像是一下子放下了千斤重担，摆在旁边的沙盘，表明了就是刚才形势的紧张。

硕大的作战沙盘上，标明二十九军所占地盘的不多的几面小蓝旗龟缩在城北以文殊院为中心的很小的范围内。而整个成都包括成都周围，全都为标明“24”的小白旗占据。这些图示如果化成具象则是：全城，除了城北，都被二十四军占领。视线放在城外四周扫描，二十八军黄隐师，已悉数退回了灌县；田颂尧从绵阳抽调来增援的谢庶常旅，遭到二十四军王元虎部阻击过不来，双方在新都三和场已激战三昼夜，打得天翻地覆，路断人稀。谢庶常旅是二十九军唯一可以增援的部队；而刘自乾的援军，至少有三个师，正沿川藏公路而上。就在刚才，他们手上唯有的王铭章、曾南夫两个师，在同压上来的数倍于己的二十四军进行的逐屋逐街，异常惨烈的争夺战中，团长邓兴发、张英阵亡……

“德操，你看，刘文辉还会进攻吗？”

“难说。”孙震思索着说，“我看冷寅东可能想晚上再大举进攻！”与此同时，外面天井里，得到命令的参谋类军官正在焚烧绝密文件，电信室、机要室等部门也是一片忙乱。惊乍乍的电话铃声不时响起，与相关人员的大声询问、下达命令……乱哄哄搅在一起，一派大厦将倾的情景。

听了孙震如此说，田颂尧又在作战室里走来走去，拍着两手喊皇天：“难道我田颂尧的事业就这样完了吗？就这样完了吗？”

“军长！”冷静的孙震沉思有顷，掉过头来，看着焦在地上不住踱步的田颂尧，两眼发亮：“我看，我们还可以下出一着高棋。这着棋下好了，我看刘自乾也只敢到此为止！”

“啊！”田颂尧闻言一震，转过身来看定孙震，“德操，你有什么好主意吗？”

“我看刘自乾不敢放开打我们。不说其他，只说文殊院，文殊院是佛门重地，川中名寺，全国有名。他刘自乾是四川省政府主席，他敢把文殊院打烂毁掉吗？而我们现在收缩兵力，破釜沉舟，固守北门一线是下了决心的。刘甫澄不是刚才来了电话，说是只要我们坚持，他必在近日大肆起兵支援我们。他刚才来电说了的。如果数天，局势必然发生对我有利，我们只要咬牙坚持，他就把我们没法。军座你想，二十四军倒行逆施，在川内成了人人喊打的过街老鼠。不仅我们喊打，邓锡侯喊打，刘甫澄更要打，就连远在川东川北的杨森、刘存厚、李家钰这些人也纷纷来电，表示支持我们。还有蒋介石也给刘文辉发出了通电，严厉制止他在成都用兵。最可贵的是，现我全军将士同仇敌忾，军心可用。只要坚持，局势必然在几天内就可能发生变化。如今，我有两条意见向军座建议，请军座选择！”

“请说。”

“如果军座不想退出成都，我们就抱有我无他之决心，坚持同刘自乾打下去。”

田颂尧略为沉吟，“第二条呢？”

“如果军长为保存实力，不想打了，我们现在可以打尹昌衡和成都五老七贤这张牌。用他们来制约刘自乾，这股力量不可小视。”孙震接着做了分析。

“我想，我们必须保存实力，没有实力，一切无从谈起。打尹昌衡和成都五老七贤这张牌，的确是好主意。”田颂尧被孙震点醒，转忧为喜，一下子来了精神，也来了主意。“德操！”田颂尧挥了一下手，“告诉王铭章、曾南夫，要他们死战不退，等候进一步的命令！嗯，军事上面的事，你负责布置！我这就去给尹昌衡打电话。”田颂尧的反应还是很快的，说着，快步进里间屋给尹昌衡打电话去了。

不可小视的“尹都督”和五老七贤

成都北门一线打得一锅粥似翻腾不已的激烈战斗，诡异地突然停了；这在很大程度上是因为田颂尧给尹昌衡打了电话，尹昌衡又带着成都的五老七贤给刘文辉施压。

在电话上听田颂尧说，川西名寺文殊院很有可能毁于二十四军战火，尹昌衡答应立即出面干预。他心急火燎地对田颂尧说：“光祥，你先尽可能克制，刘自乾方面，我马上去找他拿话来说。他这个省主席首先就是有保护一方的责任，这样打仗本身就不对，如果打烂文殊院更是千古罪人；不要说成都人不答应，就是全国人民都不会答应。”放下电话，他立即分头去找了五老七贤，五老七贤的意见跟他完全一致，徐炯的态度比尹昌衡还偏激。大家综合一下，决定立即去找刘自乾，要他立即对二十四军下达向北门一线田军进攻的停火令！

在午后，这一行人各自坐上自家的私家车——黄包车，10 多辆漂亮的黄包车首尾连接，浩浩荡荡，气势很大地去“逮”刘自乾。先去了督院街省府，没有；又去了将军衙门的二十四军军部，也没有。问及刘主席究竟在哪里，所有的人都说不知道。一行人这就去了最后一个地方，玉沙街刘文辉的家，终于“逮”住了刘自乾。

其实，刘文辉早知道了，他特意在家中等他们一行。在见到尹昌衡率领的五老七贤之前，刘文辉就决定卖这个面子。尹昌衡和成都的五老七贤，都是些了不得的人物。尹昌衡就不说了，先说五老。

五老之一，徐炯，字子休，川省华阳人，前清举人，清末任过两任留日学生监督。曾在江南馆办过私家学术“择木精舍”，顾名思义，这是有双向选择的意思。民国期间一度权高位重名大的戴季陶、张群都是他的学生；张澜当成都大学校长时，曾聘他任教，思想非常守旧的他却提出不愿与“非圣无法”、要用“双手打倒孔家店”的成都教授吴虞为伍，谢绝了张澜的聘请。徐炯脾气之大，素来有名，当年尹昌衡计赚赵尔丰，同颜机结婚之日，他因不明尹昌衡就里，当众大煞风景大骂尹昌衡。

辛亥年间，在赵尔丰交权之后举行叛变，军政部长尹昌衡力挽狂澜之后，成都的名人们在皇城明远楼一致推举尹昌衡任军政府都督，罢免蒲殿俊的问题上，徐炯态度表现得最为激烈。那些个场面，成都人至今仍然津津乐道，成了永久的话题。

当时，很有威信，性格极刚直的教育家徐炯又黑又瘦，身上穿件青布长袍，瘦脸上戴副鸽蛋般大小的铜边近视眼镜，那一头剪得短短的又粗又硬的头发，根根直立，就像他刚直不阿，疾恶如仇，乃至偏激的个性。因为激动、愤怒，唇上蓄的两撇黑胡须在微微抖动。

徐子休的话单刀直入：“原军政府都督蒲伯英懦弱无能，副都督朱庆澜更本来就是赵尔丰安在我们里面的人。当今都督这副重担该当马上由尹硕权挑起。”

众人表示同意。

“不可，不可！”尹昌衡正在推辞，蒲殿俊进来了。全场顿时清风雅静，没有人请他坐，没有人招呼他。往日的朋友们这会儿个个都冷起脸看着他；那表情有藐视，有冷漠，甚至有敌视。36 岁的蒲殿俊几日不见，明显消瘦憔悴，满带病容。他最初挂在嘴角上的一丝笑意很快凝结了，他那露着一点光彩的眼睛，马上就阴暗了。在窘人呼吸的气氛中，他动了动嘴唇，似乎想说什么话，又什么都没有说。

当了12天都督的他像受审似的呆呆地站在那里。有一分钟，也许有两分钟，他望着似乎已不认识他了的同人们。在最初的一瞬间，他由于难堪，脸色“唰！”地一下变得苍白，随即，赧然地低下头，脸、耳朵，甚至连颈项都变得潮红。

“你身为都督，做了些啥子名堂啊？还好意思来！”徐子休发作了，走上去，“呸——！”地吐了蒲殿俊一泡口水。羞愧至极的蒲伯英什么话都没说，只是从口袋里掏出手帕，揩了脸上的口水，转身走了。

这就接着开会。

“徐先生刚才说得很对！”说话的是新军标统彭光烈，他是军政部长尹昌衡一贯忠实的支持者，在川军中也很有威信。

“朱庆澜是个什么东西？也配掌我军权！”彭光烈说时，身高力大的他把一只熊掌般的大手捏成拳，“嗵”的一声砸在身边的茶几上，霍地站了起来，故意把一副浓眉皱起，两只虎彪彪的眼睛瞪圆四下一扫，撅起嘴唇，沙声沙气地吼道：“莫再讲啥子啦！当务之急是选出都督。我们一致推选尹昌衡当都督！”

“对！”

“是这个意思！”宋学皋、孙兆鸾等也都站了起来，一致附议：“我们代表全体川军将士，公推尹昌衡担任都督！”场上顿时气氛热烈，一片劝进之声，有的说：“古人言，‘天命无常，有德者居之’，尹硕权当都督顺乎民心！”

有的说：“都督是我们选的，我们就有罢免和重选的权力！”场上异口同声，可尹昌衡却竭力推辞：“蒲伯英这个都督是大家正儿八经选出来的，咋能这样要人家下台就下台？”正争执不下，只见一个身穿短褂的仆役快步进来，走到罗纶身边，送一张什么条子。罗梓卿接过来看完，面露喜色，随手递给坐在旁边的徐炯。徐子休边看边站起来说：“硕权不要争了，蒲伯英宣布自动退位。”说着照念。蒲殿俊在写来的信中，除了明确宣布辞去都督职外，用这样悲怆、沉痛的诗句结尾：“我生失算小雕虫，迂愚妄插乾坤手！”蒲殿俊的信念完了，场上顿时鸦雀无声，大家很有些感动。又才细细地对当了12天都督的蒲殿俊进行审视。是的，蒲伯英是犯了大错，那是因为他缺乏政治斗争经验，可贵的是，他不推诿！他在这场严酷的斗争之后，认识了自己。承认自己只会干些吟诗弄文写字这些雕虫小技之事，没有干政治的才华，后悔自己插手政治。

"蒲伯英不愧为君子！"徐子休说，"我的行为过火了。等会我去向他道歉！"徐炯就是这样一个疾恶如仇，泾渭分明的人。

五老之二，宋育仁，川省富顺人，进士出身，做过清朝的翰林，任过清王朝驻英公使馆参赞，懂洋务。光绪二十四年（1898）回川任省矿务和商贸局局长。以后陆续担任过成都军经书院山长，在成都办过第一张报纸《蜀学报》，在重庆办过《渝报》，晚年隐居成都忠烈祠街，公馆大门上镌刻有一副他撰写的黑漆金字对联："种柳栽花还带印，到门深辙为停琴。"表现得风骨峭拔，相当自尊。

五老之三，方旭（字鹤斋），安徽桐城人，清末当过四川提学使，桃李满天下，书画俱全，颇有文名。

五老之四，尹昌龄（字仲锡），川省华阳人，前清进士，日本宏文师范校毕业，清末任过陕西凤翔府知府，晚年任成都慈惠堂总办，在成都办起第一个火柴厂。

最后一个五老，曾鉴（字焕如），川省隆昌人，前清拔贡，后闭门读书作文，颇有清名。

再说七贤——

骆成骧，清末四川最后一个状元。川省资中人，据说他殿试时，光绪皇帝见他策文内有"主忧臣辱，主辱臣死"字句，大为感动，钦点为状元。他在广西任过法政学堂主管，广西主考，同尹昌衡在广西时就是老熟人，婚姻介绍人。尹昌衡当四川省军政府都督时，在被袁世凯诓骗至北京软禁前夕，西藏叛变，尹昌衡在主动向北京政府请缨率军平叛之时，骆成骧服膺尹昌衡帐下做总文案。晚年他回到成都治学，当过成都存古学堂监督（校长）。他家客厅里有副他撰写的黑漆金字对联："穿牖而来夏日清风冬日日，卷帘相见前山明月后山山。”由于一斑可见他性格的洒脱和敏捷的文才。

颜楷（字雍耆），川省华阳人，清末翰林院编修，著名学者、书法家、社会活动家，尹昌衡的妻兄。他最出名之处在于辛亥保路运动中，他同张澜等七人为中坚，被赵尔丰逮捕差点杀头。成都少城公园内那高耸云天著名的“辛亥秋保路死事纪念碑”向南的一面，镌刻的就是他的书法。

刘豫波（字咸荥），川省双流人，清末拔贡，著名的书画家、社会活动家。最擅画兰，往往寥寥几笔便传神传情尽得风流。喜师法自然，上街走远路时，往往让家中包月车夫拉着黄包车在前走，他却跟在后面留神观察景物，直到家中没有了参照物才坐上车。字受黄山谷影响。成都武侯祠中从刘备殿到诸葛亮静远堂上的几副对联，就是他的手笔。他撰的对联言简意赅，颇能概括刘备和诸葛亮。至今静远堂右侧墙壁上镌刻着一首尹仲锡去世时，他撰写的挽联：“五老只剩二人今君又去，九泉如逢三老说我就来。”

林思进（字山腴），擅长诗词，古文根基很深，学生很多，任何妙文都会被他指出疵点从而画龙点睛，被世人称为改文有“画龙点睛之术”，亦好杯中物。

吴之英（字伯朅），川省名山人，任过锦江书院讲习，成都存古学堂监督（校长），著名书法家，少城公园内“辛亥秋保路死事纪念碑”向东的一面为他所书。

赵熙（字尧生），川省荣县人，前清翰林，做过御史，人品高标，敢于弹劾清朝显贵，不怕谪贬。诗词书法俱有横空出世之妙。他撰写的《情探》最能显示才华，文辞精美典雅，刻画负心汉王魁和多情而又侠义的焦桂英等戏中众人物都惜笔如金，字字珠玑，成为一代川戏代表作。他的书法别具风格，行楷之中带篆隶味，少城公园内“辛亥秋保路死事纪念碑”之北面为他所书。

陈钟信，川省富顺人，当过北京府丞。一般文人大都清贫孤傲，他却是个“异类”，富裕而又喜欢交际。

闻听尹昌衡带着成都五老七贤到了，刘文辉装作大吃一惊的样子，赶快迎出屋来。他一手轻撩袍裾，快步迎上时，尹昌衡带着五老七贤已经进了二门。远远看去，这一群或高或矮或胖或瘦，一律身着长袍马褂，年龄也大都在五六十岁，并不算老，却个个手中都捏着一根拐杖，这是在抠资格排场。

“哎呀，前辈，你们咋这样来了？”刘文辉快步迎上，做出一副礼贤下士的样子，赶紧扶住赵熙说，“众老有啥事，打个电话来让文辉办了就是，何劳众老动尊驾亲临寒舍？”

“刘自乾！”又高又瘦的徐子休还是不改当年大闹尹都督婚礼时的脾气，用瘦手托了托戴在眼睛上那副鸽蛋般的铜边眼镜，以教训的语气高声喝问，“你搞的啥子名堂嘛？你的部队把成都打得稀巴烂，你这个省主席是咋个当的！”刘文辉不禁一愣，脸上一热，暗想，这家伙胆子硬是大喃，果然是名不虚传。面前这一群金光很大的遗老，他以前只是闻其名，从来没有正面接触过，今天是第一次同他们打交道。

“事情复杂，事情复杂！”刘文辉皱起眉头，苦不堪言地连连摇头。在同各色不明就里的人等过招时，刘文辉往往施以哀兵之计，争取对方同情，进而以柔克刚，借力发力，因势利导，趋利避害，最终占尽便宜。

“请请请，请诸老客厅里谈、客厅里谈。哎呀，稀客，稀客之至呀！”刘文辉做了个招牌式的动作，他延客篱内，左手轻撩袍裾，腰微微一弯，右手一比，老太婆的脸上笑容可掬。

“嗨，人呢，咋个这么不懂事？”说时，刘文辉大声一喊，脸色随即转为愠怒。他这是在让李金安赶快带人来扶这些老太爷们，并不是这些老太爷翻不过高门槛，进不了里院，而是他明白这些老太爷的心理。让人来扶，是为了满足这些老太爷随时都要人服侍的虚荣心理。

“来了！”李金安在大院那边应声而来，身后带了一群男女。这一群男女中，有长相清秀的年轻弁兵，更多的是穿红着绿的丫鬟使女。他们来在众老们面前，伸手去搀扶。遗老们一下好像果真都老了，颤巍巍的，没有一个拒绝搀扶。遗老们被众人搀扶着，颤颤巍巍迈高门槛，进里院，过花径，上阶沿，鱼贯进入已经准备好了茶点的中式客厅，分别落座。

“这个，这个！”尹昌衡毕竟当过大汉四川军政府都督，见过大世面来的，面对小字辈的刘文辉，本来说话可说得很流畅的他，故意说了几个“这个”作为过渡，然后才托出正题，“成都整成这个样子，不像话呀！”尹昌衡的眼窝有点凹，皮肤微黑，条脸棱鼻，相貌上有移民后裔特征。曾经沧海难为水的尹昌衡也就是知天命之年，虽然没有了当初马上一呼，山鸣谷应的英雄气，但尚有余威，他正襟危坐，眼睛又黑又亮，看人有种穿透力。

“我们！”尹昌衡用手指了指坐在周围团转的五老七贤，看着刘文辉，不无讽刺地说，“我们是为解决战乱找你这位省主席来了，是为民请命来了，请你下命令不要打了，要你的兵千万不要把文殊院打烂！”尹昌衡言简意赅，说到这里，戛然而止，左手端起茶船，右手揭开茶盖，轻刮茶汤，抿了一口蒙山顶上茉莉花雨露香茶，很亮的眼睛透过氤氲的茶雾，打量着近在咫尺的“多宝道人”。

“一见面，徐先生就质问过我了！”刘文辉孤零零地坐在对面的一把软椅上，颇有点当年诸葛亮舌战群儒的意味，说时用手指了指秋风黑脸的徐子休，“其实事情哪里能怪我？”刘文辉说时两手一拍，满脸的无辜，“我晓得是田颂尧在各位前辈那里告了我的状，说我打他！”说时用一双见微知著的眼睛，将坐在对面的五老七贤们脸上扫了几个来回，心中猜测得到了验证。

“其实，哪里是那么一回事，借一句话来说，这叫恶人先告状。”刘文辉解释：“不知各位前辈最近有没有上街？大街小巷内写的都是二十九军轰赶我的标语！啥子‘二十四军滚出成都’！啥子‘刘自乾交出双流、华阳’等等。我实在是退无可退，让无可让呀！仗火是田颂尧逼出来的。”

刘文辉辩解的话一说，场上的五老七贤纷纷发言，表明自己的观点；委婉的反驳，语重心长的规劝。他们的遣词造句有的用文言，有的用白话，有的半文半白，还有历史纵深，符合每个人身份，真是可圈可点——

“刘省主席自乾先生所说，存然是实。然省主席负有一方治国安民之重责，天地悠悠，唯民生最重最大。望省主席立刻止戈息攘，以诚感染田颂尧是焉。”

“我锦绣成都，历史上几经劫难。总而言之，自有成都市以来，曾经几经兴亡，几经兵火，即如元兵之残毒，也从未能像明末张献忠那样破坏得一干二净。劫难之后，成都成了一片虎狼出没之地，全川仅剩下寥寥几万人，而且主要集中在二峨山下的洪雅和石柱县。从清初开始的近一个世纪的湖广填四川，好不容易到今天，经我川人多少辈多少代多少年的披荆斩棘，努力创造，才在废墟上重建了锦绣成都，重建天府之国。毁业易创业难。刘主席自乾先生不至于忍看兵火蔓延，让成都再陷劫难吧？”……

听到这些话，特别是听到所谓成都劫难一说，刘文辉心中鬼火直冒，恨不得像当年赵尔丰一样，将这批说话只图痛快的遗老一网打尽，但想是一回事，做是一回事。

“本主席负有全川治安之责。成都，作为全省首善之地，使其免受鱼烂，本主席更是责无旁贷。”刘文辉开始表态了，他振振有词：“日前爆发的‘省门之战’实因田光祥而起。事已至此，如何解决战端？诸位前辈有何赐教，请不吝教诲，凡办得到的，文辉一定去办。”刘文辉敷衍着、审视着、试探着尹昌衡和五老七贤。

将计就计，借力发力

刘文辉注意到了徐子休的神情，心中暗暗一惊。青布长衫一袭，戴副铜边凳蛋般眼镜，脸色黧黑，身材瘦削的徐炯桀骜不驯，那锐利的目光正透过镜片打量着自己，探照灯似的。刘文辉生怕他发作起来，徐子休发作起来，用语锋利，杀伤力和威力都大得惊人。他告诫自己，千万不要惹怒了徐子休这些人，闹起来可不得了。他一边同尹昌衡等人试探着、交涉与二十九军停战事宜，思想上却闪电般走过了一些往事。

辛亥革命前夕，清廷摇摇欲坠之际，像救火一样，原川督赵尔巽被朝廷急调为东三省总督奉天就任，遗职由他的三弟赵尔丰接任。赵尔巽、赵尔丰兄弟都是清末重臣，封疆大吏，被清廷倚为“西天双柱”。赵尔丰办事操切，他上午刚到，下午就去了岳府街保路同志会。为了给蜀中士绅一个礼贤下士的好印象，身着便装，青衣小帽，乘一顶二人抬小轿，跟班也只有一个师爷，另带一个便装卫士。

赵尔丰一进门就感到气氛火辣辣的不对。阳光透过嵌在雕龙刻凤的木窗上的花玻璃，洒在好大一间房内。房内坐了满当当一屋的士绅们，因为激愤，这些士绅一改往日司空见惯的文质彬彬的样子，争着发言，在大声武气地声讨邮传大臣盛宣怀、川汉铁路大臣端方。

“各位股东，请安静！”股东会副会长张澜进来了，拍了拍手，会场安静下来。人们的目光转向了一个大胡子飘飘洒洒，一双大眼光芒乍乍的张澜。

“报知大家一个好消息，”张澜说，“新上任的制台大人赵尔丰来参加我们的股东会来了。欢迎！并请赵制台就争路之事讲话！”

会场上，叽叽掌响起来了。早有仆役将雕有云纹的黑漆太师椅送上。赵尔丰龙骧虎步走进屋来，当中稳稳当当坐了。他虽穿的是便装，但颐指气使惯了；端坐不动，两道凌厉的目光在屋内来回扫了两遍，在股东们关注的目光中，赵尔丰轻声咳了一下，开始说话，带有训示的性质。

“尔丰虽久在川边，但对川省的护路、争路了若指掌……”他在讲了一番强国必须修铁路的大道理后，亮出了自己的观点：“朝廷深体民难，认为四川太穷，7000万两银子的路款，是负担不起的。四川业已民穷财尽，再筹资修路，无异于敲骨吸髓。当然，借外债修铁路之举并非不可非议，然众所称废除朝廷与洋人已签订的修路协约则大可不必。本督部堂特来聊尽良言，希望大家一定要平心静气，为大体着想。若因情绪激动，做出什么过激之事，就不好了！”满以为自己一言既出，百人噤声！可这里不是康区，股东们也不是他管惯了、管驯了的边军。他话刚落音，下面纷纷予以驳斥。赵大帅的脸面有些挂不住了，掉头去看坐在旁边的张表方。

“嗯！”张澜摸着自己的一部美髯，用光芒乍乍的大眼看定向自己求援的赵尔丰，不仅不帮他的忙，反而说出一番让他狼狈之至的话来：

“大帅这话我张表方就不懂了，事情的由来尽人皆知。光绪二十九年(1903)，法、英、美乘我甲午战败，八国联军攻陷北京，迫使朝廷签订了耻辱的《辛丑和约》。为加紧对我掠夺，西方列强开始争夺对我铁路建筑权。英国学者肯德就公开在报上撰文泄露了天机。他说，‘这个省份(四川省)的财富和资源，是世界上任何地方都无法和它比拟的’。为了掠夺，英国政府计划修建一条由上海经南京，过汉口、宜昌、万县到成都的铁路。要在英国人的势力范围内，将‘条约港重庆’建成‘远东的圣路易’。这哪里是在修铁路，分明是对我的蓄意觊觎！大帅的恩师、前锡良总督早看出了西方列强险恶的居心，在川主政时即上奏朝廷，谓：‘川省高踞长江上游，倘路权属之他人，藩篱尽撤，且将建瓴而下，沿江数省，顿失险要……非速筹自办不可。’在大帅未回川之前，护理川督王人文同情川人态度，反对铁路国有，屡次为我代奏力争，屡受朝廷申斥而不悔。他说，‘虽三、四奏，直至罢职，亦乐为川人尽责’。最后人文专折参盛宣怀，惹恼京师。朝廷下旨严斥人文，谓‘如滋事端，唯该督是问’；随后即调人文去京。锡良、人文在为川人争路之事上，在巴山蜀水可谓有口皆碑。大帅经营康藏功勋赫赫，但望在此事上，不要寒了川人的心！”张表方的话说到这里，戛然而止。说得何等干脆利落，有理、有利、有节，让赵大帅半天作不了声。哎呀呀，自己原是想挟大帅的威风，来此灭火的，不意竟陷窘境。全场鸦雀无声，士绅们都在看着自己！

赵尔丰老脸上，白一阵，红一阵的。他始知道，锅儿是铁打的，这帮股东不好惹。这个四川保路同志会，在全省142个州、县、镇、乡都成立了分会。而在全国保路呼声最烈的川、湘、鄂三省中，又尤以川省为最。

现在这儿同自己对阵的不仅是保路同志会副会长张澜和股东们，还有会长颜楷，还有同湖南谭延闿、湖北汤化龙齐名的四川谘议局议长蒲殿俊，副议长罗纶等人没有来，这些可尽都是些要功名有功名，要才有才，尖嘴利舌之士啊！咦，若是这第一回合自己就输了，以后咋整？川局硬是复杂得很哩！耳边分明响起了火药引线燃烧的“哧哧”声。弄得不好，真要出大事哩！为了摆脱现实的尴尬处境，求得主动，赵尔丰开始机变。他看着张表方笑吟吟地说：“本督部堂今天来，说是说，但若要我就你们的争路表个态：我以川人之意旨为意旨。”

场上立即响起了热烈的掌声。张澜用那一双光芒乍乍的大眼睛看定赵尔丰，暗想，人人都说赵尔丰性烈如火，宁折不弯，其实也不尽然。当他在战场上作为大帅指挥作战时，往往显露的是刚硬的一面；而在政治上，赵尔丰看来也还有阴柔的一手。明明他刚才表明了自己的态度，然而一旦发现处境不利，就立即转了向，像条变色龙。

张澜抓住机会，他说：“既然制台大人这样表态，那就请将我同志会股东会之决议向朝廷代奏！”

“好吧！”赵尔丰慨然应允，“不知股东会议定了何事？”

“我股东会决议，坚持川路商办。截至本年4月，我川路已集股1500余万两银。除已支销外，尚存生银700余万两，大大多于湘、鄂各商办路之股款，而且由宜昌至归州已筑路基300余里，而可通车料段已有30余里，如此等等，充分说明我们四川既有集股之财源，又有筑路之能力。因此，坚决请求朝廷收回国有成命。另外，川汉铁路公司驻宜昌总理李稷勋为盛宣怀、端方所收买，擅将川路股款700余万两交付盛、端二人。请总督大人代奏：撤查李稷勋，参劾盛宣怀夺路劫款！”

“啊！有这样的事？”赵尔丰大大吃惊了。他霍地站起来，十分义愤地表示：“你们所说盛、端侵吞股款之事，十分重大。我立即就可以查明。果如此，不要说你们不依，本督部堂也不依！我现在既为你们的父母官，就要为你们办事。事不宜迟，我立即回督署，将你们的请愿，用急电直接发送内阁。”

“总督大人辛苦！”张澜立即率股东们站起，向新任总督赵尔丰施礼，态度很真诚、很尊敬。刹那间，气氛变得很融洽了。

赵尔丰也真是将股东会向朝廷的上书转奏了，可被朝廷坚拒，并下旨严斥赵尔丰，要他赶快解决对全国都有波及的川中保路事，否则连他这个川督一起是问。赵尔丰将保路会、股东会首领蒲殿俊等九人找来督府，将朝廷的批复给他九人看了。可蒲殿俊、张澜坚决不依，横扳顺跳，尤其是张澜一番反驳的话说得铿铿锵锵，一气呵成，极为有力，令在场的人都大吃一惊。都知道张澜平时说话有些结巴，却在这样的场合反而如此口齿流利，反驳有力。

赵尔丰简直气昏了。敬酒不吃吃罚酒，赵尔丰先将蒲殿俊、张澜等九人收监，然后准备杀几个，他要杀鸡给猴子看，不然猴子真就要翻天了。可是，成都将军玉昆不同意，救了蒲殿俊、张澜等九人。后来在极为复杂的情况下，交通不通，消息不灵，成都又被各地义军铁桶般团团包围，赵尔丰以为皇帝下台了，为自保，他向蒲殿俊等交了权。可是，博学而著名的改良派代表人物蒲殿俊却是个书呆子，当了大汉四川军政府首任都督的他，却拒绝让尹昌衡在军政府中出任要职，后来是在川军近乎要暴动的情况下，才不得已让尹昌衡当了军政部长。当了 12 天军政府都督的蒲殿俊要显威风，异想天开地在凤凰山检阅军队，结果被已经后悔了的赵尔丰钻了空子，乘机搞了他一个兵变。在万般危险中，是尹昌衡跳了出来，有勇有谋，中流砥柱，挽狂澜于既倒，后来年仅 27 岁的尹昌衡，被推上了军政府都督职。在那场尖锐的斗争中，还有在座的颜楷、骆成骧、尹仲锡等都发挥了相当大的作用。也正因为如此，他们至今仍有相当高的威望。

过场已经走完，尹昌衡将他从田颂尧处带来的停火三条件摊在了刘文辉面前，刘文辉立刻来了兴趣，集中精力，全神贯注。尹昌衡伸出三根手指，一一道来：一、双方立即停火；二、停火协议最终签订之后，二十九军悉数退出成都，退回川北；三、二十九军退出成都之时，二十八军断不能趁机进行袭击，如此而已！刘文辉心中狂喜，这正是他心中期望的。思维向来敏捷快速的刘文辉，分析着，判断着。他想，果真如此，这真是一桩大赚其钱的买卖。虽说没有全歼田军，但目的已经达到了，好处是显而易见的。一是卖了面子给尹昌衡和五老七贤；二是孤立了本钱不大却居心叵测，有可能在背后动刀，让他不能不防的“水晶猴”邓锡侯；三是这就从根本上解除了同刘湘作战时腹背受敌。况且，真要消灭田军，谈何容易？局势瞬息万变，弄不好太贪心了，反而可能小沟小河里翻船。这，不是没有可能的。机不可失，时不再来，见好就收吧！

“好嘛！”听了尹昌衡带来的田颂尧停火的三条件，刘文辉假意用手叩叩头，笑道，“尹都督尹老前辈都发话了，我刘自乾还有什么不肯的？”他梳了个光光头，来个菜刀打豆腐——两面光。他说：“姑且不说其他，光是看在诸翁为乡梓奔波奔碌拳拳之心上，文辉就甚为感动，敢不遵命！”

“那就定了？”赵熙似乎还有些不放心。

“定了。”似乎要当着尹昌衡和五老七贤的面显示诚意，他这就喝了一声，“李副官，把电话给我接过来。”

李金安要通了“省门之战”指挥部冷寅东的电话，“通了，军长！”随即递上电话。刘文辉接过电话，在电话上简略地对冷寅东说了一下尹昌衡和成都五老七贤找上门来要求停火的情况及田颂尧答应的停火三条件，随即用很霸道的声音吩咐冷寅东："立即下令，就地停火。"放下电话，刘文辉笑扯扯地看着尹昌衡和五老七贤："我刘自乾说话算话。尹老，是不是请你也给田颂尧去个电话，我这边已经停战，田光祥也该兑现他说的话吧？"说着，亲自把电话给尹昌衡捧过来。

"当然，当然！"尹昌衡顺手接过电话，接通了，在电话中对田颂尧说刘自乾这边已经答应接受他提出的停火三条件，并且已经下令二十四军就地停火。电话中，田颂尧保证按约定办，并且说，他立刻让孙震同冷寅东联系，最终达成一个双方的文字协定。都谈好了，尹昌衡和五老七贤这就起身告辞。

"哎呀，诸位老前辈这就走呀？简慢了，简慢了。"刘文辉已经站了起来，却又要留客，说是"事前没有准备，诸位前辈请吃一顿便饭再走如何？"

"时间不对，早不早，晚不晚的，以后吧，以后吧！"诸老说时，已纷纷手执拐杖站起身来。刘自乾这就又唤送客，又是副官李金安带一大帮穿红着绿的丫鬟使女上来，扶着诸老下台阶，过庭院，跨门槛。刘自乾跟在尹昌衡之后，瞻前顾后地照护着诸老。他笑嘻嘻地、礼数周到地、显得相当恭谨地将前大汉四川军政府都督尹昌衡和五老七贤一直送出大门，直看到他们上车，黄包车夫们拉着他们离去。一路上，十多辆黄包车上的黄铜铃叮当脆响，响成一气。首尾相接，气势浩大。刘文辉站在大门前，举着手，看着离去的诸老，笑容可掬地说："走好，请走好。"

"军长！"这时，李金安给他送来了一份刚出版的川报，说："是田参谋长要我给军长的，田参谋长请军长注意看这一部分。"说时用手一指。刘文辉接报在手，顺着看去，是一篇《成都巷战受难人民泣血请愿团向国内外声明电》，他心头一紧，边朝家里走边看——

"中央钧鉴：此次省会成都巷战，一连九日，为从来未有之激烈战斗，亦为数百年来空前绝后之市民最大惨剧。在十一月十六日巷战未经开始以前，城内各界民众，共同组织治安维持会，屡经开会，共同维持，继续不断推派代表全体，迭向二十四、二十九两军长请愿。刘、田两军长，均尽量接受，并当众签字发誓，决不于城内发生巷战……不意人民等于青天白日之下，忽闻霹雳，四处躲避。而各街街口，又复全为坚固工事所阻，士兵实弹持枪，均不准人民通过，各街被其间隔，行人逃避无所，不知凡几。后子门一带，因逼近煤山高地，两军互争此线，步枪、机枪、快中快、迫击炮、手榴弹、大炮等，均以此点为目标……故人民所受损失，尤以此为最残酷。有全家毙命者，有一家数口死伤相半者，有逃避流弹，隐身沟渠，因之饥毙者，有因负伤后，无法治疗而死者；孕妇幼孩，均无幸免。种种伤心惨目之事，笔难赘述。正在猛烈战攻之际，民新学校，为流弹所毁，全校燃烧，附近居民既死于兵，又死于火，哭声震天，惨不忍闻……其时两军即在少成中立界内猛战争……人民既逃无所，唯有关门待毙。两方军队，均于屋瓦上作战，火线之区，并借口搜索，擅入人家，翻箱倒柜，无一留存，较匪劫为尤甚……东关门外，并起激战，包围抄袭，各逞雄威；城内遥为接应，于是全城皆为战区。炮弹横飞，任意施放；炮弹之后，焚毁随之……此次内战何义，则始终未见有所表示，至于演成巷战，则更为无名，只可名为刘、田两姓之械斗与打冤家而已……”（摘自《四川军阀史料集》）

看到这里，刘文辉不由暗自庆幸，幸好我抓得快，不然我这个省主席就是“猪八戒照镜子——里外不是人”了！

– 第九章 –

兔死狗烹

大战初停，祠堂街上来了一对“狼”与“狈”

身处于温柔富贵之乡的成都人爱享受、会享受真是天下第一。打得惊天动地的仗火刚刚停下来，随着夜幕的降临，在城守东大街至盐市口这一带又是热闹非常，人群熙攘，火红的夜市开始了。这一带街道宽阔，商铺众多。当第一线暮色朦胧地走近时，在众多的商铺关门收市之时，众多的商铺阶上檐下，开始摆摊设点，小商小贩们纷纷点起马灯、电石灯、油壶子照明。顾客游人摩肩接踵，往来如织，蔚为大观，哪里有打过大仗的痕迹？城守署至走马街多为小吃摊点，卖椒麻鸡的、卖担担面的、卖酥锅魁的、卖蒸蒸糕的……吆唤声、打锅魁的梆梆声，声声在耳。走马街至南新街就相对清静多了，这一带多是卖古玩玉器旧书的。而这时，祠堂街更不一样。这一带是原先少城的中心，是精华中的精华；街道宽阔整洁幽静，文化气氛很浓。正对着一排书店，街对面就是少城公园。街道两边有茂密的大树，金河，在公园边上流水汤汤地走过。新声川剧院在上演赵熙的名作《情探》。高亢的锣鼓声、川戏特有的金属般的帮腔声，簇拥着焦桂英的幽怨时续如水般飘散在夜空：“绿窗灯光照楼台……望穿秋水……不见书信来……悲哀！”灯光迷离中，越显典雅的西御街口，楼檐下悬一块蓝底金字大匾上，“既丽且崇”四个大字，映着城内那条幽静的喇嘛胡同里闪出的光，传达一种悠远而神秘的气息。这一切，无不显示出少城祠堂街非比一般的风姿绰约，连空气中都浸润、散发着一种博大、清新、温馨的气息。

就在这时，一辆小车像贼一样，悄悄驶进祠堂街；一拐，停在了漆黑一片，晚间根本没有人的半截巷中。

黑影幢幢中，车上下来两个人，直奔少城小餐而去。这两个人就是在成都坏事做尽，人人欲食其肉寝其皮的混世魔王石少武和他的手下第一大将、帮凶，柳如寇柳大麻子。他们一前一后，一高一矮地向灯光显得有些迷离的少城小餐走去时，那样子，很容易让人想起寓言中狼与狈的故事。特意来这里寻欢的混世魔王石少武这时心中很高兴，二十四军大获全胜，田颂尧已经答应尽快退出成都，退到川北。他连连立下大功，不仅得了大奖，听干爹身边的亲近人士透露，最近他有可能被晋升为师长。当了师长那是一番什么光景？权更大了，钱更多了，到时，什么样的女人不能搞到手！人人都说神仙好，其实，神仙的日子哪有人间好。人，只要有了权，就什么都有了。

带着这样的喜悦，石少武带着柳大麻子进了少城小餐，上了楼，要了一个临街的雅间。他们穿的都是便服，没有人认出他们。

“两位客官要啥子？”一个年轻小厮快步进来，他身着短褂，头戴一顶毡窝帽，腰上拴一条围腰，肩上搭一条毛巾，手中端着一个托盘。小厮从托盘上拣下两杯茶，一碟新津南河大瓜子，一边笑容可掬地问。

“好酒好菜尽管上！”石少武说话做事就是这么没有规拦，他伸出一只蒲扇似的大手在桌上一拍，“上到桌子摆不下为止。”

“要得！”小厮一愣，他何尝见到过这样的客人，“这样要不要得？”小厮说，“酒，先上两瓶五粮液？菜，我就赶好的上，一直将桌子上满？”

石少武嫌小厮啰唆，手一挥，让小厮赶紧去办。

“哎，来了！烟熏猪耳朵一盘，炒花生一盘……”小厮一路报着菜名而来，佐酒的凉菜上了八盘八碟。都是极富川味特色的佳品：怪味鸡块、怪味兔丁、凉拌肚条、夫妻肺片、王胖鸭子等。这些凉菜，光调料就有红油、花椒面、窝油、麻酱、香油、内江白糖等十几种；香气浓烈，味中有味。

“石大哥，你是大功臣，我先来敬你一杯！”柳大麻子给石少武敬酒，他既殷勤，又巴结，一脸笑得稀烂，站起身来，提起酒瓶给石少武酒杯斟满酒，然后再给自己的酒杯斟上，却又斟得过满，都快漫出来了。酒很好，柳大麻子舍不得，怕漫，这就先低下头吮了一口。柳麻子出身下层，不懂规矩。成都人斟酒上茶掺开水都是有规矩的，所谓茶七酒八。先吮一口，更是下世烂动作。

柳大麻子将酒杯举至眉心，看着春风得意的石少武，“石哥子，你是双喜临门，立大功得大奖，又快高升成少将。我柳如寇是萤火虫跟着星星转，沾你石哥子的光。来，祝石哥子鹏程万里！”

“咣！”的一声，二人碰杯，在并不很明朗的电石灯光的照耀下，溅起两朵喷香的酒花。二人仰起头来一饮而尽，并亮了杯底。身矮背驼面麻的柳如寇又站起身来，给石少武杯斟满“五粮液”，酒斟得堆起了尖尖。

“随意、随意。”石少武用筷子夹了一大块怪味鸡，送进嘴里，咀嚼间问，“你晓得今晚我为啥那么多好地方不去，专门约你来祠堂街吗？”

“哥子的心事，我还有不晓得的吗？”柳大麻子笑了，笑得一只高一只低的肩膀一抖一抖的。

“那你就说说喃！”

柳大麻子知道石少武对当年尹昌衡打马游街时，与万人丛中站在高凳上与之心心相印对眼神的祠堂街成衣铺小娘子的风流逸事最感兴趣，意欲仿效，一笑说：“尹昌衡当年骑马游街时，在这里遇上了成衣铺巴式（漂亮）得很的小娘子。尹都督派师爷去说时，那个像我一样没有卵子（睾丸）的男人，明明吃了哑巴亏，戴了绿帽子，却说‘既然都督大人有心，小民愿尽义务’！”石少武听到这里哈哈笑起来，笑得很是淫邪，他要柳大麻子接着说。

“还有，就是石哥子前段时间对我给你找的妙银匠的女，很是悦意。”

“对头，你精灵得很嘛，再接着说。”

“这条街上巴式的女子多，不是有一说吗，‘祠堂街，美人窝’。石哥子今晚让我陪你来，就是想让我在这里再给你找个悦意的。”

“是。”石少武点点头，“这一带是你的防区，你熟悉，今晚上，你就再给我找一个悦意的。”

“算事，哥子，承蒙你看得起！”柳大麻子说时随手撩开窗帘，手往外一指，“哥子，你看那边。”

石少武顺着柳大麻子手指的方向看去。街对面，几株粗大的墨染似的梧桐树后，是一家点心铺。点心铺规模不大，灯光也暗。当街一排长柜，长柜下的玻璃柜子里显然摆的是点心，看不出有什么特别的。

“你再看，看细点。”

点心铺长柜后，昏黄的灯光下，有个个子瘦小的男人，显然是点心铺的小老板在打算盘算账。柳大麻子胁肩一笑，“石哥子，你看他这个样子，像不像当年裁缝铺的老板？”

石少武会意了，眼睛一下亮了，“你是说这家点心铺里有个点心西施？”

“对头。”柳大麻子说，“不过不同的是，一！”柳大麻子捏起手指一一道来，“这点心西施的男人底下有货，而且很硬。二、如果旅长你像当年尹昌衡那样派人去说肯定不得行。”

“耳听为虚，眼见为实。”石少武焦躁起来，“你说的这点心西施在哪里？”

正说时，街对面，点心铺里面走出来一个少妇，虽然看不清面容，但身材相当诱人。

“那就是。”柳大麻子指着点心铺中少妇，“那就是点心西施，怕不比当年尹昌衡找的成衣铺少妇差哩！”

“走，我们走拢去看。”说时，喊声算账收钱。

小厮闻声跑进来，见状，显得很为难，“客官，你们说过的，尽上好菜，还要把桌子摆满，咋个酒都还没有吃完就要走？那么多菜都准备好了，说走就走，那么多菜算哪个的？”

“少球给老子啰唆！”石少武拿出一块大洋拍在桌上，横眉吊眼地说，“拿起爬！你要就要，不要算球！”小厮一愣，虽然不知面前这个横人就是臭名昭彰的石少武，但看样子，两个家伙都不是好人，忍气吞声收了钱，不敢多说一句。

石少武和为虎作伥的柳大麻子前后相跟，下了楼，很快融入黑夜。

两人站在点心铺前不远的一棵槐树下，朝点心铺看。

“得宝！”这时，点心西施在柜台前一靠，问丈夫这一天收了多少钱。点心西施的丈夫得宝，与印象中当年祠堂街上的成衣铺小老板一般无二，只是看起来点心西施有点厉害。得宝不知说了句什么，点心西施嗔怪地一只手指就戳到了丈夫头上，宽大的绲边袖口里露出来一截手腕雪白丰腴，嫩藕似的；腕节上戴有玉镯。极富男女情事经验的石少武站在一边呆看之时，已经将女子无比美妙的身躯从上至下，又从下至上抚摸了个遍。心想，这柳大麻子真有眼力，祠堂街点心西施果然名不虚传，看起来最多不过20来岁，稍高的个子。在这冬夜里，她着一领中式圆领收腰蜀绣绲边宽袖素底红花过膝绸缎棉袄，细腰丰乳肥臀。眉似远山，眼若秋水，鼻梁端正，樱桃小口。一头丰茂乌黑的头发在脑后挽成一个髻，髻上斜插一根银簪子，皮肤又白又嫩，红头花色；两只耳朵上各吊一只小小巧巧的翡翠耳环，走动间滴溜溜转。

石少武已经想入非非，心跳如鼓，气出得很粗，呼呼地喷射出浓烈酒气，一双眼睛很快充血变红，成了兔子眼。石少武同柳大麻子在黑暗中咬起了耳朵，开始设计，准备动手了。

石少武、柳大麻子设计好了，走到点心铺前。“两位客官，你们要买啥子？”少妇看着陡然靠在点心铺前的不速之客，有些吃惊；她说一口地道的成都话，声音很好听，像是大珠小珠落玉盘。四川是个移民大省，五音混杂，出城不到20里，语音就不一样。成都话是四川的标准话，属于北方语系，最适于漂亮女子说，尾音有点发嗲。当年好不容易进入成都的明末农民起义英雄张献忠，一听成都女子讲话，就差点掉了魂：“我的娘哟！”张献忠说，“咱老张这么些年也算是走南闯北，见多识广，啥话没有听过？吴侬软语听过，北京话听过……可成都话却是第一次听到，女子说出来的话就像唱歌一样，把咱老张的铁石心肠也听得痒痒的软了。”点心铺美貌少妇普普通通一句问话，竟让已然发作的石少武听得半截身子一下子都酥麻了。

石少武不吭声，只是定定地盯住点心西施看，柳大麻子以为石少武在对少妇搞眉目传情，怕打扰他们，站在一边也不吭声。

“你们这两个人咋个怪头怪脑的？”不意点心铺少妇人虽长得漂亮，脾气却燥辣，看这两人不地道，盯着她紧看，发作开来，语言拿得很横，“嗨，你们搞清楚再来，这是点心铺，不是窑子（妓院）。你们究竟买不买点心，不买我就要关门了！”

在旁边专心打算盘算账的丈夫突然听妻子骂人，抬起头来看过去，同石少武的目光对视了。石少武心中一笑，心想，真是巧了，这点心铺老板同故事中当年那家成衣铺老板长得一模一样，瘦弱矮小的身板，眼睛上戴一副鸽蛋般铜边眼镜。眼镜还缺了一只腿，用细麻绳代替。既然如此，他也就把他自己想象成了当年的尹大都督尹昌衡。

“两位客官，你们这是——？”点心铺老板看来是有些阅历的，他看出这两个人不是善良之辈，怯怯地询问。

“晚上不认识了吧？”柳大麻子一副奇货可居的样子，“我是驻扎在你们这一带的二十四军混成旅第一团团长。”指着旁边的石少武，“这是我们的旅长，大名鼎鼎的石少武石旅长，打煤山的英雄，刘自乾刘主席的干儿子，我是陪他出来散心……”

祠堂街点心铺夫妇，一听这两个人的名字，就知糟了。石少武这个色狼，在成都无人不知，无人不晓；这两个家伙虎视眈眈在这里一站，犹如来了一对狼和狈。

“石旅长辛苦！”点心老板心存侥幸，想躲过这一劫，出于本能的反应，他上前护住妻，双手往后一拨，示意妻子进里边去，一边对两个家伙苦笑，“幸会，幸会！两位长官难得转到我们这样的小店。两位想要点啥子点心，随便吃随便拿，不收钱。”说着打开点心柜。

“站倒。”看点心西施欲回避，柳大麻子现出匪性，打明叫响地对小老板说，“你们都是本地人，不会不知晓当年尹都督的故事吧？当年，尹都督看上了祠堂街成衣铺小娘子，那老板马上表示，‘既然都督大人有心，小民愿尽义务’！希望你们也仿效一下当年的祠堂街成衣铺夫妇。我们旅长，马上就要晋升为师长了。他对你家小娘子私心仰慕，想请她去陪陪，时间最多也就是一夜！”

“流氓、浑蛋，放你娘的屁！”柳大麻子这番厚颜无耻的话刚说完，脾气躁辣的点心西施就随手抓起一根板凳甩过来。

石少武万不谙这小娘子性子如此之烈，伸手接住板凳，顺手轻轻一拧，点心西施“哎哟！”一声，石少武将板凳一扔，一声狞笑，满口脏话：“好，打得好。我就喜欢这样脾气躁辣的女子，这样的女子上了床才有劲。敬酒不吃吃罚酒！走，柳团长，我们把这小婆娘弄起走！”石少武、柳大麻子都是惯匪，打家劫舍抢人是他们的拿手好戏。柳大麻子噗的一声吹熄了灯，同石少武一起冲进店来动手抢人。小老板只喊了一声“抢人啦！”立刻被石少武一拳打倒在地，昏了过去。

这是冬天。这一带本来人就少，不多的铺面早已关门大吉，又是夜深，事情发展得极快，两个家伙很容易得了手。石少武用一根帕子，往点心西施嘴里一塞，再顺手将人往肩上一挓，两人前后相跟，快步来在半截巷，将点心西施往车上一塞；两人一边坐一个，司机立即开车，车出半截巷，朝少城公园方向而去。

可是，这次柳大麻子和石少武精心策划的劫持没有得逞。

祠堂街一分为二，一边是二十四军防区，一边是二十九军防区。虽然两军已经停火，但二十九军实际控制线防区一侧，师长曾南夫照样派出他的巡逻队执行夜巡。

点心西施在小车内百般挣扎，让司机慌急之间一下将车开进了二十九军防区。

“站住！”在少城公园一侧，带队夜巡的上尉见来车挂二十四军混成旅牌照，开得也惊慌，勒令停车。夜巡队20来人，持枪挡在前面，昏暗的灯光下，都举起枪来瞄准，那样子，如果车不停，就要立刻将车打成个筛子。

“石哥子！”柳如寇惊慌失措，“糟了，我们跑到二十九军防区来了，是不是赶快将车倒回去？”可是，倒回去的路也给截断了。

“没事。”石少武很沉得住气，“停就停，这个时候了，看他们二十九军的人还敢做啥子！”

“嘎！”的一声，小车急停，却开了一盏前灯。

车前车后都站的是二十九军夜巡队的人，他们头戴钢盔，手上端着上了刺刀的汉阳造步枪，还有两个手上端着蛇蚤笼（跳蚤）冲锋枪，枪刺闪光，杀气腾腾。

带队夜巡的军官，名叫欧阳玉生，是个上尉，20多岁年纪，很是精干。他走上前来，十分生气地喝道："你们深夜闯到我们二十九军干什么？什么人？下车！"

"请不要误会。"柳大麻子伸出头去，一脸笑得稀烂，"我是二十四军混成旅一团团长，我们的小车开错了，误入了贵防区。"说着连连点头，连连道歉，连说对不起，只求放他们过去。二十四军混成旅，是被二十九军官兵恨透了的，这个旅先是不惜驱赶望江楼一带居民当炮灰，拿下了四川兵工厂；接着打煤山，打死了二十九军不少官兵。冤家路窄，今夜正好遇上了。

"好！"带队夜巡的上尉欧阳玉生冷笑一声，"车上还有什么人？"

柳大麻子见状不对，后悔自己说话不慎，不敢吭声了。可司机却不懂事，他可能认为二十九军已是二十四军手下败将，马上就要履约退出成都，这就抬出他们的旅长吓人。

"车上坐的是我们石少武石旅长，还有他的夫人。请长官快点让你的弟兄们让开路，我们旅长还有急事！"

"好得很嘛，太好了，我们就想见识见识你们旅长！"上尉一声冷笑，给手下示意。

"下来！"一个兵大步上前，猛地拉开车门，只见身着便装的石少武怀里搂着一个正在挣扎的少妇。少妇口中塞着一张帕子，看着开了门的二十九军巡夜兵想说话，咿呀唔的。

上尉欧阳玉生知道其中必有蹊跷，手一挥，手下几个兵一拥而上，伸手将赖在车上不肯下来的石少武、柳如寇连拉带打地拽下了车。情况很快就清楚了，口中摘去帕子的"点心西施"，对夜巡的二十九军官满腔愤怒地述说了她如何被这两个家伙抢劫的过程，更是激怒了二十九军夜巡官兵对石少武、柳如寇的愤怒，将这个家伙狠揍了一顿，再五花大绑起来。

"好，你们打得好！"被打得鼻青脸肿的石少武仍然嘴硬，"你们这样乱整，是要负责的。你们把我们送到你们师部去，我找你们的师长曾南夫拿话来说。”

“可以，有的是时间。”上尉欧阳玉生说时，吩咐两个兵将被搭救了的点心西施送回家去；好在离家还不远，再吩咐将两个家伙押到少城公园去。

石少武、柳如寇见状情知不妙，押去公园？押到公园去干什么？他们觉出了危险，坚持不去。几个兵上来拉、拽。司机趁着混乱，对他少了注意，突然启动车子，加速，没命地逃了出去。犟起不走的石少武、柳如寇被夜巡队好一阵拳脚后，被生拉活扯地拽进了少城公园，拽进了漆麻打黑的公园深处那剑一般插向夜空的“辛亥秋保路死事纪念碑”下。

“石少武这也是咎由自取！”

二十九军曾南夫部，夜巡队上尉队长欧阳玉生，当然不敢随意处死石少武。就在他带着弟兄们将这一对臭名昭著的狼和狈——二十四军混成旅旅长石少武及手下第一团团长柳如寇连拉带打地弄进少城公园深处，有心置这两个家伙于死地却又不敢，立刻派人回去报告了师长曾南夫，说出了弟兄们的意思，请师长决定。上尉队长欧阳玉生想的是，如果师长不同意将石少武处死，那他们就将石少武、柳如寇狠打一顿，以泄心中之恨。比如学一些古书中的情节，将人割去一只耳朵或从身上卸去一个什么“零件”了事。没有想到师长曾南夫也极为痛恨这两个人，尤其是石少武。得报后，当即手在桌上一拍，大声喊好，一张黑红的四方脸上漾起笑意，“这两个家伙，一对‘狼狈’自己撞到我们枪口上来，就怪不得哪个了，只怪他们自己作孽。天网恢恢，疏而不漏。”

曾南夫个子不高但笃实，戎装笔挺，军皮带上别支勃朗宁手枪。似乎因得到这个报告高兴，也可能是对石少武的气愤，之前正在作战室里，他正同一帮面容沮丧的参谋们研究撤军路线等事宜，一听这报告，霍地站起，将头上军帽往桌上一甩，一头剪得短短的、又粗又硬的黑发都立了起来，犹如钢针。手下的参谋们等都欢呼起来。

“你们说，如何处理这两个家伙？”曾南夫问大家。

二十九军参加“省门之战”的王铭章、曾南夫两个师共计三万人的部队，都是田颂尧的绝对主力；而两个师长王铭章和曾南夫在个人禀赋上又有所不同，有所侧重。王铭章以英勇善战，服从上司命令著称；曾南夫则以点子多，善于临机处置闻名。

听师长这样问，底下立刻炸了锅，纷纷声讨石少武——

“这两个家伙头顶生疮，脚下流脓，坏透顶了，早该死了！”

“石少武这个采花大盗，奸淫估霸，糟蹋了多少良家女子？凡成都人，人人闻其名欲食其肉、寝其皮。我们二十九军在成都住了三年，临走也没有啥子好的东西留给成都父老作个纪念，不如就在今夜神不知鬼不觉地把这两个坏种铲除了，给成都人送个大礼！”

“别的不说，石少武，还有柳大麻子，这次打煤山、拿四川兵工厂，杀了我们多少兄弟，手上带了多少命债！师长，你就不要让军长晓得了！军长晓得了反而为难，不如一不做二不休，将两个坏种做了！”

“要得！”曾南夫目光灼灼，“我听你们大家的。”这就快步走到桌前坐了，拿出一张军用签，签发了立即对石少武、柳如寇的必杀令，交给上尉派回来报信请示的一个少尉，并又专门作了嘱咐：“告诉欧阳玉生要快，夜长梦多！嗯？”

“是！”少尉心领神会，双手接过师长的命令，给曾南夫敬了个礼，随即带着一个挎冲锋枪的士兵立刻融入了暗夜。

与此同时，刘文辉在家里接到了冷寅东从将军衙门“省门之战”指挥部打来的紧急电话。电话中，冷寅东报告了石少武、柳如寇夜晚去祠堂街寻花问柳，被曾南夫的夜巡队捕获后押进少城公园，估计凶多吉少，只有司机一人逃了回来。听得出来，冷寅东对石少武、柳如寇这两个人很不以为然。

刘文辉边听边寻思，听完后，并不急于表态，声音也很平静，问冷寅东：“寅东，你的意见呢？”

电话中，冷寅东略为沉吟，“如此大局来之不易！我的意思是，如果可能，是不是通过外交途径，找田颂尧谈判，提抗议，要他放人？”

“事情发生后，祠堂街对面二十九军有没有战斗准备？”

“有。”冷寅东知道军长这话的意思是在问他：如果我们这边采取军事突袭的方式去救人行不行？

冷寅东强调：“对面二十九军曾南夫师做好了充分的战斗准备。”

“啊？！”电话中，刘文辉一声长长的“啊！”显示了他思想上的矛盾和犹豫。

“这样！”等了一下，刘文辉说，“先不要动，不要采取任何措施，让我考虑10分钟，到时我把电话给你打过去。”说完，放了电话。

刘文辉在房里踱起步来，这是他每遇重大事件，在做出抉择前的习惯动作。已是深夜，万籁俱寂，时序已经进入深冬。窗外风过处树叶沙沙，虽然室内温暖如春，可是他还是感觉得到室外的深重寒意。他大体想象得出这时在一片漆黑、寒气袭人的少城公园里的森然情景：被二十九军官兵恨透了的石少武和他的手下第一团团长柳大麻子正在受罪，两人被曾南夫的夜巡队绑在树上打得一佛出世，二佛升天，惨叫声声；甚至可能更厉害。怎么办呢，去不去救他们？救，又该如何救呢？电话中，冷寅东的口气是明显的，反对用武力去救这二人。如果不想法救出来，石少武、柳如寇很可能活不过今夜。如何是好呢？他猛然站住了，背对着灯光，凝视着拉着窗帘的窗户，陷入沉思中。

他那硕大的书桌上亮着一盏台灯。灯罩是绿色的，从绿色灯罩中流泻出来的一缕白光，很明亮地洒在桌上，而四周却是黑黢黢的。可以看清，摊在办公桌中央的是一份“关于二十四军和二十九军停战协议”初拟文本，那是他亲自拟定的，准备明天交给二十四军田颂尧。文本的内容都是知道的，很简单，就是三条，只不过是用文字将内容固定下来，然后，履行一个仪式——签字。待这些过程走完之后，田颂尧就带着他的两个师撤离成都，这就大功告成。

这是多么好的结局和时机啊！可是石少武竟利令智昏，这么一点时间都等不得了，竟去干这样的事情，捅了这样大的娄子！为了救他，搞军事突袭？不行，不值得！那么，给田颂尧去个电话，求田颂尧放人？这可怎么开得了口？我刘自乾是堂堂四川省政府主席，田颂尧是我的手下败将，只有他来求我的，未必我为了一个石少武反而去求田颂尧？这断断不行！再说，话怎么说？难道说你刘自乾能纵容自己的干儿子晚上去抢劫良家妇女，完了还要替他说情？不行，我刘自乾丢不起这个人！再说，石少武、柳如寇这两个人本来就是土匪，在成都早就是臭名昭著了。以往之所以那样对石少武，是要用他。现在，胜利了，有没有石少武这个人都没有关系了……

室内灯光暗淡。刘文辉长久地保持着固有的姿势不动，处于凝想中；他被背后灯光投射到对面墙壁上的身影，看起来既清晰又怪异。身着长袍马褂的他投到墙壁上的身影，很像他老家大邑县大飞水原始森林中的狼。这种狼个头不大，却非常狡猾，动作敏捷，而且疑心很重。当它接近猎物，只要一扑猎物就在手之时，它仍然小心又小心，脚步放得轻了又轻；因此，当它对猎物发起致命一击之时必然致命。看着墙壁上自己的影子，陷入沉思中的刘文辉，觉得自己就像那种狼。

是的，他想，正如冷寅东所说，大好局面来之不易！如果田颂尧不是处于绝境，不是为了保存实力，田颂尧是断然不会请尹昌衡和五老七贤出面调停；断然不会同意以那三条为条件，草签城下之盟：带部队悉数退出成都，退去川北，从而去了他一大隐患，避免了以后的腹背受敌。他刘自乾捡了一个好大的便宜！之所以发动天怨人怒的“省门之战”，不就是为了达到这个目的吗？

反过来想，如果田颂尧和孙震孤注一掷收缩部队，依据北门文殊院等名胜古迹和并没有真正伤筋动骨的王铭章、曾南夫两个主力师三万多人的部队，同二十四军拼死一搏，会怎么样？局面很可能会发生不利于我之逆转，一、政治上道义上，我刘自乾要输分；二、田颂尧在成都硬顶，刘甫澄在川中一线大肆起兵；三、南京老蒋趁势收拾我，将我的四川省政府明令撤职；就近的邓锡侯再倾力帮田一把，哎呀，结果会多么可怕多么难以想象！

就在今天下午，他同田颂尧经尹昌衡和五老七贤做调停人达成就地停火协议之后，他不仅在川报上看到了《成都巷战受难人民泣血请愿团向国内外声明电》，同时得报，南京的老蒋（介石）对他暗中出手了。老蒋示意刘湘打他，并援助了刘湘几十万弹药枪支，还有军用电台……

幸好田颂尧没有看清这后面的棋，不然，麻烦大了！能与田颂尧达成这样三条，实在是万幸。

想到这里，处于静思默想中的刘文辉就像下了一盘盲棋，棋下赢了，却赢得很险，赢得侥幸，赢在对手目光短浅。而赢了棋的他也已筋疲力尽，赢得有些后怕，不禁长长吁了口气。

是的，这已经是最好的结局了，决不能为救石少武轻起战端！见好就收。不然，让好不容易平静下来的局面再生波澜，那么，再生波澜的时局很可能就像眼前窗外莫测高深的黑夜，处处都埋伏着凶险、不测，甚至杀机。这，犯不住！

那么，对石少武见死不救，我刘自乾又会不会被人看作不仁不义呢？“飞鸟尽，良弓藏，狡兔尽，走狗烹”这句名言闪现在了脑海中。这个名句出自汉高祖手下第一大将、为汉朝开国立下第一大功的韩信之口。打更匠出身的刘邦原本什么都不会，就是会耍流氓，尽干些将儒生的帽子拿来接尿之类的事；一遇到事，就问身边的文臣武将张良、韩信、萧何等人“如之奈何？”显得很是无能。而西楚霸王项羽却是百战百胜，刚愎自用，自以为是。但最后，最会打仗百战百胜的项羽，却最终败在了最不会打仗却会用人的刘邦手中。

刘邦最终得了天下，成了汉高祖。刘邦得了天下之后，立刻听从妻子吕后建议，将功高震主的韩信诱捕诛杀。“飞鸟尽，良弓藏，狡兔尽，走狗烹”就是天下第一大将韩信在被缚押赴刑场处斩时，流着泪说的，这话因极富哲理，及至穿越了时空流传至今，而且将继续流传下去，生生不息。

是的，被缚押赴刑场处斩很悲哀的韩信这话说得很精彩，比喻也相当精当贴切。但是，没有办法，这往往也是当政者的无奈，是当政者的必然选择。谁叫你韩信那么功高名大呢？不杀你当政者如何能放心？再说，飞鸟既然尽了，良弓还拿来干吗？既然养犬是为撵兔子的，兔子都没有了，撵兔子的犬不杀来吃还留下干吗？

再说，石少武能同当年的韩信比吗？完全就没有可比性。石少武在成都声名狼藉，既然事到如此，那就只有让他顺其自然了。舍了！这会儿，他下定了决心。

“当——！”挂在墙上的壁钟敲响了一下，钟声低回，这已经是第二天零时了。刘文辉被钟声惊醒，给冷寅东回话的时间到了。当他转身，快步走到桌前，刚要拿起电话；电话响了，电话是冷寅东打来的，看来“省门之战”实际上的总指挥比他还急。

“军长！”冷寅东问，“决定了吗？”

“决定了。”

“如何决定的？看来得快，要不然，石少武、柳如寇可能就没命了！”

“算了。”刘文辉回答得轻描淡写，“石少武这也是咎由自取。”看冷寅东不再说话，“咔嚓！”一声，他轻轻放了电话。

“狼”与“狈”的末日

这是一天中最黑暗的时分，也是成都入冬以来最冷的时分。在林木蓊茂黑夜笼罩的少城公园深处，利剑般矗立的“辛亥秋保路死事纪念碑”下人影幢幢。石少武、柳如寇塞在嘴中的臭绑腿布已被掏出，他们被分别绑在碑下的一棵桉树上。上尉队长欧阳玉生已得到师长命令：尽快处死这两个畜生。

夜幕中，传来霍霍的磨刀声。

被捆绑在树上的石少武明白，他和柳如寇已经死到临头。开车逃回的司机肯定立刻就将他们被捕的情况报告了，这么大的事，没有人敢于隐瞒，自然会立刻报告给他的干爹、军长刘文辉。可是，几个小时过去了，街对面自己的部队竟没有一点声息。是干爹刘文辉不要他，不管他了？他越想越感到恐惧。

人，都有两面性，石少武更是如此。如果他还是当初的土匪、山大王，那死也就是死了。但是，现在不同了，他是二十四军赫赫有名的混成旅旅长，这次“省门之战”的第一功臣，马上就要晋升为少将师长了。他还年轻，前程远大，好日子才刚开始。他不想死，也害怕死。

完了，完了！他想，我石少武大江大河都走过来了，不想竟栽在了一条阴沟里，他不服。他想设法逃脱，再设法加倍报复。因此，这会儿，他一反以往，在二十九军曾南夫师上尉队长欧阳玉生和他率领的夜巡队面前哭哭啼啼，装出一副可怜相，好话说尽，请求饶他不死。说是，只要饶他不死，要他做什么都肯。要多少钱赎命，可以；要他带队伍反水可以，甚至连夜带人去逮刘文辉这个杂种，也不成问题……说到最后，石少武连自己说些什么都不知所云了。而背剪绑在另一棵树上的柳如寇自知必死，低着头什么也不说。

“哼，不要说废话了！我们都不想同你说了。”上尉队长欧阳玉生走上前去，指着被五花大绑的石少武大骂，“你狗日的以为刘文辉要来救你吗，咋还不来呢？失望了吧？害怕了吧？害怕也不行！你狗日的罪有应得，死有余辜。我欧阳玉生饶得过你，成都市60万人也饶不过你。我只问你一句，成都人背后是咋个称呼你的？”

石少武很懵懂地看着上尉队长欧阳玉生，那样子似乎并不知道成都人背后如何骂他。

“石绝猪子（种猪）、天下第一骚棒！”旁边有个兵给他叫明。哗的一声，站在队长周围，看石少武一副狼狈相的夜巡队官兵们全都大笑起来；他们笑成都人这些话比喻得形象、有力、贴切、够味。

“还有，让你也死个明白。”上尉队长欧阳玉生看了看绑在另一棵树上，垂着头的柳大麻子，“柳如寇，你晓得吧，成都人是如何称呼你和石少武两人的？”

柳大麻子缓缓抬起头，借着熹微的月光看着面前英姿昂藏的二十九夜巡队上尉队长欧阳玉生，一副不知所以，等候回答的样子。

“狼与狈！”上尉队长欧阳玉生说得一字一顿，“石少武是狼，你柳如寇就是专门给这条狼出坏主意的狈。你可能不晓得狈是个啥子东西，有多么坏吧？反正现在还有点时间，我就讲给你听听，让你也死个明白。”看来上尉队长欧阳玉生是读过些书的，他讲得原原本本，“这是一个典故。说是一个上山打了许多柴的人回家时，已是黄昏时分，平原上四周无人，他被一群狼包围了。这人将挑在两个大筐子里的柴倒在地上，堆成一个小小的柴山，他爬上柴山，一边呼叫救命，一边拿起扁担自卫。狼上不去，上去一只被他打下一只来。不一会儿，群狼背来了一个怪物坐在一边当教唆犯，怪物似狼非狼，似猪非猪，走不动路。这个怪物就是狈。狈专门给狼出坏主意，只见头狼走过去，附耳在狈嘴边听一阵说，这就指挥群狼上前，将柴一根根叼走。这招真毒。就在柴堆摇摇欲坠之时，在打柴人拼命呼救之中，一群人闻讯赶来了，群狼逃走，慌急间丢下不能走路的狈。狈被活捉，被人杀死煺皮，煮熟下酒，肉不好吃，只有耳朵尚可。可惜，你这只石少武的人狈，不如那只狼的狈。狼的狈的耳朵可以用来下酒，你呢，完全没有用处，死后比狗屎都臭。”

柳大麻子听后想了想，什么都没有说，又缓缓低下了头。

石少武开始反弹，他意识到了必死无疑，求人无用，匪性大发。被五花大绑在大树上的他，又跌又绊又骂，竭力挣扎，披头散发，像头已经落入陷阱却想竭力挣扎逃脱的狼。“欧阳！”石少武破口大骂，“老子认得到你，老子死得不服气。你虾子整死我，我石少武到阴间也要拿你去垫背！”

“说说那么多捞球，看我的！”已经磨好了刀的大块头班长任水生，手提一把磨得锋快的大刀从夜幕中走了上来，上尉队长欧阳玉生给他示了个意。任水生走到柳大麻子身后，伸出左手在他肩上猛地一拍，就在柳大麻子条件反射地将颈子一硬时，任水生将手中大刀一举一抡，斜着狠劲劈下去。暗夜中，只见白光一闪，如一道闪电，呼的一声向柳大麻子右边颈子射去。倏然间，柳如寇的一颗大头就像跳舞一样，从颈上弹起来，向空中一蹿，再咕咚一声落地，借着冲力，骨碌碌滚进了黑暗里。呼的一声，热血从他的断颈里冲出来，喷溅如雨。

“这个石少武咋处理呢？”有士兵问。

所有的希望在石少武眼前完全破灭了。他破口大骂，骂得不知所云。他已经陷入了一种昏迷状态，所有的外界事物也正配合着他的绝望情绪：头上昏暗阴郁的夜幕，裹在昏暗阴郁夜幕中的是冷着脸，剑一般刺向天空的“辛亥秋保路死事纪念碑”，四周是重浊得喘不过气来的黑暗。

“人家是旅长，级别不同，总得留个全尸。”上尉队长欧阳玉生说话很幽默，说时手一比。在一边早就准备好了，块头大，力气也大的汪大成应声而上，将一端挽了一个结的粗麻绳，往石少武头上那一截横空出世的粗枝上一扔，绳子搭过树枝，吊下来，汪大成将绳子打好结，再往石少武颈上一套。就在汪大成把这打结的绳套套在了石少武的颈上时，另一个兵走到树后，用手中锋利的刺刀将石少武捆成了“粽子”似的绳索一一挑断。汪大成用力一拉粗麻绳，暴风的呼啸顿时吞没了石少武最后一声嚎叫。石少武被滴溜溜提拉而起，吊在了半空，双脚在空中乱蹬一气。

“石少武！”上尉队长欧阳玉生站在离石少武不远处，指着滴溜溜吊在树上的石少武说，“我们特意给你留个全尸，好让明天全城的人都来看看你这个专门奸淫良家女子的石绝猪子（种猪）、天下第一骚棒死后的鬼样子！”石少武在半空中挣扎了几下，不动了，很快吐出舌头，死了。

天亮了。

石少武在少城公园里被绞死的消息，犹如长上了翅膀，很快就传遍了九里三分的成都城内的数百条大街小巷。人们奔走相告——

“大家快去看啊，石少武在少城公园被吊死了，成了吊死鬼！”

“天作孽，犹有说；人作孽，跑不脱！”

“天网恢恢，疏而不漏啊！”……

数不清的男女老少，不顾危险，从四面八方、熙熙攘攘地涌进了这段时间因为战乱人们很少光顾，显得荒芜冷寂的少城公园；虽然好些大街上仍然垒着沙袋，架着机枪，二十四军与二十九军还处于战争状态。

老天也来庆幸。阴霾了多日的成都的天，在这天上午10时左右开了脸，厚厚的云层后缓缓推出一轮冬阳，给移步换景，尽管已到冬天，到处仍然竹木青葱的少城公园披上了一层金，平添喜庆色彩。在少城公园的标志性建筑——剑一般直指苍穹的“辛亥秋保路死事纪念碑”之下站满了人。人们看着像死狗一样吊死在树上的石少武，无不拍手称快。一夜过去，吊死在树上的石少武两眼鼓凸，长长的舌头伸在嘴的一侧，一脸乌青。好些受过杂种凌辱或家中有人受过凌辱的年轻妇女或是老妪喜极而泣。有的为泄愤，随地捡起石头瓦块，捡起凡是可以捡到手的一切，边骂边朝吊死在树上的石少武尸体上打去。石少武的尸体已经梆硬，被不断扔来的砖头瓦块，打得滴溜溜转。

“辛亥秋保路死事纪念碑”下，一时人头涌动。吊死在树上的石少武，成了憋了一段时间气的成都人的出气筒。人群涌动，“辛亥秋保路死事纪念碑”下，顿时成了一片愤怒的海洋，也是一片欢乐的海洋。

– 第十章 –

以退为进

悠游于青城山、都江堰间的“水晶猴”

这是成都地区入冬以来一个难得的好天气，湛蓝的天上飘上几朵鸭绒似的浮云。上午 10 时，幽静的青城山道上，出现了几乘闪悠悠的滑竿，正由下而上。由二十八军驻灌县的第二师，黄隐派出的一排官兵和邓锡侯的侍卫们组成的警卫簇拥着的中间两乘滑竿上，分别躺睡着邓锡侯和他的妻子田德明。

滑竿悠悠。在滑竿的叽嘎叽嘎声中，躺在青竹编就的滑竿上，邓锡侯很惬意地眯着眼睛；似在养神又似在谛听，享受这难得的山林野趣。其实，他的思绪在上下翻腾。

10 天前，也就是在刘文辉和田颂尧就要打起来的前夕，他找来军参谋长朱瑛口授机宜后，在报端发了一个暂时退隐的声明，第二天就离开了多事的成都，退到了灌县隐居。这一下，田颂尧找不到他，刘文辉找不到他，远在重庆的刘湘更找不到他。

你们要打就打去吧，马打死牛，牛打死马，都不关我的事，一直打到你们筋疲力尽，需要我邓晋康给你们捡脚子了，我再出来不迟。这叫什么？这就叫“鹬蚌相争，渔人得利”。

这不足为怪，是他一贯的做派。不然，他为什么得一个“水晶猴”的绰号呢？这个绰号，绝不是因为他的名字中有一个“侯”。多年来，他极善于游走在各种势力之间，借力发力，韬光养晦，保存自己的实力。只有学会保存，才能说到发展。有个哲人说得好：存在，只有存在才有一切。就目前四川来看，大大小小军阀中，势力最大的只有四股，最大的是二刘：刘文辉、刘湘叔侄。田颂尧第三，他邓锡侯只能数老四。他的部队有五个师，一个独立旅，四万人，防区在灌县、郫县、广汉、新都等 10 余县。就这么点家当，不好好保存行吗？

1925 年，他们保定系的 “三兄弟”联合刘湘打败了发动统一全川之战，想当“四川王”的杨森，形成了如今格局。这几年内，大家都没有闲着，都在千方百计发展、壮大自己的势力。终于，为了当上“四川王”，刘氏叔侄按捺不住跳出来火拼，田颂尧在中间夹起，田颂尧下的是一步险棋。即使赢了，也是替人家刘甫澄做的一件嫁衣裳，刘甫澄真的当上“四川王”，你田颂尧和我邓锡侯也只能在刘甫澄下巴底下捡饭吃，犯得着花那力气吗？

但是，刘文辉这个人也真讨厌，讨打。大家都是保定军校同学，可这些年来他不择手段，拼命往上爬，先是借刘湘的关系，把“窝子”坝起，到后来势力越大气焰越高涨，在成都简直就是一只螃蟹横起走路，根本没有把他邓锡侯同田颂尧放在眼里，并且拼命排挤他们，这个样子哪有不打仗的？如果没有田颂尧在前面替他抵挡，他邓锡侯这回就逃不掉刘文辉的打击。现在，田颂尧被刘文辉挤走了，那么，下一步这刘老幺肯定就要拿我邓锡侯开刀了，我又该如何应对呢？

世事如棋局局新！他想，也只能走好一步算一步了。

“晋康！”在叽嘎叽嘎、单调的滑竿声中，走在前面的妻子田德明问，“滑竿这个名字好有趣，这个名字是咋来的？”田德明的问话，打断了他的思索。

“啊！”他抬起头来，这才发现已经走到青城山中部了。“等一下我再告诉你，这一段路弯弯拐拐的，谨防我们一说话，让抬滑竿的分神。”邓锡侯慢声应道，妻被他这一说吓住了，再没有吭声。青城山是道教圣地，离灌县很近，离省会成都也不过几十里地，素以清幽天下闻名。10 天前，邓锡侯离开成都后，一直住在山下灌县城内黄隐的师部里，随时注意观察着成都局势。成都打得最紧张时，黄隐率部去成都增援田颂尧，一看情况不对，赶紧撤回。这些，当然也都是他在幕后操纵掌握的。他的消息非常灵通。昨天，经尹昌衡和五老七贤出面，刘文辉和田颂尧不打了，初步达成三点军事协议。他判定，刘文辉和田颂尧最终还是会请他回去调停，因为这中间还有好些勾二麻糖的细节，只有他邓锡侯回去才摆得平。而且，他们派来请他回成都去的人，会在今天来。

他要抠起，拿他们一下。

这天一早，他破天荒地表现出好兴致，先去伏龙观看县长主持都江堰的岁修仪式，仪式颇为盛大。都江堰在灌县境内，位于岷江中游。都江堰以宏伟的工程，周围壮丽的山川、动人的传说，别致的建筑艺术，早在汉、唐时期就声名远播。著名大文学家司马迁在《史记·河渠书》中，就对李冰父子“凿离堆，辟沫水之害，穿二江成都之中”的种种丰功伟绩做过生动的描绘和热情的歌颂。唐代大诗人杜甫来这里游览后，写下了“锦江春色来天地，玉垒浮云变古今”的佳句。历代诗人贾岛、岑参、苏轼、陆游、范成大、杨升庵等，也无不来过这里把酒临风，留下了动人的诗篇。元朝时期，意大利著名旅行家马可·波罗在观看了都江堰后，大为惊叹。他回国后，在《东方见闻录》中这样写道：“都江水系，川流甚广，不类河流，竟似一海；船舶往来甚多，稻香鱼肥，民多殷富……”

晴天，站在伏龙观或是隔宝瓶口与之对峙的玉垒山上远眺，可以看见遥远的甲金山脉。阳光下，它们隐隐约约而又清晰可见，像是一个个耸入云端白衣白甲的武士。通天的江流就是从那里而来，一路汇聚起大大小小的河流、溪流、沟渠，最终浩浩荡荡漫天而来，气势壮观，奔若惊雷，像是一条不羁的孽龙。就在孽龙过了铁索桥，就要张牙舞爪腾起身来向灌县城扑去肆虐时，迎面抛出两道杩槎——那是用附近山上砍伐的楠竹剖开，用片片竹篾编织成的长龙似的竹筐，筐中装满河滩上的石头而成。这两道杩槎就像套在孽龙身上的两条绳索，滔天的水流就此分成了内江和外江。洪水季节，水流六成流向外江，四成经宝瓶口流向成都平原。反之，到了冬天枯水季节，则水源六成经宝瓶口流向成都平原，四成流向外江。这就是当年蜀太守李冰父子创下的巧夺天工的“四六”分流法。

宝瓶口在玉垒山和伏观山之间。据说当初，两座山是连在一起的，是李冰父子带领千百万劳动人民，费时经年，用原始的火烤水浇法，硬是在两山间凿开了一条通道，让江流一路拍天经过宝瓶口而去。江流一经过这里的夹峙，立刻就安静了，温驯了；清澈干甜的流水流到广袤的成都平原上，再分成若干条溪流向四面八方汩汩流淌，给成都平原上数百万亩农田以四时不竭的浇灌；给天上飞的、田里长的，给生活在这片沃土上的人们以生命甘甜乳汁的滋养，浇灌出了一个“水旱从人，不知饥馑，时无荒年”的天府之国。

都江堰从古至今，都有严格的岁修制度。每年一到冬天枯水季节，便断水，对都江堰进行岁修。完工之后，在清明季节放水春灌，这两个工程都要举行隆重的大典。

本来，像今天这样的大典，历来由川省主持水利的高级官员主持。清时，更为重视，由巡抚甚或最高长官总督出面主持。岁修或开水前一天，有关官员要先到郫县望丛祠（据说，这里是古蜀国望帝、丛帝的陵寝之地）去祭祀望帝和丛帝。动工或开水的早晨，要由仪仗队抬着祭品，鼓乐前导，主祭官率领所去祭祀人员出玉垒关至二王庙祭祀李冰父子。随着司仪的声声唱喏，主祭官朗诵了《迎神赋》后，全体出席人员肃立，齐唱“……青城八百里，都江十七县，维王建奇功……”的《纪念歌》。歌毕、献花、献帛、献爵、献食。主祭官读《祝辞》后，全体向李冰塑像行鞠躬礼，之后进行奠爵、焚祝帛、送神、唱《民工歌》。最后鸣炮三响，主祭官带领所有人员去杨泗庙祭祀历代维修都江堰有功人员，再到江边祭棚祭祀江河神伯。整个过程井然有序，气氛热闹而又庄重肃穆。

而近年这样的仪式，都是由当地最高长官——二十八军第二师师长黄隐会同灌县县长主持。这一次，因为他到了灌县，这天这个仪式，黄隐请他出席主持，他推托了，说自己是已经宣布下野的人出面不合适，还是由黄隐去主持。黄隐这就去了。他是坐在伏龙观上看了这个仪式的，虽然也还算是隆重，但毕竟不能同太平年间相比，显得草率了许多。

看完岁修仪式，按照原先的计划，他这就上山了。

邓锡侯言在此意在彼的趣说

山上有太阳，这就将整个硕大的翡翠般的青城山映照得特别光鲜喜人。空气清新，满眼翠绿，耳边鸟鸣声声，东边鸣唱，西边应和；让本来浮躁的心也变得柔柔的，很是安静。也不知是不是黄隐他们做了些布置，比如戒严什么的，反正这一路上他就没有见过有人上山下山的。他不禁看了看走在前边的妻，在滑竿叽嘎叽嘎声中，看不见妻整个的人，只能看见妻在滑竿中闪上闪下的头。躺在滑竿上的妻，此时再也没有了平时的顽皮，变得很乖。妻的名字与她的人不相符，田德明这分明是个男性化的名字，但妻却是非常女性化的。她出身于一个日子也还过得去的书香门第，长得娇小玲珑，比他小了近 20 岁，也许她受过些新式教育，平时很是活泼好动，唱歌、读新书报、看电影等新式女性的喜好她都有。这很投他的意，他是一个追求新思想新生活方式的人。这从他的穿着上就可以看出来，躺在滑竿上的他，着一套法兰绒的西服，身材高大，脚上穿一双便于爬山的进口操鞋，只有一点，系在他颈上的那条桃红洒金领带打得不够标准，领结几乎是上下一般大，他总是打不好领带。这也是没有办法的事，身边几乎没有一个人是穿西装打领带的，想同谁切磋切磋如何打领带都找不着人，只有将就了。他的头上戴一顶巴拿马咖啡色呢博士帽，皮肤不像一般连年征战的将领皮肤不是黄就是黑，而是比较白。他的脸是方的，下颏也是有棱有角的，这就显得很有力度。他这会儿戴一副墨镜，看不见他的眼睛。哲人言，一个人的眼睛是一个人心灵的窗户。这话说得很对。如果他摘下墨镜，目光同你对视，一定会给你留下深刻印象，因为他的目光与众不同，犀利射人而又是水银般波动不已。

一段相对崎岖陡峭的石板路走完了，邓锡侯对走在前面的妻子田德明说，“说滑竿就要从尹昌衡说起！”

“啊，好呀，又是尹昌衡！”田德明高兴得叫了一声，这是在意料中的。妻最爱听他讲前都督尹昌衡的事，尹昌衡年轻时人漂亮，风流逸事多，最合小资情调女性口味。尹昌衡是四川人永久的话题，尤其是女性。

邓锡侯这就开始讲，讲得绘声绘色的。

“四川滑竿最早出现于民国初年。当时，袁世凯欲复辟称帝，他最担心的三相都督是湖北的黎元洪、四川的尹昌衡、云南的蔡锷。这些，你都是晓得的。你不晓得的是，后来回到云南的蔡锷举义旗率护国军讨袁，挥师入川后，在川南遭到北洋军前所未有的猛烈阻击。激战中，蔡锷因伤兵太多，担架不够，只好就地取材，砍来竹子，扎成临时担架以应急需，以后竟风行开来。因为担架是用滑溜溜的青竹竿扎成的，又有轻便快速的优点，因此被人们称为滑竿。”

“啊，是这样的？太有意思了！”田德明意犹未尽，给丈夫戴了一顶高帽子：“晋康摆的龙门阵就是好听，尹昌衡的龙门阵还有吗？”

“有，你听我接着给你摆。”躺在滑竿上的邓锡侯微微一笑，接着摆下去：“民国初年，尹昌衡被袁世凯软禁在北京时，因为他有名气，许多达官贵宦都争相交结他。有次，北洋三杰之一，同段祺瑞齐名，曾当过一段时间过渡总统后归隐河北老家的冯国璋因病进京就医，恰山东军阀，有狗肉将军之称的张宗昌到京公干。张宗昌原是冯国璋的侍卫武官，他特意在北京著名的六国饭店安排了一场盛宴，邀请一些名人出席，为冯国璋洗尘。时年 37 岁的张宗昌土匪出身，不通文墨，却最爱附庸风雅、结识名流。他知悉尹昌衡文采风流，同冯国璋关系也好，这就登门去请。尹昌衡答应下来，约定时间去六国饭店。

“六国饭店是一座很中式的建筑，古色古香，典雅华贵。尹昌衡去了，跨过门前垂着大红宫灯的门槛，沿着一条花木夹道，用五彩石子镶嵌的通道走去。两边，回廊曲折，奇花异石，珠光宝气，进了举行宴会的大花厅，只见来客不是身着黄呢军服的将军，就是西装革履的绅士，或长袍马褂的遗老遗少……三个一堆五个一群地在一边交谈。客人们大都带着太太或是小姐，尹昌衡同认识不多的几个人随便打了声招呼，就找了个不引人注目的地方坐下，边喝茶边打量宴会前的情景。一张张铺有雪白桌布的长桌上，摆有糕点茶水，任客人自取，桌子中间摆有富有清宫意味的鼓肚花瓶，瓶中插着洁白的马蹄莲等鲜花，散发着淡淡的幽香；地上铺着厚厚的波斯地毯，走在上面，没有一点声息；头上横过一串串红红绿绿的小电灯，闪烁迷离。

“留声机里放着‘好花不再开，好景不常来’类软绵绵的乐曲。杂声盈耳中，屋子四周沙发榻上，堆放着好些女人一个比一个华贵的衣服。身着轻绡的北国佳丽们竞相亮美：清丽者，如带露春笋，亭亭玉立；丰润者，亮出细腰丰乳肥臀。”

“哎呀，你们这些男人呀！”田德明听丈夫说到竞相亮美的北国佳丽，什么带露春笋、丰乳肥臀什么的，就像被什么东西锥了一下，受到刺激，情不自禁叫起来。邓锡侯又是会意地一笑，停顿下来；田德明却又催，邓锡侯这就又讲下去。

“宴会厅里的种种一切，构成了京师上流社会特有的慵懒、温馨气息。忽然，屋顶大灯通明，宴会的主持者张宗昌站到了大厅中央，挥着两只大手，鸭子扇翅似的，招呼大家安静下来后，张宗昌用一口地道的山东土话说，冯公因突感身体不适，不能到场。不过，冯公委托姜桂题老将军到场作他的代表。

“叭叭掌响起来了，客人们都掉过头来看姜桂题。年近80的姜桂题老将军缓缓站起身来，向大家拱手致意。老资格的姜桂题满头白发，身材高大，早就发福，体态像只熊，不过，既是军人，坐姿也还挺直。接着，大家按乡党叙齿的规矩入席了。席间上将很多，姜桂题虽也是上将，但资格最老，是北洋第一老将，曾经做过清廷镇压太平天国，过后又镇压捻军的僧格林沁大将的卫队官，又是冯国璋的代表，当然高居首席首位。尹昌衡当时只有31岁，是上将中最年轻的，当然也就只能屈居首席末位。席间，尹昌衡因为对这一班北洋老朽反感，有意放开洪钟似的嗓门高谈阔论，压得全场就只听见他一个人说话的声音。忽听霹雳似的一声呼唤：效坤（张宗昌的字）哪！大家这才发现，场上还有一个大嗓门，这人是京师警备总司令、新进陆军上将马龙标，40来岁。

“张宗昌见京师警备总司令招呼他，这就走上去，弯下身，将耳朵贴上去。马龙标却大声说，你看那个从四川来的尹昌衡说话如此放肆，高声大嗓，好像就他一个人声音大，扫了我们北洋的面子。他嗓门大，我比他嗓门还大，问他敢不敢同我比嗓子？

“张宗昌素来爱吃爱喝爱嫖爱热闹，听马龙标如此说，岂有不赞成的！他走到场中，招手要大家安静，指指马龙标介绍：这位，想来大家都认识——京师警备总司令马龙标将军，嗓门之大号称天下第一。又指指尹昌衡，这位，是来自四川的都督尹昌衡将军，声音也大得惊人。今天两位在这里也算是幸会，机会难得，怎么样，马将军提出想同尹将军比试比试，看谁的嗓门大！大家欢不欢迎？大家一听都说好，响起满堂掌声。女士们都拿眼注视着这两个雄赳赳的将军，窃窃私语，夹杂着轻轻的笑声。

“尹昌衡立即站起应战，说我尹昌衡愿意奉陪，决不后退。马龙标提议大战300回合，划一拳饮一杯酒，对划300拳定输赢。尹昌衡赞成。两人从‘四季四呀，大发财呀’划起比起，声震屋瓦，连隔壁的外国人也来作壁上观。

“论嗓门，马龙标同尹昌衡不相上下，但论年龄，他要大尹昌衡十来岁；论酒量，他更不是尹昌衡对手。尹昌衡兴致来时，绵州大曲他一人可喝下四瓶，而且喝后没有一点事。两人对划到100拳，马龙标有些来不起了。坚持再豁20拳，喝20杯酒，吼20声，马龙标就喊不出来了，没奈何只有当众认输。

“马龙标回到家里，越想越气，自己素有天下第一嗓之称，不意当众栽在尹昌衡手里，今后自己这个京师警备总司令还怎么做人？越想越气，病也就越渐深入，不几天，虎彪彪一个京师警备总司令竟活活气死了。京师有报评载，六国饭店比嗓子，气死京师警备总司令，这则逸事顷刻间成了轰动一时的大新闻，尹昌衡这个大名在京师，无人不闻无人不知。”

“哎呀——！”田德明又是欢快地叫了一声，就像有根欢快的毛刺，直往她春潮大涌的心田里扎似的，忍不住发出呻吟，让邓锡侯心中泛起一丝莫名的妒忌。

“军长！”走在旁边的副官沙玉生提醒，“这段路又窄了。”邓锡侯这就不再吭声，走在前面的女人发现山道渐渐陡峭起来，不无担心地问，“晋康，这抬滑竿的后面脚夫的视线被前面的挡着了，会不会跌筋斗？”

“不会的，他们会靠报点子走路。”

田德明不懂报点子是什么意思，正待要问，身下滑竿已至峰回路转处，要上桥了。只听前面的脚夫挑声夭夭地唱：“人走桥上过。”

后答：“水往东海流。”两人配合得丝丝入扣，安全过了小桥。

前面脚夫又喊：“懒洋坡。”后面应：“慢慢梭。”走到拐弯处，前唱：“弯弯拐拐龙灯路。”后应：“细摇细摆走几步。”……在风趣押韵，一报一应，一唱一和中，脚夫们脚步吻合，走山路如履平地。

上了一个山，田德明又问青城山得名来由。

“这青城山古名赤诚山。”邓锡侯说，“《名山记》曰：‘其上有崖含赤壁’，就是指的青城山。其实，‘赤诚山’与青城山毫不沾边。你看此山，林密弯急，移步换景。你不觉得青城山处处曲径通幽，远离尘嚣，格外幽静秀美吗？”

田德明连声点头：“是的，是的。”

“青城之幽、峨眉之秀、剑阁之险、三峡之雄并称为蜀中四大景观。是谁第一个将青城山用一个‘幽’字作概括的呢？”说到这里，邓锡侯卖了个关子，“等会儿到天师洞你就知道了。”

“军长不回去，成都的事情就捡不平！”

夫妇俩不再说话。在滑竿发出的叽嘎叽嘎声和脚夫们的报点子声中，山势越发高陡弯急起来。只见前面田德明的滑竿倏忽一闪，便隐入了一团绿荫中看不见了。邓锡侯觉得，用一个“幽”字来概括此山的确实精当。弯弯的山道上铺着石板。不宽的石道两边，是夹道的麦吊松、高大的楠树、密密簇簇的箭竹和苔蕨；还有绿色地毯般向两边山上挂上去的漫山漫坡的山栀子……把个青城山遮蔽得严严实实。走在古道上，骄阳晒不着，暴雨淋不着，大风吹不着。轻风乍起，绿漪碧涟，起伏荡漾。前后几乘滑竿虽近在咫尺，却是往往难觅踪影。

天师洞到了——这是青城山的心脏。邓锡侯夫妇刚刚下了滑竿，天师已率众道徒迎出观来。天师是张道陵第63代孙，漆眉美髯，粗衫布履。看不出天师的真实年岁，但从举手投足间可见道行的高深。

天师对邓锡侯夫妇接待甚殷。中学毕业的田德明眼尖，注意到了天师洞山门外石壁上镌刻着吴稚晖撰写的一篇短文，这就指给夫君看。天师陪着他们夫妇上前细看："……顾青城于亦雄亦奇亦秀外，而其幽邃曲深似剑阁、三峡、峨眉皆不逊色。故以天下幽标明青城特点"云云。邓锡侯点点头说，吴稚晖以一个"幽"字概括此山，确实精当。

天师陪着邓锡侯夫妇拾阶过高门槛，进了天师洞。

这是一座金碧辉煌的宏丽的宫观式建筑。在第一进重楼叠阁的大四合院中，有张天师张道陵手植的千年银杏；有唐代时的岐棕、明代仙人松和清代公孙橘。

邓锡侯夫妇在重楼叠阁的金鼓银磬、红烛紫烟中，蛮有兴致地驻足观看客堂上的一副楹联：

福地证因缘萍水相逢谁是主人谁是客

名山推管领蒲团静坐半成隐士半成仙

"晋康！"素来活泼好动的夫人又发现了什么好玩的，睁大一对扑闪闪的黑眼睛，像个调皮的大孩子走上前去，指着一群石雕，语气不无讶然地说，"你看这是什么？"

看着楹联正沉思默想的邓锡侯被夫人唤醒，这就移步来在三清大殿。只见石栏上镌刻着一群很是滑稽的群雕：光头露臂的和尚在翻腾扑跃、嬉闹戏耍……在这道观圣地，出现这样的石雕，分明是在嘲笑佛门弟子？！对四川众多名胜古迹都很熟悉的邓晋康从未注意过这点，这就掉头看着陪在身边的天师，以求解释。

漆眉美髯，粗衫布履的天师先是赞扬了田德明，说夫人真是好眼力，然后慢声道，"这石雕群像有个道佛两家相争的故事。道家史祖张道陵（即张天师）是汉高祖刘邦重臣张良的第九代孙。张道陵在东汉时曾做过江洲（重庆）令。以后辞官到风景秀美的大邑县鹤鸣山息心悟道，著有道书10余本。"邓锡侯掉头看着夫人轻轻插了句，“大邑县鹤鸣山就在刘自乾的老家大邑县。”

只听天师接着说下去，“时灌县（现都江堰）一带雨淫河暴，百姓请来张天师治水。天师到灌县后住在青城山这个地方，通过祈天治好了久患不已的洪水。以后，他就长住在青城山天师洞创立下道教，并奉奠定了道教基础的老子（李耳）为教主。

“唐代，唐高祖李渊和高宗李治都笃信道教，尊奉老子为太上玄元皇帝，并宣布中国土生土长起来的道教，高于从印度传入中国的佛教。不料到了武则天称帝时形势大变。因为佛教在她夺取政权的过程中有功，于是她焚毁道书，独尊佛教。青城山下的飞虎寺中的和尚上山赶走道徒，强行占有了青城山。可是，当唐玄宗李隆基即位后，又大兴道教。青城山的道佛两家随即展开了一场争山战。官司打到长安，玄宗亲自过问；并于开元十二年闰十二月十一日，御笔亲书下了一道诏令，派大员送往青城山。

“唐玄宗在诏令中说，‘蜀州青城，先有常道观，其观所置，原在青城山中，闻有飞虎寺僧夺以为寺’，因此诏令，‘观还道家，寺以山外旧所，便道佛两所各有区分’‘勿令相侵’。这样，青城山道佛之争才告平息。后来，天师洞主甘道荣将这道诏令勒于石碑，立于天师洞作为永世‘镇山之宝’。同时，在这石壁前也留下了一段历史上道佛两家相争的不愉快的痕迹……”

作了这番介绍后，天师请他们夫妇进洞天静室休息。邓锡侯点头应允，陪同在侧，跟上跟下的副官沙玉生立刻去做好相应的并不引人特别注目的警卫。

这是一间长方形的精舍，红漆地板，窗明几净，沙发茶几一应俱全。从窗内望出去，可见一角清秀的山峦和浮在山峦上空的如烟白云，这间精舍是预先准备的。

邓锡侯夫妇落座，天师陪座侧，道童进来献上青城素茶。

“这青城素茶是青城一绝。”邓锡侯正准备说茶，对青城山和天师洞中的一切都感到好奇的田德明问天师，道家的精义是什么？

“老子的《道德经》五千言，说起来话就长了。”天师说得轻言慢语，“不过，我们可以用‘清静为宗，无为为体，自然为用，长生为真，变化为全’

这五句话 20 个字来概括。”天师说着端起盖碗茶的铜船，揭开茶盖，用茶盖轻推茶汤，示意军长请茶。邓锡侯端起茶碗，同天师作了示意，揭开茶盖抿了一口时，只听天师似在韵茶，似在思索，半睁双眼道，“上善如水，水善利万物而不争，故稽于道。”

天师这番话显出高深，让国学水平不高的田德明听得似懂非懂，邓锡侯却听懂了，看着妻子说，“天师的意思是说，道家的宗旨如同水一样，表面上柔弱但可以胜刚强……”田德明若有所悟，连连点头。

此时已经中午。天师请他们夫妇移尊隔壁用餐，天师作陪，其他如副官、侍卫等人另在一室。

席间上了青城四绝：洞天乳酒、白果炖鸡、道家泡菜和洞天贡茶。吃饭间有别开生面的乐队助兴。共 10 名乐师，都是道童，男女各 5 人。道童是常见道士装束，女道童的发式很抢眼。她们的头顶上都高绾着两个又大又圆的发髻，似乎要为人们展开想象的窗子；都只有十几岁，在用箫、笛、鼓、钹吹打的同时唱歌。听不懂他们唱的是什么，不过，可以感受出那份内中深邃的意蕴。

饭后，邓锡侯夫妇又回洞天静室休息。

二十九军参谋长朱瑛就是这个时候赶上山来的。

看一路上山，赶得汗流吧嗒的朱瑛一落座，端起道童送进的青城素茶就是一阵牛饮，邓锡侯明知道原因却不问，只是一笑调侃，“这山上茶好，水也好，参谋长是第一次喝青城素茶吧？多喝点。”朱瑛放下茶碗，正襟危坐，保持职业军人姿态的他一脸通红，看着隔几而坐的上司，最先请示的是，“军长，我可不可以松松皮带，我这一身汗都浸透了。”邓锡侯划火柴点燃了烟，抽了一口雪茄，示意可以。

朱瑛这就站起来，松了松扎在腰上的军皮带，又随便解了军服上面两颗纽扣，这才又坐下去，嘘了一口气，感觉舒服多了，不过他仍然保持着固有的军人坐姿。毕业于保定军校的朱瑛在军长面前，属于后进，30 多岁，戴副眼镜，长相斯文，个子不高不矮，心细如丝。

“是为成都的事来找我的吧？”邓锡侯心中有数。

“是，我就知道军长会料到的。军长见到日前川报上刊发的“成都巷战受难人民泣血表愿团”向国内外发表的声明了吧？”

“看到了，反应一定很强烈吧？”邓锡侯也不要军参谋长说明，只是笑笑，“一定强烈！没有这份泣血声明，我想，刘自乾肯定还不一定收手，刘自乾这个人我是晓得的！”说完，他听了参谋长朱瑛关于10天成都巷战情况的由来报告。

其实，所有情况都在邓锡侯掌握中，不过，朱瑛向他报告时，他仍然听得很是专心。朱瑛事无巨细地向他报告了石少武如何率部将东门一带居民作为人质驱赶上阵，从二十九军手中拿下四川兵工厂；接着石少武又率部同田颂尧劲旅王铭章部杨锐团在煤山进行争夺，展开血战，几经反复之后，拿下煤山；就在田颂尧、孙震被刘文辉压到北门一线时，尹昌衡和成都的五老七贤如何出山调停。同时，“成都巷战受难人民泣血表愿团”向国内外的声明电在报上发表，引起国内外的强烈反响。

还有，停战当晚，石少武如何带着柳如寇去祠堂街寻花问柳，被二十九军曾南夫师夜巡队拿获；刘文辉获悉此事后，如何甩石少武的袖头子（不管），石少武、柳如寇如何在少城公园被处死；成都人听到这两个人死后，如何奔走相告等等。这一幅幅画面，在邓锡侯很精明的头脑中一一闪过。有的地方，他还专门问了问，问得很细。

听完军参谋长的报告，邓锡侯频频点头，意思是这个结局是合理的。

朱瑛说，“军长是该下山的时候了。”说他是受刘文辉、田颂尧之托，请军长回成都，作二十四军与二十九军签署停战协议的中间调停人和证人；因为这中间还有好些细节需要敲定。

邓锡侯心中喜不自禁，却用手在头上抓搔了一下，“哎哟！”他做出焦眉愁眼的样子，“我都躲到这山旮旯来了，他们都还饶不过我！叫我去做啥子嘛？他们不是都已经达成了协议嘛，这岂不是脱了裤子放屁——多此一举！”

朱瑛当然明白军长这是在作态，说，“军长不回去能行吗？双方达成的就地停火协议，不过是意向性的，田颂尧的二十九军退出成都，咋个退？敢不敢保证人家二十九军退时，二十四军不打二十九军的黑枪，还有好多事，军长不回去哪个捡得平、捡得顺？”

“也是。”邓锡侯想了想说，“事情还不是想象的那样简单，那我就只好回去一趟了？谁叫我同他们两个人——刘文辉、田颂尧是保定军校的同班同学、毛根朋友呢？”说时望着朱瑛，做出一副很天真的神情，似乎他回不回去，就听朱瑛一句。

“军长当然得回去，这事情大，非军长莫属。”朱瑛顺其意，一锤定音。于是，邓锡侯一行立即辞别了天师，离开天师洞下山去了。到了灌县，邓锡侯当即带着军参谋长一行，转乘轿车赶回了成都。

– 第十一章 –

山城晨雾

张澜到了，刘湘不敢怠慢

重庆下起了入冬以来的第一场晨雾。

天刚亮明，最近一段时间特别操劳的四川军务善后督办兼国民政府二十一军军长，对川局有至关重要影响的实力派人物刘湘，已经在他那间硕大的书房里占了几近一面墙壁的二十万分之一的四川军事作战地图前伫立良久了。目视着这幅军用地图，他的思绪陷得很深。

坐如山，站如松——刘湘是一个经过严格训练，对自己要求很严的职业军人。站在地图前沉思的他，像钉在地上的一根钉子。外人恍然见到这个姿势，一定会感到莫名其妙，但身在此中的将军，面对着的一张地图，却是动的；如同作家的形象思维，他在军用地图上看到的是炮火轰鸣，机枪嗒嗒，成千上万的官兵冲锋陷阵，得与失往往在须臾之间。

将军帐中运筹帷幄，决胜于千里之外。一张在外人看来普普通通的军用地图，在将军眼中却是有生命有色彩的，内中奥妙无穷。

书房面江的窗户，有一扇开着。略带寒意的江雾，丝丝缕缕漫沁进来，让他感到舒服。高度思维、运筹的大脑，如同一部高速运转的机器，时间长了，头脑有些发热，略带寒意的江雾沁进来，如同给一部高速运转的机器降温。

山城重庆是有名的雾都。冬天雾大时，几步开外就景物模糊。不过，这是一场冬天刚起的晨雾，很是轻柔舒卷，云烟似的，从江面上漫升起来，越过高墙；漫过窗前一株他特别喜欢的肥大碧绿的芭蕉树，洒进屋来，就润物寂无声地消散了。

刘湘的公馆建在牛角沱一处坚实的、临江危岩高耸的岗上，从书房的窗户里往外望，下面就是江面宽阔，江水奔流不息的嘉陵江。江两岸，由下而上层层叠叠的吊脚楼，在这有轻雾的时分看去，不似晴天那么破烂，反而有种缥缥缈缈海市蜃楼的意味。

侧身对着窗户，聚精会神研究着作战图的刘湘，置身于清亮的晨光和缕缕轻漫的白雾中，像是一个神态毕现的雕塑，非常明显地展示着他身上的某些特征。

刘湘南人北相，他祖籍安徽省宣城。小时，他父亲刘文刚靠耕种 10 余亩田供养一大家，生计艰辛。刘湘弟兄三人，他居长。穷人的孩子早当家，他最先考入了四川督军锡良举办的四川陆军讲习所，这是旨在主要招募贫瘠地区青年人，培养新军下级干部的初级军校，第一期招收 300 人，那年他 16 岁。与刘湘同时考进军校的有杨森、唐式遵、潘文华等。

1907 年，四川陆军讲习所改为四川陆军速成学堂，分步、骑、炮、工、辎五科，各科均聘日本军人任教官，后增聘留日和国内军事学堂毕业生任各级教官、队官。刘湘和杨森、唐式遵、潘文华、王缵绪等人因各科成绩优异，同时转入陆军速成学堂步兵科学习，这些人便是后来四川的“速成系”军事集团骨干。

刘湘初时并不显山露水，性格含蓄、深沉，也不关心政治。当时同盟会在四川的军队和学堂中发展了许多会员，并开展革命活动，他却对此不闻不问。1909 年，刘湘从速成学堂毕业，分配到陆军三十三混成协六十五标见习。刘湘曾说，他早年投军，只是为了找碗饭吃，将来只要挣 1 万元家产就知足了。川局好像一个变化多端的万花筒，一会儿是“二次革命”，一会儿是“护国运动”，一会儿是滇军、黔军入川；然后又是川军费了好大劲，将滇、黔军赶出川，然后又是川军内混战。到了1920年底，四川混沌的局面才有一个初步的清晰轮廓。12月30日，北京北洋政府发布命令，特任刘存厚为四川督军、熊克武为四川省省长、刘湘为重庆护军使、杨森为泸永镇守使……然后几巨头又打。1921年6月6日，川军混成旅以上将领24人在重庆开会，协谋善后。结果刘湘得22票，被推为川军总司令。7月2日，刘湘就川军总司令兼四川省省长职，四川军政大权归刘湘一人掌握。刘湘以第二军为基础形成速成系军事集团，与熊克武、但懋辛的第一军互相猜忌，明争暗斗。

随后，刘湘倒入了蒋介石的势力，但他对蒋介石是又依赖，又保持着相当距离，时时防备蒋介石的"中央"势力入川。刘湘反对共产党，敌视工农群众运动，而且敢于下手，这是蒋介石最为欣赏的地方。1927年1月7日，刘湘派他的师长王陵基、旅长蓝文彬率部镇压重庆爱国学生运动，逮捕和打伤中山学校学生刘道融、何衍等人。特别是，刘湘秉承蒋介石旨意，制造了震惊全国的重庆"三三一"反革命大屠杀案。在这次大惨案中，中共四川地方委员会书记杨闇公、国民党左派陈达三、重庆《新蜀报》主笔漆南薰、中共四川地方委员会组织部部长冉钧等惨遭杀害，被杀害革命群众和伤者近千人。

年前，蒋介石命令刘湘向川陕革命根据地发动进攻。一是为了向蒋介石讨价还价，一是希图将刚刚入川的红军徐向前部一举铲除，刘湘暂缓向成都大举用兵，调兵遣将向踞川北通南巴的红军发动进攻，宣称在"三个月内全部肃清"川北红军。可是，他小看了红军徐向前部；红军利用川北有利地形，对刘湘发动的"围剿"，采取运动防御战，以大量消灭刘湘各部的有生力量，战事进展极不顺利。刘湘怕继续消耗军力，对川北红军的进攻暂时停止。

同所有的军阀一样，刘湘为在重庆站稳脚跟，进而统一全川，他大肆扩充势力，在敛财方面不比刘文辉差。他从盐（盐税）、赋（田赋）、统（统税，包括各种货物税捐）、特（鸦片烟税）四个方面竭力搜括人民。比如盐税：1928年收5714494元。又比如田赋：从一年一征改为一年两征、三征至八征，1928年收200余万元。统税：1928年收3382506元。特税，仅涪陵等四县每年就收烟税 170 万元，运销、出售、瘾民捐还不在内。为此，刘湘防地迅速扩展后，财税收入大增。在这样的基础上，刘湘先向德国购买步枪 3000 支，机枪 100 挺，子弹 300 万发，飞机 12 架。随后又向外国购买兵工厂机械，在重庆临江门外杨家花园建起了一座拥有 300 台机床，3000 名工人的兵工厂，制造手枪，捷克式机枪和中小迫击炮。他的兵工厂，不比成都的四川省兵工厂差。

年前，刘湘又订购了德造步枪子弹 1200 万发，火药 20 吨，制造子弹头的钢盂(弹头半成品)40 吨；再委托英国安理洋行购了英国路易式重机枪 3000 挺，子弹 145 万发，实力得到进一步增强。

刘湘的能征善战，势力的迅速壮大，竟然引起了万里之外意大利独裁者墨索里尼的注意；墨索里尼曾电刘湘表示敬意。刘湘也钦佩墨索里尼的黑衫党，在重庆仿效之，成立了“武德学友会”。

现在，又到了一个节骨眼上了。面对着这张二十万分之一的四川地图，刘湘的目光久久栖息在成都、川中一带。他的思绪在电光石火般地演绎、推进。成都的刘、田“省门之战”已经结束，让他错过了一个解决刘文辉的最好时机，他在想下一步如何解决刘文辉。

看得分明，刘湘一米七几的个子，不胖不瘦，四肢修长匀称，一张有棱有角的脸上，鼓鼻亮眼大刀眉，特别是，一双眼睛亮得吓人。月前，幺爸刘文辉拿钱买活他手下旅长蓝文彬叛变，蓝文彬以为刘湘不知，稳起不理。当刘湘找蓝文彬来谈话，一进门，刘湘只看了蓝文彬一眼，蓝文彬只觉两道寒光射人，立刻就蔫了、瘫了、招了。小时候在家，大爸刘升廷说他天庭（额头）饱满，地阁（下颏）方圆，长大后前途不可限量。不管从哪方面看，刘湘的相貌都要算英武过人。之所以不说他漂亮、英俊，是因为这些美好的词汇里，似乎包含着一些近乎色情的暧昧。同样是长得好，尹昌衡可以用漂亮、英俊，而刘湘似乎只有用英武才可以划清与此之间的界限。

刘湘最让人有口皆碑的是，同乡下原配妻子厮守始终。这，在全川，甚至全国，没有哪一个军阀能做到这一点。刘湘要貌有貌，要才有才，要钱有钱，要权有权，又刚届不惑之年，作为男人，这是一个黄金季节。妻子刘周书到重庆后，不知是出于真心，还是出于试探，曾经对他说，“甫澄，你应酬多，我又没有文化，你尽其心意去讨一个漂亮的洋学生吧，我不会吃醋的；我会像对亲妹子一样对进入我们这个家庭的洋学生。你看那些稍为有点权势，有点家产的男人，哪个不是三妻四妾？”可是，刘湘不为所动，妻子的建议理所当然地被他拒绝了，他嗔怪地对刘周书说，“你不要东想西想的。这么多年都过了，你还不晓得我刘甫澄不是那样的人吗？”这话说得刘周书眼泪都流出来了。

妻儿从老家来后，刘湘才算有了家，从此不住军部。他们在牛角沱的家，因有了妻子刘周书的操持，家也真像个家了。不过，刘湘的书房却不像个书房，简直像个作战室，摆在屋子正中的是一张作战沙盘，张贴在墙壁上的是一张军用大地图；靠窗的一张硕大锃亮的办公桌上，是堆积如山的公文、卷宗；一部红色载波电话机蹲在桌上一角，显得有点凌乱。他的书房不让任何人给他收拾，乱就让它乱。妻子刘周书看不惯，曾经进来要给他收拾，他惊风火扯地闹麻了，把妻子吓了一跳。

刘湘这就笑着给妻子解释，这里面有许多军事机密，我这里乱是乱，却是乱而有序，我以后自己收拾。别看刘周书识不了多少字，却是一个有慧根的人，立即就理解了，说好。以后再也不进他这间书房，对他的生活起居却更加关心体贴。比如他爱吃家乡用米打成粉做成的一种馍馍，叫米馍馍，重庆人做不来，刘周书就亲自给他做：将大米同糯米按比例配在一起，用清水泡浸，到时候，用小石青磨推。那从小石青磨里汩汩流泻出来的雪白的米浆，看着都舒服，简直是流进他心里去了。再比如，他吃饭时爱喝几口老家乡下人爱喝的米汤，那米汤浓稠雪白；他还有好些在大邑安仁老家乡下养成的饮食习惯，而这些都是完全上不得台盘的。在重庆这样的大地方，给他做饭的大师傅，对他这些吃食上很土的嗜好，听都没有听说过，更不要说做了。而这些，在妻子来后，就再也不是奢求，轻而易举就可以满足了。什么是家？为什么说有家安逸？在他看来，这就是了。

看着挂在壁上的军用地图，刘湘思索的是，田颂尧马上就要率部退出成都。田颂尧退出成都后，“水晶猴”邓锡侯没有了在两者之间游动的余地，必然在“多宝道人”幺爸的打压下再次爆发战争。有言：一而再，再而竭，竭而衰。幺爸打了田颂尧肯定要打邓锡侯，幺爸再打会在政治上，人心上再丢失分。可是，形势摆在那里，刘、邓不想打也不行。在刘、邓再打起来时，我不能再失去机会了。届时，如果老蒋再让我去打红军，我不会理他的，无论他如何威胁利诱，我会对老蒋说，在四川，我也要攘外必先安内。只是听说，最近四川省谘议局局长，人气很高的张澜要到重庆找他商量要事。会商量什么呢？他想，让我不要对成都刘自乾用兵吗？可张澜分明是讨厌我幺爸这个人的呀！

想到张澜，他心中滚过不一般的感情。他应该称张澜为老师，对张澜，他心中是又敬又畏。当初张澜在川北顺庆当宣慰使时，初出茅庐的他和杨森是张澜的弁兵队的正副队长。张澜是个老资格的政治家，在全川，全国的影响都至为深巨。在辛亥革命前后四川的保路运动及对川督赵尔丰的斗争，以后组建四川省第一届大汉军政府等，在军事、政治，办学等方面，张澜都是川局的弄潮儿。张澜组建了成都大学并当过大学校长，还当过四川省政府主席。

张澜的政治态度，他也是清楚的：同情革命，同情共产党，坚决维护川局安定，但也有些矛盾。张澜原来一直支持他刘湘统一全川，曾多次明确指出：“甫澄节制川康，地位最相宜。”但近年，随着张澜政治态度的左转，他的右转，张澜对他的态度出现了变化，希望“二刘和好，共同治川”；说穿了，张澜就是怕他统一了四川去打共产党。这张澜何时来呢，见面后又该如何应对呢？正在刘湘思前虑后时，夫人来在门前，隔门帘轻轻一声唤，“甫澄，吃早饭了。”

应该是让丫头来唤的，但这些小事刘周书总是事必躬亲。妻子门前一声唤，将刘湘从沉思中唤醒，这就心不在焉应了一声，背着手机械地走出书房，跟着刘周书，穿廊过檐，来到后院的小饭厅，这是他们一家人用膳的地方。

早餐已经摆上了桌，都是刘湘喜欢的然而却是上不得台盘的东西。盛在碧荷色小碗里的新米稀饭、发馍馍、泡菜、家乡的唐场豆腐乳、小笼包子，相当简单。一桌吃饭的就他一家三口，这天是星期天，在求精中学上初二的儿子灵娃在家。灵娃这个小名，是爷爷奶奶在时，给儿子取的。家乡有个习惯，孩子的小名据说取得越贱越容易养活，因此狗娃、狗女类到处都是，一喊一大堆。灵娃这个小名还算是雅的，到重庆后，他和妻子刘周书仍然沿袭在老家的称呼，在家中都叫儿子济殷为灵娃。灵娃已经15岁了，瘦高瘦高的，也不知是因为同父亲生疏还是在乡下久了，性格内向，话少，见到父亲总是把头埋住，穿一身麻格麻格的中山装式的校服，剪个瓦片头。这时，只顾低头呼呼喝着稀饭。

刘湘看了看儿子，用筷子夹了块白生生的发馒馒，咬了一大口，说："灵娃，到重庆过得惯吗？"语气中是少有的亲切。

"唔。"儿子点点头，继续低着头喝他的稀饭，也不多说。刘湘心中暗暗叹了口气，自己在外奔波多年，弄得连唯一的儿子也生疏了。

"你爸问你的话，你就多说两句嘛。"刘周书用筷子夹了块唐场豆腐乳，看了看父子俩，竭力调和情绪。

"热闹。"灵娃突头突脑一句，"不是说嘛，山高路不平，好耍不过重庆城。"

"你们学校情况如何？"刘湘问，灵娃是读住校的。

儿子不知父亲问的什么意思，抬起头，用那双黑黑的眼睛怯怯地看了看父亲。光可鉴人的瓦片头下，那张尚未长够的脸长长的，轮廓也分明，有些刘湘年轻时的影子，只是一双眼睛没有杀气。刘湘认定儿子日后不是个带兵打仗的料。刘周书曾经在人后问过刘湘，问他希望儿子长大后干什么？他也很豁达，说："由他去吧，只是再也不要像我一样带兵打仗。"可见，刘湘也并不认为他的事业有多么伟大。刘湘的眼光是敏锐的，果然，他的儿子长大后，毕业于成都华西协合大学医学系牙科，成了一个著名的牙科医生，后来旅居美国，这是后话。

"你们学校喜欢闹事。"刘湘点了题。像当时重庆大多数的大、中学校一样，求精中学尽管是教会中学，学校内的中共地下组织活动得也相当厉害，不少师生都举起过"要民主要自由要温饱反战乱"的标语、横幅上过街游行，对当局示威。当然，对当局示威，也就是对他刘湘示威；尤其是最近这段时间。

“是。”儿子说，“最近学校里好些同学、老师都在议论成都的‘省门之战’，学校办的壁报，还有我们的‘绿州’文学社都在说这个事。”

“啊，都咋个说的？”刘湘来了兴趣。

“持反对意见的多，说生活已经这样恼火（困难）了，再打，日子就简直没法过了。成都的‘省门之战’是神仙打仗，凡人遭殃，还说到爸你！”儿子欲言又止。

“说呀，说爸咋的了？”

“说成都的‘省门之战’其实是你在同幺爷爷（刘文辉）打，田颂尧不过是替你打头阵。”刘周书一听，心都抓紧了，以为刘湘要发作，赶紧看丈夫的脸色。不意刘湘却笑了，也不解释，只是说，“这肯定是共产党人散布的言论，一般的师生难有这样的见识。”说时，放了筷子，不无嘉许地看了看儿子，“灵娃！”他说，“你有你妈管，我放心。我也晓得你懂事，虽到了重庆这样的大地方，也不出去晃，专心读书，连你老汉（父亲）是哪个也不对人说，这样对。有啥事要你老汉办的，你尽管说。今天你说的这些话，我就爱听，也高兴。”

儿子听了父亲这番话有点感动，因为这样带有人情味、父子情的话，他长到 16 岁，很少从父亲的嘴里听到过。灵娃也不吭声，只是用那双黑黑的眼睛盯住父亲，架势点头；灵娃那双眼睛发亮，光亮中有探问、高兴，更多的是血浓于水的天然的父子之情。

“甫澄，你不要吃完饭就坐到书房去动脑筋，这样要搁食。”刘周书看丈夫放了碗要走，怕他又去书房，这就用一口家乡习惯用语，语意殷殷地劝丈夫饭后要活动活动，注意劳逸结合，注意身体。

“是。”刘湘边走边说，“我到外边六角亭去看看今天的雾，这是重庆起的第一场雾，好看。”旋说旋走，进了后院。后院中，有座红柱绿瓦很是典雅的六角亭，因为公馆是傍江临岩修建，而六角又是建在院中一道蜿蜒曲折的假山脊梁上，登高望远，墙外的景色历历在目。晴天登亭外望，江天寥廓，江风浩荡，回旋曲折，山山水水的山城景致如画。

刘湘一手轻撩袍裾，捷步上了小山，进了六角亭，放眼望去。啊！高墙外，白雾正从江上升起，晴日间望去司空见惯的景色，这会儿变得飘忽而模糊。那一条绿色飘带般蜿蜒而去的嘉陵江，此时如同一个秀丽的面庞戴上了洁白面纱的美女，缥缥缈缈欲露还藏。那一朵朵白云般不慎落在江上，却又倏然而去的来往船帆，还有江两岸重重叠叠，回旋起伏的吊脚楼群呢？此时也全都在白雾蒸腾中变幻，看不真切。特别是，公馆外那块临江而立峥嵘突兀，像块飞来峰似的巨石还有长在巨石上的一棵虬枝盘杂的青松，这会儿也都虚幻起来。这一幅景致是他的最爱，他认为脚下墙外飞来峰似的巨石，还有长在巨石上的那棵虬枝盘杂，铁骨铮铮的青松很有气节，很有象征意义，是他在重庆的家独有的风水。川内局势这会儿不正像山城起雾的景致吗？雾，虽然掩盖了山城的真实，看上去似乎有些混沌。但是，山城的雾毕竟是虚渺的，很快就会过去。山城是什么样子，终究还是什么样子。川内局势，如像这很快就会过去的雾，雾过去后，他刘甫澄就像脚下墙外他最爱的那副景致，很快就会崭露头角，显露峥嵘的。而在成都的幺爸，还有已成残兵败将躲到了一边去的杨森、刘存厚等人，就像江两岸的吊脚楼，该怎么破烂还是怎么破烂。

张澜就是这会儿到的。大概是在上午 9 时，雾正在散去，时间是估计的，作为一个将军，刘湘却没有戴表的习惯。

“哎呀！”刘湘快步迎出门时，张澜已经进来了。“表老（张澜字表方，这是当时四川上层人物通用的对张澜的尊称）！”刘湘一把抓住张澜的手架势摇，“你咋就这样来了！”怕张澜多心，加了一句，“表老总是这样轻车简从。”说着一边连连问，“吃饭没有，住在哪里？”

张澜打着黄钟大吕般的哈哈，一一做了回答。刘湘将手一比，说，“表老，这边请，请里边坐！”

说起幺爸，刘甫澄焦眉愁眼

张澜沿着花径，同刘湘并排一起往里院走。多日不见，张澜还是一副平民政治家的风貌，一袭黑粗布长衫，外罩一条黑色缎面绲边马褂，脚蹬一双黑直项呢面白底朝元皮鞋。一部美髯，清亮有神的眼睛，长方脸，头戴一顶瓜皮帽，身量适中；已是年届花甲了，仍然走路飞快，精神健旺，耳聪目明。

主客刚在里院一间精致的中式小客厅坐定，刘周书让丫鬟桂花送来茶点。年方二八，红衣绿裤，脑袋上扎两根翘毛根的桂花微微笑着近前，从托盘内捡下一盘点心，一杯热茶，轻轻放在茶几上，再轻步而去。点心萨其马，是重庆有名的点心铺冠生园刚刚烤好送来的；当然，冠生园送来的点心不止这一种，但表老就爱这种原先是满人发明并独享的点心萨其马。这是辛亥革命前夕，表老同颜楷、蒲殿俊、罗纶等九名保路运动中坚人物被川督赵尔丰软禁在督署时养成的。那日，赵尔丰采用软硬两手，让人将表老等九人请到督署五福堂，将朝廷批文给他们一一传看。朝廷来文称，四川保路运动是“年少者闹事，且学东学者（指孙中山的同盟会）在后支使”，严厉命令赵尔丰弹压，切勿“养痈为患”，否则，“拿该督（赵尔丰）是问。”

赵尔丰焦眉愁眼地对表老等九人说，你们的意见我不是不赞成，也不是没有转奏，现在你们看了朝廷的批示，我赵尔丰也没有办法，你们就见好就收吧！不意表老他们不肯通融。

“绑了、绑了！把这几个杂种统统都给我绑了！”赵尔丰转而大怒，赵尔丰的卫士长何麻子带着一群穷凶极恶的边军进来，这是赵尔丰新近从康区调来的，他们一律黑纱包头，手上端着九子钢枪，腰上挎战刀。这些凶神恶煞的防军，用绑人筋痛的细麻绳把九个老爷绑成粽子一般。特别是对嘴硬的张澜、罗纶“优待”——绳捆索绑犹嫌不足，以刀架其颈以枪抵其胸；大有不刀劈即枪毙之势。何麻子把袖子挽起多高，露出手臂上的块子肉和饱绽的青筋，麻脸涨得通红，一双眼睛充血，像要吃人；手中拿着一块一尺多长的白布，在那把四五尺长、寒光闪闪的宽叶大刀上擦了又擦。九位老爷中，除张澜、罗纶又跳又闹外，其他人都在赵尔丰淫威下吓得打哆嗦。

“哼！”高坐堂上赵尔丰，一改往日的迂回曲折，露出“屠户”本色，脸色铁青，环张豹眼，有一股杀气、一股风雷。赵尔丰指着表老他们大骂，竭尽尖酸刻薄之能事：“枉你们都是些有功名的人！君要臣死，臣不得不死；父要子亡，子不得不亡——这是千年的圣谕，做人的基本道理！这些，你们都不懂，书都读到哪里去了？既是借款修路，路归国有的大政方针朝廷已定，你们还在一边横扳顺跳做啥子？你们煽起民众反抗朝廷，借题发挥，制造混乱。你们是一群乱臣贼子！事到如今，你们只有认错；否则，本督非严办你们不可！”

“赵制台此言大谬！”被背剪绑起的张澜却毫无畏惧，顶风而上，对赵尔丰那番“宏论”予以痛斥：“先圣人有言，民为重，君为轻。铁路准归商办是先皇帝光绪定下的现仍实行的国策。朝廷既是准我川人筹资修路，为何今又出尔反尔，说我护路非法？这，从何说起？依理依法，该惩治的是那帮贪赃枉法，拱手将铁路大权送给洋人，引狼入室的盛宣怀等人，大帅怎么一反以往，对我等镇压起来了？”张澜这番反驳诘问，叫赵尔丰作声不得。

哎呀呀！万不知蜀人这样难批整；这批文人的嘴竟是这样了得，这样犟！真应了四川俗话一句：“鸭子身上的毛——难打整！”看罗纶又要开腔，理屈词穷的赵尔丰赶紧闸着，拍案厉声呵斥：“张澜太豪强！”

为了杀鸡给猴子看，把全国闹得最凶的四川保路运动镇压下去，起初，赵尔丰是想把表老等九人杀了的，但因为清廷有规定，类似大事，需得会同成都将军签字上报才行。可是，成都将军玉昆，虽是一个真资格的满人（赵尔丰还不是），却同情川人的保路运动，拒不签字。没奈何，赵尔丰只好将表老等九人软禁，每天还好酒好肉好点心待承。表老喜欢上满人的萨其马，就是在那个时期养成的。

这些事，是闲暇时，刘湘无意间讲给刘周书听过，不意刘周书聪明有心，将张澜爱吃萨其马这样的细节都记下了，可见古人说的话对，女子无才便是德。刘周书让桂花上的茶也不是一般的，是蒙山顶上采摘来的细如米粒的茉莉花雨露明前茶，量极少，虽比不上贡茶，但已经相当难得，就是刘湘平时一般也舍不得泡。给表老上的茶茶具也讲究，是一副明万历年间的成窑茶具，茶碗茶盖都是白底红花金钱走边，薄如蝉翼。由此，可见刘湘一家人是把表老当作贵客待的。

在最初的几句寒暄中，刘湘问，“表老还是不抽烟吗？”

“不抽。”

“了不起，了不起，哈哈，不像有些人走到哪里水烟袋都提到哪里。”指的是谁，不说自明。刘湘这不随手端起茶碗，一手揭开茶盖，轻刮茶汤，说，“表老请茶。”刘湘端在手上的茶碗就普通了，是一般的景德镇产精瓷茶碗，白底蓝花，上绘中国二十四孝中“卧冰求鲤”的故事。

表老左手端起茶船，右手揭开茶盖，喝了一口香茶，点点头。意思是说茶好，情领了的意思也就蕴含其中了。表老将茶碗放在茶几上时，刘湘又殷勤地指着盘中的萨其马说，“表老，请用一点吧，成都的萨其马做不到这样好。”他是怕表老没有吃早饭或是早饭没有吃好。

刚才见表老，他问表老住在哪里，表老语焉不详，刘湘也就不好再问了。所谓君子非礼莫问、非礼莫视等等，小时读私塾时就是学过的。他知道，深孚众望的表老是一个勤于国事，关心国计民生，为国计民生不辞奔走，却往往连自己最基本的衣食住行都大而化之，甚至忘记了，在这方面闹了不少笑话的政治家，做事也操切。

果然，表老一坐下来就宕上了正题。

“甫澄，我不说，你都晓得我是为啥事来的。”张澜一手抚髯，用一双大廓廓的清亮眼睛看着刘湘，“成都你幺爸同田颂尧的‘省门之战’总算打完了，达成了协议。你幺爸对我说，成都打成那个样子，他很痛心，作为省主席，他是失职。”说着笑笑，吁了口气，“过往之事，无可追也，也无可悔也。你幺爸这样说，也算是亡羊补牢，未为晚也。你幺爸同田颂尧已经初步达成协议，田颂尧即日退出成都，退回他的川北去，田师撤退之日，你幺爸给我作了保证的，决不追击田师。这之间还有一些具体细节需要敲定，他们一致同意，请邓晋康下山在他们二人之间做些调停。”张澜说到这里，刘湘本来想做出对成都方面的事一无所知的样子，想说什么，却没有说。对张澜的话，却是字字句句听得真真的，生怕漏掉一字一句，并在细细琢磨这中间有无弦外之音。听了后，只“啊！”了一声。

“明人不说暗话。”张澜注视着刘湘的神情，继续说下去，“我来重庆，是受你幺爸所托，也是我职责所系。你幺爸的意思是，‘省门之战’不打已经打了，他受了好大损失，军事上他损兵折将。你又趁势拿下了他的泸州，政治上、经济上、个人威望上他都输惨了。你幺爸说，‘省门之战’其实是你逼着他打的！”

“我幺爸这个人呀！”刘湘已经对张澜的来意明白了，刚要辩解，表老做了个不要他打岔的手势，把话接着说下去，“你幺爸的意思是，全川本来就是一盘棋。‘省门之战’结束就结束了，希望你不要趁他背时倒灶（倒霉）之时，将他掀下崖！你幺爸说，他这也是为了全省的民生。”

“表老，你信我幺爸的话吗，他总是说一套做一套的！”刘湘同张澜一样，表面上看来都不是善于言辞之人，而其实思维非常敏捷，以攻为守地问了一句。

张澜一怔。

“表老，这么多年来我幺爸的种种，让我想起《三国演义》中，曹操白门楼斩杀吕布的一折戏。我觉得我幺爸就像是戏中的刘备。当时，一介枭雄的刘备还屈身曹操帐下，曹操费了九牛二虎之力，好不容易才在白门楼趁武艺高强的吕温侯吕布疲倦之至睡着了，一时疏忽将其抓获。杀不杀吕布，曹操很是踌躇，征求刘备的意见。刘备也不明说，只是弯环倒拐地说，主公你难道忘记了吕布事谁杀谁的德行吗？他先事丁建原，是丁建原的义子。为了得到一匹日行千里，夜行八百的赤兔马，他可以认贼作父，杀了义父丁建原降了董卓。后来又为了得到天下绝色美女貂蝉，杀掉董卓。一代枭雄刘备的话说到这里戛然而止。曹操大叫一声拉出去斩了。被五花大绑的吕温侯吕布转身大骂刘备，‘早知你大耳儿（书上说刘备两耳垂肩）如此无恩义，我何不在辕门上一言而开支！（当初，刘备被兵多将广的袁绍包围，危在旦夕，刘备请求吕布援助。吕布出来调停，袁绍答应吕布，假如他能一箭射中插在五百步外的方天画戟（吕布的兵器）上的尖就退兵。否则，吕布就不要管。吕布答应下来。刘备吓得战战兢兢，吕布却站在五百步外，轻舒猿臂，拉满硬弓。只听当的一声，一箭而去正中戟尖，袁绍不得不退兵，吕布救了刘备，可刘备在关键时刻，却恩将仇报，因为刘备怕吕布降了曹操，曹操以后如虎添翼。）曹操是个过后方知的人，不像诸葛亮，事前先知。就在五花大绑的吕布被拉出去时，曹操猛然醒悟，叫带回来，可是迟了，只听鼓声三响，一代武艺超群绝伦的吕温侯吕布，已是人头落地。

“我幺爸总是说得好听，他平生做事对得起谁？他保定军校毕业，不是我收留他，看在他是长辈的面上，处处看顾他，他能有今天？他有了今天就打我的翻天印。他对我是这样，他对你表老难道又不是这样？”

这话算是一下戳到了张澜的心尖子上，这番话确是实情，有相当的挑拨意味。什么时候，刘甫澄也会这一手了？张澜暗暗吃惊，不禁注意打量着近在咫尺的刘甫澄。真是应了一句：“士别三日，当刮目相见。”早年，刘湘在他手下当弁目队副队长时，哪有这样的政治才能，很单纯？而现在的刘甫澄却能这样说话，旁征博引，以引起他对刘文辉的不满；身上已经有了合纵连横，对时局收放自如的政治家意味。看刘甫澄说这些话时，表面上无动于衷，一双清亮的大眼睛里却是瞳孔猛然收缩，蕴藏着气愤和一线杀机。只听刘甫澄继续说下去——

“远的不说，就说 1928 年。成都爆发有多所大中学校师生参加的示威游行，提出要求当局制止战乱，不得随便增加赋税等，这些游行都是中共地下党组织的，根本不关你表老的事情。”

张澜插话：“这些游行，我虽未浮出水面，却是支持的。”

“支持是一回事，浮出水面又是一回事。”刘湘不管不顾地说下去，攻击刘文辉，“他不仅下令对这些游行进行镇压，还把这些账算在表老你的身上，说你是成都大学校长，你不是这些游行的幕后支持者，就是失职。总之，他认为表老你咋都不对。以后，在成都大学的经费等问题上，他百般刁难，让表老你不得不辞了成都大学校长职。

“1930 年，蒋冯阎大战以蒋委员长的胜利而结束。在这场决定两方命运的大战中，我是坚定地站在蒋委员长一边，不仅口头上表示拥护，而且一再出兵相助。而我幺爸两次通电反蒋。事后，他又惶惶不安，深恐委员长问罪，又厚着脸皮找到表老你来通融……”

刘湘说的这事确实是，张澜为大局计，出面先是在刘湘面前说项，怕他们叔侄为此事结怨；继而动员刘湘出面，在蒋介石面前为刘文辉解释，请蒋对刘文辉宽容一些，以观后效。蒋本无力西顾，乐得做个顺水人情，这就准了。

刘湘所说的这些，张澜岂会忘记？但作为一个进步政治家，他的胸襟是开阔的，眼光是远大的。原来他是支持刘湘统一全川，现在却最不愿意看到刘湘统一全川。因为，形势发生了变化，如果刘湘统一了全川，那就意味着很可能蒋介石的势力入川，意味着共产党在通（江）南（江）巴（中）建立的红色根据地有被从根子上铲除的危险。这也就是他为什么不计前嫌，在这个节骨眼儿上，风尘仆仆赶来重庆的原因。他私心要制止二刘大战。

“不管咋说，刘自乾是你幺爸，血浓于水。”张澜劝道：“俗话说得好，只要是一家人，就是打破脑壳都镶得起的……”张澜利用刘湘家族观念很强这点，动之以情，晓之以理，劝刘湘到此为止，千万不要再同幺爸开战，争个输赢，拼个你死我活。凭经验，以往对刘湘这种劝，都是屡试不爽的。可是，张澜没有想到的是，此时的刘湘，已不是彼时的刘湘；此时的四川，也不是彼时的四川；此时的中国，也不是彼时的中国。无论是中国还是四川的形势，都已经与以往大大不同了，刘湘铁了心要拿下成都，统一四川。杨森、刘存厚以及更早的熊克武等人无不期望统一四川，做“四川王”，却终是南柯一梦。而这个梦，却要在他刘甫澄身上变为现实，这是早晚之间的事。机不可失，时不再来，如《三国演义》中《隆中对》诸葛亮对刘玄德说的一句名言：“此殆天所以资将军，将军可有意乎？”张澜的话，刘湘当然不会接受，但他没有表露出来。刘湘已经是胸有城府，城府还深。他做出一种学生听老师话的神情，耐心地听完张澜的话后，慨然应允道：“既然表老这样说，又亲自到重庆来劝，我听表老的话就是了！”

张澜感到无限欣慰，手抚颏下一部漂亮的大胡子，用一双大廓廓的很清亮的眼睛，看着刘湘，用一口浓厚的川北顺庆口音一字一顿，“诚如斯言，则四川幸甚、国家幸甚！”

张澜要走，刘湘立刻留住，说：“好不容易得见表老一次，请在寒舍住几日，甫澄还有好多事情要请教表老呢！”张澜当然知道这是刘湘客气，而且他此次到重庆，确也有许多事许多人要办要见，即笑道：“以后吧，以后有的是时间。”刘湘见张澜执意要走，就说，“恭敬不如从命，表老实在要走，甫澄也不敢强留，那无论如何请吃顿便饭，这也是吃饭的时候了。”说着不由分说，大声叫张副官，副官张波跑步而来，刘湘吩咐：“去，去附近魁星楼办一桌鱼翅海鲜席回来！”张澜知道，魁星楼是一家著名的饭店，这就打了几个洪钟大品般的哈哈：“甫澄实在要请，那就叨烦了。不过甫澄你是晓得的，我是‘山猪吃不来细糠’，一身的农村习气，要就端几个川菜吧。”刘湘想也是，鱼翅海参类东西虽说名贵，但不好吃，他也吃不来，他和表老还是喜欢川菜，就让副官去魁星楼办一桌精美的川菜回来。

饭桌上，就刘周书作陪。灵娃在家因怯生，不愿出来见客，刘湘也不勉强。知道张澜是可以饮些酒的，上了比较薄的允丰正绍酒。席间，夫人刘周书话不多，但善解人意，待客殷勤实惠，保留了家乡农村待客习惯。看表老喜欢哪样菜，她就把哪样菜生往表老面前端，还殷勤地给表老布菜。张澜对刘督办对糟糠之妻不离不弃，恩爱有加非常欣慰、欣赏。张澜也是这样，不仅生活清廉，同结发妻子也是一以贯之，厮守终生。

饭后，刘湘派车让他的副官张波送张澜回去，张澜住在重庆大饭店。

“省门之战”后，川局走向如何

张澜走后，由刘湘主持的一个有关以“省门之战”后，何以应对目前局势及川局该走向何方为主题的重要军事会议，按时于当日下午 2 时在二十一军军部召开。

出席这个会议的有：军参谋长钟体乾、秘书长杜少棠；各师师长唐式遵、王缵绪、王陵基、张斯可、潘文华和模范师师长刘从云、机关枪司令刘炳勋、工兵司令蓝义轩、海空军司令蒋奎；川东边防军第一、二、三路司令陈兰亭、穆瀛洲、魏楷。除第四师师长范绍增尚在上海消遣外，该到的将领都到了。这是二十一军高级将领到得最齐的会，年来少有，可见刘湘对这次会议的重视。

刘湘一反以往主持类似重要军事会议总是身着军服的套式，而是改为身着标准的民国大礼服——蓝袍黑马褂，似乎要从着装上给部下们一种偃武修文的暗示。不过，刘湘毕竟是严谨的职业军人，仍然是坐姿笔挺。坐在铺着雪白桌布长条桌上方的他，看了看坐在长条桌两边高高矮矮，胖胖瘦瘦，身着军服表情严肃的将军们，说话了。他说话很慢，地方音很浓。

“今天这个会，时间不长，但重要。”他一边说，一边注意观察将领们的神情，“我们要讨论的问题是——成都的‘省门之战’结束后，我当如何动作，川局将向何处去？”并且将上午张澜来的有关情况做了通报，讲话相当简洁。

其实，对这天这个会议，他并不真希望将军们发表什么高见。事情走到了这一步，犹如一架战车，已经发动，隆隆地开起来了，任何人就是想收也不容易了。他是想在这个会上，摸摸这些分别操纵战车各个重要系统的人对川局的看法、态度，统一认识统一行动，并要作人事调整。

“省门之战”的种种情况，刘湘早就让职能部门打印好，发给了与会的将军们，开会时用不着再费时费力在会上通报，这是刘湘一贯的行事作风，他是个惜时如金，讲究实用的人。现在，摆在他面前的一杯茶，根本就没有动过。刘湘不像他幺爸，开这样的会要把过场做够，比如喝茶、抽烟；喝茶也有讲究，左手轻轻端起黄铜茶船，右手三指揭开茶盖，用茶盖弹了花，这才低下头去啜茶。倘若茶香随着蒸腾的雾气氤氲，这中间还要晃晃头，表示水烫或做出赞赏茶香之类的表情。最有戏剧性带表演性质的是会议中间的抽水烟。幺爸抽水烟带有表演性质：将手往后一伸，早在背后候着的弁兵或副官李金安立刻将一支擦拭得精光锃亮的白铜水烟袋奉上。幺爸接过，右手大拇指啪的一声弹开盒盖，两根焦黄的手从盒盖中掏出焦黄、切得比萝卜丝还要细的什邡烟丝，有板有眼地按捏在烟鼻上。噗的一声吹燃纸捻，将那燃得一星蓝幽幽的火苗拄到烟丝上，一阵咕嘟咕嘟之后，右手将烟鼻一抽，抽出一半，腮帮一鼓，噗的一声——被吹出来的烟锅巴，一个小小的红色火点，在空中划出一个优美的弧线，落到了地上迅速变黑成灰……

对于幺爸做的这些过场，当然不可以轻易地将庸碌无能、邋遢类贬义词安上去。幺爸做这些过场大有玄机：他或是借机缓和或调节场上某些情绪，或是借一个动作掩盖思绪或是借此观察某某人等等。这里面的学问大了。只能说，刘文辉、刘湘叔侄是两类性格完全不同的军人，就像是两个门派不同的武林高手，前者上阵往往爱出暗含杀机的绵掌，柔中有刚；后者爱出迅如闪电的鹰拳，如此而已。其间孰优孰劣，孰是孰非，不能只看形式。

其实，“省门之战”后，我将如何动作？刘湘早就定了：这就是调整兵力，做好决战准备，对成都方面稍观时日。他估计，田颂尧走后，幺爸下一步就是压“水晶猴”。兔子逼慌了，都要咬人。在幺爸的重压下，邓锡侯忍无可忍，让无可让，终归会同幺爸打一仗。以邓锡侯那点力量，打不了几天。不过，这样也好，打总比不打好。就在幺爸打了田颂尧，再打邓锡侯，显得不仁不义，川内诸家天怒人怨，一齐喊打之际，我刘甫澄顺势给幺爸打过去，事可成矣。而且，他已经算定，未来他与幺爸之间的大战，主战场定在荣县、威远一线；那场大战，他名字都定了，叫“荣威之战”。

王缵绪首先发言。他有他的习惯用语，说一口川北西充话。但与其说他是在发言，不如说他非常乖巧地将刘湘刘甫帅的思想，做了一个简要的阐释。这不奇怪，他和王陵基、张斯可等师长，都是甫帅最为信任最为器重的大将。会后，刘湘还要留下他们，细谈有关即将展开的“荣威之战”细节，刘湘的战略思想，他还能有不明白的！

王缵绪秀才出身，国学和新学都好，有儒将之称，表达力自然不差。他大概用了不到十分钟的时间，就头头是道地借自己的话，将主帅的思想阐明，而且有相当的说服力和打击力。比如他在发言中运用了几个词汇、成语都是相当精到形象的，给人印象深刻。他点到刘自乾在成都的所作所为——置刘、田、邓多年建立起来的在成都维系了近十年的“保定系”情谊于不顾，大打出手是“典型的见利忘义，同历史上的所作所为一以贯之！”说着看了看刘湘，甫帅却笑笑摇摇头，显得很大度。

“推而广之，刘自乾如此下去，又当如何？”王缵绪相当义愤地用这样文绉绉的话结尾：“如是之人，如是之事，我当击鼓而攻之！”话说到这里，戛然而止，王缵绪看了看甫帅满意的神情，再看了看同僚，得意扬扬。自然，王陵基、张斯可、唐式遵、潘文华等立即对王缵绪的看法表示了支持。

“我不同意治易（王缵绪字治易）的看法！”当即恼了参谋长钟体乾，说时，用目光同坐在对面的秘书长杜少棠对了对。一段时间以来，因为谋略与甫帅不合，赶不上甫帅的趟子，他坐了冷板凳，好些具有前瞻性的重要军事会议都没有通知他参加，他这个军参谋长形同虚设。敢于对王缵绪这番明明是甫帅战略意图阐述的明确反对，而且语气也不对，火气显得很大，除了心中的怨愤，还有一个原因，就是钟体乾对于王缵绪的人格从心底里蔑视。王缵绪原是杨森的下属，两人是毛根朋友，早年顺庆中学的同班同学。杨森得势时，从没有亏待过他，可是，杨森一旦倒霉，王缵绪立刻弃之而去，摇身一变，又成了甫帅身边的红人。他同杜少棠不止一次在下面议论过，说王治易早晚还得反，就像墙头上的草，哪边风大哪边倒！甫帅却信任这样巧言令色的人，让他们在感到失落的同时，心中愤愤不平。

坐在斜对面的王缵绪看着脸红筋胀的钟体乾微微一笑，还闭了闭眼睛。这就让本来心里就憋了一口恶气的钟参谋长气冲斗牛，他信口开河，借古讽今，方寸大乱，言不由衷。

“王治易刚才一番说辞，倒让我想起了《三国演义》上一出‘祢正平裸衣骂贼’的故事”，钟体乾只图嘴快，含沙射影骂得痛快，没有注意到甫帅的脸上已黑得绞得出水，全场同僚看着他也都肃然屏住了呼吸，号称灵官的王陵基对他更是侧目而视。就是他唯一的同盟军，秘书长杜少棠也架势给他挤眼睛，让他打住。可是，他因为气愤和心中不平，这就一条路走到黑，不管不顾地说下去。

在座的将军们，文化有高有低，却全是在中国这块传统的土壤浸润中长大的，对有实战借鉴意义的《三国演义》，可说是没有人没读过，没有人不精通，有的甚至可以倒背如流。钟体乾提到的“祢正平裸衣骂贼”，可谓是《三国演义》中的名篇，说的是曹操初起，正是用人之际，广招天下贤士。深得曹操重用的身边谋士孔融将祢衡（字正平）推荐给曹操，说祢衡的才华过他十倍。文中这样写道：“操遂使人召衡至。礼毕，操不命坐，祢衡仰天叹曰：‘天地虽阔，何无一人也！’操曰：‘吾手下有数十人，皆当世英雄，何谓无人？’衡曰：‘愿闻。’操曰：‘荀彧、荀攸、郭嘉、程昱，机深智远，虽萧何、陈平不及也。张辽、许褚、李典、乐进，勇不可当，虽岑彭、马武不及也。吕虔、满宠为从事，于禁、徐晃为先锋；夏侯惇天下大奇才，曹子孝世间福将——安得无人？’

“衡笑言：‘公言差矣！此等人物，吾尽识之：荀彧可使吊丧问疾，荀攸可使看坟守墓，程昱可使关门闭户，郭嘉可使白词念赋，张辽可使击鼓鸣金，许褚可使牧牛放马，乐进可使取状读招，李典可使作书送檄，吕虔可使磨刀铸剑，满宠可使饮酒食糟，于禁可使负版筑墙，徐晃可使屠猪杀狗；夏侯惇称为完体将军，曹子孝呼为要钱太守。其余皆是衣架、饭囊、酒桶、肉袋耳！’操怒曰：‘汝有何能？’衡曰：‘天文地理，无一不通；三教九流，无所不晓；上可以致君为尧、舜，下可以配德于孔、颜，岂与俗子共论乎！’”

或者祢衡真的有才，但在曹操面前，他这样一番不负责任的痛骂，从曹操的所有文臣武将，一直暗骂到雄才大略的曹操本人，以曹操的脾气恨不得当场喝令推出去斩首。但曹操毕竟是曹操，一口恶气忍了，最后来个借刀杀人——将坏脾气的祢衡推荐给同样坏脾气的黄祖，祢衡最终被惹恼了的黄祖斩了。

钟体乾所提祢衡，不过是个引子，也是一种他下意识的不经意的发泄，他的思绪和话题已转到“和为贵”这个主题上去了。可是，甫帅的思绪却还久久地停留、沉浸在钟体乾提起的“祢衡骂曹”上。钟体乾说完了，刘湘也不说话，只是将一双虎彪彪的眼睛调到杜少棠脸上，一动不动。杜少棠知道要糟，已经吓住了，哪里还能说什么，将背一弓，趁势喝了口茶，说，“我没有什么话说。”

刘湘将胸脯一挺，神态严峻了，他扫视了一下与会将军们，说，“说呀，有不同意见的，都说出来。不说白不说，免得下来怄气！”却没有人再发言，刘湘已经摸清了与会将军们的虚实，看来，与之持不同意见的就只有钟体乾、杜少棠等极少数人。有不同意见不要紧，这点度量刘甫澄还是有的。但像钟体乾这样，指着和尚骂秃驴就不行，万万不行！

“我看已经清楚了。”刘湘说，“大多数人的意见是，‘省门之战’后，我们同刘自乾这一战是非打不可。也有不同意见的，如钟参谋长，或者还有同钟参谋长持同样看法的，只不过没有表述出来。这不要紧，各抒己见嘛，我今天召开这个会，就是想听听大家的意见。不过，钟参谋长刚才的话，我有点没有听懂，想请教请教。”说着，用一双很亮的眼睛虎彪彪地罩住了钟体乾。钟体乾不由打了个寒噤，刘湘的眼睛素来厉害，里面很有东西。这会儿，刘甫澄的眼睛里简直结了冰，寒浸浸的。钟体乾这才想起刚才自己只图痛快，胡扯到了《三国演义》上的祢衡骂曹一节，横生枝节，刘甫澄不依，心中后悔。可钟体乾自尊心极强，心中发虚，却嘴上硬起，说，“这个，这个，有何不明白的，甫公？”

“钟参谋长提到‘祢衡骂曹’，我看绝不是空穴来风，而是有所指。不用说，我就是昏聩的曹操，那请问，何人是击鼓骂曹的祢衡？哪些人又是荀彧、荀攸、郭嘉、程昱、张辽、许褚、李典、乐进、于禁、徐晃、夏侯惇、曹子孝类衣架、饭囊、酒桶、肉袋呢？”

场上所有的人都悚然了，无不正襟危坐，洗耳静听，会场上鸦雀无声，连一根针掉在地上都听得清。不仅王缵绪、王陵基、张斯可、唐式遵这些坚定地围绕在甫帅身边的主战派核心人物满面怒容，对钟体乾侧目，就是态度温和一些的如工兵司令蓝义轩等人，也马起一副脸。经甫帅这样一点拨，大家才突然醒悟，钟体乾把所有的人都骂了。无形之中，一时，钟体乾成了众矢之的。

“甫帅误会了。这个，这个！”钟体乾实在是不能自圆其说，如热锅上的蚂蚁，汗都出来了，说出的话东支西吾，咋个都抖不清。

“俗话说参谋不带长，打屁都不响。而你钟体乾是我们二十一军的参谋长，就是古时候的军师，一军之师，地位何等重要？说话咋个兴打胡乱说？你这个军师是咋个当的？”性格本来就钢筋火溅的王陵基发言了，因为他曾经是甫帅读军校时的老师，地位有些特殊，平时说话就要随意得多，而甫帅对钟体乾的不满，他也是早就心知肚明，这就趁机给钟体乾发作开来，来了个打机枪似的扫射，毫不留情，目的是逼钟体乾下台。

“王方舟，你不要趁火打劫！”钟体乾脸红筋胀，自知理输，孤军奋战，可怜兮兮地看了看斜坐在对面的秘书长杜少棠，希望能得到杜少棠的支援。但如四川乡间一句俗话，事到如今，船都下滩了，杜少棠能有什么办法？杜少棠看出来了，钟体乾这个很长一段时间有职无权，只是每月领薪水的参谋长职，今天是要被拿下来了；如果他去救驾，那就只有同归于尽，他才不愿干这种傻事呢。杜少棠权当没有看见，低着头一个劲喝茶。

就在张斯可等人无不摩拳擦掌，准备悉数上阵时，钟体乾挂上了免战牌。

“甫帅！”钟体乾哑声道，“我辞职！”——这一声终于出来了。

这是意料中事，也是盼望中的事。准备接着上阵声讨钟体乾的唐式遵立即打住，场上好些人都轻轻舒了口气，连坐姿都放松了，全都目不转睛看着高坐上首的甫帅如何表态。

“体乾，你，你又是何必呢？”刘湘的脸色马上转好，口上却这样虚应了一句。

“王方舟不是说了吗，军参谋长就是一军之师。我有愧一军之师之称，又不能领会甫帅战略意图，一段时间以来尸位素餐，再这样下去，实在不好意思。借今天这个机会，我向甫帅坚决表示辞职。”说时，站起身来，向刘湘拱了拱手，拂袖而去。刘湘终于遂了意。

钟体乾离开会议室后，刘湘说：“今天这个会开得很好，大家统一了认识。至于下一步军事行动如何进行，各师各部等候命令！至于钟参谋长坚决请辞，下来我同他谈一谈，他如果还想在我二十一军做事，可以。如果实在拦不住，也只好放人，恭敬不如从命嘛。他想回成都老家当寓公也可以，我送他盘缠（钱）。总之，我刘甫澄心中有数，对各位的劳苦功勋，可以说是寒冬腊月喝冰水——点点滴滴在心头。我刘甫澄决不会对不起任何人！”他在宣布让王缵绪、王陵基、张斯可、唐式遵等人留下后，宣布散会。

- 第十二章 -

黑幕落垂

田颂尧、田泽孚兄弟悄悄去了昭觉寺

20世纪三四十年代，四川还是一个地广人稀的神秘处所。省内大都被原始森林覆盖，纵然是千里沃野，人烟相对稠密的川西平原，也要好远好远才有一个林盘，而这些林盘又全都被一团团绿得发黑，墨染似的森森古木和蓊郁的翠竹纠缠隐映其间。蜀境之内阡陌遮断，窄小的公路或稍宽的碎石驿道，像长蛇一样在一片浓绿的田野、林间蜿蜒出没。行走路上，视线一般不超过二三十米；城镇也都被遮盖得严严实实，往往要抵达城门洞下，才发现要进城了。

作为川省首善之区的省会成都，也是如此。城内河流纵横交错，茂密的树木像是撑起在成都上空的一把把绿色大伞，将天空都染绿了。青羊宫、武侯祠、草堂寺这样的名胜古迹地，完全置身于森林中。就连离盐市口、春熙路这样的闹市区仅一步之遥的祠堂街、圣灯寺这样的市中区，也都是森林簇拥，流水淙淙。而倘若向西或向东，只要一过了当年留下了司马相如与卓文君缠绵悱恻的琴台路、驷马桥，那就更是一派田园风光了。万瓦粼粼的成都，完全置身于森林的遮蔽与流水弹唱的清韵中，从早到晚，一年四季；所有的市声，刚刚制造出来，就立即被绿色的森林与淙淙的流水吸吮得干干净净。当时的成都，是世界上任何一个森林城市都无法与之媲美、无法望其项背的温柔富贵之乡，美丽幽静的名城。

就在1932年冬天的这个晚上，夜幕刚刚降临，在田颂尧二十九军约三万军队控制的以文殊院为中心的成都北门一带，战争虽然停止了，但是战争的氛围仍然浓烈。二十九军与二十四军已经达成了就地停火协议，但毕竟还没有签署正式协议。这里那里仍不时可以听见一声两声不知是走火，还是什么原因发出的枪声。好些街头用沙包临时搭建的堡垒和这里那里设置的栅栏、路障也还没有撤去。

二十九军军长田颂尧由他的兄弟——二十九军警卫旅旅长田泽孚陪同，由副官带两个精干弁兵，分乘两辆“福特”牌轿车，悄悄离开战时临时司令部文殊院，一路往西，朝驷马桥方向而去。

近段时间简直没有睡过一场好觉，吃过一顿好饭，瘦了一圈的二十九军军长田颂尧终于安下心来了。他将身子斜靠在沙发坐垫上，随手拉开了窗帘，注意观察这一路的情景。从文殊院到驷马桥这一段街市，称为北道的起始点，原先也还热闹。出了驷马桥，就上了北道——川陕公路，这是一条陆路出川的必经之道。退回去七年，他和刘文辉、邓锡侯刚刚占了成都，设立三军办事处，三军分治成都之时，这一带就是他的防区。那个时候，这一带华灯初上时非常热闹，夜市红火，游人摩肩接踵。七年过去了，成都的市政建设，没有一点进步，最近更因为“省门之战”，尽管只有十天，好些地方都被战火毁损得不像个样子。堪称成都建设史上华彩名篇的春熙路、商业场，也都还是杨森在成都当政时修建的。一路看去，在他管辖的这一带，长街两边带有明清建筑特色的鳞次栉比的店铺，因为有夜色的掩护，不见了白天的破烂，但大都关门抵户，一片阒寂，黑咕隆咚。中间有些被炮火打中，毁掉了的店铺、居民屋舍无不墙倾顶去，屋椽焦黑，在这刚刚浮起来的夜幕中，像是一个个披着黑色丧服的老人、妇孺站在路边，伸出焦黑的残肢断臂，无言而苦痛地述说着战争的惨烈和带给他们的痛苦。

也有不怕死的吃了上顿无下顿的穷人，迫不及待地上街做起了小生意。

他们蹲在阶檐下，点起一盏盏小灯笼，卖起了胡豆、花生、白斩椒麻鸡……稀疏的灯笼，飘浮在显得空旷的寒夜中，像是坟茔中飘忽的几点萤火，像是孤苦的泪。

目睹此情此景，田颂尧心中是复杂的。最后一线天光，透过玻璃窗浮进车内，田家兄弟的相貌已经模糊了，只能看出一个大概的轮廓。田颂尧、田泽孚虽是一母所生，但相貌性格都迥然有异。前者白胖，显得很和气；后者精瘦肤黑，显得肝筋火旺、厉害。但是，如一句哲言：人不能貌相，海不可斗量。田泽孚的能量哪能同其兄田颂尧相提并论！简直就是天上地下，没有田颂尧哪有田泽孚，田泽孚不过是在其兄手下混碗饭吃。田颂尧能从川省简阳县一个普通的耕读世家走出来，早年加入孙中山领导的同盟会，在保定陆军军官学校毕业后，一步步走到今天——国民政府第二十九军军长，谈何容易？！

社会上对田颂尧的评价一直模糊，给了他个“冬瓜”的绰号，带有相当的嘲讽不屑意味。“冬瓜”是一种菜，用刀一打皮就可以下锅煮来吃，“霉得起冬瓜灰”更是川人的一句常用语，形象而含蕴，体现出川人的机趣。田颂尧的绰号“冬瓜”与刘文辉的“多宝道人”，邓锡侯的“水晶猴”相比，简直不能相提并论。同是国民政府的军长，同是保定军校毕业的同学，而且田颂尧的实力不俗，仅亚于二刘（刘文辉、刘湘），何以如此等而下之呢？这有两个原因，一是他的形象，长得白胖，脾气好，肉扯扯的，给人削了皮冬瓜的联想。二是他为人低调。但凡是接触过他的人，对他有一定了解的人，却不这样看。问起他们对田颂尧的看法，也往往用一句川省乡间流行的俚语给了准确的说明：“笑官打死人！”这才是对田颂尧其人准确的认识，入木三分的刻画和评价。要不，何以解释一介布衣，没有任何社会背景的田光祥能爬得如此之快之高！

而这会儿，田颂尧心中充满了痛苦与惆怅，内心非常矛盾。马上就要离开成都了，这对于他断难割舍！成都，对于他和同他一样的刘文辉、刘湘、邓锡侯等这些一方诸侯，四川军阀，绝不仅仅代表一个地名，而是混合着光荣、实力、理想、荣耀、权力、希望等说不清道不明的发光体，期望所至。

不说远了，就从民国肇始算起，熊克武、刘禹九、杨森……哪一个想当“四川王”的权贵军阀，没有染指过成都？成都，对于他和刘文辉、刘湘、邓锡侯以及先前匆匆而过的熊克武、刘禹九、杨森等人都是一个最好的舞台、最好的港湾。四川从古至今都是一个僻安一隅，成就帝业的好地方，成都就是帝宫。不管是谁，占稳了成都，夯实了成都，无论他称不称王都是王，都可以“挟天子以令诸侯”。这么些年来，他和刘文辉、刘湘、邓锡侯又有一比，好比是一艘艘战船，都曾躺在成都这个温柔富贵的港湾里休整，窥测方向，以求一逞。刘湘这艘战船早就驶向了重庆，可是早晚还要再驶回来。刘湘再回来，就没有其他战船停靠的地方了。

而他这艘战船，马上就要驶离成都了，驶离成都就意味着以后再也不能回来了。这是多么的悲哀！一个失望的浪头从心上涌过。蓦地，一个冠冕堂皇的将军，随即转化为身披袈裟的成都昭觉寺住持的清云大法师，出现在他痛苦脑海的末梢，给他无限的想象和安慰。他今夜就是出城去昭觉寺拜望清云法师的，他还没有见过法师。可是，他无论如何无法将一个在蒋介石身边出入参乘，极得蒋委员长信任的将军，同一个在暮鼓晨钟，青烟缭绕中坐而论道，苦寂参禅，手捻佛珠的法师联系在一起。

也许，佛学同各种各样失败者的心绪有种天然的联系吧？不然，为什么总是说佛学会救苦救难、普度众生呢？前天，他偶然得到一本《东方》杂志，这是一本发行量很大，有众多读者，影响很大的杂志。杂志上有篇文章，标题就很吸引人，叫《遁入空门的将军》，他当即就看了。说现在的川西名寺昭觉寺住持法师清云本姓曾，浙江人，广东大学哲学系毕业后，又进了黄埔军校，毕业后走上从军之路，顺风顺水，家庭也很幸福。可就在他前途无量时，却突然挂冠而去，出家了。这让田颂尧感到震惊而又好奇，印象极为深刻。是什么原因让一个堂堂的中央军少将，舍弃锦绣前程、舍弃妻儿、舍弃幸福的家庭生活而遁入空门呢？他想起了自己老母亲对佛教的虔诚，老人家一年四季吃斋礼佛，从早到晚，没有一天一刻休停。难道佛学真的有那么大的魅力吗？真的可以洞烛幽微，引领任何一个隐秘的灵魂脱离苦海，抵达极乐的天庭吗？田颂尧不禁回忆起他看过的那篇文章来。田颂尧有惊人的记忆力，他记得那篇文章，是一个叫闻以的记者写的，文笔精练而形象，显然是个作家型记者。全文分三部分，他读过好多遍，文字也不长，最多三四千字，他倒背如流，至今都可以清楚地记得。他开始在思想上过起那篇文章来：

曾云山，1903 年生，浙江省三门县人。父亲是清末秀才，精熟四书五经，对佛学造诣颇深。曾云山一路走来一帆风顺，1921 年在广东大学哲学系毕业后，目睹神州大地军阀割据，满目疮痍，便愤而投笔从戎，当年考入黄埔军校步兵科第五期。他决心效忠于孙中山先生，用枪杆子打出一个光明幸福的新中国。毕业走上从军道路的他，因为能干……很快由一个下级军官步步递升成为少将。时日本在我东北步步为营，鲸吞蚕食，“九一八事变”之后，日寇更是公然占我东北三省，且有南下之势……曾将军对委员长之对日采取不抵抗主义不解，不满，在痛苦之际，萌生了出家之意。

第二部分“割断情丝，皈依佛门”写得更是精彩——

就在将军思想痛苦，萌生出家意念之时，一夜突然做了一梦，梦见父亲驾鹤西去。驾鹤西去的父亲看着他，笑吟吟地扬起手中拂尘说，云山你有慧根，宜早投身佛门……曾将军一惊醒来，此时正打三更。第二天家中有电报来，告知父亲昨夜仙逝。是了，将军喃喃地说，是我该去的时候了。

……悟道的将军站在慈云寺澄一法师面前，双手合十，请求法师指点迷津。

请问将军，你难道穿着军服还想进入佛门？澄一法师问。

那如何是好？曾云山似有所悟，微微一怔。

世事苍茫，苦海无边，及早抽身。打坐在蒲团上的法师，一手捻着佛珠，一手端起，说，我看你还是尽快脱下军装，披上袈裟吧，阿弥陀佛。

将军再有所问及，法师却已端起双手，双目微闭，口诵佛经，似已入定。将军回去后向他所供职的国防部上峰请长假，不准。他又直接向蒋介石告假，也不准。为难之时，父亲的至亲好友，对佛学很有研究的全国救济委员会负责人屈映光闻讯来了，给他献上一条锦囊妙计，说委员长不是讲忠孝礼仪吗？你可直接向委员长报告，说是父亲去世，借回家奔丧之机，一走了之。此计虽定，但曾云山心中沉甸甸的，不忍对家人吐出一个走字！他已有四女一子，妻贤惠，小儿女可爱。为父的责任，夫妻的情义，如何割舍？与他交情甚好的张发奎将军见他一边柔情似水，一边去心如铁，便长叹一声说，既如此，你就放心去吧！你家眷的赡养费不成问题，我拨出一笔钱来给她们就是了……

曾云山瞒了妻儿，悄悄挂印出家了。在飞檐斗拱，竹木掩映的寺庙中，他披上袈裟，暮鼓晨钟，潜心学佛养性。可是，他的妻儿在苦苦寻觅他，终于，一纸来自“另一国度”的妻子的信飞进了他出家的寺庙里，飞到了曾云山的手中。妻要他过年务必回家看看，她因为思念出家的丈夫，又要照顾五个嗷嗷待哺的年幼儿女，忧思加上劳疾，已得了严重的肺病，恐不久于人世。厚厚的信纸，沾满了绵绵的情绵绵的泪，住持法师看他一连几天神思恍惚，便训诫道，你六根未净。我看你还是到成都昭觉寺去吧，离家越远越好，立刻启程。

到了成都昭觉寺的曾云山很快忘掉了一切世俗，成了密宗 13 代法师能海的得意门生。丰富的学识，加上聪颖、勤奋还有对佛学的虔诚，几年后就声名鹊起，成了名噪一时的昭觉寺住持清云大法师云云。

“哥！”田泽孚一声唤，将思绪沉浸在北门郊外昭觉寺中清云法师身上的田颂尧唤醒，他这才发现，车已过驷马桥出了城，两辆车前后相跟，奔驰在川陕公路上了。

“哥！”见田颂尧掉头看他，田泽孚兴致勃勃地问，“听说这驷马桥因司马相如与卓文君的爱情故事而起？”田泽孚没有多少文化，头脑简单，只知打打杀杀，不过，他对其兄相当忠诚感激。他知道，他这个二十九军独立旅旅长一职，就是其兄对他的看顾，是因人设事设职。这点，田泽孚心知肚明。独立旅的职责，是对军部负警卫责任，但他心里要警卫的，其实也就是其兄一人。他心中同时认为，其兄田颂尧文韬武略，当今奇才，是田家千里驹。他曾经私下考证过田这个姓氏——田乃北方姓氏，是陈姓的分支。西周时期，田氏最早的祖先，当时姓陈，去了山东齐国。以后这个“陈”改姓田，再以后，田完、田常父子掌握了齐国的最高权柄，所谓“田氏代齐”。田横、田忌、田单等人都是以后传诸久远的名人——他们是壮士、名将、名相。其中，最为有名的要数田单的火牛阵。他曾费了好大的劲，想求证他们简阳田氏一门与山东古代田单一门的关系，却始终不得要领。

什么时候了，还有这样的兴致？田颂尧听其弟这样问，心想。他知道，其弟最爱听的就是这些从古至今缠绵悱恻的爱情故事，兴趣单一。也怪，一个武棒棒竟有这样的闲情雅致？“人不缠绵情缠绵”——这是他深为倚重的副手，二十九军副军长孙德操有次不知怎么说起泽孚时的笑言一句，想想还真是的。

他们兄弟感情好，田颂尧不忍败坏了泽孚的兴致，这就打起精神，给他讲起驷马桥个桥这名的由来：司马相如，同临邛（今邛崃）巨富卓王孙新寡的女儿卓文君相识相爱私奔回成都，这些就不说了。一出川戏《凤求凰》，演绎得相当精彩。看田泽孚连连点头，知道这其中的含义是，这我知道，接着讲下去。

卓文君跟着司马相如私奔回了成都，马上就陷入生活的窘迫之中，出生于酒乡富贵人家的卓文君二话不说，在成都琴台路开了一个酒馆，所谓相如治酒，文君当垆是也。日子飞快地流逝，大比之期在即。司马相如要上京赶考去了，卓文君将他送到驷马桥，当然，当时不叫驷马桥。美丽贤淑的妻子对丈夫说，郎君考完即回，是否考中不要太在意，夫妻团聚要紧。然而司马相如在意，非常在意。他对卓文君说，此次上京赶考，不坐高车驷马回来见你，誓不为人。果然，司马相如在长安以一篇《蜀都赋》一鸣惊人，受皇帝钦点，《蜀都赋》一时引洛阳纸贵。然而，当了大官，名利双收的司马相如却乐不思蜀了。他身边美女如云，久而久之，竟产生了休妻再娶的念头。于是便写了‘一二三四五六七八九十百千万’共一十三个数字的信，派人送给卓文君。卓文君看完丈夫的来信，明白了丈夫的用意，心中难受，回了丈夫一封信——

“一别之后，两地悬念，只说是三四月，又谁知五六年，七弦琴无心弹，八行书无可传，九连环从中锉断。十里长亭望眼欲穿，百思想，千系念，万般无奈把郎怨。万语千言说不尽，百无聊赖十依栏，重九登高望孤雁。八月中秋月不圆，七月半烧香秉烛问苍天，六月伏天人人摇扇我心寒。五月石榴如火偏遇阵阵冷雨浇花端。四月枇杷未黄我欲对镜心意乱，急匆匆，三月桃花随水转。飘零零，二月风筝线儿断。郎呀郎，巴不得下一世你做女来我做男。”

司马相如接信后，深为卓文君的忠贞爱情感动，也为卓文君的才思敏捷所叹服。往事依依，历历在目，从此打消了休妻再娶的念头，于是乘高车驷马回到成都，将卓文君接到京师，同享富贵——驷马桥，由此得名。

“哎呀！”田泽孚听完，犹如打了一个精神牙祭，呀然有声。这时，在惨淡的昏昏月光下，公路右前方，那座坐落在收割了庄稼显得荒疏萧瑟的一坝田野尽头，占地广宏，四周有黑森森古木簇拥中的川名刹昭觉寺已经遥遥在望了。

汽车停在了门外，寺里这时正在做晚课。暮鼓清越，略带寒意的初冬之夜的风，越过高墙，送来了寺中众多僧人整齐而喉音含混低沉的唱经声，昏昏月夜中庞大的昭觉寺，似乎在朝什么地方神秘地潜行，这就更平添了种种神秘。守门的小沙弥，何曾在这个时候见过有小车停在寺门外，两部小车上又下来了背枪的军人，十分骇异，这就上前拱手问询。佩上校军衔的田泽孚走上前去，俯身在小沙弥耳边一阵如此如此。

田颂尧问道于相同经历的大法师

小沙弥不敢怠慢，立刻进去禀报。随即出来，躬身将田颂尧、田泽孚兄弟等一行人迎进山门。当客人沿着花径朝夜幕深处的大雄宝殿走去时，颠颠前去报信的小沙弥，领着寺中负责外交事务的知客僧迎上来了。知客僧给田颂尧行了大礼，引到大雄宝殿对面一个清幽的小院，请进客堂坐了。田泽孚忙去安排四个弁兵去四下不引人注目处做了警卫，这就进客堂叨陪末座。知客僧已让内务沙弥给军长泡了最好的茶，见田泽孚进来，给他也上了茶。旁边黄铜枝子形烛架上点了两支大红蜡烛。知客僧躬身禀告田颂尧，清云法师正在大雄宝殿，给寺内200僧众讲晚课，不知军长驾到。请军长稍候片刻，他这就去通报。

田颂尧也不多言，只是笑着点了点头。青衫布履，面容清癯的知客僧嘱咐侍立一边负责内务的沙弥，小心侍候军长，这就去了。

接待田颂尧的客堂是一间长方形的地板房。虽然屋内光线暗淡，但看得出摆的是一色红木家具，窗明几净，整洁异常。小院中有株很显风骨的铁脚海棠，枝丫映在窗纸上，显得疏枝横斜，映衬出佛家的高古典雅。静观默察着这一切的田颂尧，坐在正对门的一把太师椅上，隔几那把太师椅，显然是给清云法师留的座。田泽孚坐在进门右侧一把太师椅上，好奇地看看这里，看看那里，窄条脸上，微凹的眼睛发亮，像小孩一样地充满了好奇。

毕竟高僧有别于常人，无声无息间，倏忽一闪，清云法师像片树叶一样飘了进来，站在了田颂尧面前。“不知军长夤夜驾到，有失远迎！”昭觉寺住持大法师说时拱起手来，笑吟吟告了得罪。田颂尧赶紧站起还礼，“如此唐突，实在是不好意思，不好意思得很！”田颂尧灵机一动扯了一个谎，解释如此唐突的原因：“颂尧此来，一是对大法师慕名已久，而平时戎马倥偬不及拜会。今偶过贵寺，觉时机正好，特来求会，实在是唐突、唐突了。容隔日找个机会再来贵寺，一来是正式拜会法师，二来奉献一点随喜。”

“军长请坐。”法师比了一下手，看客人落座后，也才坐下。而坐在进门右侧的田泽孚，大师像是完全没有看见似的，田泽孚也不觉得有所冷落。

“我就算定军长要来。”

田颂尧闻言一惊，只见法师手捻一串红玛瑙佛珠，神态安详，微微一笑；笑中满是会意。大师说一口带有浙江味的北平官话，轻言细语：“我算定军长昨天不来，今晚一定要来。”田颂尧心想，果然不凡，不由细细看了看隔几而坐的法师。法师与他差不多年纪，40来岁，正是男人的春华之期，不高不矮的个子，长相清秀，皮肤白里透红，披一袭袈裟，身上完全找不到一丝军人的痕迹，举手投足间显出高深。

“大法师何以算定我今夜要来？”田颂尧似在问，又似喃喃自语。大师又是浅浅一笑，绕过这问，看了看田颂尧，问：“敢问军长夤夜而来，不知有何赐教？”

“不敢，颂尧是有事来请教大法师的。”田颂尧也不绕弯子了，见法师听他这话频频点头，客堂里也没有多余的人，这就和盘托出心事：“敢问大师，对日前的‘省门之战’有何评价？”

“出家之人，不问尘事。”大师一句封门。

田颂尧当然不信所谓“出家之人，不问尘事”。当年东林党人，隐居林下时，不也是标榜从此不问国事吗？可他们的一副对联却供出了心境：风声雨声读书声声声入耳；国事家事天下事事事关心。作为一个蒋介石曾经非常相信、欣赏并且在国防部就职的将军，岂能对日前发生的“省门之战”不闻不问，没有评论？这就不管不顾地，像一个受了气又找不到地方出的孩子，述说了刘自乾的见利忘义，欺人太甚；都是保定军官学校的同班同学，在校期间，他还救过刘自乾一命；刘自乾对外口口声声宣称“保定系坚如磐石”，下起手来，却是如此无情！想起来令人心寒等等。说完后，期盼地望着法师。

大师浅浅一笑道：“这种同学间相残之事并不奇怪。战国时期，孙膑、庞涓同学于鬼谷子门下。后来，在魏国当了大元帅的庞涓因担心尚未出山却比他高明的同学孙膑，用计诱出孙膑却又加害于他，砍去了孙膑的双腿。孙膑为保命复仇装成疯子，才躲脱庞涓的监视，以后孙膑服膺于齐国执掌军权，与庞涓对阵，让原先百战百胜的庞涓屡战屡败。最后马陵一战，孙膑懂得庞涓的心理，用缩灶法让在后面猛追的庞涓以为孙膑已经溃不成军，这就甩开大部，亲领一队精锐骑兵连夜追上，欲置孙膑于死地。十字路口，夜幕中，一株置于路口的大树当中被剥了皮，写了一行字。在前行进的中军小校，战战兢兢打马上来报告统帅庞涓，说是树上写了一排很不利于大帅的字。气焰很盛的庞大帅一听大怒，喝声拿火来。庞涓打马上前一看，火把中，只见树上写的是‘庞涓死于此树下’。与此同时，坐在轮车上，率军埋伏于峡谷两边的孙膑手中鹅毛扇一扇，缓声道，‘这就是野心家的下场！’说时，奉命举火为号，早就埋伏在两边的伏兵万箭齐发。顷刻间，将不可一世的庞涓射成了一个箭垛子——这是一个悲剧。古往今来莫不如此。军长刚才责怪刘自乾不顾同学之谊，不知我可不可以反问将军几句？”

“请问。”

“同学之谊比起亲叔侄之间的血缘之情来，孰轻孰重？”

“当然同学之谊比不过有血缘关系的亲叔侄。”田颂尧一下醒悟，不得不从心里佩服大法师思维之敏捷、逻辑之严密；况且刚才大法师举出的孙膑庞涓之例，虽寥寥数语，却绘声绘色，足见他学识渊博，军事在行。

“既然亲叔侄之间为了争利，都不惜大打出手，谈何同学之谊，救命之恩？军长岂不记得这一句：天下熙熙，皆为名利！再有，我问军长，即使刘自乾不动手打你，田军长你的势力假如日渐膨胀，胀到一定大时，你能容得下刘自乾吗？你能不打他吗？岂不闻‘卧榻之旁不容他人酣睡’，‘一山不容二虎’？”

田颂尧的思想掉了个弯，觉得大师说得对，是这个理，不由频频点头；他看着皮肤朗润，五官精致，一脸智慧的大师，“这么说来，只要人在俗世，就必然做出情理相违之事？必然做出违背天理良心之事？”田颂尧突然产生了一种奇怪的心理，他明明知道这一番话是站在自己立场上说的，谬误百出；大法师这是在以他之矛攻他之盾，却产生了一种抗辩的激情。

“在我看来，凡半路出家遁入空门者，必然是心中大有块垒者。”田颂尧说，“或是为情，或是仕途不顺……比如我田某，现在就连出家的心也有了，因为心中痛苦，无法排遣，佛家讲究的是一个清静无为。从古至今，我就没有见过一个春风得意者出家的！”田颂尧这番话似乎有些过了。

大师也不计较，一番话说得非常坦率：“军长讲得很对。想来我的由来军长知悉。其实，这也没有什么好隐瞒的，我就是从人间苦海中来，深知世态炎凉、人性丑恶，心中痛苦莫名却又无法解脱。幸遇纯一法师指点迷津，他说：天地皆空，人生皆幻，世情嗜欲，悉伐性之斧斤；富贵功名，皆迷心之鸩毒。纵贵为天子，富有四海，亦身外之浮云，且无而始有，有而必无，人生自有乐境，何必维系俗情，羁延岁月，何不寻清幽之谷，依深穴之岩，修身养性？我自此超脱人生苦海，回首立于岸上，静观人间之纷争。远的不说，就说我入蜀以来，也是世事如棋局局新。‘省门之战’已了，会有更多的纷争、更多的大战接着来。田君虽为军长，但因身在尘寰，看事多从自身出发，不能超脱物外，故往往管窥蠡测，终乏大观，不知军长以为然否？”

田颂尧细细咀嚼着大师的话，心想大师的话对，也不对；如果都像大师这样，放弃责任，都去出家，这世界哪里还有物质，哪里还有一切。世界上所有的宗教，都不过是麻醉人的精神鸦片，消磨斗志的鸩毒。但是，这番话他没有说出来，面对这个从前和他一样，也是一个将军，如今身披袈裟，气象端凝的昭觉寺住持大法师，不由生出一丝敬畏。

大法师明显看出了他的心理，也不再多说，微合双眼，端手合十，似已入定。大师这是摆出一副送客的姿态了，田颂尧却不肯离去，又请教了大师一个更为宽泛的问题，佛学的精义何在？

“止恶扬善，断惑后真，忘我利他。”

“那么，再请教大法师：佛学追求的最高境界是什么？”

“普利众生，普度众生。”

“我实在是羡慕法师。”

“如何羡慕？”

“法师本同我一样，是一介将军，如今远离尘世遁入空门，六根清净，心灵也澄澈了。大师，你看，我有出家的慧根吗？”

“佛家讲个缘，军长缘分未到。军长，请善自为之吧！”大师说到这里，端起手，站起身来，田颂尧这就不好再坐下去了，谢过大师，带着兄弟告辞。

“阿弥陀佛！”大师将他们送到门前，端起手来，口中念佛，目送着他们的身影融进了暗夜。

田颂尧萌生了急流勇退意

田颂尧回到了二十九军司令部他的临时驻地——文殊院后院里的一间精舍，室内摆设极为简单：一张木板床，靠窗一张办公桌，另有四只配有高脚茶几的太师椅，一色的红木家具。本来，文殊院是名寺，佛家重地，是不能驻兵的。只是前几天仗打得激烈，为逃命，缓急之间，他将司令部暂时安在文殊院后院。起初私心认为，二十四军的炮火再猛烈，也是不敢轰击文殊院的。再有，他要以文殊院为中心，在北门一线同刘自乾的二十四军周旋一阵，以空间换时间，催促重庆刘湘大举进攻刘文辉，局势或可转忧为喜……

然而，今夜从昭觉寺回来，他突然感到心境大变。他是带着满腔痛苦、怨愤去昭觉寺的，及至同大法师一席谈后，冥冥间，有豁然洞开大彻大悟之感。原先极为看重的诸如“省门之战”得失、未来的前途等等，这会儿都被他看成了无足轻重的俗务。情不自禁间，《红楼梦》中，一段段话，火花似地一串串地闪现脑海里：“你方唱罢我登场”，“为嫌紫袍短，方把枷锁扛”，“看破的，遁入空门，痴迷的，枉送了性命，好一似，食尽鸟投林，落了片白茫茫大地真干净。”他觉得他已经再打不起精神为未来鼓劲努力，心中顿生萌退之意。而且，这个意愿是如此强烈。几十年的沙场征战、同僚之间的钩心斗角，心机用尽，这是为何呢？不就是为了一个功名、一个权力吗？我田颂尧的今天能同出了家丢下功名富贵、妻室儿女的原蒋介石手下红人曾云山相比吗？没法比。但曾将军何以出家呢？皆因他看破红尘。也是！人生一世，草木一秋。一个人无论有多大的权力，多少钱财，也只能是日为三餐，夜图一宿而已。

几十年的努力，究竟得到了什么，现在归结为一个字：累！他想歇息了。他坐在一把简易的类似马架子的黄色军帆布绷就的软椅上，将身子很舒服地躺下去，头靠在软椅背上，谛听着夜的寂静。

这间房子，原是文殊院住持大法师闭关修行时用的精舍，是一间单独的小院。副军长孙震带着作战部、参谋部等相关精干人员，住在隔壁一个院里。

昨夜这个时分都还是四门炮声、杀声连天，他和副军长孙震都还在提着一颗心，紧张地指挥着战事；而这会儿却突然安静下来了；战争、战场，都似乎已经远远地离去，离去了几个世纪。战争与和平，其实往往就在当事人的一念之间。和平多好，安静多好！

凄凄寒风，树叶沙沙。靠窗的办公桌上有一架小闹钟，在这寂静的夜里，小闹钟的指针，发出铿铿锵锵的金属弹音。很静，前院有清越的磬声隐隐传来，看来，还有高僧在深夜修行念经，没有休息。所有的这一切，越发显出夜的安静。白日香火旺盛的名刹文殊院，这时已经安睡，饱经战乱的成都也已沉入昏睡中。恍惚间，他无论如何难以将这样的静夜、这样的氛围同日前进行的惊天动地的战争联系起来。

夜渐渐深了，成都只要一到冬天就又冷又湿的岚气，透过门窗的缝隙浸了进来，尽管他穿着暖和舒适轻便的丝绵长袍，外面又套了一件滚衫，这时仍然感到了一丝寒意。屋子里点的是一盏雪亮的美孚灯，他觉得，这间屋子载着他，在向什么地方行驶，载浮载沉。清云法师的偈语言谈举止，再次从他心中一一过滤，急流勇退，就是在这夜萌生的。以后多年，田颂尧渐渐从时代的大潮中退去，愈退愈远——先是将二十九军完全交给了他的副手孙震，继后在抗战中当过蒋介石的上将军事参议；新中国诞生前夕，同刘文辉、邓锡侯殊途同归——随同他们举行了举世闻名的刘（文辉）邓（锡侯）潘（文华）起义，与逼近的刘（伯承）邓（小平）大军对蒋介石的残余大军形成了关门打狗之势，彻底打乱了蒋介石的战略计划，也是立了功的；新中国成立后，他当过多届的四川省参事室参事，省政协委员，算是善终。

“军长还没有休息吗？”门外响起贴身副官的声音。

“进来！”情知有事，田颂尧的思绪赶快中止了散淡的漫游，一下从软椅上弹坐起来，目光又亮了。

副官进来了，站在门边，胸脯一挺，给军长敬了个礼：“孙副军长说，如果军长回来了，有什么事吩咐，尽管唤他。”这话说得很艺术，其实是孙震想见他。

“好，你去请孙副军长来。”

孙震很快来了，“德操，快坐。”田颂尧说时，从软椅上站起，隔几坐在了沙发上，用手在沙发上拍拍，这是表示对孙震的尊重及马上就要展开的谈话的正规。

“谢谢。”孙震客气了一句，坐在对面的沙发上，正襟危坐。

弁兵进来上了茶。田颂尧伸手将摆在玻晶茶几上的一听进口“强盗”牌香烟的盒揭开，拈出一支先给孙震，然后才是自己的。

“军长抽烟了？”孙震接过烟，惊讶地看了看田颂尧。田颂尧一般是不抽烟的，再，最近成都巷战时间，田颂尧一身戎装，而今夜却是长袍马褂，给人一种要解甲归田的印象。下午不见军长，听说军长去了昭觉寺，军长怎么这样的时候有心情去昭觉寺呢？

田颂尧也不说话，只是拿起玻晶茶几上的一盒火柴，抽出一根划，没有划燃；再划一根，划燃了，伸过来，要给孙震点烟。

“军长怎么给我点烟？”孙震显得很惊诧，伸过手来，从田颂尧手上接过划燃了的火柴，坚持先给军长点上，再给自己点上。田颂尧不会抽烟，抽了两口就将烟放在烟缸上捺熄了。孙震抽烟也没有瘾，看田颂尧捺了烟，他也就捺了。

“军长！”孙震抬起头，注视着田颂尧：“关于那份我们二十九军与二十四军的停战协议，你看，还有没有什么没有想到的，要补充的？”

田颂尧想了一下：“就那样吧，不过是个形式而已。”

“我们撤退时，军长看还有没有什么考虑不周的地方？”如同刚刚结束的“省门之战”一样，二十九军撤离成都所有事项，都是孙震在一手操持。但孙震对田颂尧是尊重的，处处请示，决不自行其是。因此，多年来，两人上下级的关系和感情都融洽、默契。

“我看撤退时，军部就不要放在中间了。大队行军，一般军部都放在中段。”田颂尧思索着说，“为以防万一，不如来个出其不意，将军部放在前面，由打前站的王铭章师负责保护，曾南夫师负责殿后。”

“军长提示得好，我立刻执行。”孙震听后频频点头，这是田颂尧军事上的精明之处。

“撤回三台后，开一个会。”田颂尧说，“我们有必要检讨‘省门之战’得失，立功者受奖；玩忽职守，贻误战机，贪生怕死者，也要视其情况惩处，不能宽容。”

“军长所说甚是。”孙震说，“我已经让军法处初拟了一个奖惩方案；包括拟定的这次撤军编队、配备、序列、战斗准备等等，都详细标在一张军用地图上，还列了张表格，明天一并送上，请军长批准后执行。”

“奖惩方案我可以看一看。这次撤军的所有细节，德操，你定了就行了。”

“不，还是请军长看一看。”

田颂尧没有再推辞，这就端起茶杯喝水，孙震也端起茶杯喝水。谈话告一段落。

接下来的谈话，变得随意。田颂尧问孙震对此次“省门之战”有何评价?

“全怪‘水晶猴’太滑头！”孙震说着就来气，“如果这一战‘水晶猴’肯倾力助我，姑且不说重庆刘甫澄履约大肆进攻刘自乾，我们在成都的力量也同刘自乾旗鼓相当，鹿死谁手很难说。可‘水晶猴’一看战事不顺，石少武拿下了煤山，赶快把黄隐这个师缩了回去。这在军事上、人心上都给我们来了个釜底抽薪，整个战略部署都给他打乱了。局势成了今天这个样子，‘水晶猴’要负主要责任。”

“他是习惯了捡树下的粑粑桃子吃。”田颂尧完全赞成孙震的分析，说着一声冷笑：“我们倒是走了，下一步就看他‘水晶猴’在刘自乾眼皮底下如何演戏了。覆巢之下安有完卵。唇亡齿寒，城门失火，殃及池鱼！我们一走，下一步，刘自乾马上就要收拾他，我们就等着好戏看吧。”

孙震最喜欢谈论军事策略类大事，他本想同军长谈谈下一步刘自乾在收拾了邓锡侯之后，“二刘”之间必然爆发的火拼，但看军长已无谈兴，这就注意地看了看田颂尧疲惫而略显颓丧的神情：“军长，你近一段时间太辛苦了，脸色不太好，请军长注意补养、休息。”说着起身告辞。

“彼此，彼此。”田颂尧也不留客，站起身来，打着哈哈，把孙震送出了门。

孙震走后不久，田颂尧屋里那盏灯就熄灭了。黑夜里，一片阒寂，连多日来在战火中战栗不安的文殊院也沉睡了过去。只有卷着落叶和枯草的寒风，在穿过连接前院后院间那道长长的红墙甬道时，发出低微的持久的嗡嗡声响，在静夜里，似在长久地倾诉着不可言喻的苍凉和深沉。

不出所料，刘文辉夤夜登门

无独有偶。这个晚上，几乎与田颂尧驱车出城去昭觉寺的同时，刘文辉也驱车离开了他的玉沙街公馆，去了位于浣花溪畔的康庄邓锡侯公馆。

看时间还早，心情愉快的刘文辉让司机将车开慢些，车过盐市口，进了少城，过祠堂街，经琴台路，往青羊宫方向而去。这一段虽然不是“省门之战”的重灾区，但也带有明显的战争伤痕，路灯很少，一路而去的人家和好些店铺关门闭户，完全没有了战前这一段热闹而清幽的旖旎氛围，到处都是黑黢黢的。不得不在这个时候上街做小生意的人，那些灯笼鬼火似的，这里那里飘飘缕缕，全然形不成气势。也许是因为这一带树木繁茂而市声阒寂，这时，夜幕中已荡漾起淡淡的雾幕，有一种雾截横烟的景致。哲人说得好，客观世界只有一个，但在不同的人眼中是不一样的。这样的景致，在田颂尧眼中是一派愁云惨雾，而在得胜者刘自乾眼中却是一派难得的喜气，溢出诗意。他虽然不是诗人，但小时读过的一些古代诗人咏诵成都名篇及相关可以表达他此时此刻心境的字字珠玑的词句，这时在他脑海中一闪一闪的，变成了文学想象——

二十里路香不断，青羊宫到浣花溪——记得，这是陆游的诗。

两个黄鹂鸣翠柳，一行白鹭上青天。窗含西岭千秋雪，门泊东吴万里船——记得，这是杜甫的诗。

至若春和景明，波澜不惊，上下天光，一碧万顷……把酒临风，则宠辱皆忘，喜洋洋者也——记得，这是范仲淹的名篇《岳阳楼记》中的名句。如果不是贴身副官李金安不识时务的打岔，影响了他的情绪，他会一直高兴下去，让喜悦的浪花在心中不停地涌动。

“军长，你看！”车过祠堂街时，长得精瘦而又精干的李金安一双很眍的眼睛，直愣愣地盯住车窗外掠过的黑黢黢的少城公园内，那影影绰绰剑一般刺向天穹的“辛亥秋保路死事纪念碑”，用手指指，神情惊骇。刘文辉闻声掉过头来，一看李金安的神情，再循着李金安手指的方向看去，就明白了他是什么意思——这是刚刚结束的“省门之战”中的头号功臣，干儿子石少武被吊死地。他的心情立刻灰暗下来，马起脸，咳了一声。对主子忠心耿耿，却没有文化，不懂主子心理的贴身副官李金安，立刻看出了主子的不高兴，醒悟过来，低下头，心中很是懊悔，手足无措，像是一只知道做错了事的猴子。

车过青羊宫了，这一带是城乡接合部，街道很窄，两边的房舍稀疏破烂，偶尔闪过的路灯灯光昏暗。暗夜中游动着乞丐，还有蹲在街头因走投无路，生活无着的卖儿卖女者。卖唱的和着瞎子拉琴拉出的如泣如诉的胡琴声，声声在耳……一派凄惨状。车过浣花溪时，突然前面出现了一支游行的队伍，这让刘文辉立刻紧张起来，他最怕共产党组织的游行。而游行，大都是共产党组织的。他让司机将车往边上靠，让游行的队伍过去。

游行的队伍有好几百人，有工人、农民、店员，还有着长衫戴眼镜的先生。走在前面的是两个身着短衫，头戴瓜皮帽的青年工人，他们手中用竹竿举着一幅横幅，上书“反饥饿，反混战，要工作，要饭吃！”队伍中有人在领头喊口号。游行的人们一边呼着口号，一边不断举起手中的小旗走来，显得愤慨而又有气势。不用说，游行的队伍矛头所指，主要是对着他——“省门之战”的责任方，又是省主席的刘文辉。游行队伍，朝市中心走去，而且沿途人越聚越多。他知道，这支游行队伍不是到皇城坝去集中，就是到督院街省政府门前去请愿。他心中暗自庆幸，幸好仗打完了！共产党组织的这种游行，可比刘师亮和他的《师亮周刊》厉害多了、可怕多了。也幸好是夜晚，没有人知道坐在这辆小车中的是他刘自乾；如果知道了，肯定会把他拦下来斗争，让他拿话来说。那，简直是比遇上洪水猛兽还要可怕的事情。

车过浣花溪，这一段滨江路上简直就没有了人，小车开亮前灯，开得快了起来。溪边，两排对应的柳树，在寒冷的夜风吹拂下，枝丫乱颤乱舞。景随心变。在他看来，这些风中舞动的柳树，已经完全失去了以往的美感，简直就是些扑上来，向他索命的披头散发的女鬼。他闭上了眼睛。

沉了一口气，他的思绪集中到了马上就要见到的“水晶猴”邓锡侯身上；他在想见到“水晶猴”后的措辞。

毫无疑问，邓锡侯与田颂尧是穿连裆裤的，可是邓锡侯滑，滑得像条游蛇。而且，如果你不注意，这条游蛇没准就会游出来狠狠咬你一口。想起邓锡侯在“省门之战”之前之中的现实表现，他心中不禁泛过一丝不屑和气愤。我看你邓晋康能滑到哪里去？田颂尧走了，一面挡风的墙撤了，我看你还能朝哪里滑？当然，如果你识相，乖乖让出成都，把你的部队撤到灌县里面的松（潘）理（县）茂（县）山里去，我可以让你暂时过一段安生日子。否则，哼，那就不要怪我刘自乾对不起你了，你比田颂尧还不经打！

可是，既然如此，自高自大的刘自乾为何又要屈尊就驾，在这个冬天的晚上去登邓锡侯的门呢？他是要去请老同学邓锡侯出来和和稀泥，主持他同田光祥的有关二十九军撤出成都的签字仪式。邓锡侯是个“水晶猴”，也是一个高级“泥水匠”，虽然有关二十九军撤离成都的签字仪式，不过就是一个仪式而已，但他想把这个仪式办得漂亮些。让邓锡侯这个高级“泥水匠”届时上去一泥，嘻嘻哈哈，上演一出保定三巨头重归于好，“保定系”之间其实并无多大的缝隙这个表象；再经省上的有关媒体一吹、一粉饰，他刘自乾得了便宜又卖乖，这样的好事何乐而不为？他就是抱着这样的想法、希望去找邓锡侯的。他深知邓锡侯的性格为人，深信“水晶猴”是乐于充当这一角色的。

就在刘文辉坐在车上沉思默想时，“水晶猴”在他的宅邸深处，竹木掩映的法式小楼二楼上的西式书房里，坐在一只路易十六式的大沙发上，跷起二郎腿，眯起眼睛，听着留声机播放的京剧名角梅兰芳的代表作《贵妃醉酒》，轻声哼着；左手放在镌刻着无花果图案的金光闪闪的沙发臂上，右手在大腿上点着拍子，很沉醉；时不时抽一口叼在嘴上的粗大的哈瓦那雪茄。灯光下看得分明，邓锡侯比刘文辉、田颂尧年龄略长，40岁出头，穿西装打领带，追求西洋生活方式。他中等身材，方脸宽额浓眉，仪表不俗。与刘文辉守成不变的生活习气截然不同，邓锡侯崇洋，追求西化，讲究西方物质享受。他的“康庄”，在外观上就同刘文辉在成都的公馆大相径庭。刘文辉在成都所有的公馆，只有大小之别，档次之分，在建筑风格上却是完全一样的。无不高墙深院，几进的大院子；里面亭台楼阁，古色古香；游廊假山、花园鱼池布置有序；讲究一个造化天然，花香鸟语，水木清华；大门是高门槛，两边一边蹲一个脚踩绣球，瞪大眼睛，用汉白玉塑造得栩栩如生的石狮子。两扇红漆大门终日关着，只开一扇侧门，有显客来才两扇大门洞开迎接。两扇门上，镶满了一个个拳头大小，黄澄澄的铜泡钉，中间嵌着一副铜质兽环。外面迎街墙壁上，至少嵌有一两副用红砂石凿就的拴马桩。虽然，这些用红砂石凿就嵌在墙上的拴马桩，如今已经没有了必要。因为那种从早到晚有贵客来拜，迎来送往，谈笑皆鸿儒，往来无白丁，车马络绎不绝，墙壁上需要拴马的少城清朝贵族的生活，早就随着辛亥年间武昌城下的一声炮响，轰然塌圮的清王朝烟消云散，一去不复返了——但刘文辉欣赏这种建筑格局，觉得这种中国传统建筑风格，弥漫着一种说不清道不明的直入骨髓的精魂。而邓锡侯的康庄建在离城有好几里远的浣花溪旁，选址本身就是邓锡侯一个跟风的说明。西方先进发达国家中，有钱人都不喜欢住闹市区，而喜欢住郊区。但邓锡侯毕竟又是生活在现实的成都人，讲究实际。他不敢像西方那些有钱有势的人，住家动辄离城几十里甚至上百里。西方发达国家有汽车，公路好，电讯也发达，住家离城几十里甚至上百里也不是个问题。但在中国不行，在内陆城市成都更不行。他的康庄离城不过几里地，这样既跟了风，也不碍事。穿西装打领带，抽舶来品雪茄，听京戏，是邓锡侯的爱好，是他追求西化的标记。当然，这仅仅是个表象，他的思维方式，知识构成还是相当中国的：中庸之道，远交近攻，合纵连横……这些种种在悠久的中国文化军事政治土壤上浸润出来的东西，武装了他的思想，浸透了他的骨髓。这一点，他同刘自乾、刘甫澄、田光祥等大大小小的军阀没有什么不一样。不同的是，如皇城坝上卖打药的说的一句："同样是打药一张，各人有各人的熬法。"

这会儿，邓锡侯的书房里不时有人进出，脚步很轻，副官替他换唱片，丫鬟给他续茶水。他爱听的唱片，绝大部分都是梅兰芳的京戏。倘若来了兴致，他可以自己拉起京胡，来上一段，他京胡拉得相当不错，一出《苏三起解》也唱得有相当水准。对面墙上就挂有一把京胡，似在证明此言不虚。同所有成都人一样，邓锡侯也爱喝茉莉花茶，摆在茶几上的茶是蒙山顶上的雨露毛尖，属于茉莉花茶中的极品。不时进出的弁兵、丫鬟和副官等，动作都很轻，蹑手蹑脚，影子一样。

德国大作家歌德有句名言：比海洋大的是天空，比天空大的是人的心。这话对极。这会儿，邓锡侯表面上很休闲，一边抽着雪茄，一边跷起二郎腿听梅兰芳的京戏，听得高兴了，用手打着拍子，还不时端起茶碗，喝几口蒙山顶上香茶，其实他心中一直在思考现实的事情。这个现实，就是刚刚过去了的"省门之战"及之后的局势。

当守门的卫兵将电话打进来，再由贴身副官上来隔帘报告，刘自乾黄夜来访时，邓锡侯并不诧异，一迭连声请请请，请刘主席进来，好像他早就盼着这一刻似的。

当邓锡侯迎下楼时，身着长袍马褂的刘文辉，由副官陪着刚刚从假山后探出头来。看到迎下来的邓锡侯，刘文辉快步而上，显得很亲热地抓着刘文辉的手。抬起头，看着在这个时季穿一套薄菲菲法兰绒蓝色西装，颈下打一条桃红洒金领带的邓锡侯，刘文辉露出吃惊的神情，关切地说，“晋康，你这样穿不冷吗？”

“不冷不冷。”邓锡侯说时，将手一比，“自乾，请！”他们前后相跟，来在楼上那间书房坐定后，丫头雪梅进来给客人上茶，邓锡侯显出空前少有的热情，连声说，“用我的成窑青花茶具泡最好的茶——蒙山顶上的雨露花茶，招待刘主席！”雪梅这就下去，很快用一个髹漆托盘托了用成窑青花茶碗泡的蒙山顶上雨露花茶进来，轻轻放下，捡下茶碗，躬下身来，说声“刘主席请用茶”。看主人没有多的吩咐，这就轻轻去了。刘文辉端起茶碗，揭开茶盖，轻推几下茶汤，喝了一口，连说：“就是不一样，香！”刘文辉知道，邓锡侯这套茶具，系明代皇宫用品，莹洁如玉，叩击如筝，茶留数日不馊不臭不留茶垢，价值连城，平素不肯轻易示人，更不要说泡茶请客了。

“请！”沿袭川人待客的规矩，邓锡侯端起已经换了茶叶重泡的盖茶碗举了举，一边用一只胖手拈起淡绿色茶盖，轻推两下茶汤，平端茶碗，也是抿了一口，一边透过蒸腾氤氲着茶香的水雾，似乎不经意地，却是相当警惕地看了看隔几而坐在沙发上的刘自乾。来者不善，善者不来。无事不登三宝殿……这样古已有之的人生格言，有“水晶猴”之称的邓锡侯岂能有不知的。

刘自乾做不完的过场，揭开花盖，架势夸茶好，夸茶具好。好像他不是来谈事的，而是一个有特别嗜好的茶客兼有见地的古董文物收藏家，是专门来谈茶论这珍贵的成窑青花茶具似的。

求人难。纵然是在宦海中沉浮多年，谙熟人际斗争机关，川内大佬中政治手段一流的刘自乾，这时也感到开口好难。

“自乾，其实，我就晓得你要来。”邓锡侯看刘自乾不好开口，这就做出一副大而化之的样子，点题。刘文辉显得有些惊异，放下茶碗，看了看笑嘻嘻的邓晋康："怎么，晋康你有耳报神吗？"

"耳报神倒是没有，不过，我是把刘甫澄手下刘云从'刘神仙'的本事学到了一些，能掐会算。"说时，打了几个洪钟大吕般的哈哈。到这里，气氛就自然了，活跃了，话也就好说下去了。邓锡侯是调节气氛的专家。

"啥子神仙哟，尽是哄人的！"看刘文辉听到刘甫澄的名字就气鼓气胀的，听到刘甫澄手下的"刘神仙"，就是一副不屑的表情，邓锡侯却又把话岔开，问："自乾，你烟瘾发没有？我这里可没有水烟，来支哈瓦那雪茄如何？"

"哈瓦那——？"

"哈瓦那，就在古巴。"

刘文辉显然对"哈瓦那、古巴"这些洋名很陌生，很回了一下神才懂起是什么意思。

"咦，你了不起呢！"刘文辉打趣："连天远地远的哈瓦那雪茄都弄来烧起了，就弄一支来试试吧，我们两兄弟先把烟上起，龙门阵慢慢摆。"

邓锡侯这就扬起嗓子，喝了一声，"来两支雪茄。"弁兵应声进来，送上两支硕大、颜色金黄的哈瓦那雪茄，放在茶几上，褪去包在外面的玻璃纸。邓锡侯接过一只支递给刘文辉衔在嘴上，弁兵用打火机打燃火，躬下腰给刘文辉点上火，看没有事了便轻步离去。

刘文辉吧嗒了两口烟，皱了皱淡淡的眉，将雪茄举在手上看看，说："香倒是香，就是焦苦。"

"你没有吃惯。"邓锡侯说，"惯了就巴适了。"

烟是和气草。这样的过场一走，气氛马上就和谐了，两人的关系似乎也亲近了许多。如同一幕内容丰富的大戏，徐徐拉开了序幕，大戏接着上演。刘文辉又皱着眉，吧嗒了两口雪茄，直截了当地说："你邓晋康是个精灵无比的人，你估谙我这会来找你，会有啥子事情？"透过眼前的烟雾，刘文辉觑起眼睛看着近在咫尺的"水晶猴"。

"你刘自乾是无事不登三宝殿，不说我都晓得——要我给你和田光祥当和事佬。”

“果然聪明。”刘文辉一笑，“我同田光祥达成了一个谅解性的军事协议，届时请你老兄劳动大驾出席主持。”并说了签约的时间、地点。

“啥子军事协议？”邓锡侯明知故问。

“田光祥和他的二十九军即日撤出成都，退回他的川北。”说时对门外招招手，对闪身门帘前的邓锡侯的副官说，“给我喊一声坐在隔壁的李金安来一下。”

很快，矮小精干的李金安进来了，给邓锡侯敬了个礼后，唰地一声拉开拿在手上的三倒拐大黑公文皮包，拿出一张雪白道林纸打印的“二十四军二十九军停火协议”，送到刘文辉手上，刘文辉接过，挥挥手，李金安出去了。

刘文辉将“停火协议”递到邓锡侯手上。邓锡侯看了一下，协议很简单，只有寥寥几行字，说是为国计民生着想，两军达成协议，即日起，二十九军悉数撤离成都退回川北。二十四军欢迎友军撤离，并保证友军的撤离安全云云。邓锡侯看后不予置评，随手放在了茶几上，问：“田光祥同意吗？”

“同意。”刘文辉观察着邓锡侯的脸色，“晋康以为此协议如何？有无不妥之处？”

“唔唔唔。”邓锡侯只是大口大口地抽烟敷衍，不肯予以置评；就像一个局外人，只顾抽烟，不时将衔在嘴上的大雪茄，从嘴的这一边顶到那一边，耍杂技似的。

“我这也是没办法。万万没有想到，我的侄子刘甫澄打我，我的老同学田光祥也来打我。”刘文辉就像吃了多大亏似的。邓锡侯不由乜了一眼刘文辉。讨了便宜还卖乖，这就是刘自乾。

“晋康你是看到的，我们三兄弟（指刘文辉、邓锡侯、田颂尧）进成都快十年了，三军共管，和平共处，相安无事……”刘文辉说得巴巴的，邓锡侯却在心里一个劲批驳，你真是说的比唱的还好听！说什么相安无事，三军和平共管？这些年你刘自乾仗着势大，没有把我们欺伤心？

“刘甫澄得陇望蜀是众所周知的，而田光祥仗着刘甫澄在背后给他楦起

（撑腰），也想把我赶出去。前段时间成都的大街小巷都写满了大标语，啥子‘刘自乾不投降，就叫他灭亡’，啥子‘二十四军爬，爬出成都’！非但如此，还要我把双流、华阳两个甲等县交给他，实在是欺人过甚了！这个样子能不打仗吗？就算是我刘自乾看在老同学的面上答应他田光祥，让他田光祥，退避三舍，但我手下的人能答应吗？”说到这里，又主动认错，“当然，一个巴掌拍不响，我刘自乾也可能有些地方做得过了些。”说到这里戛然而止，焦眉愁眼，大口大口地抽烟。以攻为守，倒打一耙，话也说得圆泛，方方面面，头头是道，滴水不漏，这是刘文辉特有的本事。

“自乾，你今晚上一来，你猜我想到了什么？”邓锡侯问，他也是莫测高深的。

“我猜不到。”

“我想起了我们三兄弟在保定军校读书时的一段往事，这段往事，我是咋都忘不了的！”看刘文辉一副吃惊的样子，邓锡侯脸上露出一种神往的表情。

“晋康，你提醒我一下呢，我咋记不起了。”

邓锡侯这就滔滔不绝地回忆开来——

“我们保定军校坐落在丰饶的冀北平原上，从我们军校里走出来的名将如云，远的不说，就说近的三个人。”说着捏起手指一一道来：“叶挺，北伐名将，共产党于 1927 年南昌起义的领导人之一。还有委员长当今的红人——顾祝同，上官云相。他们三个，一个是广东惠阳人，一个是江苏涟水人，一个是山东商河人。记得吗，当时学校里分成三派：保守派，革命派和趋向革命派；这之中，好些都是孙中山的同盟会会员，三派之间斗争甚为激烈。”

“是是是。”刘文辉记起了往日的峥嵘岁月，身上表现出少有的激情，神往地说：“我记得叶挺、顾祝同、上官云相这三个人同我们一样，也都是革命派。”

“是呀。”邓锡侯接着说，“可他们三人禀性却大不相同。上官在军校就因为犯了纪律，嫖女人差点被开除，有人评价这位花花公子式的将领一生有三好：好财、好色，好阿芙蓉（鸦片烟）。”

听到这里，刘文辉的脸阴了一下，因为他也好阿芙蓉，以为邓锡侯在影射他，急忙辩驳，“男人嘛，有这些喜好，也没有啥子不好。只不过上官云相的这些嗜好，早了些，也还大了些，毕竟还是学生嘛！”

邓锡侯点点头，“顾祝同、叶挺就没有这些毛病，但他们三人关系很好，在学校时有‘三剑客’之称，我们三兄弟当时没有他们三人有名气。不过，以后他们三人成了名将，我们三兄弟又何尝不是？”

这话刘文辉很听得进去，聚精会神听邓锡侯回忆往事。

“有一年夏天漕河发大水，有个星期天我们三兄弟去游泳。”刘文辉啊了一声，睁大眼睛，望着虚空，神情都定了，他想起来了。

邓锡侯继续讲下去，“那天，涨大水的漕河宽阔得简直成了一条大江，水也急。浪花就在眼前飞溅。那天天高云淡，漕河两岸翠绿丰茂的青纱帐铺向天际，显出北地的辽阔大气。我们三个脱了衣裤下了水，向对岸游去。游到中途，文辉你的腿肚子突然转筋，游不动了，像个铁砣似的往水里沉。你吓住了，大声叫晋康、光祥救命。可是我们与你距离相隔很远，北地风又大，耳边是风声、水声，我和田光祥哪里听得见？”

“是呀！”刘文辉神往地说，“这个时候，生与死，完全靠的是一种意念支持。我的两只脚都开始抽筋了，直往下沉。透过溅起在眼前的轰轰浪花看过去，岸还很远，刚游了一半，游到对岸和游回去都是同样的距离，同样的困难。我在沉下去、沉下去。我想到了死。可是，我抬头看看天，天那么高那么蓝，阳光那么明亮，我想到了自己还很年轻，想到了乡下老家，想到自己是家中六个儿子中唯一读了书的，可能是最有前途的。我不想死，我想如果我死了，一切就完结了，会让全家人伤心。于是，我开始挣扎，拼命。然而，我的双腿已经完全变得不是我的腿了，像绑了秤砣，还有阵阵难以言说的痛苦由下袭上来，拼命将我往水下拉。就在这个时候，游在我前面的田颂尧回头看时，发现了异样，游回来救我。田颂尧的水性也不好，游的是乡下孩子无师自通的狗扒式，‘叶咚、叶咚！’两只手划水时，两只脚在后打起的浪花天高。这种最基本最原始的游泳技术游起来既费力又费时。田颂尧敢于在发了大水，变得像条宽阔的大江的漕河里游泳，而且还要游过去已属不易，他一靠年轻气盛，二靠他胖，胖本身就增加了相当的浮力。”画面在他们两人眼前清晰地浮现出来——

游回来救刘文辉的田颂尧表现得相当勇敢，相当仗义，还很冷静。他要刘文辉伸一只手过来，搭在他的肩上，嘱咐：千万不要心慌一把将我死死搂定……刘文辉照住做了。田颂尧仗着人胖浮力好，竟转过身来用了一个睡姿，一只手划水，一只手拉着他，一摇一摇地，相当吃力地靠了岸，田颂尧豁命救了他一条命。

已游到岸上，坐在沙滩上晒太阳的邓锡侯看到田颂尧扶住刘文辉趔趔趄趄走来时，大吃一惊，忙问这是怎么了？刘文辉坐下，满怀感激地细说了经过。

“时间过得真快呀，一晃，二十多年的时间就这样过去了！”听了邓锡侯提起的这段往事，刘文辉不由感叹，他对邓晋康讲这个故事的用意当然也是完全明白的，“那次真亏了田光祥，不然我这条命就可能丢在漕河了，田光祥是我的救命恩人。”看邓锡侯讲完后，一边抽烟，一边目光烁烁地望着他。

“晋康，我知道你的意思，你是说我知恩不报，过河拆桥是不是？”

“我可没有这样说。”

“事情不这样可已经是这样了。”刘文辉面有赧然之情，焦眉愁眼抽了口烟，复抬头看着邓锡侯，露出满脸的期冀，“晋康，今天我来就是请你出山的，我希望同田光祥言归于好，弥补我们‘保定系’的缝隙。”

“好，我答应你。”邓锡侯这才应允了。

“另外，请晋康兄还得在私下给我们沟通沟通感情——将我刚才所说的对田光祥感激的话，也给他说说。我有做得对不起他的地方，今后一定补过来。”

“怎么补？”

“决不再打他！”

邓锡侯哑然一笑，这就是补过吗？刚才刘自乾脸上的赧然之情，看来也不过如此如此——假的。当然不排除这个往事唤起了刘自乾内心柔软部位涌起的一份真情实感以至感激。但这些人性的东西，只要在现实的利害利益面前一碰，就立刻被碰得粉碎，灰飞烟灭；想到这里，邓锡侯半真半假地调侃了一句，“你老兄现在势大，田光祥走了，下一步你就该打我了！”

“怎么会呢？晋康兄，你说到哪里去了！”刘自乾赶紧神色敛然，正襟危坐：“日前的‘省门之战’事出有因。晋康兄，我咋会打你呢！”

“说话算数？”

“算数。另外，我求你的事，你就算答应下来了吧？”

“算事。”邓锡侯坚定地点了点头。

接下来，刘文辉表现得很细致，说是届时他亲自来接等等。事情谈完，刘文辉告了得罪，欲起身告辞，邓锡侯赶紧制止，“自乾，你难得来，你是稀客，平时请都请不来。消夜已经准备好了，我们两兄弟得好好喝上一杯……”说时放声：“沙副官！”

副官应声。

邓锡侯说：“消夜准备好了吗？”

“好了。”

“我们已经饿了，让他们立刻摆好。”等了一会儿，副官来请，邓锡侯这就站起身来，和刘文辉去了隔壁一间很精致的西式小餐厅用消夜。

令人啼笑皆非的“停战协定”签字仪式

就在刘文辉去了康庄的几个小时后，第二天一早，成都各大媒体，比如《四川日报》《新新新闻》等都发表了邓锡侯的停战呼吁及刘文辉的回应。双方你抬我举，这是做给世人看的，挣足了面子。刘文辉的回应最有意思，可以说是一篇很有古典文学色彩的“罪己诏”。这里不妨引用之：

> “辉自念忝主川政，数载于滋，沿绩未彰，无以飧各方之望。……夫果诚心以求治，谁不乐舍己以相从，况集思所以广益，开诚尤贵布公。彼此均为乡邦谋利益，无难从容以协商。兹承吾兄

苦心调停，一呼百应。辉始终贯彻以和平方式改善川政之旨，以饬所部立即停止军事行动……”

“军长，报上刊登的邓晋康同刘自乾的文章——他们唱的双簧戏唱得好漂亮啊，你看到了吗？”在文殊院后院田颂尧暂住的一间精舍里，孙震摇着手中的报纸走了进来，脸上的神情是很不以为然的。

“德操，坐！”田颂尧军事上挨了打，打输了，马上就要撤出成都了，这会舆论上又输了一步棋，脸色讪讪的，解嘲似的自我安慰道，“这两个人就是会舀油面子（捞面子），就让他们去舀吧！”

孙震一屁股坐在沙发上，气鼓鼓地说，“我看这‘水晶猴’比刘自乾还讨厌，菜刀打豆腐——两面光生。看我们走后，刘自乾咋个收拾这个‘水晶猴’，我看‘水晶猴’还能朝哪里滑？”

“不说他们了，眼不见心不烦，离开成都也好。”田颂尧说时，随手将报纸扔在玻晶茶几上，看了看戴在手腕上的瓦时针夜光表，“差五分 9 点，他们快来了。”

副官闪身门前一声报告，田颂尧应声，“讲！”

“刘（文辉）军长、邓（锡侯）军长他们到了。”

“德操，我们走吧！”田颂尧站起身来。

田颂尧、孙震来在文殊院后门，密林簇拥中那间有 40 多平方米的长方形禅房已经收拾好了，权且作为两军签字的地方。这时，西装革履的邓锡侯同身着长袍马褂的刘文辉刚刚从一辆崭新发亮的黑色“福特”牌小轿车上钻出来。看到一身戎装的田颂尧，邓锡侯马上跑过来，一手牵着田颂尧的手，走过来，又牵起刘文辉的手，说，“真是大水冲了龙王庙——一家人不认一家人。这中间有好些误会，今天我们三兄弟见个面，大家把话说清楚，话明气散。”周围各大媒体的记者们见状，马上围过来，手上的相机照个不停，一时镁光灯闪闪。

邓锡侯就这样，左手牵着田颂尧，右手牵着刘文辉进了会场，面向大家亮了相。等在里面的二十四军、二十九军一些高级军官如冷寅东、孙震等还有省府大员，社会名流等立刻热烈鼓掌。

掌声落尽，刘文辉从邓锡侯身边弯过身来，向田颂尧伸过手来说：“光祥得罪了，对不起的地方多担待，以后重来过就是了。”田颂尧脸上的肌肉有些发僵，只是伸过手同刘文辉握了握，什么话也没有说。

签字的桌子已经摆好。在他们面前，摆了一张长方形的铺着雪白桌布的桌子，桌上并排摆着两份已打印好的协议书，两支美国派克黑杆钢笔摆在两边，桌后摆两张造型简洁，带有明代特色的木质靠背椅。站在桌后集体亮相的“保定系”三巨头神情各异。刘文辉压抑着心中的欢乐；田颂尧明显悲戚；邓锡侯是忧心忡忡的。在记者们又拍过一阵照后，邓锡侯掉过头看了看左右两人，轻声说，“开始吧！”

“开始。”

邓锡侯这就亮开嗓门：“二十四军、二十九军停战协议签字仪式现在开始，请双方签字人就座。”

代表二十四军签字的是冷寅东，代表二十九军签字的是孙震。他们都军容严整，分别入座后，邓锡侯宣布：“签字开始。”两位将军机械地、动作整齐划一地拿起桌上的黑杆美国派克金笔，旋开笔帽，唰唰两笔在打印本上签上了自己的名字，然后站起来，将手中签了名字的打印本分别递给对方，然后握了个手，就算完结了。心细的邓锡侯注意到，孙震同冷寅东握手时，很不情愿很僵硬，哪里是握？当冷寅东主动把手递过去时，孙震只是碰了一下。

场上又响起一阵掌声。

签字仪式就这样结束了，前后不过几分钟。作为主持人、和事佬的邓锡侯这就对大家说，“都是晓得的，我和刘主席、田军长都是保定军校多年的同学、同人，几十年一起走过来的，可以说情同手足。现在事情到此为止，有做得不对的，以后重来过就是了。你们——”他转过身去看了看刘文辉，又转过身来看了看田颂尧，“怎么样，哥子今天我来撮合。你们就当着大家的面，彼此认过错，然后握个手？”

说着邓锡侯退后一步，演戏似的，田、刘二人互相转过身来，向对方鞠了个躬。刘文辉对田颂尧说，“我们是多年的同学，我决无心打你。”田颂尧也给足了刘文辉面子，说："事诚不幸，我认输。"说着两人走上前来，伸出手握了握。

就在这时，天上响起了嗡嗡的飞机声，这是成都天空第一次出现飞机。大家就像第一次看西洋镜一样，涌出屋来，抬起头看天上的飞机，这是刘湘从重庆放过来的两架飞机。

这天天气少有的好，出了成都冬天少有的太阳。显得很亮的天上，两架双翅膀的草黄色飞机，飞得很慢很低，像是两只在天上缓缓划圈的黄蜻蜓。显然刘湘在成都有间谍，知道这个时候刘文辉和田颂尧在文殊院签停战协议，两架飞机的驾驶员想把地面上的情况看清！不然为什么这两架飞机会在文殊院上空盘旋了一圈又一圈，久久不肯离去，连头戴皮帽，低头往下看的驾驶员的面貌，地下都看得见。人们不由得对这两架飞机指指点点，纷纷议论——

"咦，怪，刘甫澄的飞机咋晓得飞到签字现场来了？"

"刘甫澄的飞机不会拿机枪朝下扫吧？"

"咋个扫也扫不到你我，我看这刘甫澄的飞机是对着他幺爸来的！"……

也许是有点心虚，刘文辉先是站在外面，抬起头注意看了看在头顶上转的两架黄翅膀飞机。然后，像想起了什么，冷寅东上前附在他耳边轻轻说了几句什么后，两人缩了回去，站在阶檐下看天上的飞机。两人借着屋子的掩护，边看边嘀咕了好一阵。刘文辉看飞机的目光是那么专注而向往，神情羡慕而又愤怒。也许他想到了他从日本买回来被刘湘扣押的20架飞机，那批飞机的性能比刘湘的飞机好，如果能武装起来，飞了起来，不要说实战，光是抖抖威风，就该有多么提劲多么鼓舞士气，会对敌人又是多么大的震慑！也许他想的更深更远，想到了即将开始的，也是最终决定他命运的"二刘"之战了吧！

天上的两架黄翅膀飞机嗡嗡地盘旋了一阵后，终于朝重庆方向飞走了，很快消失在湛蓝的晴空。文殊院又恢复了安静。在邓锡侯宣布签字仪式结束后，刘文辉又走上来，伸出手，礼数周到地同田颂尧、孙震一一握手告别，然后陪着邓锡侯上车去了。

第二天早晨，田颂尧在成都总数三万人的部队悉数开始撤离，以王铭章师的李容成旅为前导，警卫旅旅长田泽孚亲自带着他的手枪队保护田颂尧、孙震等军部重要人员，置于李容成旅中撤退。曾南夫部殿后。大军分三路纵队，出北门驷马桥，沿川陕路向新都方向而去。二十四军则完全是以友军姿势出现，沿途摆茶送水。

本来，刘文辉是想在驷马桥上演长亭送别这一出的，通过邓锡侯转话来；可是，被田颂尧拒绝了。

从上午 9 时开始，直到当天下午 5 时左右，二十九军的部队才悉数撤完。自始至终，平安无事，没有新闻事件发生。

这一场为期不过十天的“省门之战”，又称“成都巷战”，时间虽短，却让成都遭受了一场空前浩劫。据史料记载，两部官兵死伤约万人。在成都四圣祠、平安桥、九眼桥、衣冠庙、文昌宫一带战事最烈的地方，和平居民被打死 8000 多人，伤者未计。死伤最多的是少城一带的西御街、支矶石、后子门、金华街、簸箕街，死伤者共计三万多人。烧毁民房无数，直接经济损失绝对是个天文数字。

就在田颂尧的部队撤出成都之后的一个星期，是一个轻雾弥漫的早晨，刘文辉在成都约 5 万人的部队，分成三路大军，出牛市口，上东道，源源不绝地朝重庆方向开去。知道内情的人清楚，二刘相争的荣威大战即将展开，这是刘文辉开去川中一线的增援部队。东门一带目睹着这场规模浩大进军的和平居民们，看到在眼皮底忽然冒出来的这么多兵、这么多大炮，简直被吓呆了。他们不明白，这么多兵这么多炮，是从哪里来的？这兵山一座，平时究竟藏在哪里！

这些身穿二五寸草黄色军服的二十四军的兵，从眼前络绎而去。他们肩上扛的步枪，最好的就是“汉阳造”了。他们的枪，连尺寸都没有统一，有长有短，可以想见性能大都不佳。他们大都消瘦，一脸的菜黄色，穿的虽都是草黄色军服，但这个时节了，有的还没有穿上棉衣，穿的是薄菲菲的单衣，个子也大都不高；腰上拴根腰皮带，一条子弹带从右肩斜斜地拉下来，再从后背拉上去。屁股上吊两颗手榴弹。他们的子弹袋上好些口袋都是空的。围观的人群中，有懂行的指着这些过去的兵，悄声告诉同伴："他们最多就只有三四夹子弹（每夹五颗子弹），好些子弹袋里装的都是高粱秆，绷劲仗的……"

一门门大炮：平射炮、榴弹炮……由驴或马拉着，吱吱嘎嘎地一路碾过牛市口那条不宽的，由麻石或青石板铺就的街道，一路轰隆隆地像打雷似的而去。难听的声音在两边鳞次栉比、破破烂烂的长街夹峙下，长久地震荡，给人以即将开始的荣威大战的想象。

面对着这场规模浩大的进军，围观的人群中，说什么的都有。文人想起读过的杜甫的名篇《兵车行》中"车辚辚，马萧萧，行人弓箭各在腰，爷娘妻子走相送，尘埃不见咸阳桥"的诗句。如果说，杜甫的《兵车行》传达出的是一种悲哀，那么这支去参加荣威大战的军队传达出的则是一种悲惨。《兵车行》中的兵们，还有"爷娘妻子走相送"，而这些兵，却没有。他们绝大多数是从农村来的。这会儿他们的父母，或者还有妻儿，一定无比的担心，一定是依在家中破破烂烂的茅屋芦篱前，哀苦地望着四川乡间冬天显得特别灰暗的天空和渺渺的远方，挂念着自己去当炮灰的亲人，特别的愁惨。

从牛市口往东大路上缓慢移动的一座庞大的草黄色兵山，从早晨起，一直到黄昏时分才过完。扬尘漫漫，天低云暗，日月愁惨。随着夜幕的降临，在成都打了10天的战争——这个嗜血毁财吞命无数的怪物，终于迈着它血腥沉重的脚步，晃着鬼影似的身躯，蹒蹒跚跚地离去了；却又走向了川中的荣、威一带，给那一带带去了更大的灾难。紧接着爆发的"荣威大战"，是刘文辉、刘湘叔侄为争霸四川而进行的一场民国肇始以来，四川动用兵力最多，规模最大的，最为惨烈的一场战争，也是四川最后一场军阀混战、大战。

就在田颂尧率军撤出成都之日，四川省政府主席刘文辉，假成都市临时治安维持会决议，在报端发言："此次省城巷战发生，实以两军争据皇城煤山为肇衅之点，非将煤山铲平及前后皇城门拆销，不足以杜将来战争之底。一致主张函请市府，克日督工铲平煤山，拆销前后皇城门，以杜后患。"这里，刘主席找了个替死鬼，将引起战端的祸首指为皇城之后的煤山和皇城的前后门，非常可笑。四川大学进步师生当即在报端发表文章反驳，指出刘主席此说是个悖论："此次战祸归罪于煤山，固属因果倒置。而谋铲平煤山、拆城门，即可以弭将来之战祸，自应铲平煤山而拆墙门。而乃两军此次巷战，又曾据街巷以攻守，登民房以射击。若谓亦应拆销街巷，拆毁民房，焉有是理？！"然而，刘主席不仅将皇城之后的煤山铲平，而且将穿越了悠长的历史岁月，巍峨壮观精美的皇城前后两道门予以拆毁；对川大师生针锋相对的指责，却终是保持沉默，无言以对。

公元1932年11月24日——历史，在这里画上了四川军阀混战史上最后一个悲惨、血红、粗重的逗号。